O Segredo de Spalla
Revelações

Marcelo Brambilla

Preparo de originais: Gabrielle Antunes
Revisão: Gabriel Branco
Diagramação: Samanta Paleari
Capa: Renan Barros

Catalogação na publicação
Elaborada por Bibliotecária Janaina Ramos – CRB-8/9166

B815s

Brambilla, Marcelo

O Segredo de Spalla - Revelações / Marcelo Brambilla. – Rio de Janeiro: Ases da Literatura, 2023.

N p. 348; 16 x 23 cm

ISBN 978-65-54280-82-2

1. Ficção. 2. Literatura brasileira. I. Brambilla, Marcelo. II. Título.

CDD 869.93

Índice para catálogo sistemático

I. Ficção : Literatura brasileira

Editora Ases da Literatura

www.asesdaliteratura.pt

O Segredo de Spalla
Revelações

Marcelo Brambilla

ASES DA LITERATURA

Ao meu pai,
que ouvirá a minha mãe lendo,
sentado em sua poltrona favorita,
ou de onde estiver.

Agradecimentos

À minha família, amigos, alunos e leitores.
Adenilce, pela primeira leitura e conselhos.
Frederico, o cão amigo, pela paz que transmite.
Nardele Gomes e Lilian Cardoso,
por ajudarem a trilhar o caminho.
Em especial à equipe editorial Ases da Literatura,
pela oportunidade de realizar este sonho.

Capítulo 1

O resgate de Ali

Uma noite linda, e o céu despido de nuvens favoreciam o surgimento da enorme e alaranjada lua de sangue para ser contemplada na região de Goma, na República Democrática do Congo. Na casa que era de seus pais, Buhba a acompanhava, desde o seu surgimento atrás da mata até diminuir pouco a pouco enquanto ganhava altura. O fenômeno era acompanhado pelos mais variados barulhos de animais na mata ao lado, parecendo despertos para o acasalamento. Além dos animais, as batidas de tambores, vindas de muito longe, protegiam as tribos, espantando os temores do Nyiragongo. Os mais velhos diziam que a lua avermelhada, da cor da lava, poderia despertar o grande vulcão, trazendo mortes para os vilarejos. As cicatrizes deixadas na alma do povo, pelo rio de lava, aterrorizavam os povos e traziam péssimas lembranças a toda a comunidade.

Em seus pensamentos, Buhba aproximou as lendas tribais aos conhecimentos científicos, adquiridos em anos de leitura sobre os estudos do vulcão. As diferenças e as particularidades das duas perspectivas lhe despertavam a curiosidade. Depois de tirar várias fotos com sua nova câmera profissional, permaneceu em pé, apoiado com as duas mãos no guarda-peito da varanda. Em seus livros, ele sempre lembrava do seu pai falando o quanto o luar era especial sobre o monte Nyiragongo. Ainda contemplava o fenômeno lunar, entretanto preocupado, tentando decifrar o que teria feito Tommy partir daquela maneira tão repentina e assustadora.

Receber Tommy com aquele cenário o fez pensar que teria novas histórias para colaborar na finalização do livro. Mas, ao contrário do que imaginou, ele apenas havia relembrado os bons momentos que passaram juntos nos circuitos da motovelocidade e as longas viagens que as corridas lhes proporcionavam. As lembranças pareciam estar sempre frescas em suas memórias. Tommy se recordou de algumas belas e alegres passagens resumidamente, parecendo acelerá-las, prevendo a sua partida.

Quando começou a falar sobre o livro, olhou para suas mãos e sem nada dizer, foi lentamente desaparecendo. Buhba, assustado, não teve tempo para compreender o que estava acontecendo e o que o fez partir daquele jeito. Muito mais do que curioso, estava atordoado, com a maneira como Tommy pareceu prepará-lo para algo novo que estaria por vir. De repente, estava tudo acontecendo acelerado demais, até mesmo para quem conviveu com a correria diária da motovelocidade. Tinha certeza de que estava chegando a hora de conhecer finalmente a verdade sobre o Segredo de Spalla, que daria nome ao livro. Buhba estava errado ao acreditar que tudo seria desvendado pelo amigo que buscava pelas respostas do enigma que separava os espíritos dele e Carol em tempo e espaço.

O seu desaparecimento fez Buhba pensar que algo pior poderia estar acontecendo com Carol e já fazia alguns dias que eles não mantinham contato. Ela falava sobre descansar, com o pequeno Frederico, suas plantas e o quanto era feliz na nova casa, na antiga olaria na Polônia que lhe oferecia a paz e a tranquilidade que ela sempre desejou, mas nunca havia se permitido. Sabia que precisava respeitar a sua privacidade, atendendo aos pedidos de Adele para não a procurar, resguardando a segurança de Carol e a dele própria.

Buhba estava passando uns tempos na casa, que era de seus pais, com a irmã e dois sobrinhos. A casa já não tinha mais a alegria de outrora, quando estava sempre cheia, regada de muita alegria e descontração, com as belas histórias contadas pela mãe, muita música, comida e as irmãs sempre dançando enquanto cozinhavam ou limpavam a casa. A escola agora era administrada pela ONG, porém a irmã e os sobrinhos ainda trabalhavam na sua administração.

Quando ameaçou sair da varanda, para melhor acompanhar o movimento da lua, que logo seria encoberta pelo bico do telhado da casa,

Buhba ouviu uma voz, em tom bastante suave, imediatamente levando-o às lágrimas.

— Boa noite, meu amigo.

Na varanda escura, ainda de costas, ele levou as duas mãos na direção dos olhos. Tirou os óculos e tentou secar as lágrimas, em vão. Seu coração estava tão acelerado que ele pôde sentir a própria pulsação em todo o seu corpo. Suas artérias saltavam, enquanto o seu corpo era inundado por adrenalina. Foi um susto que contrariou a sua calma tradicional, a qual havia marcado a sua vida, em qualquer situação, por mais trágica que ela fosse.

Então, ele se virou devagar, ainda com os óculos em suas mãos, secando as suas lágrimas, levantou a cabeça e pôde ver Carol. Ela estava ainda mais bonita, com um sorriso largo em seu rosto, muito maior do que o habitual, que era quase sempre curto e tímido. Havia em torno de todo o seu corpo uma aura branca, despertando a atração de Buhba para tocá-la. Entretanto, foi Carol quem tocou em sua mão. A sensação de paz e tranquilidade daquele toque o fez fechar os olhos e respirar profundamente, trazendo de volta os níveis de sua frequência cardíaca e respiratória.

— Eu ainda não compreendi qual é a minha missão nesta vida, tampouco dentro desta lenda. Quem sou eu para receber as pessoas que eu tanto amei nessa passagem?

— Você nunca foi um coadjuvante nessa lenda. É um protagonista que tem uma forte ligação com as nossas vidas, marcadas por tantos encontros e desencontros.

— A união de vocês dois foi breve, mas tão intensa que deixaria louco qualquer um ao lado de vocês.

— Sinto saudade das nossas conversas descontraídas e dessas longas risadas. É um espírito iluminado em uma encarnação tão suave e tão forte ao mesmo tempo.

— Vamos caminhar um pouco. Está uma noite linda.

A área ao lado da escola estava bastante iluminada pelos refletores de energia solar. A pedido de Carol, foram para o lado oposto. Ambos queriam continuar assistindo ao belo luar, enquanto conversavam.

— A lua fica linda em qualquer parte do mundo, quando vista com amor. Ainda há pouco eu a contemplava próxima à chaminé da olaria, enquanto tocava o meu violino, quando percebi a minha vida chegando ao fim. Então, depois de um dia feliz ao lado das crianças, eu deixei a minha forma terrena.

— Como foi essa passagem?

— Marcada por uma inconsolável tristeza, tão intensa e profunda que mesmo já fora do meu corpo, parecia rasgar-me o peito. Sentia Tommy tão perto, inundado em lágrimas e não pude tocá-lo, nem ao menos vê-lo. Jamais imaginei sentir uma dor maior do que todas as dores sofridas em todas as minhas vidas somadas. Foi uma tentativa frustrada de nos aproximarmos. Sei que ele sentiu a mesma dor, tão instantânea e tão intensa. O sofrimento da alma é infinitamente superior ao sofrimento do corpo.

— Tommy a descreveu exatamente dessa forma e eu pude sentir em seu olhar algo que ia muito além do que a dor que eu conhecia. Ele busca as respostas e os meios para mudar essa situação a qualquer custo, mesmo que para isso ele tenha que enfrentar a tudo e a todos, até mesmo o próprio Deus. Certamente ele assumiria esse desafio.

— Ele, assim como eu, também vai passar toda a eternidade buscando a solução para eliminar a distância que existe entre nossos espíritos. Todavia, temo que essa imposição divina jamais tenha fim porque ela está ligada a tudo que conduz a nossa própria existência.

— Tem que haver uma maneira de tudo terminar bem. Não consigo entender como a proximidade com Deus não é capaz de solucionar esse desencontro.

— A única solução para todo o nosso sofrimento tem que estar na evolução. Não será uma tarefa fácil encontrar os caminhos para essa conquista. O espírito que habita um corpo traz consigo todas as suas angústias e as suas imperfeições e aqui na Terra temos a oportunidade de evoluir. O corpo é a casa do espírito, feliz ou triste, doente ou perfeitamente sadio, mas sempre pronto para evoluir e transformar-se. O próprio sofrimento nos traz informações que nos aproximam de seres mais evoluídos.

Carol teve uma vida marcada por tristezas profundas e muitas alegrias, desde a sua infância, que em situações inversamente proporcionais na sua intensidade também a levavam às lágrimas. No entanto, daí a confirmar que ainda sobrariam emoções, para que um espírito as pudesse derramar, era algo até então impensável para um simples mortal. Buhba, acreditava existir um vasto repertório de vivências para traçar a delicadeza e a fragilidade do espírito. Em seus encontros com Carol havia uma similaridade muito grande com os seus encontros com Tommy. Enquanto Carol falava, Buhba se distanciava momentaneamente e trazia de volta a imagem de Tommy dizendo as mesmas palavras. Eles eram as pessoas mais iguais que ele já havia visto, eram almas gêmeas.

— Eu pude ver Tommy e agora posso lhe ver, de uma forma tão real e tão verdadeira eu gostaria tanto de poder falar com a minha mãe e com meus irmãos. Eu pedi muito a Deus por essa oportunidade, mas por que só acontece com vocês? Se eu tenho esse dom de ver os espíritos, essa chamada mediunidade, tão desejada por muitos, seria justo eu poder conversar com familiares também.

— Você é parte dessa lenda, um anjo que nos protege de todo mal que possa nos acontecer. Para nós, você é como a luz da lua, sempre calma, serena e tão presente. Você sempre nos trouxe a paz que tanto precisamos.

Carol explicava o protagonismo de Buhba dentro da lenda, apontando com o dedo indicador para a lua, enquanto fazia a comparação.

— Vou acabar acreditando que sou um anjo caído do céu, por tanto falarem.

— Você é mais do que um anjo, pode acreditar. Foi especialmente enviado para uma missão muito nobre na Terra e ainda mais, acredito que você terá a resposta para esse segredo e mostrará os caminhos para evoluir.

— Creio que a nossa missão na Terra é justamente essa busca

incansável pela evolução e então, todo o resto será as consequências da nossa conquista.

— Exatamente. São infinitas as necessidades e as ações devem vir de todos os lados.

Os diálogos entre Buhba e Tommy ou entre ele e a Carol desencarnados sempre fluíam exatamente da mesma maneira que aconteciam em vida, trazendo à tona assuntos sérios; no entanto, durante grande parte do tempo também poderiam tornar-se leves e descontraídos. Conversar com Buhba era buscar a essência dessa paz, que eles tanto precisavam nesse momento, para aliviar a dor e angústia extrema do espírito.

— Sei que Tommy lhe dizia que todos os segredos seriam revelados no tempo certo para que você pudesse escrever. Ele cumpriu a missão dele nessa vida e a outra parte, que você aguarda, virá das conversas que nós ainda teremos e pode acreditar, ainda teremos muitas histórias a contar.

— Pelos meus cálculos, ainda faltam muitas vidas a serem contadas e acredito que não caberão todas em único livro.

— Sim. Eu tenho visitado muitos lugares e revivido as nossas passagens em outros tempos. Existem belas e incontáveis histórias, além daquelas que ele lhe contou e, tão breve quanto possível, você escreverá sobre elas.

— Quando ouço as histórias, sinto que cada uma delas daria um belo romance. Mas ele já está reencarnado?

— Sim. É um menino lindo e se chama Ali, nascido exatamente no momento em que eu me desliguei do meu corpo terreno. Nossos espíritos não se viram e não se tocaram. É a parte mais triste da nossa vivência. As nossas passagens de nascimento e morte são marcadas por uma Luz tão intensa quanto o próprio sol entre nós. É o momento em que Deus, entre nós, toca os nossos ombros e essa é a sensação mais incrível que pode acontecer a qualquer ser. Ao mesmo tempo eu pude sentir Tommy esvaindo-se de mim, como se uma parte do meu espírito estivesse sendo arrancada, porque sei que ele está partindo e novamente, não o verei mais. Com a sua ajuda, nos encontraremos novamente daqui a alguns anos. O livro será a marca que vai nos ajudar em um futuro reencontro.

— Onde ele está?

— Ele nasceu no Iêmen, em meio à guerra que já dura vários anos e está destruindo todo o país. Os conflitos insistem em continuar levando o país às ruínas e uma quase destruição total das instituições, da infraestrutura social e econômica do país. A mãe dele não está conseguindo suprir os alimentos, acometida por uma violenta depressão e a cada dia ela desiste um pouco mais de viver, colocando a vida de toda a família em risco.

— Meu Deus! Um país onde quase a totalidade da população vive na mais completa miséria por causa de uma guerra que não é deles. Famílias inteiras são massacradas perante as batalhas. Eu escrevi um artigo há pouco tempo sobre essa guerra. É uma situação extrema que afeta pessoas já tão castigadas pela ausência de tudo. Ele não pode ficar lá. Precisamos resgatá-lo com urgência.

— Sim. A situação no país está totalmente fora de controle. Temos que agir rápido.

— Os seres humanos deveriam ser tratados com mais dignidade e respeito, pelos próprios seres humanos. Acho que jamais estaremos livres dos conflitos.

— A empatia e a tolerância insistem em evoluir em um ritmo muito lento, comparado ao ódio que os motiva para a guerra. A energia despendida para a conquista do poder em muitas situações é infinitamente superior ao bem que o circunda.

— Existe uma cronologia que obedece a certas regras bem definidas, pelo menos me parece ter sido assim em todas as passagens de vocês dois pela Terra. O que poderia acontecer se ele não sobrevivesse até o seu nascimento?

— Ele não morreria porque tem a proteção divina, todavia, o problema não está somente na guerra. O serviço secreto do Vaticano, A Santa Aliança pode chegar até o Ali e então ele seria mantido em algum mosteiro isolado. Em cárcere, será forçado a acreditar que foi ungido por Deus, com funções definidas dentro da Igreja Católica, como aconteceu com muitas crianças que eles erroneamente julgaram ser o protetor de Spalla, esperando até que eles completassem os seus oito anos para apresentar a marca. Quando percebiam o erro, descartavam a criança drogada nas ruas.

— Atos condenáveis em nome de Deus.

— É somente mais uma luta pelo poder, totalmente contrário aos preceitos divinos.

— Eles nunca tiveram êxito?

— Nunca. Você e as Mães de Spalla sempre estiveram um passo à frente, livrando o menino do perigo e os deixando com provas falsas que os levam para caminhos errados.

— Quem está com ele?

— Ele deve ser tirado de lá para evitar que qualquer uma dessas organizações chegue até ele. É preciso que você esteja na ação de resgate do pequeno Ali e toda a sua família, porque acreditamos que só você pode reconhecer o bebê. Toda a família está na cidade de Taiz, porém separados. O seu pai combatia a guerrilha e está preso no Castelo do Cairo, tomado pelos guerrilheiros. A mãe está com os três filhos em uma vila na periferia da cidade. Kalil Al-Kudsi é o nome de seu pai e a mãe é Aisha. Não será uma missão fácil encontrá-los e resgatá-los.

— Vou ligar na agência de segurança de um amigo. Foram eles que me enviaram a Amanda, Anderson e a Jéssica no passado. Talvez eles ainda possam me ajudar, apesar de ser uma situação que alcança outro patamar.

— Procure por Aretha. Ela é uma agente especial que poderá ajudá-lo a chegar ao menino.

— Como assim? Por acaso é mais uma das Mães de Spalla?

— Você já sabe a resposta. Precisa acelerar a busca pelo menino e sua família. A sua participação é de extrema importância para que ele possa ser reconhecido. Confie na sua intuição e nos seus sentimentos.

— Farei o possível e o impossível para resgatá-lo com a máxima urgência. Eu estaria junto a eles nessa busca de qualquer jeito e prometo que não vou atrapalhar.

— Confie na sua intuição e nos seus valores, os mesmos que você deixou cravados em todas as suas passagens pela Terra. Nada, nem mesmo os medos e desafios de uma guerra podem mudá-los.

— Você fala como se já conhecesse o que iremos enfrentar lá. Tem mais alguma coisa a me dizer sobre isso?

— Hoje eu conheço ainda mais você do que antes. Sempre o admirei pela sua honestidade, inteligência, mas acima de tudo pela sua lealdade, não somente ao Tommy. Compreendo que a sua lealdade com os seus valores e a sua formação estão acima de qualquer pessoa. Em todas as nossas passagens pela Terra, você foi extremamente importante. Sempre existiu uma ligação e uma rede de proteção entre nós, em nossas vidas passadas que você jamais poderia imaginar. Era você quem estava todo tempo ao lado de Tommy para protegê-lo, até o dia em que ele doou a própria vida para me salvar. Por isso, você pode ser a chave de todo esse segredo.

— Existe sim uma ligação muito forte entre nós. É extremamente difícil compreender até onde tudo isso vai chegar. Entretanto, não há como negar a intensidade da atração por tudo o que está envolvido nessa lenda.

Logo depois do encontro com Carol, Buhba fez algumas ligações e acertou uma reunião com Aretha para o dia seguinte à noite, em Londres. Evitaram falar pelo celular, entretanto, ela parecia já aguardar pela ligação, ter prontas algumas respostas e todas as estratégias preparadas para iniciar uma ação, sem perda de tempo para o resgate de uma, entre milhões de crianças que sofriam desamparadas aos infortúnios de mais uma, entre tantas outras guerras enraizadas pelo mundo.

Buhba precisava prestar as últimas homenagens à grande irmã, com a qual a vida lhe havia presenteado. Conseguiu acelerar a chegada à Polônia, partindo imediatamente de Goma, fazendo a conexão em Berlin. Previu sua chegada na olaria para as 13 horas. No carro, rumo ao aeroporto de Goma, ao lado do sobrinho não conseguia conversar, sentindo por vezes a mão que lhe dava conforto em seu ombro, vinda da irmã, no banco de trás. Apenas se limitava a ler algumas tristes mensagens de Samanta e Scarlet, postadas em um grupo de conversas pelos celulares, como se Carol ainda pudesse recebê-las. Mathew, diferente do que vinha acontecendo há algum tempo, visualizou as mensagens enviadas pelas irmãs no grupo, escreveu logo abaixo das mensagens deixadas por elas, diminuindo um pouco da preocupação com ele,

— Quero que você saiba, que onde quer que esteja, será sempre a minha mãe de coração. Não me abandone jamais — disse Samantha.

— Onde estiver, visualiza e entende que nunca haverá distâncias, mundos ou qualquer separação entre nós porque eu te amo pra toda a eternidade — disse Scarlet.

— Perdi uma das pessoas mais maravilhosas que a vida colocou em meu caminho, com uma mente, coração e alma maiores do que o Universo. Até um dia — disse Mathew.

Era impossível para Buhba ler aquelas mensagens e conter o choro, assim como era inusitado, em toda a sua vivência poder assistir uma despedida on-line. Ele leu as mensagens sabendo que não podia contar-lhes que para ele, não foi uma despedida, mas sim uma reaproximação. Ele tinha todas as comprovações de que a vida após a morte era uma realidade, o que acalmou de certa forma, a tristeza do seu coração.

Passou toda a noite sem pregar os olhos. Não conseguiu deixar de pensar em tudo o que viveu ao lado de Tommy e Carol. Eles haviam partido e deixado a mais bela história de amor que poderia existir. Tinha sobre os seus ombros a responsabilidade de registrar para a eternidade as suas passagens e o elo formado com Deus. No entanto, o que realmente lhe tirava o sono, era a tentativa de desvendar o mistério que colocava os dois amigos em total distanciamento espiritual.

Era o desejo de Carol, ser enterrada na própria olaria, onde Aganieszka e seus familiares também haviam sido enterrados. Existia uma proximidade espiritual muito grande entre ela e aquela terra, que a atraiu de maneira singular, fazendo-a nunca mais querer sair de lá. Alexandar, o fiel escudeiro dos últimos tempos cuidava dos preparativos, com a ajuda da sua esposa e de Jéssica. Seria um evento simples, com a presença das irmãs

Samantha e Scarlet, a família de Alexandar, Jéssica e Adele, além de Buhba.

A mensagem informando a morte de Carol partiu de Adele. Ela havia sido bastante prática e até certo ponto fria, se é que poderia ser diferente por um aplicativo de conversas. Ela sempre demonstrou não ser muito participativa nas redes sociais, conversas por aplicativos ou mesmo ligações, o que estava muito longe da sua singular simpatia presencial. Mas, as suas palavras foram frias demais, em meio às outras escritas pelas meninas e pelo próprio Buhba.

— **Infelizmente hoje perdemos a nossa amada Carol. A Amanda ligará para cada um de vocês. Beijos** — disse Adele.

No dia seguinte, como fazia habitualmente, chegou à escola na olaria de forma inesperada, dirigindo um carro alugado. As meninas e Buhba já estavam lá. A comoção era muito grande entre eles, envolvidos pela tristeza da perda da amada maestrina, dividida com sorrisos, lembrando dos momentos felizes ao lado dela. As meninas, em certo momento, pegaram o seu violino e tentaram tocar algumas das composições que estavam anotadas em um caderno, aberto ao lado do piano, sem ter o conhecimento de que elas ainda eram inéditas. Scarlet tocou ao piano e Samantha a acompanhou no violino, quando Scarlet parou repentinamente.

— Meu Deus! Onde estará o Mathew que não responde mais as nossas mensagens. Ele abandonou tudo e todos por causa de uma namoradinha.

— Eu concordo com você, minha irmã. A Carol é muito importante na vida dele também. É inadmissível que ele não esteja aqui para prestar as suas homenagens. Tornou-se um irresponsável.

— Fiquem tranquilas, está tudo bem! Talvez ele nem esteja com uma namoradinha e sim resolvendo algum problema do futuro do planeta. Ele nunca foi irresponsável.

As gêmeas entreolharam-se em uma sincronia quase treinada, balançando a cabeça, contrariando a fala de Adele. Não faltaram com respeito, no entanto, era impossível que ela conhecesse melhor o irmão do que elas, depois de tanto conviverem. A preocupação era contida apenas quando ele mandava alguma mensagem no grupo particular, formado entre os três irmãos. Nessas mensagens ele pedia para que elas não se preocupassem, pois estava aproveitando a vida. As mensagens sempre eram acompanhadas por uma senha que alternava seguindo um código pré-determinado pelo próprio Mathew.

A reclusão de Carol na olaria, já a havia afastado da convivência com os amigos, orquestra, e principalmente da mídia já há um bom tempo. O local do seu enterro deveria ser segredo, conforme alertava a própria Adele. Havia um túmulo ao lado de uma pequena capela, no entanto ela não seria enterrada ali, junto aos corpos dos familiares da professora.

— Ela deve ser enterrada atrás da chaminé, onde também estão enterrados os lobos e a própria Aganieszka. Não existe uma lápide ou qualquer outra marca que identifique o local.

— Como assim? Existe um local apropriado para o enterro. A professora está enterrada junto aos seus familiares, aqui ao lado, conforme diz a placa.

A dúvida de Samantha era a mesma de Scarlet, e de Buhba. Apenas Jéssica e Alexandar pareciam já ter conhecimento dos fatos, pois a cova já estava aberta, mesmo antes da chegada de Adele.

— Qual a ligação de Alexandar e Jéssica com a Lenda de Spalla?

Logo na primeira oportunidade em que esteve sozinho com Adele, Buhba demonstrou o seu interesse em saber como eles já sabiam quais seriam os procedimentos para o enterro de Carol, mesmo antes da chegada deles.

— Todos aqueles que se aproximam de Spalla, estão de alguma forma conectados com as suas passagens pelos planos terreno e espiritual. As pessoas que aqui estão fizeram parte dessa história e revivem momentos de alegria e tristeza de outras vidas. E você não deve se atrasar para uma outra missão.

Adele sabia que ele havia se encontrado com Carol na noite anterior e conhecia o seu destino. Infelizmente, não havia tempo para mais perguntas naquele momento. Adele se mostrava cada vez mais conhecedora da Lenda de Spalla.

— Sim. Preciso partir logo. Tenho um encontro logo mais à noite com Aretha para acertarmos...

— Não precisa me contar todos os detalhes.

Buhba foi interrompido por Adele, assim que uma das gêmeas se aproximou. Despediu-se de todos logo após o sepultamento e rapidamente se dirigiu para o aeroporto, onde pegaria o primeiro avião para Londres, para encontrar-se com Aretha. Estava muito cansado por todas as viagens em pouco tempo, porém a urgência e as preocupações lhe roubaram o sono no avião. Desde o momento em que conversou com Adele, tentava decifrar qual era a missão de cada um dentro do Segredo de Spalla. As futuras conversas com Carol deveriam ser um pouco diferentes, partindo da premissa de que havia um segredo que precisava ser desvendado.

Buhba, mesmo na sua infância, nunca teve o espírito aventureiro e desbravador, como o pai, a mãe e os seus irmãos tinham. Nunca se atreveu a subir o monte Nyiragongo, apesar do próprio pai incentivar os filhos, ainda pequenos. A própria mãe o deixava boquiaberto, quando enfrentava guerrilheiros empunhando um giz e um livro de Dom Quixote em suas mãos. Era um menino mais pacato, sempre tranquilo e conselheiro, desde a sua infância. Era diferente de todos ao seu redor, limitando-se ao prazer pela leitura, devorando todos os livros que a mãe conseguia levar para casa. Para ele, mudar a história de sua vida dependia muito mais dos seus neurônios do que da sua força. Enquanto os irmãos escapavam para brincar na floresta, ele permanecia ali, junto à sua mãe ou no limite da sua escrivaninha, por vezes acompanhando-os com os olhos, pela vista que a janela do quarto lhe oferecia, até que eles adentrassem na mata fechada.

Mesmo que tardiamente, era o momento de Buhba liberar a adrenalina contida durante tanto tempo em seu corpo. Durante a reunião, alguns membros da equipe, montada previamente com seis agentes, olharam desconfiados para a presença de Buhba. Deveria ser uma equipe diferenciada, com integrantes não jovens para não chamar a atenção. Buhba seria liderado pela ex-comandante da Interpol, Aretha, assim como os outros cinco agentes aposentados. Era ela a responsável pelo recrutamento dos ex-agentes da Interpol e da CIA que deveriam compor o grupo.

Os agentes estavam animados por terem a emoção de volta, retornando ao trabalho, depois de uma aposentadoria não desejada. Entre eles, a principal conversa, fora dos planejamentos estratégicos, durante o café, era sobre a possibilidade de afastar os chinelos e voltar à atividade que tanto amavam. A vida regada às mais profundas emoções, não poderia ser extirpada de repente. Eram combatentes das ruas que não se adaptaram à continuidade do trabalho dentro de um escritório, dessa maneira optaram pelo afastamento integral. Nesse caso, todos os convocados para a formação da equipe certamente não representavam apenas a experiência, pois todos pareciam estar muito bem fisicamente, atendendo às necessidades que provavelmente iriam enfrentar.

A equipe foi formada por quatro mulheres e dois homens. Ao convite de Aretha, todos reagiram positivamente ao que chamaram de convocação. Sendo assim, Sofia e Mike, os agentes americanos, tão logo receberam a ligação, marcaram o primeiro avião para Londres. Os outros três integrantes que completariam o grupo moravam mais próximos e atenderam ao chamado de imediato. Villander vivia na Suíça e Érika e Melina, continuavam morando em Londres. A condição básica para a escolha dos membros da equipe era que todos ainda tivessem as suas identidades secretas preservadas.

Aretha explicava o plano detalhadamente aos integrantes, quando foi interpelada por Mike, insistindo na sua teoria, olhando diretamente para Buhba.

— Acho que não devo ser o único a discordar da presença de um civil na missão. Sabemos que os protocolos de ambas as agências restringem ao máximo a participação civil para preservar, não somente as suas próprias vidas, mas as dos agentes também.

— Concordo com o Mike. Estamos indo para salvar uma família e cuidar dele pode dificultar a missão e colocar tudo a perder. Nós não sabíamos desses detalhes quando aceitamos a missão.

Sofia, a outra americana, entrou em defesa do ponto do amigo Mike.

Buhba, seria o único civil, sem qualquer experiência ou habilidades físicas que o credenciasse para a ação, despertando uma repulsa, até certo ponto natural por alguns agentes da operação. Apesar da falta de experiência, Buhba fez questão de participar ativamente de todo o planejamento, e aí ele surpreendeu os agentes e até mesmo a alta cúpula da agência, dando as suas ideias e fazendo as suas intervenções. Não mediria esforços para salvar a criança e a toda a sua família.

Aretha insistiu que seria importante a participação dele na equipe e em sua defesa, dispensando contestação.

— Eu entendo a preocupação de vocês, que não deixa de ser a minha também, porque jamais admitiria colocar em risco essa missão. Entretanto, estamos procurando por uma criança recém-nascida, em meio a tantas outras, com poucas informações e existem situações que estão muito acima da nossa compreensão. Se ele diz que pode reconhecer o menino, nós precisamos e vamos confiar nele. Acreditem. Nesse momento a intuição dele vai nos ajudar muito mais do que as nossas habilidades. É uma missão em que não podemos cometer qualquer erro. Nós temos a missão de resgatar o bebê e a sua família, assim como cuidar da segurança do Buhba e de todos os envolvidos com nossas próprias vidas.

Alfred, o chefe da agência, presente na reunião, era o primeiro a defender a presença de Buhba, para reconhecimento imediato do bebê. Ele levantou outro ponto, questionando insistentemente sobre o local para onde o menino seria levado.

— Por que Ushuaia?

— Não tenho clara essa resposta, mas é o local para onde toda a família deverá ser levada.

Aretha evitou falar que foi o local escolhido por Adele.

— Só não entendo por que Ushuaia.

Alfred insistia em saber o porquê daquele local, onde não havia nenhuma similaridade com a língua falada, haveria muita dificuldade de interação pela família e não era um local que oferecia uma rota fácil para fuga. Estariam praticamente encurralados.

— Com certeza deve ser pelas dificuldades em se chegar até o fim do mundo.

Buhba respondeu de forma ríspida, contrariando o seu próprio jeito de ser, sem tocar no nome de Adele, que havia passado o destino diretamente para Aretha.

— Aretha, o Mike é um dos mais brilhantes agentes que eu conheço. Deixe-o ao seu lado e do Buhba para protegê-los.

A equipe estava programada para chegar no período da manhã à cidade de Taiz, no Iêmen. Aproveitando a reabertura parcial, com controle de fluxo do Aeroporto Internacional da cidade, deveriam entrar com credenciais de médicos da ONU. Depois o grupo seria dividido em dois, com Aretha, Buhba e Villander encarregados de resgatar a mãe e as crianças e o outro grupo formado por Erika, Melina, Sofia e Mike incumbidos de resgatar o pai, no Castelo do Cairo. Os dois grupos deveriam encontrar-se, em segurança, sem serem perseguidos, na baía na cidade de Moca, de onde partiriam até Djibuti. De lá, seguiram para Buenos Aires, realizando uma escala em São Paulo. De Buenos Aires, partiriam de carro até Ushuaia, chamada de "o fim do mundo", no arquipélago da Terra do Fogo, no extremo sul da América do Sul. A região próxima era pouco habitada, oferecendo mais segurança para a criança.

O relógio marcava exatamente 22:00 p.m., do dia 03 de outubro, quando o grupo se encontrou no *Heathrow Airport*, em Londres, com destino a Taiz, no Iêmen. O grupo deveria permanecer unido até a chegada para não despertarem suspeitas. Conversavam alto e de maneira descontraída, como deveria ser o encontro entre vários médicos, rumo a mais uma ação humanitária em um país pobre, envolvido em uma guerra civil. Um grupo de senhores e senhoras, de meia-idade, com seus cabelos grisalhos, óculos com graus mais fortes, certamente estavam muito mais para médicos do que para agentes da Interpol e CIA. Aterrissaram no aeroporto de Taiz, no Iêmen, às 6:15 da manhã. Com os passaportes checados no desembarque, não despertaram nenhuma suspeita, e com direito a elogios, passaram com facilidade pelos agentes de supervisão.

— Doutores! Bom trabalho e muito obrigado pelo brilhante trabalho que têm realizado em nosso país.

— Obrigado. Estaremos sempre dispostos a ajudar.

Pegaram os passaportes e saíram rapidamente. Deveriam apresentar a mesma simpatia demonstrada pelos médicos que ali desembarcavam. Levar um sorriso àquelas pessoas tão sofridas era tão importante quanto o remédio para a cura dos males do corpo e da alma.

O castelo do Cairo, onde estava preso o pai de Ali, ficava a pouco mais de vinte quilômetros, com tempo previsto em pouco mais de meia hora até a chegada. Seguiram em dois carros alugados até a metade do caminho, onde se encontrariam com um agente inglês, que lhes entregaria as armas de fogo e paralisantes, munição e outros equipamentos para a invasão do castelo. A invasão deveria seguir conforme planejado, sem chamar a atenção das tropas de fora do castelo. A entrega estava marcada para às 7:30 a.m., próximo a uma loja de materiais de construção abandonada no entroncamento da Rodovia Sanaa e a N1.

Era aterrorizante, mesmo para aqueles profissionais experientes, a decadência da cidade, porque se apresentava quase totalmente destruída, percebida logo no desembarque. Guerrilheiros armados com fuzis e metralhadoras misturavam-se à população no meio das ruas, totalmente perdidos em meio a uma guerra, que provavelmente, nem saberiam explicar o motivo. Crianças corriam desprotegidas, à procura de amparo e segurança após a perda de seus familiares.

Villander dirigia o carro, em péssimo estado, com Buhba ao seu lado e Aretha atrás. A tristeza estava nos olhos de cada um deles, mas especialmente nas lágrimas que escorriam dos olhos de Buhba, mesmo sendo ele acostumado às mazelas do seu povo na África. Não era um sofrimento maior ou menor, nem comparável. Era uma dor profunda que lhe cortava a alma, fazendo-o pensar que todo ser humano possui uma fissura em seu caráter, na sua dignidade e na sua honra, e as atitudes ao longo da vida poderiam cicatrizá-la ou transformá-la em uma erosão. A sua incapacidade de mudar aquela situação representava exatamente o rasgo que se abria em seu peito. Olhava para todos os lados, todavia não conseguia perceber a representação da dignidade humana e jamais conseguiria entender como os países mais ricos poderiam compactuar com aquela catástrofe física e moral.

Buhba sentiu a mão de Aretha tocando-lhe o ombro. Mais do que amparar, ela o fazia voltar ao objetivo real de estarem ali.

— Não podemos salvar a todos. Temos que nos afastar desses sentimentos agora. Precisamos focar na nossa missão, pois qualquer desvio pode colocar o menino em risco. Infelizmente, não somos capazes de consertar o mundo.

Buhba, nada falou, apenas fez um leve movimento com a cabeça, concordando. Villander, olhou para os olhos avermelhados dele, enquanto reduzia a marcha, procurando por Aretha no retrovisor, sem nada dizer. Estava muito claro em seu olhar que ele também não aprovava a participação de um civil, sem qualquer treinamento ou experiência em uma operação tão delicada quanto aquela, ainda mais por demonstrar-se envolvido emocionalmente. Aretha, percebendo a reprovação do companheiro, refletia sobre a própria decisão e o peso que a responsabilidade impunha sobre seus ombros. A comoção de Buhba em relação ao sofrimento alheio, poderia colocar em risco toda a operação, mas não havia meios para retroceder e, certamente, não era uma situação em que um simples conselho ou conversa pudesse revertê-la. Estavam lidando com os mais puros sentimentos de homem, tomado por muitos como exemplo de vida.

Em meio à tamanha destruição, miséria, dor e sofrimento, os pensamentos de Buhba ainda vagavam sobre a dignidade humana. Se ela não estava presente entre os mais fracos e oprimidos, também não poderia estar presente nos mais fortes, os donos do poder. A empatia, ausente como possibilidade de transformar e reverter as condições de vida daquelas pessoas e de outras centenas de milhões espalhadas pelo mundo, extraia a dignidade, não só delas, mas do ser humano em sua totalidade. Não poderia ser uma simples relação de poder que oprime, ao contrário, tinha que ser pautado no equilíbrio perfeito, promovidos pela equidade de oportunidades.

Logo à frente, próximo da área tomada, estava montada a primeira blitz do exército, e provavelmente não seria a única pela qual eles passariam. A apreensão de Aretha era justamente por Buhba apresentar as suas fraquezas perante os soldados que sinalizavam para a sua parada.

— Bom dia! Documentos, por favor.

O soldado pediu os documentos em um inglês quase incompreensível.

— Bom dia! Estão aqui.

Villander recolheu os documentos de Buhba e Aretha e os entregou ao soldado, adotando a estratégia de apenas responder o que lhe fosse perguntado. Aretha e Villander continuavam conversando sobre hospitais, doenças e saúde, em voz alta para que fossem ouvidos, enquanto Buhba permanecia quieto, olhando ao longe.

— São da ONU ou OMS?

— ONU.

Estava bem nítido no passaporte que todos ali eram médicos da ONU, pelo menos era o que constava naqueles documentos falsos. Entretanto, o soldado fazia as perguntas como testes para averiguar a fidedignidade da documentação. Talvez nem desconfiasse daqueles senhores e senhora, que realmente se pareciam com médicos, porém era de praxe usar esse tipo de conduta, sempre interrogativa e desconfiada.

— Precisa segurar a sua onda. Médicos não choram com facilidade...

Villander chamou a atenção de Buhba de uma maneira sarcástica, ao que foi fortemente reprimido por Aretha.

— Essa missão é totalmente diferente e muito mais complicada do que qualquer outra que já tenhamos participado. Temos que passar por algumas provações, que não serão julgadas agora, mas em algum tempo futuro e não será por nós. Buhba tem uma função muito importante dentro dessa operação. A sua sensibilidade e a sua ética serão primordiais para o futuro do menino. Tenha a certeza de que todo o nosso treinamento não seria suficiente para tomarmos a decisão correta.

— Mas, ele poderia...

— Não vamos mais voltar a esse ponto. Vamos manter o foco nas ações.

Villander foi barrado de uma forma mais veemente por Aretha.

— Aretha, ele tem toda a razão. Eu preciso me controlar porque não posso colocar a vida do bebê em risco.

Buhba, que até então ouvia quieto, concordou com o agente.

A parte mais difícil da missão estava no resgate do pai de Ali. O Castelo do Cairo estava situado, na encosta norte do Monte Sabr e permanecia com grande parte da sua estrutura destruída, principalmente na sua parte leste, após ataques desferidos pela Arábia Saudita em 2015. Depois de quase totalmente destruído, os guerrilheiros mudaram a sua base, ficando o local designado apenas como prisão de alguns civis que os enfrentaram em defesa de suas famílias. O local era guardado por não mais do que vinte homens e a sua ordem principal era matar os prisioneiros a qualquer tentativa de invasão ou fuga. Ainda não tinham ideia do número exato de prisioneiros que permaneciam lá, que em sua maioria, eram simples civis, mantidos vivos apenas para imputar a força opressora que exerciam perante o povo já castigado. A situação local era bastante precária para os guerrilheiros que tomavam conta do local e desumana para os prisioneiros.

No carro, com os agentes que deveriam resgatar o pai de Ali, no castelo do Cairo, as conversas estavam mais descontraídas, apesar de todas as dificuldades que encontrariam. Mesmo com a chegada da idade, sempre se mantiveram em forma, praticando exercícios e esportes radicais. Erika e Melina, eram mais do que companheiras de trabalho. Tinham uma vida em comum há mais de vinte anos. Para manter a forma, praticavam escalada de parede, rapel em penhascos e cachoeiras, saltavam de paraquedas, além de outros esportes radicais. Raramente perdiam as provas de *rally* em meio ao deserto, onde Melina pilotava e Erika era a navegadora. Era a forma que elas encontraram de manter a adrenalina em níveis mais elevados, talvez não tão próximas, mas pelo menos muito mais alto do que a vida de aposentadas poderia lhes oferecer.

Sofia, uma das americanas, praticava artes marciais, ministrando o krav maga para as equipes da SWAT de Los Angeles. Mike ostentava as suas habilidades, dizendo ser o mais radical, segundo contou às amigas, havia comprado uma fazenda no Texas e nos momentos que sobravam das suas montarias em cavalos e touros, fazia aulas de dança porque a namorada de vinte e cinco anos exigia. Sua fala arrancava risadas de todos.

— Você consegue montar nos touros texanos e não consegue enfrentar as imposições da namoradinha?

As mulheres se divertiam com a submissão anunciada de Mike.

— Ela não é apenas uma namoradinha.

— Isso só comprova a força que as mulheres têm na vida de um homem.

Erika completou os pensamentos da amiga, tirando ainda mais risos de todos.

— Já que vocês são tão fortes, acho que vocês conseguem dar conta desses vinte guerrilheiros sozinhas. Posso esperar por vocês aqui mesmo?

— Não. Você não pode nos esperar aqui. Precisamos muito da sua ajuda para enfrentar aqueles soldados.

— Tinha certeza que ele ia começar a apelar.

Os quatro riam, matando a saudade. Erika e Melina atacavam Mike por todos os lados, pois gostavam de irritá-lo, entretanto jamais dispensariam as suas habilidades para a tomada do castelo.

A conversa em tom de brincadeira, logo voltava para o planejamento estratégico para liberação do pai de Ali. Eles deveriam subir pela parte rochosa do castelo, justamente a que estava quase totalmente destruída. Naquele ponto certamente haveria menor resistência à invasão. O Castelo já não era mais prioritário para a guerra, depois dos ataques que quase o colocaram totalmente no chão, provocando uma perda irreparável para arquitetura local.

Havia um outro carro esperando lá embaixo, do lado oposto ao da subida, pois a descida deveria ser obrigatoriamente pelo lado da frente, encurralando as sentinelas que guardavam a sua entrada. Além disso, acreditavam que o resgatado não teria condições de descer o penhasco, estando há tanto tempo vivendo em condições precárias. A parte frontal era mais protegida e certamente lhes custaria um tempo maior para ser vencida.

Conforme os relatos durante o caminho, essa não seria, nem de longe, a missão mais difícil pelas quais eles já haviam sido convocados a participar. Contavam passagens sobre operações das quais orgulhosamente fizeram parte, trazendo à tona os seus saudosismos particulares, parecendo participar de algum desafio, onde o próximo deveria contar uma vantagem a mais. Com certeza, vangloriar-se lhes traria mais confiança, afinal de contas, estavam longe do fogo cruzado há muito tempo.

As suas atitudes, deixavam bem claro que eles lutavam contra a idade que teimava em chegar. Não era como pintar os cabelos, aplicar *botox* ou submeter-se a pequenas cirurgias plásticas, era uma luta selvagem contra a aceitação do envelhecer. Esqueciam-se que simplesmente poderiam defender o envelhecimento saudável. Mike, costumava negar a sua idade aos novos amigos, sempre dizendo ter trinta e oito anos. A adrenalina correndo em suas veias certamente lhes fazia muita falta.

A única que parecia estar totalmente centrada na missão era Melina, que no início ria, no entanto começou um processo de cobranças frequentes por mais concentração e seriedade. Já estava até certo ponto irritada, ainda mais conhecendo as passagens sobre alguns casos amorosos envolvendo Mike e outras agentes durante o curso de algumas investigações. Sofia e Erika normalmente não eram assim, no entanto, pareciam empolgadas em uma disputa, até certo ponto evidenciando o ciúme de Melina por Erika.

— Estamos quase lá. Lembrem-se que não são apenas as nossas vidas. Vamos apagar todos os guardas e levar o pai de Ali em segurança. Quando deixarmos o local, os outros prisioneiros deverão aguardar pelo menos dez minutos e depois por sua conta e risco tentarão fugir também. Mas será por conta deles porque nós não conseguiríamos salvar a todos. Lembrem-se que alguns deles podem ter técnicas de defesa e poderão tentar roubar as suas armas. Estejam atentos para não sermos obrigados a entrar em combate com eles.

Chegando no topo, com destreza avançaram disparando suas armas silenciosas, imobilizando os dois guerrilheiros que estavam de costas, jogando pedras em uma garrafa. Os agentes, antes acostumados com as armas de fogo e seus silenciadores, estavam surpresos com a eficiência das novas pistolas paralisantes, mas sentiam saudades das antigas, principalmente as de maior calibre, com um efeito devastador em seus alvos. O mais novo armamento de paralisação também havia evoluído e não só atingia distâncias maiores, como também paralisaram por um tempo maior. Enquanto Mike e Sofia tomavam a frente, derrubando rapidamente os alvos, Erika e Melina os algemavam. Mike tomou para si uma metralhadora de um dos guerrilheiros e seguiu com ela pendurada em seu tronco, mesmo sob nova desaprovação com o balançar de cabeça de Melina. O uso de armas de fogo atrairia mais guerrilheiros para conter a invasão. Seguiram adentrando no Castelo em busca de Kalil Al-Kudsi, pai de Ali.

— Não estamos aqui para matar pessoas. Vamos resgatá-los sem mortes, conforme o planejado.

— É somente uma precaução.

Mike acelerava os passos tomando a dianteira das mulheres, antes de ouvir as últimas palavras da frase dita por Melina. Estava claro também que ele não estava confortável com as mulheres no comando das ações.

Erika aproximou-se de Melina.

— Tenha calma! Vamos acabar logo com isso.

Seguiram divididos em duas duplas, sem a noção de onde estavam confinados os presos. Sofia acompanhou Mike pelo lado esquerdo, seguindo a intuição do companheiro, enquanto Erika e Melina seguiram unidas para o lado oposto. Os guardas pareciam totalmente despreparados para qualquer tipo de invasão, não acreditando que alguém ousaria invadir o castelo para resgatar prisioneiros civis, sem qualquer valor de troca no conflito. Eles estavam entretidos naquele jogo improvisado com pedras, com os seus fuzis pendurados em suas costas. Alguns apenas conversavam descontraídos, enquanto os outros três pareciam dormir sob os raios de sol que penetravam no castelo, pelas partes destruídas do teto. Todos os prisioneiros estavam em uma mesma sala grande, transformada em cadeia, sem janelas e a porta trancada com um grande cadeado, velho e enferrujado.

Os agentes estavam agora de frente e conseguiam contato visual e comunicar-se com sinais. Precisavam imobilizar os guardas que se colocavam entre eles e a cadeia. Melina sinalizou para que Mike e Sofia aguardassem, até que tirassem de combate primeiro os guardas que estavam deitados próximos a elas. Assim feito os três foram tirados de combate sem qualquer barulho. Ao sinal de Melina iniciaram o ataque contra os guardas que não tiveram tempo de revidar. Em uma ação muito rápida, todos foram abatidos. Mike tentou arrombar o cadeado, com a própria metralhadora, numa tentativa sem sucesso, quando o pai de Ali girou o cadeado para dentro e o arrebentou com uma pedra da parede do castelo. Todos ali dentro estavam muito fracos e desesperados para serem resgatados. Erika tentou acalmá-los, pedindo para eles aguardarem até que os guardas da entrada do Castelo fossem imobilizados. Porém, os prisioneiros não atenderam aos pedidos e correram em direção aos soldados caídos para tomar as suas armas. Em posse das armas, começaram a descida antes dos agentes, entrando em conflito com os guardas da entrada, com longas rajadas de tiros.

O barulho já deveria ter despertado os guardas da entrada do Castelo. Mike tentou pegar outra metralhadora para alguém da equipe, mas não teve tempo. Os prisioneiros, sem esperar qualquer estratégia, começaram uma retirada alucinada, colocando de lado a tática dos agentes, enfrentando os guardas à revelia. O pai de Ali não entendia por que estava sendo resgatado, pois era apenas mais um entre tantos presos sem importância, até que Erika lhe explicou que outra equipe estava naquele mesmo momento resgatando a sua esposa e filhos, então todos seriam levados para outro país em segurança.

Enquanto guardas e prisioneiros trocavam tiros, Mike fazia a vez de *sniper*, estando bem atrás dos prisioneiros que avançavam, fazendo uma linha de frente no combate. Porém, vários deles acabaram mortos. Eram pobres coitados, desesperados por liberdade, no entanto, sem habilidades com as armas. Kalil permanecia entre as mulheres do grupo que o cercavam, protegendo-o. Com a queda de vários prisioneiros, os agentes estavam agora em conflito direto com os guardas. Conseguiram, com dificuldade, chegar até à rua estreita que os levaria até o outro carro. Enquanto atravessaram o beco, Erika olhava o celular, tentando acompanhar como estava se saindo o outro grupo, responsável pelo resgate da família de Ali, comandado por Aretha. As mensagens deveriam ser enviadas apenas quando estivessem nos carros rumando para o ponto de encontro na baía na cidade de Moca, de onde partiriam até Djibuti, de barco.

Chegando ao carro, foram recebidos a tiros por um pequeno grupo de agentes vestidos de terno preto que os cercou. Certamente eram agentes da Santa Aliança, conforme Carol havia avisado. Sofia foi alvejada de raspão no braço, quando Melina disse que deveriam desistir daquele carro e apontou para outro que estava a uns cinquenta metros dali. Mike cobriu a retaguarda e habilmente acertou dois homens que caíram ao chão, já sem vida. Entraram no carro roubado e seguiram para Moca. A ação deveria ter a chegada dos dois grupos sincronizados até o barco, que estaria aportando justamente após a chegada deles. Para tanto, era imprescindível a comunicação entre eles, por isso Erika estava preocupada e não parava de olhar para o celular.

Há poucos minutos, o outro grupo liderado por Aretha tinha encontrado uma casa velha, onde havia várias mulheres com seus filhos e três delas estavam com bebês recém-nascidos. Era um prédio grande, com marcas de tiros e de sangue espalhadas pelas paredes. Havia vários quartos, todos eles com o mesmo cheiro repugnante, podre e indescritível, deixando claro que não havia o mínimo de condições sanitárias naquele local. Aretha procurava cobrir o nariz com a própria mão, enquanto Buhba parecia inebriado pela raiva dos seres humanos que colocavam aquelas pobres pessoas em condições subumanas.

Sem qualquer proteção, as mulheres já não mais conseguiam prover alimentos para seus filhos e o sentimento comum entre elas era a desilusão e espera pela morte. Buhba tentou prender as lágrimas em seus olhos, pois era difícil acreditar que o amigo reencarnado vivia em tais condições. Precisavam encontrar e convencer a mãe a seguir com eles e levar os seus filhos. Entretanto, todas elas estavam muito fracas e assustadas com a presença daquelas pessoas procurando por uma mãe e seu filho.

— Você é Aisha? Conhece Aisha?

Ao dirigir-se à primeira mãe encontrada com um bebê em seu colo, a mulher respondeu que não com a cabeça e saiu de perto de Aretha, assustada, procurando proteger o filho. Todas as mães estavam alvoroçadas pela invasão do local. Aretha e Buhba subiram as escadas rapidamente procurando pelos quartos que haviam ali. Villander ficou na porta, armado e atento para a chegada de qualquer um que tentasse impedir o resgate ou sair daquele prédio, onde as mulheres eram constantemente abusadas pelos guerrilheiros e pelos soldados.

Aretha entrou em um quarto onde haviam apenas moças e meninas, aparentando ter entre catorze e dezoito anos.

— Somos médicos e viemos atender uma mãe. Conhecem Aisha?

As moças nada responderam, apenas a que parecia ser a mais nova apontou com o dedo para o final do corredor. Aretha saiu rapidamente, dirigindo-se para o fundo daquele longo prédio, saltando onde havia objetos destroçados, pedaços de paredes e muitas roupas sujas. O cheiro ficava mais forte à medida em que ela se aproxima dos últimos quartos. O corpo de uma jovem nua, alvejado por um tiro em seu rosto, deixava claro que ela preferiu lutar e perder a própria vida a ser mais uma vez estuprada pelos guerrilheiros.

Buhba entrou em outro quarto que estava com a porta entreaberta. A mãe estava sentada em uma cadeira, com um bebê em seu colo. A moça aparentava estar no mais profundo sofrimento depressivo. Ele se aproximou e colocou a mão sobre a cabeça da moça e tentou acalmá-la. Sentiu que não era aquele o bebê que eles procuravam, mesmo sem que nenhuma palavra saísse da boca da sua mãe. A mãe continuava olhando para a janela, sem esboçar qualquer reação, como se nela procurasse uma saída para aquelas condições subumanas às quais estavam submetidos. Então, ela lhe estendeu os braços e lhe ofereceu o filho. Buhba custou a se recobrar de que estava ali para cumprir uma missão, queria acolher o bebê e sua mãe.

Era inconcebível acreditar que mulheres grávidas, com seus filhos no colo e crianças sem pais estavam confinadas e aguardando que as suas orações pudessem ser atendidas. Algumas, já não mais acreditavam que pudesse existir um Deus, já que Ele não ouvia os seus pedidos de clemência. Buhba, então se perdeu no tempo e espaço, esquecendo-se das razões que os levaram até aquele deprimente lugar. Tentou ser forte, mas não havia como deixar de imaginar o ser humano como o mais fraco, impotente e desprezível entre todos os animais. Naquele momento a dignidade, tão experimentada e defendida em seus livros, chegava literalmente ao fundo do poço.

— Tenha força que logo tudo ficará bem. Prometo lutar para que isso termine em breve.

Buhba tentou levar uma palavra de alívio e de paz, mesmo sabendo que era quase impossível naquele momento. Ele entregaria a própria vida a qualquer uma delas. Para elas também a morte seria menos dolorosa do que a vida tratada como um lixo, miserável e deplorável diante da guerra. O equilíbrio parecia tropeçar na insanidade, entretanto, uma voz parecia ecoar em sua cabeça lhe recobrando os sentidos e uma imagem se formava à sua frente. Era Carol lhe indicando o caminho.

Aretha cruzou com Buhba saindo do quarto sob um raio de sol, entrando pelas telhas que faltavam, seguindo em direção ao último quarto da esquerda, assim que ela entrou no outro que restava, à direita. Aretha se deparou com duas senhoras inutilmente tentando esconder uma moça e seu bebê.

— Aisha?

Aretha perguntou, olhando para a moça, certa de que havia encontrado a criança. A moça nada respondeu, enquanto uma das senhoras levantou-se e começou a falar alto com Aretha, que foi até a porta para chamar Buhba, esperando que ele reconhecesse aquele bebê. Quando parou na porta do quarto em que ele havia entrado, teve a oportunidade de assistir a uma bela cena, em meio à barbárie. A mãe colocou o bebê que chorava em seus braços e, então, a criança imediatamente parou de chorar. Buhba olhava para ele com os olhos cheios de lágrimas. A mãe abraçou seus outros dois filhos e pegou alguns poucos pertences, como se já estivesse esperando pela chegada daquele senhor. Ele representava o alívio imediato para o sofrimento daquela família.

— Buhba, temos que nos apressar. Já resgataram o Kalil e estão se dirigindo para Moca. Entraram em confronto com agentes da Santa Aliança.

Todas as mensagens eram enviadas em códigos para o caso de o celular cair em mãos inimigas. As frases eram emitidas com falas representadas por médicos, sempre baseadas em remédios, hospitais e equipamentos médicos.

— Estão todos bem?

— Sim. Precisamos chegar juntos no ponto de encontro.

Buhba saiu com o bebê em seu colo, enquanto a mãe carregava a filha e o menino a acompanhava logo atrás, seguido por Aretha. No corredor, Buhba diminuiu a velocidade e a amplitude de suas passadas, sentindo o cheiro forte, gravou as imagens que ficariam impregnados em sua memória. A humanidade precisava com urgência rever os seus conceitos e os seus valores. Qual seria o propósito de destruir a tudo e a todos pela disputa de poder? A vida se transformava em um emaranhado de alegrias e tristezas, todavia alguns experimentam somente a pior parte. Naquele corredor, ficou difícil decifrar o enigma que a vida daquelas pessoas apresentava a cada novo dia, sem resquícios de dignidade.

Villander os aguardava na saída, vigiando a porta e tentando apressá-los ainda mais, temendo um confronto. Deveriam pegar caminhos diferentes, pois as crianças dentro do carro chamariam a atenção se passassem por qualquer bloqueio para vistorias. Villander, na direção do velho carro, tomou cuidado entre as ruas estreitas para não pegar caminhos errados que pudessem colocá-los dentro das barricadas, o que certamente colocaria um fim à toda a missão.

Aretha, sem nada dizer, tentou relembrar todas as passagens, desde a primeira reunião para formação da equipe e decisão das estratégias. Havia um traidor, dentro daquele grupo, no entanto todos eram agentes qualificados e honrados nos seus trabalhos, conhecidos dela e da agência de longa data. Não conseguia imaginar que um deles estaria passando informações para os agentes que trabalhavam para o Vaticano. Eles haviam encurralado os agentes no ponto conhecido em que a equipe agiria, no Castelo do Cairo, mas não chegaram a outro ponto da missão, que era a casa com localização desconhecida. Villander, que estava ao seu lado era um velho companheiro e estava acima de qualquer suspeita.

Mike, apesar da idade, era irreverente, contava as suas vantagens, era até certo ponto arrogante, sempre se gabando dos seus feitos em suas missões, colocando-se acima da equipe, porém não havia nada em específico que o desabonasse. Precisava do apoio de Alfred, contudo na situação em que se encontravam não tinha como se comunicar. Ele estava no comando da agência há muito tempo e conhecia melhor do que ninguém os dois agentes. Todas as mulheres do grupo faziam parte das Mães de Spalla, e colocariam a sua própria vida em favor da missão para proteger os envolvidos na lenda. Sabia que seria mais difícil saírem do Iêmen agora. A Santa Aliança com certeza devia ter colocado mais alguns agentes bem qualificados em seus caminhos para não perderem, uma oportunidade tão clara de chegar até o protetor que daqui a alguns anos os levaria até Spalla.

— Pare o carro!

— Estamos quase chegando ao ponto de encontro.

— Por favor, Villander.

Aretha desceu do carro e mandou uma mensagem para Melina.

— **Vamos alterar o ponto de encontro.**

Melina recebeu a mensagem e logo em seguida recebeu a localização, enviada pela Aretha. Entre as duas havia uma interação muito grande e não era preciso dizer o que estava claro para ambas. Em dez minutos estavam reunidos no local informado por Aretha.

Com a equipe novamente reunida, Aretha evitou dizer que desconfiava haver um traidor entre eles.

— Sabemos que não eram somente aqueles agentes. Se houver mais surpresas é bom estarmos juntos para aumentarmos as nossas forças. Vamos seguir juntos para Moca. Vocês seguem na frente e nós estaremos a trinta metros atrás de vocês.

Aretha queria ter as outras mulheres ao seu lado para a proteção de Buhba e do menino.

Uma lancha estaria aportando no Mokha Port, cinco minutos depois de Aretha enviar a mensagem que estavam se aproximando. Assim que enviou a mensagem, aproximaram-se do final da rua que levava ao porto, quando Mike avistou um carro preto, novo demais para os padrões normais e parecido com o que estava estacionado próximo ao outro combate. Os agentes da Santa Aliança conheciam todos os pontos de referência.

— Eles vão interceptar o segundo carro. Diminua a velocidade que eu vou saltar. Vocês continuam, passam por eles e param logo depois. Faremos um fogo cruzado com eles ao meio e acabamos logo com isso.

— Está louco! Vamos continuar todos juntos.

Melina não diminuiu a velocidade, contrariando o pedido de Mike, que esperou até chegar perto de um caminhão que encobria a visão dos homens que estavam agora a uns cinquenta metros. Sem hesitar, ele saltou, com o carro em movimento e caiu rolando pelo chão com a metralhadora em punho.

— Meu Deus! Essa hérnia de disco vai acabar comigo.

Mike rolou várias vezes, até parar bem próximo à roda do caminhão, que o encobriu. Levantou-se com certa dificuldade, reclamando das dores na coluna e aproximou-se do carro. Aretha viu aquela cena lembrando-se de que há poucos minutos desconfiava que ele seria o traidor, porém compreendeu que ele estava fazendo o cerco, sinalizando para que eles aguardassem o seu comando. Não poderiam permitir que a família ficasse em meio ao tiroteio que se aproximava com o veículo encurralado.

— Ele é louco!

— Eles vão tentar interceptar o segundo carro. Ele está certo. Passe por eles e pare. Assim vamos surpreendê-los.

Melina ainda discordava de Mike, quando foi interpelada por Erika, concordando com a ação, retribuindo a emboscada preparada pelos agentes da Santa Aliança.

— Vocês têm toda razão. Verifiquem os cintos rápido.

— O que você está pensando em fazer?

— Segurem firme.

Melina era perita em manobras arriscadas e logo que passaram o carro, ela deu um cavalo de pau, deixando o carro tombar para o lado, formando uma barricada. Os agentes da Santa Aliança ficaram presos e quando pensaram em sair com o carro foram surpreendidos por vários tiros de metralhadora nos pneus. Agora estavam os quatro agentes dentro do carro recebendo as rajadas de tiros pelos dois lados. Dois deles foram mortalmente alvejados pelos disparos de Mike. Os outros dois ainda revidaram os tiros, virados um para cada lado, sem conseguirem sair do carro.

Buhba, no interior do segundo carro, tentou acalmar a mãe e as crianças, pedindo para que eles voltassem o rosto para o outro lado. A mãe, ao lado Buhba, parecia tentar conter os próprios soluços, ante ao grande número de tiros, demonstrando que, mesmo em meio a uma guerra, não havia como acostumar-se com a selvageria humana amparada pelas armas de fogo.

O poder de fogo de Mike e do outro lado com as mulheres era tão grande que mantinha os dois agentes abaixados, permitindo a Erika sair de trás do carro e se aproximar. O carro estava totalmente deformado pela quantidade de tiros. Logo os dois homens foram surpreendidos por

Erika que acertou os dois com a arma paralisante, deixando-os imobilizados. Assim que abateram todos os agentes, os quatro foram correndo, dois de cada lado, escoltando o carro, dirigido por Villander até a chegada e embarque na lancha que os levaria até Djibuti. Era uma lancha rápida que chegaria ao destino em torno de uma hora e meia. Erika do lado de fora assistia à maneira como Buhba olhava para aquele bebê no colo de sua mãe e como o bebê com tão pouco tempo de vida, retribuía o olhar com o mesmo carinho.

Naquela região seria fácil eles serem confundidos com traficantes de pessoas. O Estreito de Bab el Mandeb era o caminho mais curto até Djibuti, com cerca de trinta quilômetros de distância, frequentemente utilizado para migração ilegal e tráfico de pessoas. Os migrantes partiram do Iêmen para Djibuti em busca de melhores condições de vida, fugindo da guerra que já durava mais de dez anos, mesmo sabendo que cruzar o canal não significava que teriam uma vida fácil, porque certamente seriam explorados nos trabalhos em regime de semiescravidão. Villander contava aos outros que ali mesmo, mais de cem pessoas haviam sido jogadas ao mar para que os traficantes não fossem presos, há alguns anos.

Durante todo o trajeto, Aretha pensou sobre os fatos ocorridos naquela missão. Claro que havia um traidor entre eles, mas todos eles lutaram bravamente, colocando as suas próprias vidas em risco para salvar uma família, mesmo sem saber quem eles eram na verdade. Aquela situação a intrigava. Lembrou-se de que Alfred havia pedido que deixasse Mike ao seu lado porque confiava muito nele. Contudo, ao contrário, ela deixou Villander ao seu lado, e eles chegaram até Mike. Se o Alfred queria Mike ao seu lado e ele havia se arriscado tanto naquela missão, inclusive abatendo a maioria dos oponentes, só havia uma explicação.

— Mike, me entregue o seu celular.

— Por que quer o meu celular?

— Me entregue, por favor!

Aretha não estava com cara de muitos amigos e sem compreender o que estava acontecendo, ele entregou-lhe o celular que estava no bolso do seu paletó. Sem nada dizer, Aretha o jogou com força, fazendo-o bater contra o banco da lancha. O celular partiu-se em dois pedaços, deixando cair um localizador.

— O que é isso? Você não está achando que eu estava traindo vocês e a missão?

— Calma!

Buhba estava ao lado de Mike e colocando a mão em seu ombro, tentou acalmá-lo.

— Alfred!

Ante à reação de todos levarem os seus olhares assustados na direção de Mike, Aretha já explicava apenas dizendo o nome do traidor.

— O rastreador foi implantado no seu aparelho. Eles sabiam da nossa missão e o Alfred queria você ao meu lado no encontro com o menino para sequestrá-lo. Todavia, você estava no Castelo do Cairo, onde eles armaram a emboscada. Eles seguiam você durante todo o tempo.

— Eles vão estar nos esperando com certeza em Ushuaia. Lá não teremos como escapar com a família.

Melina recobrava o final estratégico no fim do mundo, como era chamada a região de Ushuaia e que ali eles certamente estariam encurralados, colocando a vida de todos e a liberdade do bebê em risco.

— Vamos fazer o seguinte, se vocês me permitem colocar a minha ideia.

— Claro que sim.

— Nós vamos todos para São Paulo. De lá, vocês pegam um avião para outro lugar sem que eu saiba o destino. Eu sigo com o rastreador para Ushuaia e lá, aproveito para devolver esse presentinho que o Alfred esqueceu em meu celular.

Mike era valente, ainda mancando pelos ferimentos nas pernas e nas costas por ter se jogado do carro em movimento e agora, novamente colocava a sua própria vida à disposição da equipe, partindo para o confronto contra os membros da Santa Aliança.

— Sempre ouvi dizer que são os agentes mais preparados de todo o mundo, o que eu sempre duvidei. Agora, eu gostaria muito de ter essa chance de comprovar que essa teoria está errada.

— Você não vai se divertir sozinho, deixe de ser egoísta. Eu irei com você até o fim do mundo, literalmente, para me divertir um pouco porque até agora eu fui somente o motorista. Quero ser herói também.

Villander também se colocou à disposição para seguir para Ushuaia com o amigo Mike e enfrentar os traidores comandados por Alfred, até então, o consagrado chefe da agência, acima de qualquer suspeita.

— Precisamos descobrir quem está por trás dele.

Aretha insistia na importância do conhecimento para tomarem suas precauções futuras. Precisavam evitar que a criança fosse encontrada em qualquer período de sua vida.

Buhba novamente estava com Ali em seu colo, onde ele dormia tranquilamente, durante todo o tempo. Olhava diretamente para os olhos de cada um, comprovando que a dignidade, a honra e o respeito, ainda existiam.

— Obrigado a todos vocês!

Do aeroporto de Congonhas em São Paulo, Mike e Villander seguiram para Buenos Aires e depois desceram de carro, conforme o planejado, até Ushuaia para se encontrarem com os traidores. Por segurança, não saberiam para onde os outros estariam seguindo com a família de Ali. Não poderiam permitir que essa informação lhes fosse roubada.

A família, acompanhada de Buhba e das agentes, desembarcaram no Cairo, capital do Egito, e depois foram levados em segurança até o Oásis de Qara, a pouco mais de setecentos quilômetros, onde estariam isolados em meio ao deserto. O Oásis, de difícil acesso, abrigava cerca de trezentas pessoas e era o lugar perfeito para proteger o bebê. As coordenadas foram passadas por Adele, diretamente a Buhba e Aretha. Todo o planejamento parecia ser previamente arquitetado por Adele e a indicação de Ushuaia só havia ocorrido para confundir Alfred, o traidor, ficando a emboscada para ele próprio.

Chegando à Ushuaia, Mike e Villander previam enfrentar um grupo de agentes fortemente armados e por isso, dessa vez, exigiram receber armas de fogo de grosso calibre, os quais lhes foram entregues no caminho entre Buenos Aires e Ushuaia, no hotel, na cidade de Sierra Grande. A casa, onde a família ficaria abrigada, ficava no final da rua Las Margaritas, que não tinha saída.

Conforme o previsto, Aretha e seu grupo estavam sendo esperados, por um grande grupo liderado pessoalmente por Albert, alojados na casa ao lado. Mike e Villander chegaram à noite, depois de deixarem o rastreador no último hotel a duzentos quilômetros para confundi-los. Era quase meia-noite quando abordaram um entregador que chegava à casa com várias pizzas. Pelo vidro, Mike confirmou que todos estavam descontraídos conversando e bebendo uísque. Alfred estava sentado na ponta da mesa, falando e gesticulando ao celular. Certamente passando as informações para o alto comando. Nunca foi considerado um bom estrategista, era sempre a Aretha quem definia as estratégias de forma brilhante e ele se encarregava de receber os elogios.

Despreparados, abriram a porta da frente, por onde Mike entrou atirando, enquanto Villander estourou a janela lateral, chegando mais rápido até Alfred. Precisavam capturá-lo vivo para descobrir quem era o mandante. Quase todos os agentes foram derrubados antes que tivessem a chance de chegar até as suas armas. Alfred, que não bebia, estava sempre com sua arma ao lado e conseguiu acertar Villander no ombro, a dois dedos do coração, provocando forte hemorragia. Mike também havia sido alvejado no abdômen. Agora restavam apenas Alfred e mais um agente em um tiroteio muito intenso. Mike feriu mortalmente o agente no peito. Apenas Alfred não havia sido atingido.

Alfred conseguiu chegar por trás de Mike e rendê-lo.

— Deixe a sua arma, Villander. Eu só quero saber para onde o garoto foi. Se vocês me passarem as coordenadas deixo vocês dois viverem. Não atiraram em mim porque querem saber quem está por trás de tudo isso. Só posso lhes garantir que é alguém muito grande, que está muito acima de nós e que nada podemos fazer contra o poder deles.

Quando Alfred olhou para um espelho que estava à sua frente, pôde ver o ponto avermelhado que a mira laser deixava explícita, bem no meio da sua testa. Não teve tempo para nenhuma reação. Villander, decifrando quem seria o mandatário, atirou para tentar salvar o amigo, que em uma única missão havia colocado a própria vida em risco em várias oportunidades para salvar a família do bebê e a todos os companheiros. O tiro certeiro derrubou Alfred. Mike já estava quase sem vida e foi amparado em seu colo. Villander também havia perdido muito sangue e não estava bem. Teve tempo de enviar mensagem para Aretha avisando quem era o mandante do sequestro do menino.

Capítulo 2

Um novo nome para o velho Buhba

Três dias depois do absoluto sucesso no resgate do menino Ali, a operação de quebra, colocava fim nas traições que vinham acontecendo dentro da agência. Alfred, o todo poderoso chefe, jamais teve seu nome ventilado entre os suspeitos, sendo uma grande decepção para Aretha e todos os agentes que sempre seguiram as suas orientações e o tinham como um exemplo. Não entendiam em qual momento, o jovem herói de tantas missões da CIA havia sucumbido às tentações do poder.

Aretha, uma estrategista nata, tinha seu nome cotado para assumir as operações internacionais. Estava entusiasmada para encarar essa nova etapa em sua vida, ainda mais com a aprovação das Mães de Spalla e de Adele, que foi pessoalmente parabenizá-la, juntamente com o amigo Buhba. Depois de longa conversa sobre passado, presente e especificamente sobre a operação, Buhba quis tirar uma dúvida.

— Por que você indicou como primeiro ponto Ushuaia? É um local turístico, ainda mais colocando-os para morar exatamente no extremo de uma rua sem saída?

Buhba já imaginava ser uma estratégia para despistar os traidores, no entanto buscava a certeza através de Adele, a grande mentora da operação. Ushuaia estava totalmente fora dos padrões culturais da família.

— Bem, acho que o Alfred estava precisando refrescar a sua cabeça.

— Tudo leva a crer que você já tinha tudo planejado desde o início. O destino nunca foi Ushuaia.

— É preciso analisar antes de tudo as estratégias adversárias para traçar os nossos planos. Triste as coisas terem chegado ao ponto de perdermos dois grandes heróis.

Adele se referia à bravura de Mike e Villander.

— Eu tenho que admitir que cheguei a desconfiar de Mike e ele se arriscou para nos salvar.

Aretha demonstrou profunda tristeza por ter interpretado mal as atitudes de Mike, porque teve certeza de que ele era o traidor.

— Você confiou na sua intuição, acreditando que a localização era passada por ele. Estava certa e decifrou todo o esquema antes de se voltar contra ele. Ele sempre a admirou.

— Estava muito claro na minha mente de onde vinha a informação. Lembrei-me do Alfred insistindo para ter o Mike ao meu lado para dar maior proteção ao bebê.

— Precisamos fazer algo que possa alarmar as autoridades mundiais com urgência sobre a situação extrema às quais estão submetidas as famílias do Iêmen.

Buhba, até então apenas ouvia a conversa entre as duas, porém agora insistia para que o alívio não viesse exclusivamente para a família de Ali, mas que pudesse chegar também a todas as outras famílias que sofriam as perdas provocadas pela contraposição de forças em uma guerra desigual. A humanidade precisava de paz e não de novas guerras.

— Assim como em vários outros lugares do mundo. Eu nunca havia presenciado tão de perto, com toda a minha experiência, tamanho sofrimento, deixando as crianças expostas aos conflitos e muitas vezes tomando parte deles empunhando armas.

Aretha complementou a fala de Buhba.

— Não podemos permitir que a sociedade se cale, com crianças estendendo as suas mãos, pedindo por um pedaço de pão, enquanto as suas comunidades inteiras estão sendo aniquiladas.

Buhba colocou para fora toda a sua angústia, em ver o sofrimento daquelas mães e suas crianças. Depois compreendeu a fala de Adele, deixando claro que o pequeno Ali seria uma peça importante nessa luta.

— Quem sabe se um dia, quando uma dessas crianças sair do Iêmen e falar ao mundo sobre as suas decepções com toda a humanidade, eles darão mais ouvidos do que à nossa fala.

Adele explicava as razões e as implicações em suas reflexões pausadas, e ela tinha total consciência do temor e da dor daquelas pessoas. A fala de qualquer cidadão exposto àquele sofrimento seria de maior valor. Em seguida, ela voltou a outro problema.

— Buhba, você se envolveu demais nessa operação. Já se deu conta que a sua vida vai sofrer uma mudança drástica?

— Como assim?

— Eles perderam algumas conexões importantes, entretanto logo estarão à procura de novas pistas sobre a localização do menino que os levará até Spalla. Eles jamais poderão chegar até você ou a qualquer outro que esteve presente na operação de resgate.

— Você precisa ficar longe por algum tempo. Temos aqui seus novos documentos. Você será um cidadão de Oudtshoorn, uma pequena cidade no interior da África do Sul. Lá você poderá viver uma vida tranquila. Precisa esquecer momentaneamente Beni e todas as pessoas que você conhecia. Vai ter uma nova vida e se afastará de tudo e de todos.

Aretha se antecipou em passar os novos rumos a serem tomados na vida de Buhba.

— Vocês acham que será necessário mesmo? Minha família, meus livros e...

— Os seus livros continuarão sendo editados, pela ONG, como livros que você havia deixado escritos.

— Eu preciso me dedicar a escrever ainda sobre algumas passagens deixadas por Tommy e Carol, na finalização de O Segredo de Spalla. Continuar escrevendo é mais do que um simples hobby ou desejo, é uma necessidade vital.

— Você continuará escrevendo e seu nome estará em seus livros, como trabalhos deixados antes do seu desaparecimento, com os direitos autorais reservados à ONG.

— Você dedicou uma grande parte da sua vida ao Tommy, assim como ele também se dedicou a você.

— Sim, ele me ajudou muito. Você disse que dedicou muito de suas vidas?

— Ele abriu os seus pensamentos para que você expusesse o seu coração puro para todo o mundo e chegasse a quase todos os países através de suas ações e seus livros. As suas palavras comovem as pessoas e têm o poder de mudar as atitudes de milhões de pessoas em todo o mundo. Elevar o respeito, a honra e a dignidade fazem com que todos enxerguem a necessidade de uma equidade entre os povos. Você é e sempre foi protagonista ao seu lado e de Spalla, em muitas outras vidas, como você logo saberá através de Carol.

— Tive tempo de agradecê-los em vida por tudo o que fizeram por mim. Mas, pelo que percebo, vocês não irão me adiantar nada sobre esse assunto.

— Não vamos estragar as surpresas. Por ora, não podemos permitir que algo ruim aconteça a você, e depois consequentemente a eles.

— Eu compreendo. Mas, daí até sumirem comigo não é um pouco demais?

— Não é! Confie no que estamos fazendo. Você vai ficar esquecido por um tempo, todavia tenha certeza de que as suas obras serão ainda muito mais vistas.

— Poxa, que alívio saber disso. Muito confortante.

Adele transferiu a tranquilidade habitual de suas palavras para Buhba, que ao refletir sobre o tamanho do impacto dessa mudança, compreendeu perfeitamente a necessidade do repentino desapego que lhe era imposto.

Buhba sorriu, pois não era de perder a calma e até conseguia manter o bom humor, entretanto, os seus pensamentos o levaram a perceber que toda a sua vida futura seria totalmente adversa ao que ele havia construído. Os seus amigos, parentes, ou seja, ninguém deveria saber onde ele viveria. Sempre gostou de estar próximo às pessoas que amava, pelas quais ele literalmente morreria. Todavia, agora deveria permanecer longe de tudo e de todos. Por ora, não deveria mais buscar amizades duradouras e verdadeiras, como eles a prezavam. Qualquer pessoa que estivesse próxima demais, poderia significar um problema futuro porque chegar até Buhba, abriria os caminhos para chegar até Ali.

Seria uma batalha infinita, onde estariam evidenciados alguns dos seus mais sinceros valores, como resiliência, a honra e a dignidade, tão rebuscados em suas escritas e palestras ao redor do mundo e ao mesmo tempo tão distantes da humanidade. Ele havia presenciado de perto a fome, a guerra, assim como esteve tão perto da luxúria que circundava os autódromos e outros lugares que a vida ao lado de Tommy lhe pôde proporcionar. Contudo, o que mais o incomodava internamente era o sofrimento do pequeno amigo. Jamais se permitiria colocá-lo novamente em risco.

Em um de seus trabalhos mais recentes, ***Resilience,*** ele comparou o termo abstraído da física aos valores humanos, colocando-a como a capacidade de recuperar rapidamente das dificuldades impostas pelo meio. Buhba exemplificou-a com a capacidade de sobrevivência das crianças africanas frente às adversidades. O termo também se aplicava perfeitamente à Buhba que era a mais pura representação humana da capacidade de assimilação de tantos problemas, extraindo forças da sua alma para continuar lutando por dias melhores para todos, sem qualquer distinção. Seus ideais e seus valores jamais foram alterados.

Não havia desistência, pois sempre estava um passo à frente para a próxima batalha. Era impossível encontrar nele maus sentimentos e atitudes que fossem desaprovadas por qualquer pessoa que estivesse ao seu lado. Ainda não encontrava explicação e o sentido da sua existência dentro da Lenda de Spalla, porém era incansável em decifrar o segredo. Por vezes, isso lhe tirava o sono, principalmente pelo amor que sentia às pessoas envolvidas, e mais do que temer, se sentia imensamente atraído.

— Preciso dos meus dois notebooks que guardam os meus arquivos. Tenho guardados muitas pesquisas, relatos, escritas de alguns livros inéditos e tudo está gravado em um outro notebook, como cópia de segurança. Também gostaria de levar as fotos que guardo com todo carinho.

— Eu até tentei explicar-lhe como podemos salvar arquivos sem ocupar espaços no computador, entretanto você disse que não confiaria em quem estava nas nuvens para guardar os seus arquivos.

— É verdade. Não me recordava disso. Já faz um bom tempo e ainda não confio.

— Cuidado! Um dia você entrará no Reino dos Céus e aí pode ser que você encontre com algumas dessas pessoas que vivem nas nuvens, os quais você não confia.

Ambos riam da situação. Aretha, que havia saído para buscar mais café, pegou a brincadeira de Adele pela metade. Inteirando-se da conversa, Aretha explicou novamente para Buhba, começando por tentar eliminar as suas desconfianças sobre as nuvens, com um de seus braços sobre os ombros de Adele, sem perder a oportunidade de dar boas risadas.

— Eu diria que você pode confiar em quem manda lá em cima.

Buhba ria bastante, acompanhando-as, porém, sem perder aquele olhar desconfiado.

— Você pode ficar tranquilo. Nós copiamos todos os seus arquivos e documentos. Também imprimimos as suas fotos com qualidade superior, pode ter perdido um pouco daquele saudosismo amarelado pelo tempo, que é gostoso de ver. Os seus dois notebooks ficaram lá com arquivos sem valor sentimental ou técnico. A essa hora os cavaleiros já devem tê-los sequestrado. Tudo o que é novo e seu já está na sua nova casa, em Oudtshoorn.

Buhba atentou-se para a fala de Aretha, claramente referindo-se aos agentes da Santa Aliança do Vaticano, como "os cavaleiros", imediatamente vindo à sua mente a Ordem dos Pobres Cavaleiros de Cristo ou Cavaleiros Templários. Não era a primeira vez que ele ouvia uma das Mães de Spalla direcionarem a conversa para eles. Eram os enfrentamentos que aconteciam ao longo de vários séculos que marcavam a busca dos cavaleiros por qualquer pista que pudesse levá-los ao encontro de Spalla.

— Qualquer hora preciso conversar com vocês sobre os Templários. Gostaria de saber mais.

— Quais as suas dúvidas?

Aretha tentava demonstrar maior interesse em debater sobre o tema do que a própria Adele, assim explicou um pouco sobre a história que se arrastava ao longo do tempo.

— Calma, Aretha! Ele já vai saber um pouco sobre os cavaleiros.

— A história que eu conheço deve representar apenas uma pequena parte.

Buhba se referia às histórias que ele havia lido nos livros, somado a algumas pesquisas que havia feito por curiosidade, mas a sua intuição lhe dizia que havia outras histórias ocultas pela sociedade das Mães de Spalla.

— Você teve a oportunidade de conhecer alguns cavaleiros que trocaram seus cavalos por motos possantes.

— Eram os déjà-vus que Tommy tinha durante as corridas. Então, eles eram os mesmos cavaleiros, digo pilotos que tentavam derrubá-lo nas corridas.

— Exatamente isso, meu amigo! A história dizia que eles foram criados para proteger os cristãos, peregrinos que rumavam para Jerusalém, viajando milhares de quilômetros, desde a Europa. Na verdade, foram criados muito antes. Todavia, especificamente nessa época, retornaram para impedir que a Lenda de Spalla destruísse os pilares e o Credo Romano. Na Idade Média, mais precisamente no período das Cruzadas, eles formaram uma cavalaria muito bem armada. A ordem foi recriada pelo Papa Clemente V, após a Primeira Cruzada. O alto clero obteve informações, decifrando enigmas gravados em objetos, resgatados após a morte de Spalla, que ela ressuscitaria, retornando em sua próxima vida da Europa para Jerusalém, entretanto não havia clareza sobre datas. O próprio Papa determinou que deveria ser criada a ordem, com poderio de armas superior ao de qualquer exército na região, com dois objetivos básicos. O primeiro era para que os Cristãos fossem protegidos sim, não permitindo que outros poderosos se apossassem do Segredo de Spalla. Precisavam identificá-la entre os milhões de peregrinos que realizavam o trajeto e resgatá-la sã e salva. A defesa tornou-se muito importante, porque eles eram constantemente assaltados e abusados por exércitos e ladrões. Não obstante, era preciso desestabilizar a ordem, pois eles estavam muito focados em encontrá-la, ficando fortes demais e para enfraquecer o poderio de um exército, nada melhor do que colocar algumas moedas de diferentes tamanhos entre seus homens. As mães de Spalla começaram a oferecer dinheiro para que eles transportassem valores até outros pontos em segurança. No entanto, para que toda aquela estrutura que se criava ruísse de verdade, era preciso diferenciar os valores pagos entre eles. Não podiam permitir que Spalla corresse o risco de ser capturada. Dessa forma ela conseguia passar pelos cavaleiros, que estavam agora mais preocupados com os valores transportados e as suas comissões do que com os peregrinos, e principalmente por Spalla.

— Cavalos pequenos valores maiores e cavalos maiores valores menores.

Aretha intrometeu-se na fala de Adele, para explicar como desestabilizou a ordem, ano após ano.

— Você estava lá?

Buhba fez a pergunta, já prevendo a resposta, julgando que a estrategista Aretha era uma reencarnação de uma mulher que viveu as suas vidas para proteger a Lenda de Spalla. Pensamento logo confirmado por Adele.

— Ela sempre foi uma excelente estrategista.

— A ideia foi sua, minha querida.

Aretha devolveu a fala de Adele, colocando-a como mentora da ideia de colocar as moedas entre os cavaleiros.

— Tudo isso aconteceu de verdade?

Buhba não conseguia acreditar que estava entre duas senhoras, responsáveis por terem desestruturado a ordem dos Cavaleiros Templários, sem empunhar nenhuma arma. Agora, ele se sentiu espantado, como Tommy provavelmente se sentiu na Argentina, quando Adele lhe revelou o segredo de Spalla. Ele, por toda a sua vivência em meio aos fatos que comprovam a história, sabia que podia confiar naquelas senhoras. Aproximou-se mais, puxando a poltrona para perto de Adele, quando ela voltou a contar a história.

— Assim, os Cavaleiros começaram a ter um objetivo primordial, que era a criação de um sistema bancário, oferecendo segurança para o transporte de valores, cobrando uma alta porcentagem pelos serviços prestados. Não era de se estranhar que tão logo criassem o sistema bancário, a ganância, induzida a eles por um espírito mau, aumentaria a ponto de se colocarem uns contra os outros. O lucro que chegava ao Vaticano era muito grande, deixando abarrotados os seus cofres e o ouro passou a ser mais cobiçado pelo alto clero do que o próprio resgate de Spalla. Até mesmo a aproximação com Deus, passou para um segundo plano, perante o poder e o dinheiro. Nada que eu já não soubesse.

— Você quer dizer que Deus já não soubesse?

Buhba estava muito atento na fala de Adele e não deixava que pequenos detalhes ficassem encobertos.

— Temos certeza de que Deus também já sabia.

— Se eles eram peregrinos, de onde vinha tanto ouro e dinheiro?

Aretha ria, olhando diretamente para Adele, apressando-se em responder.

— E você acha que Deus multiplicava somente os peixes para seu filho, no mar da Galileia?

— Qual o sentido de multiplicar o ouro? Isso vai contra tudo o que pregam as religiões.

— Você certamente já deve ter ouvido falar na expressão "ouro de tolo", criada durante esse mesmo período.

— Sim! Foi criada quando os alquimistas transformavam chumbo em falso ouro.

Adele depois de tomar alguns goles de água, voltou a esclarecer a história ao interessadíssimo Buhba.

— Isso mesmo. Era uma mistura de chumbo com a pedra pirita,

que tinha uma cor amarelada, se aproximando ao ouro. As Mães de Spalla a chamavam de "a pedra da sedução" porque os olhos dos Templários pareciam enfeitiçados por elas. Toda noite, na hora do descanso, as Mães de Spalla oravam pedindo proteção a todos, principalmente para Spalla. Quando acordaram, havia mais pedras que eram passadas para outras pessoas, que recebiam cartas de seguro dos guardas, servindo como apólices pelo seu transporte e guarda. As brigas causadas pela ganância começaram a ruir a ordem entre os cavaleiros de maior patente, porque começaram a perceber que os soldados sem patente recebiam pedras maiores. Assim, os conflitos internos determinaram a implosão dos Cavaleiros Templários.

— Essa história é inacreditável. Por que isso não está escrito nos livros de história?

Buhba custava a acreditar que aquela fabulosa estratégia era elaborada por duas senhoras, mesmo que elas fossem anjos, como ele desconfiava. Era fantástico interagir com aqueles seres que ao seu lado pareciam tão normais.

— Você acha que o Vaticano iria admitir que o seu banco estava cheio de pedras falsas, sem qualquer valor comercial? E ainda havia uma multidão de peregrinos com cartas de crédito, com a garantia dos selos codificados. Por isso a expressão "ouro de tolo" ou "ouro de Papa".

Aretha estava feliz, tomando a frente de Adele em vários momentos da conversa, contando a história à sua maneira, incorporando a narradora da parte onde depositava uma certa quantidade de ironia e vangloriando-se de fatos em que ela era personagem em outras vidas. Apesar da descontração, estava muito nítido em seu semblante o cansaço de um combate que já atravessava os milênios.

Sobre a sua mudança de vida, Buhba compreendeu a necessidade de não colocar tudo a perder e se tinha que ir, deveria ser rápido. A sua calma habitual, resumia-se em pensar e agilizar. Na verdade, era uma pessoa extremamente ansiosa, mas de uma maneira encoberta que planejava muito rápido as suas ações, e era assim que Tommy o definia. Não poderia voltar para sua casa. A agência havia se incumbido de tudo, enquanto eles executavam a missão no Iêmen. Tudo era milimetricamente pensado e arquitetado por Adele e executado fielmente pela equipe comandada por Aretha. Eram as Mães de Spalla que faziam a limpeza dos locais que poderiam deixar qualquer evidência em referência à lenda. Não poderiam deixar pistas, ou melhor, todas as pistas por elas deixadas, eram falsas, numa clara tentativa de desnortear aqueles que buscavam se aproximar de Spalla. Aos estudiosos, responsáveis por detectar a presença e rastrear as passagens de Spalla, restava o amargo sabor de serem vida após vida enganados e mesmo assim, sempre estavam por perto. As Mães de Spalla, eram criaturas praticamente invisíveis que trabalhavam arduamente na escolta dos protagonistas da história.

Buhba foi acomodado em uma casa pequena e simples, com uma vizinhança bastante tranquila, em sua grande maioria pessoas com mais idade, que recebiam constantemente a visita de seus filhos e netos, trazendo um pouco mais de agitação e felicidade para o local, aos finais de semana. Frequentemente recebia convites para almoços, ao que gentilmente agradecia, contudo poucos havia aceitado. Uma varanda e uma rede amarela lhe traziam a lembrança da casa de sua mãe, quando lhe apertava a saudade da família. Tinha uma grande preocupação com a irmã e com os sobrinhos, aos quais sempre foi muito apegado, principalmente depois de reviver bons tempos ao lado deles, quando ficou por uns tempos morando novamente em Beni.

Tinha um apreço muito grande pelos seus livros, pelas centenas que já havia escrito, sobretudo por aqueles que a sua mãe lhe presenteou. Pensaram em tudo o que ele gostaria que estivesse de alguma forma com ele, disponibilizado em formato digital. Entretanto, ele sentia a falta de tocar os livros, do cheiro do papel amarelado, com as marcas que ele, vez ou outra, encontrava entre as páginas. Neles, ele sentia o toque calejado, com pó de giz das mãos de sua mãe, relembrando datas, nomes, lugares e as mais belas passagens de sua vida. Sem os livros a vida perdia um pouco o seu encanto.

Entre os novos amigos do bairro, um deles ficou mais próximo. Todos ali o chamavam pelo sobrenome, Garcia, um espanhol, casado com Anaya, uma sul-africana, nascida ali mesmo na vizinhança, há mais de cinquenta anos. Conheceram-se quando ela visitava Alicanti, uma bela cidade costeira, na Espanha. Ele trabalhava no Cassino Mediterrani Alacanti, onde a viu pela primeira vez, enquanto ela tentava desesperadamente a sorte na mesa de blackjack. Ele se encantou pela cor da pele daquela bela mulher e ela não conseguia concentrar-se nos jogos, com aquele par de olhos azuis que não parava de olhá-la. Assim, eles explicavam como tudo havia acontecido, a caminho de seu apartamento, próximo à Plaza Calvo Sotelo, no centro da cidade. Ao pedido de casamento e convite para morarem juntos na bela Alicanti, ficou surpreso com a moça dizendo que se casaria com certeza, porém jamais abandonaria a sua família, sua cidade e o seu emprego de enfermeira, porque eram as coisas que ela mais amava em sua vida. Logo, o Garcia, que jamais se imaginou longe de Alicanti, estava partindo para seu novo lar, na África do Sul, de onde nunca mais desejou sair.

Oudtshoorn era reconhecida por ser uma grande produtora de avestruz e pelas suas cavernas, exploradas pelo turismo local. Buhba, encantou-se ao conhecer a maior delas, a Cango Caves. A pequena cidade possuía apenas um jornal que reproduzia as notícias, em sua maioria apenas da própria cidade e quase todas as suas páginas eram destinadas às fofocas locais. Ele até se divertia, contudo sentia falta das grandes notícias, que agora procurava acompanhar pela internet e TV, até então, fontes secundárias para ele.

Buhba mantinha o cabelo mais comprido e a barba começando a branquear, cobrindo-lhe o rosto, deixando-o com uma aparência bastante diferente daquele senhor que a fazia quase diariamente. A sua documentação dizia que ele era de origem queniana, aposentado como funcionário público, agora um imigrante em busca de um lugar tranquilo, com clima mais ameno para a cura de problemas respiratórios.

Foi Garcia quem levou o amigo Buhba até a Oudtshoorn Library

Hall, percebendo a necessidade que ele tinha por estar entre os livros. Para incentivar a leitura, Buhba comprava livros infantis e os distribuía entre as crianças do bairro. Ele precisava encontrar um propósito para estar naquele local, e de alguma forma fazer proliferar o bem comum nessa sua passagem. Conversava com as crianças sobre a importância da educação, da leitura para a sua formação e para a conquista de um futuro melhor. Entre os novos amigos do bairro, ninguém poderia imaginar que aquele senhor, era na verdade um dos escritores mais lidos e famosos de todo o mundo, que ainda escrevia sob o pseudônimo de Greta Smith. O cuidado era tomado para que suas escritas não atraíssem até ele agentes do Vaticano ou outros.

Sabendo que ele não deixaria de escrever, Adele sugeriu uma trama de repassagens dos escritos por um aplicativo de mensagens codificadas, que seriam postados em uma página on-line, em nome de Greta Smith. Não era somente um pseudônimo, ela realmente existia. Jamaicana de nascença, vivia pelo mundo, pesquisando e escrevendo sobre a evolução humana, em seus conceitos morais e éticos. Ela fazia parte das Mães de Spalla e era uma estudiosa voraz da literatura de Buhba, por isso se sentia honrada em ceder o nome ao seu grande ídolo. As visualizações do seu site e redes sociais começaram a crescer exponencialmente, onde ela se declarava muito triste pela perda do seu grande mentor. Os primeiros textos postados faziam referência ao nome de Buhba e a fizeram chegar rapidamente a mais de quinhentos mil seguidores. Seis meses depois da publicação do primeiro livro, escrito por Buhba com o seu nome, ela atingia a incrível marca de setenta e dois milhões de seguidores em todo o mundo. Buhba não fazia postagens, mas seguia Greta nas suas redes sociais. Isso só era possível porque entre tantos seguidores seria impossível alguém suspeitar. Buhba apenas deveria conter-se para não postar comentários, apesar do seu desejo em tecer elogios em favor próprio.

Além de ser um grande formador de opiniões, conseguia fazer evoluir a força interior de cada pessoa, provocando o desejo de fazer o bem, contido em seus corações, extrapolando para aqueles que estivessem ao seu redor. Em seu livro ***A honra que habita em mim***, Buhba citava que todos nascem trazendo em si as suas vivências e aprendizados de outras vidas somados, com suas experiências boas e ruins e todos tem o bem em seu coração, contudo somente a oportunidade de oferecê-lo tem o poder de provocar a evolução física e espiritual.

Começar a ler um livro por ele escrito, era submeter-se a um vício impossível de ser contido, que geralmente tinha a sua continuidade nas ações práticas, principalmente na doação de si, do seu tempo e do seu trabalho para as carências humanas. Se a motivação é intrínseca, basta aprender a encontrá-la dentro de si mesmo, através da reflexão e ação, provocando o autoconhecimento e a transformação, levando a pessoa — e consequentemente o espírito — a evoluir. A vida espiritual é carregada dos mesmos sentimentos e sofrimentos que o plano terreno, representando uma busca contínua do ser pela sua própria transformação. Todavia, infelizmente nem todos buscam a evolução superior e a grande maioria, mesmo tendo as suas religiões e suas crenças, vivem como se a morte marcasse o fim porque nada deixaram em suas passagens pelos planos terreno e espiritual.

Respeito, honra e dignidade, palavras tão simples e tão esquecidas pela existência humana formam a tríade da evolução humana e espiritual. A aproximação de Deus não é conquistada nos templos e igrejas. Ela acontece no momento de entrega, de doação de si próprio, seguindo o código de elevação do ser na salvaguarda do verdadeiro Deus, que envolve todos os seres vivos ao nosso redor, assim a evolução acontece em comunhão, porque nenhum ser é capaz de evoluir só.

Capítulo 3

A infância de Ali.

Buhba, ainda sentia em seus braços o peso do pequeno Ali. Era muito difícil para ele se desvencilhar da imagem sofrida daquela família e do olhar fixo em seus olhos daquele bebê. Era o velho amigo, companheiro de tantas batalhas que voltava aos seus braços, renascido e buscando um novo período de preparação para defender a Lenda de Spalla. Esporadicamente, Buhba recebia informações sobre o menino Ali, vivendo no Oásis de Qara, em meio ao deserto. Todas as informações vinham estritamente passadas por Adele, até que Carol voltou a frequentar a sua nova casa, na África do Sul. Confortava o seu coração saber que a família vivia bem e amparada pela comunidade.

Era uma situação totalmente inusitada, imaginar que o ídolo que lhe ofereceu a oportunidade de crescer longe da miséria da comunidade de Beni, estaria agora começando a dar os seus primeiros passos. Logo ao conhecer Carol e os conceitos espíritas, Buhba começou a rever suas percepções sobre as religiões e seus credos. Era fantástico para ele poder comprovar através de suas vivências que havia vida após a morte e o renascimento de um novo corpo físico seria a moradia do mesmo espírito, carregando as suas virtudes e as suas impurezas. Assim, dentre todas as suas dúvidas mais profundas, existia a certeza de que o pequeno Ali carregava dentro de si o respeito, a honra e a dignidade que sempre marcaram as passagens pregressas do seu espírito no plano terreno. Havia em Buhba um enorme desejo de continuar acompanhando, mesmo que de forma indireta a evolução do ser, em corpo e espírito.

Aisha, que havia passado por um período de depressão profunda quando ainda no Iêmen, agora se recuperava rapidamente, ao lado do marido e dos filhos. Era ela quem ensinava Zyan, o filho mais velho, a ler e escrever, enquanto Najla brincava ao lado com o pequeno Ali. Kalil, o pai, viajava constantemente para o Cairo para buscar mercadorias para os moradores.

O povo que habitava o Oásis, vivia anteriormente na montanha vizinha, que lhes oferecia proteção. Porém com o passar do tempo, desceram para morar em casas simples, com a chegada da eletricidade e da internet por meio de placas fotovoltaicas e satélites, propiciando algumas comodidades e a comunicação digital, ainda que apresentando falhas em alguns pontos cegos. Mesmo com acesso à internet, Buhba deveria respeitar a privacidade da família para que não fossem descobertos em meio ao deserto.

Enquanto o tempo parecia arrastar-se pela monotonia da vida no Oásis, o pequeno garoto se adaptava rapidamente, vivendo mais acelerado do que a maioria das outras crianças do local, pelo menos, no que se referia ao seu desenvolvimento intelectual. A educação, oferecida pelos próprios pais, iniciou antes mesmo de atingir a idade escolar. Ali era considerado desde a infância um menino prodígio, com capacidade intelectual acima das demais crianças da sua idade. Aprendia rápido demais os ensinamentos, e mais do que isso, ele era um tanto quanto, atrevido na busca de conhecimentos e frequentemente era visto andando ao lado de Archie, um renomado arqueólogo inglês, o *doutor*, como a maioria dos moradores o chamava.

— Arch?

— Não! Archie.

Acompanhado de boas risadas, o *doutor* explicava para o menino, que o olhava fixamente, utilizando as duas mãos para imitar um arco e flecha porque as palavras tinham pronúncias parecidas. Para melhor demonstrar essa diferença, Archie abaixou-se até o chão e com um pequeno pincel de decapagem escreveu na terra as palavras *arch,* acompanhado pelo desenho de um arco e Archie, que foi seguido por um risco que ao chegar até ele próprio, finalizava no formato de uma flecha, onde escreveu a palavra "arrow". Era ele quem ensinava as primeiras palavras em inglês para Ali.

Archie era um historiador e pesquisador, com pós-doutorado em evolução humana, de origem londrina, que vivia há dois anos entre o povo de Qara. Pesquisava as marcas que os domínios grego e romano poderiam ter deixado sobre o povo egípcio, após séculos sob os seus domínios. Depois de anos investigando e esgotando seus estudos nos cemitérios de múmias no Oásis de Bahariya, havia transferido suas pesquisas para o Oásis de Qara, onde novas pesquisas levaram-no a crer que múmias poderiam ser encontradas em tumbas nas montanhas.

Entretanto, Qara não havia se revelado um sítio arqueológico de relevância até o momento, ponto que lhe gerava cobranças da universidade que financiava o seu trabalho. Constantemente pediam que se transferisse para outros pontos estratégicos para a história da evolução humana. Como defesa, ele sempre utilizava o mesmo discurso, sobre a interação e as histórias daquele povo, que lhe ofereciam subsídios revertidos em livros de absoluta relevância na sua área de estudo, estando sempre entre os mais vendidos sobre a evolução dos povos. A chegada de Ali foi um momento especial na sua vida, se tornando um dos pontos de maior inspiração para a continuidade dos seus estudos sobre a evolução.

Archie ostentava um longo cavanhaque ruivo, com alguns tons mais claros, quase loiro em volta da sua boca. Tinha olhos azuis e a pele clara, porém, agora tão queimada pelo sol do deserto que começava a desenvolver algumas manchas que aumentavam de tamanho, em sua testa e no pulso. Era alertado a todo momento pelos amigos mais próximos para se prevenir, tomando os cuidados necessários para não desenvolver um câncer de pele. Ele se negava a usar os cremes, acreditando que somente suas roupas e o seu boné eram suficientes para conter o sol escaldante do deserto.

Geralmente, divertia-se ao ouvir Ali dizer aos seus pais que queria ser arqueólogo, como o amigo. Era talvez o único daquela comunidade que não o chamava de ***doutor***, como a maioria dos moradores carinhosamente o chamavam. Archie lhe dava conselhos aprovando a escolha, lhe dizendo que para ser um arqueólogo deveria antes de tudo, aprender a falar inglês e o pôr do sol laranja-avermelhado, servia de inspiração para as aulas.

Um dia, quando voltava do Cairo, Archie encontrou um cachorro, cambaleando, quase caindo de tão desnutrido, arrastando uma corrente, que parecia pesar mais do que ele próprio. Ele havia fugido, levando consigo a prova dos maus-tratos. Archie parou a caminhonete e o colocou para dentro, oferecendo-lhe a metade que restava do seu lanche. Chegando a Qara, foi recebido por Zyan, Najla e depois por Ali, que parecia ser o mais empolgado pela chegada do cãozinho ao oásis e foi logo questionando, enquanto Archie lutava para libertá-lo da corrente.

— Podemos ficar com ele? Posso chamá-lo de Arrow?

— Calma! Precisamos salvá-lo antes.

O olhar triste e profundo do cão instantaneamente se transformou ao ver o garoto. Latindo desesperadamente ele procurava de todas as formas se aproximar do menino, dificultando as seguidas tentativas de cortar a corrente. Assim que Ali o tocou, ele se acalmou e passou a lhe lamber as mãos. Quando Archie finalmente cortou a corrente com um alicate tesoura, ele saltou sobre o colo de Ali, olhando fixamente para o garoto e lambendo o seu rosto.

— Posso ficar com ele?

— Calma! Ele estava preso e certamente arriscou-se buscando a sua liberdade. Antes de tudo precisamos ver se ele está bem. Depois vocês precisam ver com os seus pais se eles querem ter um animal em casa. Entregarei aos seus pais se eles quiserem. Mas por que quer chamá-lo de *Arrow*?

— As flechas depois de lançadas não mudam mais a sua direção, ao contrário dos seres humanos que estão sempre mudando. Ele sempre volta.

— Como assim, volta pra você?

— Esse cachorro é uma encarnação do Frederico, um amigo de outras vidas.

— A primeira parte, sobre o nome, eu entendi, mas não o que quis dizer depois.

— Muitas vezes fazemos coisas que não queremos porque precisamos cumprir as nossas obrigações, dentro da família, religião ou no trabalho, por exemplo. Evoluir seria mudar conscientemente para o bem, mas pelo querer verdadeiro. Não por obrigação.

— Não há como negar que ele parece ter reconhecido você. Está muito acima de qualquer criança da sua idade, em seus pensamentos. Talvez mais do que qualquer um de nós.

Archie sabia que o menino, apesar de sua aparente ingenuidade, estava sempre um passo à frente dele, mesmo com toda a sua sabedoria acumulada ao longo de muitos anos de vivências e estudos. Usava a sua perspicácia para atingir profundamente o pesquisador em seus sentimentos. Aquelas palavras o faziam refletir sobre as suas ações para desvendar a qualquer custo os mistérios divinos.

— Ele sempre vem até mim para me oferecer segurança.

— Não parece propriamente um cão de guarda. Tão franzino!

Enquanto ria, Archie tentou aproximar-se de Ali para fazer um carinho no seu protetor, que lhe mostrou os dentes afiados e começou a rosnar.

— Talvez eu tenha me enganado a seu respeito, *Arrow*.

— Calma, meu pequeno amigo, Archie jamais me faria mal.

Ali conversava e acarinhava Arrow com afinidade de longa data, enquanto olhava para Archie. Pela primeira vez o experiente arqueólogo, sentiu a força do olhar profundo e intenso daquele garoto, com capacidade para rebuscar os sentimentos dentro do seu peito e da sua mente, reconhecendo que ele tinha dons muito especiais.

Com os pedidos insistentes dos três filhos, os pais foram buscar o cachorro na casa de Archie, que lhes prometeu doar a ração, comprando diretamente no Cairo, em suas viagens de rotina. A amizade entre Ali e o cão sempre foi intensa e verdadeira, desde o primeiro contato entre os dois. Logo, o filhote ganhou peso e por nada se desgrudava do menino, sempre se postando entre ele e quem se aproximasse e como Archie dizia, ele havia reencontrado o seu mais nobre protetor.

Em Qara, todos os seus habitantes, inclusive a família de Ali, eram muçulmanos sunitas, a ala mais ortodoxa do islamismo, seguindo à risca os mandamentos do Alcorão, como a palavra de Allah. O pequeno Ali muitas vezes contrariava alguns mandamentos, trazidos pelo profeta Maomé, o que o pai e a mãe reprimiam, colocando-as como a verdade revelada pelo próprio Allah. Muitas vezes, o pai tentava se impor de forma mais rígida, obrigando o menino a seguir rigorosamente todas as tradições religiosas.

Ali desde muito pequeno conversava sozinho, dizendo receber visitas de uma mulher. Quando completou quatro anos, começou a contar para a mãe sobre essas visitas, ao que recebia sempre uma explicação carinhosa.

— Meu filho, quando pequeno, muitas vezes criamos um amigo secreto que somente nós podemos ver. São amigos que permanecem na nossa imaginação e nos acompanham quando estamos solitários.

O pai, ao tomar conhecimento, pedia ao menino que não contasse a mais ninguém, exceto para eles dois, nos quais os filhos sempre deveriam confiar, sob quaisquer circunstâncias e nunca esconder a verdade. Como sempre, era mais incisivo nas suas conversas com o pequeno. Ele precisava ter a garantia de que o filho não despertasse qualquer tipo de desconfiança entre os demais moradores.

— Kalil, não precisa temer. É muito comum crianças criarem seus amigos imaginários — tentava explicar a mãe.

— Sim. Todos conhecem bem o nosso filho, sabem o quanto ele é especial e reconhecem alguns dons que ele possui. Sabem que ele é sincero e essa somatória pode lhe trazer problemas.

— Ele é apenas uma criança normal, como qualquer outra da mesma idade.

— Você sabe que não é bem assim. Ele é diferente e precisamos fazer com que ele compreenda. As outras crianças já começaram a perceber.

Não teríamos sido resgatados no meio do nada se não fosse por ele.

Alguns moradores do Oásis atribuíam os dons do menino ao gosto pela leitura, que ele tinha incentivado principalmente pela mãe. Sobre o garoto falar sozinho, os garotos mais velhos davam risadas e o chamavam de "louquinho". Certo dia, ainda antes de completar os sete anos, o irmão mais velho tentou defendê-lo das outras crianças que se juntavam em torno dele dando risadas e foi interpelado pelo próprio Ali.

— Eu saberia me defender se fosse preciso. Não precisamos de mais do que palavras para isso. As mãos devem ser usadas para outros propósitos.

Assim, o pequeno Ali ajoelhou-se e levantou as duas mãos em sinal de agradecimento. Ao mesmo tempo, uma grande nuvem começou a se dispersar a partir do seu centro, projetando desse buraco a luz do sol que descia até o horizonte em um feixe de raios. Ao ver o menino naquela posição, o irmão o acompanhou, depois sendo seguidos por todos os outros meninos. Logo todos se aproximaram e o tocaram. Depois daquele dia, todos eles passaram a tratá-lo de forma diferente e até mesmo a protegê-lo de tudo o que pudesse lhe magoar.

Ali começou a escrever cartas para um Deus que ele dizia não ser Allah, na maioria das vezes questionando sobre a solução para certos problemas que insistiam em continuar provocando tanto sofrimento pelo mundo. Em algumas delas ele citava as guerras que assombravam e continuavam a espalhar a destruição por muitas regiões da Terra. A sua escrita era colocada de forma simples para um adulto culto, entretanto de maneira muito superior à que qualquer criança da sua idade poderia interpretar. Na verdade, as crianças da sua idade estariam começando a aprender a ler e escrever. As cartas, depois de lidas, eram queimadas pela mãe, antes que o pai chegasse a lê-las.

— Por que não posso guardar as cartas que escrevo para Deus?

— A melhor maneira de fazê-las chegar até Ele de maneira mais rápida é queimando-as.

Às vezes, ao entrar em casa o pai sentia o cheiro de papel queimado e logo compreendia que a mãe já havia tomado as providências corretas para manter as escritas do menino encobertas. Os dois tinham medo de que elas fossem tomadas como uma afronta a Allah. Quando começou a compreender as atitudes da mãe, ele mesmo passou a queimar as cartas que escrevia, com a ajuda de Zyan, fazendo com que elas chegassem mais rapidamente até Deus.

Archie frequentemente recebia visitas de vários amigos e amigas, também pesquisadores e historiadores, que colaboraram nos seus trabalhos e muitos deles vinham e ficavam em sua casa por alguns dias. Além dos amigos, havia uma namorada de muitos anos, que havia se formado na mesma turma que ele. Emma vivia rodando os desertos do Egito procurando por detalhes que traziam à tona fatos históricos de relevância. Julgava-se uma egiptóloga nata, que havia nascido e dedicado a sua vida para estudar as civilizações do antigo Egito.

Ao contrário de Archie, não gostava de ficar muito tempo em um mesmo lugar, o que muitas vezes gerava debates mais acalorados entre os dois. Aliás, foram esses desacordos que fizeram com que o romance entre os dois não pudesse ser vivido com uma intensidade ainda maior. Porém, todas as vezes em que se encontravam, ficava bem claro que o amor perdurava, apesar de todas as intempéries. Havia uma coisa em que ambos concordavam, por isso todos os seus encontros eram regados a um bom vinho chardonnay blanc, o qual eles diziam combinar perfeitamente com os sabores do deserto. Havia uma brincadeira entre eles, quando diziam que se um dia faltasse um bom chardonnay em uma visita inesperada, seria a última vez que eles se veriam. Ambos riam ao perceber que durante todo o tempo em que estavam juntos, ele nunca havia faltado, ao contrário havia em fartura, tanto de um lado quanto de outro, talvez demonstrando o medo que eles tinham de se perderem.

— As nossas diferenças sempre foram respeitadas, porém nos custou o tempo que poderíamos aproveitar juntos — cobrou Arhie, mesmo que delicadamente.

— Perdemos muito tempo de convivência, todavia você sempre

soube que eu voltaria — ponderou Emma.

— Eu sempre quis mais de você. Desejei que sempre estivesse ao meu lado.

— Não precisamos voltar nessa questão de *eu quis mais e você quis menos*. Nós apenas queríamos estar em lugares diferentes. Nenhum de nós precisava ceder em nossos objetivos porque a vida nos foi generosa unindo de certa forma os nossos desejos.

— Nunca fizemos as viagens que combinamos para depois que terminássemos a universidade.

— Tivemos encontros inesquecíveis nas apresentações dos trabalhos por todo o mundo.

— Às vezes esquecemos que o simples dia a dia, com seus pequenos detalhes pode ser fabuloso e qualquer ocasião se torna especial para abrir um bom vinho.

— Meu querido, você consegue se lembrar de quando foi a última vez que me visitou?

— Deve ter sido...

— Eu não vim para lhe fazer cobranças.

Archie espaçava a frase tentando se recobrar de datas quando foi interrompido por Emma. Nesse exato momento, Archie completou as taças, tocou-a levemente em seu rosto, com as mãos secas e calejadas pelas escavações. Depois encaminhou-se até a antiga vitrola e pegou um LP. A mesma mão que buscava a suavidade da pele da amada, buscava minuciosamente pela música no vinil. Voltou até Emma, estendendo-lhe a mão.

— A senhora me concede essa dança?

Emma tomou mais um generoso gole do seu *chardonnay*, colocou a taça sobre a mesa e se levantou com o mesmo sorriso que sempre lhe estampava o rosto, acompanhando o cavalheirismo, que vez ou outra aflorava em Archie. Ele nunca resistiu à atração daquele olhar, o mesmo que o fez tremer no primeiro encontro, ainda tinha o mesmo poder de sedução. Então, ele pegou delicadamente em sua mão e olhando no fundo dos seus olhos, a trouxe de encontro ao seu peito e a beijou. Era o mesmo gesto repetido a cada encontro. Não cabia agora pensar na repetitividade do ato, se ele era tão intenso e belo quanto aquele amor que perdurava. Assim que o som envelhecido da velha vitrola trouxe a voz de Frank Sinatra, em *Fly me to the moon*, eles começaram a dançar de rosto colado. Como bons historiadores, buscaram no passado as músicas que embalavam a paixão que os mantinham unidos. A sincronia entre os seus corpos colados e a música, matava a saudade e aumentava o desejo. Archie sentia o cheiro e o gosto de sua pele todas as noites porque sentia muito a sua falta. A reaproximação era combustível para um amor tão intenso e ao mesmo tempo tão enigmático.

No dia seguinte, Archie fez questão que Emma visitasse o pequeno amigo, ao qual ele ensinava inglês. Porém, como ele mesmo fez questão de frisar, mais aprendia com o garoto de apenas sete anos, do que ensinava. Ao chegar à casa de Ali, a mãe pediu que esperassem um instante antes de entrarem. Precisava alertar o filho para que guardasse mais uma carta que estava escrevendo para Deus.

— Ali, olhe quem está de volta para visitá-lo.

— Olá, Ali! Saudades de você! Esse senhor me disse que você já está quase dando aulas de inglês.

— Grandes amigos sempre falam bem um do outro, mas não é verdade.

Ali sorriu, compreendendo a brincadeira. Enquanto ela o abraçava carinhosamente, ele se perdeu na palavra saudade, sentindo a falta de alguém que ainda não havia encontrado nessa vida.

— Quando Archie me disse que gosta muito de ler e está aprendendo inglês, pensei em lhe trazer alguns livros.

— Muito obrigado!

Emma apresentou os livros infantis que havia trazido de Londres, todos em inglês para que o menino pudesse continuar praticando e desenvolvendo a nova língua. Se surpreendeu ao perceber que ele esticou os braços, tentando alcançar o livro que ela havia iniciado a leitura há mais ou menos uns dez dias. Era o livro *Dignidade e Esperança*, escrito por Buhba, um ***best seller***, que ano após ano, batia recordes de venda, permanecendo entre os mais lidos em todo o mundo. Nesse livro, ele dissertou sobre as diferenças sociais, descrevendo os muros criados pela sociedade que separam a sociedade em dois mundos, onde as oportunidades são totalmente desproporcionais. Buhba já havia conquistado o Prêmio Nobel, com o livro ***Libertas*** e atualmente já era o autor mais lido em todo o mundo, com todos os direitos autorais reservados às ONGs, que ele havia defendido durante grande parte de sua vida.

— Não prefere esses livros infantis?

— Você acredita que ainda pode existir dignidade e esperança para alguns povos marcados pelo sofrimento, pela fome, pelas guerras e pelas doenças?

— Eu não sei, Ali. É um tema muito difícil que envolve muitos conceitos e estudos de casos.

— Eu lhe diria que sim. A vida se transforma a cada ato e podemos progredir ou regredir em nossa evolução e até depois dela. Respeito, honra e dignidade serão eternamente buscados e eles não dependem somente da generosidade dos mais afortunados, mas sim da própria conquista.

Ali usava palavras e frases estruturadas que extrapolavam os conhecimentos de qualquer criança da sua idade. Surpreendia a todos, inclusive os seus pais a todo momento. Era uma fala muito parecida com as utilizadas por Buhba em seus livros.

— Você gostaria de ler esse livro? — perguntou Emma, secando as lágrimas.

— Posso ficar com ele?

— Claro! Eu consigo outro depois.

Emma lhe entregou com carinho, assistindo a maneira como ele segurou aquele livro pesado, deparando-se com a foto do autor. Archie nada falou, deixou que ela se impressionasse com Ali, exatamente como acontecia com ele, dia após dia, em meio ao deserto.

— O Buhba é muito mais do que um simples escritor. Ele é meu amigo e escreveu O Segredo de Spalla.

— Sim, é o último livro dele. Você já leu esse livro?

— Não. Mas ele fala sobre mim nessa história.

— Ali! Você precisa vir agora meu filho.

Aisha, percebendo que o filho estava despertando curiosidades em Emma, resolveu chamá-lo. Havia situações em que os pais não viam mais meios de livrar-se facilmente das suas falas, então, como em tantas outras vezes, ele foi levado. Longe dos visitantes, a mãe novamente lhe explicou que não deveria de forma alguma se expor e que não poderia confiar nas pessoas as quais não conhecia. Aquela senhora, apesar de conhecida de tanto tempo de Archie, ainda era carregada de mistérios, segundo Aisha.

— Que livro é esse, meu filho?

— É do meu amigo Buhba.

— Esse senhor, você o vê? É com ele que você conversa?

— Não mais. Foi ele quem me trouxe e vive muito longe daqui.

A mãe, olhando novamente para a foto de Buhba, imediatamente começou a chorar. Seria impossível para um bebê recém-nascido se lembrar daquele senhor, que juntamente com outros agentes o resgatou da guerra no Iêmen e o carregou em seus braços a caminho da liberdade. A maneira como Buhba os encontrou, como Ali olhava em seus olhos e se acalmava em seus braços era extremamente familiar. Aisha sempre se referiu a Buhba como o "anjo salvador". Apesar de toda essa interação, a família nunca mais teve notícias dele.

Enquanto voltavam para casa, Archie permanecia quieto e pensativo sobre as palavras do pequeno Ali. Ele sempre havia demonstrado uma inteligência elevada, todavia hoje ele o havia surpreendido ainda mais.

— Emma, as palavras de Ali são extremamente intrigantes. O que você pensa sobre ele?

— Nós estudamos vidas passadas, historicamente gravadas na relação existente entre o espaço e o tempo. Entretanto, a cada dia eu me deparo com fatos que me fazem pensar na realidade que extrapola os meus estudos. A vida se revela ir muito além do que podemos comprovar pelos nossos estudos e eu ainda me encanto por ela e pelos seres humanos.

— Estudamos pessoas que buscaram a eternidade deixando seus corpos intactos após a morte, quando o segredo da vida eterna está em nossas próprias vidas.

— Não há mais como a ciência nos empurrar para longe do Deus que existe em cada um de nós.

— Por isso continuamos estudando as religiões e as ideologias.

— O Segredo de Spalla, escrito por Buhba, faz referência a uma lenda, onde os protagonistas vivem um caso de amor arrastado por alguns milênios, em reencarnações marcadas por reencontros no plano terreno e desencontros espirituais.

— Como ele pode ter esse conhecimento, ainda mais dizendo com toda a propriedade que está no livro? — indagou Archie.

— Eu não tenho as respostas para isso. Conhecê-lo é uma grata surpresa e eu não tenho nenhum motivo para duvidar das coisas que ele nos disse.

— Disse que Buhba é seu amigo.

— O melhor que podemos fazer agora é esquecer isso. É somente um garoto que precisa de paz. Mas tem certeza de que é por ele que você continua aqui?

— Não é por ele. O Oásis, em meio ao deserto, me encanta tanto quanto a distância da civilização. Cansei de me arrepender após confiar nas pessoas que viviam ao meu redor.

— Entendo que você teve as suas decepções, como todos nós tivemos. Porém, a vida precisa encontrar meios para continuar.

— Me sinto bem aqui.

— Há muito tempo não me mostra as suas anotações, não me fala de projetos e livros.

Tanto Archie quanto Emma já haviam publicado muitos livros e chegaram a lecionar juntos na Universidade de Glasgow, nos cursos de graduação e pós-graduação em arqueologia. Foi quando Archie começou a se interessar também por Teologia. Segundo ele, a aproximação de Deus acontecia à medida em que ele conhecia mais profundamente as pessoas. Emma se posicionava estritamente em estudar as civilizações egípcias e dividia o seu tempo entre as pesquisas de campo no Egito e a Universidade, onde continuava ministrando os seus cursos e palestras, entretanto não mais em aulas regulares.

Archie dizia que o menino precisava ser protegido. Durante todo o tempo em que convivia com o garoto, ele fazia as suas anotações procurando desvendar algo até então inusitado para os seus estudos sobre a evolução humana. Era possível perceber que Ali trazia em si muitos segredos, os quais os próprios pais tentavam encobrir. Segundo soube, em meio a tanto mistério, o menino havia chegado ao Oásis trazido por uma senhora de pele escura e olhos claros.

Ali passeava pelas páginas do livro, presente de Emma. Ainda não entendia a grande maioria das palavras, escritas em inglês. Sobre as suas leituras, ele dizia à mãe que faria as suas anotações para quando ele fosse falar na *tenda de todos os povos*. Então, Ali escrevia os seus pensamentos em um velho caderno, de folhas amareladas e amassadas, doado por Najla. Os pais decidiram que os escritos do filho não mais seriam queimados, agora distanciados das palavras que enfrentavam o alcorão. Deveriam ficar escondidos sob o colchão da cama de Zyan, o irmão mais velho que constantemente tomava a frente na defesa do irmão caçula.

Os pais sentiam um misto de preocupação pela vida do filho, por tudo o que havia sido alertado por Aretha e um incrível orgulho pelas suas atitudes que representavam um estado de sublimação, onde a grande maioria dos prazeres, tão comuns para crianças da sua idade eram canalizadas para a elevação do ser, em rebuscadas ações pelo respeito, honra e dignidade. Toda aquela devoção pela evolução, com o passar do tempo despertou nos demais habitantes daquela comunidade o instinto de protegê-lo.

Os amigos desejavam estar próximos ao pequeno, sentindo-se bem ao lado dele porque era iluminado. A mãe presenciava o filho abstraindo os conhecimentos contidos nos livros, passando os olhos e os dedos sobre aqueles pensamentos impressos, discorridos e milimetricamente posicionados, naquele imenso livro de quase mil páginas. Era difícil, mesmo para a família que acompanhava o desenvolvimento das suas habilidades, acreditar que tudo era realidade. Como a mãe dizia, era um menino abençoado por Deus.

Ao contrário de Zyan que o defendia acima de tudo, Najla, oportunamente começou a questionar os pais sobre as diferenças de tratamento dispendida ao pequeno. A proteção exacerbada ao caçula também despertava ciúme na irmã, que dizia não compreender por que todos no oásis tinham tamanha devoção a ele, sendo que nem ao menos respeitava as palavras do alcorão. Os pais e o próprio Zyan a repreendiam veementemente, ante a todos os seus questionamentos, despertando ainda mais os seus maus pensamentos.

Pouco antes de completar os seus oito anos, era muito comum encontrar Ali olhando diretamente para o céu, sempre acompanhado pelo seu novo companheiro, Arrow, presente de Archie. Compenetrado em suas reflexões, acompanhava o nascer e o pôr do sol, dizia estar se preparando para assumir a sua missão. Quando a noite caía, estava quase sempre acompanhado pelo pai e pelo irmão, olhando para a lua e para as estrelas.

— Você pode se lembrar de vidas passadas?

— Me lembro de alguém que viveu ao meu lado, a minha maior parte, a quem o meu corpo e o meu espírito devem proteger.

— Como assim a sua maior parte?

— Ela sempre vem me visitar e um dia iremos nos encontrar de novo. É uma mulher que não me verá com os olhos terrenos.

— O que ela quer de você e por que não poderá vê-lo?

— Estar ao meu lado e eu me deitarei em seu ombro para ter a minha paz. Ela vai me ver com os olhos da alma.

— Qual a sua missão, meu filho?

— Protegê-la dos maus espíritos e anjos caídos. Não quero viver mais vidas do que as estrelas que existem no céu e eu já vivi muitas.

— Você está em paz agora?

— Ela trará a paz para o meu espírito. Para o meu espírito.

Ali confiou as suas premonições ao pai, que o ouvia, porém, quase nada lhe era compreensível, porque havia uma razão muito além de sua capacidade de entendimento. O bebê recém-nascido foi o motivo de um resgate planejado por agentes internacionais, jamais vistos pela família. As suas escritas guardadas sob o colchão, iam totalmente de encontro ao que estava no livro, confrontando as realidades de um mundo totalmente exposto às guerras, sofrimentos, fome, doenças e tantas outras deformações sociais. Em frases curtas, ele resumia seus pensamentos. Um dia, ao ver uma foto sobre a guerra do Iêmen ele escreveu, sentado ao lado do fiel companheiro Arrow.

Assistir ao sofrimento alheio, sem nada fazer, corrompe a minha dignidade e destrói a minha alma.

Ali seguia mais do que as suas intuições, seguia a sua vida, como se tivesse uma ordem ritmada. As suas frases traziam as vírgulas, os pontos e a concordância, profundamente inexplicáveis para a sua idade, ainda mais vivendo em meio ao deserto, longe de quase tudo o que poderia significar desenvolvimento. Ele era totalmente o avesso daquele local, assim como das pessoas que ali viviam. Não pela simplicidade, ao qual elas eram submetidas porque ele também era uma criança simples, todavia no sentido de buscar-se além do que os conceitos e conhecimentos debatidos no oásis poderiam lhe oferecer. Ele intervinha no meio e provocava mudanças de hábitos e atitudes entres aqueles que o circundam e de forma natural, tudo se transformava de maneira agradável. Os pais temiam pela integridade do filho.

Dizia-se naquele Oásis que cada nova criança nascida ou chegada indicaria que alguém partiria, e assim a população se mantinha sempre em torno dos seus trezentos habitantes. Três dias depois da chegada de Ali, aos setenta e cinco anos morria Abdul bin Hasher Maktoum, um dos mais populares líderes de Qara. Alguns diziam que esse fato já era um indicativo de que o menino era especial para aquela comunidade e que o líder, estaria olhando por ele de onde estivesse. O menino inteligente e tímido era protegido por todos os seus habitantes, retribuindo a leveza que ele trazia em seus olhos e em suas palavras.

Certo dia, logo ao cair da noite, os pais já haviam colocado os filhos para dormir, porém Ali continuava acordado escrevendo sob a luz de uma vela. Dessa vez, ele voltou a escrever sobre a religião, contrapondo-se em alguns pontos ao Alcorão, referindo-se à liberdade de escolha pelo seu Deus, conforme o seu coração o mostrava. Najla se aproximou devagar e pegou a carta. Para ela, ninguém poderia contrariar as regras do islamismo, conforme os ensinamentos dos pais, ainda mais sendo uma criança de apenas oito anos.

— Nós precisamos queimar essa carta antes que nossos pais ou qualquer outra pessoa veja. Eles morreriam de vergonha e você estaria em apuros. Não quer que isso aconteça, quer?

Ali se opunha a algumas leis religiosas, falando de escolhas e liberdade, referindo-se claramente ao livre arbítrio. Assim que terminou de ler a carta, Najla pegou a vela e se preparou para queimá-la.

— Você sabe que ficariam contra você se desobedecer às leis de Allah.

— Ninguém deveria se envergonhar perante a liberdade.

— Nós seguimos a nossa religião e nunca poderemos ir contra o que ela nos manda. Durma agora.

Najla colocou o irmão em sua cama e pôs fogo na carta, conforme via a mãe fazendo e voltou para o seu quarto. Ali enrolou-se no cobertor, mantendo apenas os olhos para fora. Olhou para a carta, em cima da pequena mesa improvisada de pedra, acompanhando a linha vermelha de fogo que transformava aquele papel amarelado, com ideais de liberdade em cinzas. Associou o cobertor à religião que tentava prendê-lo e os seus olhos à liberdade, porque jamais estariam presos. Adormeceu refletindo sobre o poder que a palavra vergonha exercia, sufocando momentaneamente os seus ideais de liberdade e a sua paz.

Naquele mesmo dia, na África do Sul, Buhba deitou-se mais cedo que o habitual, levando consigo a preocupação com Ali. Estava cansado pela caminhada até a biblioteca e pelas longas leituras, nas várias pesquisas que realizou. Geralmente tinha bons sonhos, os quais sempre se lembrava ao acordar. Naquele dia, o seu espírito passou por uma experiência diferente de tudo o que ele já havia vivenciado. Estava quase na mesma linha longitudinal do Oásis de Qara, consequentemente no mesmo fuso horário. O seu espírito foi conduzido até a presença do pequeno Ali, onde deparou-se com o seu quarto, de portas fechadas e em chamas, muito próximo à sua cama. Após inalar grande quantidade de fumaça, Ali estava desacordado. O espírito de Buhba despertou Zyan que se encheu de coragem e entrou no quarto para salvar o irmão mais novo. Antes de saírem, uma parte do velho guarda-roupas, também em chamas, caiu, ferindo Ali em seu ombro.

Com os gritos, os pais e Najla também acordaram e conseguiram controlar o fogo que chegava até a cama do menino. Ali, deitado no chão, do lado de fora, tossia bastante e se lembrava apenas da linha vermelha que percorria o papel amarelado. Viu Buhba aproximar-se e pedir que jamais mostrasse as marcas do machucado a ninguém.

— Onde está o senhor?

— Que senhor, Zyan? De quem está falando? — perguntou o pai.

— O senhor que me acordou dizendo que o Ali estava em perigo. O senhor da capa do livro que ele ganhou.

— O que você está dizendo? Não há mais ninguém aqui.

O pai tentou fazer com que o filho recobrasse a razão.

Zyan, voltou ao quarto, ainda com bastante fumaça e pegou o livro, amarelado pelo fogo. Foi esse senhor quem me acordou.

— Buhba! Ele deve ter vindo para falar comigo.

Ali, ainda deitado e tossindo muito, confirmou que Buhba esteve ali para salvá-lo. Os pais se olharam sem saber o que estava acontecendo com os filhos que sempre foram ensinados a jamais mentir. Estava claro que aquele senhor era o anjo que protegia Ali de todo mal.

— Eu vi que ele estava escrevendo...

Najla, sentindo-se culpada pelo acontecido, tentou explicar aos pais como tudo aconteceu, sendo rapidamente interrompida por Ali.

— Você não precisa se preocupar, a culpa foi minha. Não imaginei que o fogo ainda estava vivo e pudesse provocar o incêndio. Me desculpem. Eu prometo não me descuidar com as cartas queimando.

— Fique calmo, meu filho. Não vamos mais queimá-las — disse a mãe.

— As pessoas irão perguntar o que houve e a única coisa que devemos dizer é que uma vela virou sobre os tecidos e provocou o incêndio. Ninguém saberá sobre os detalhes do que aconteceu.

O pai sempre os lembrava que a família deveria estar sempre unida.

Longe dali Buhba acordou ainda preocupado com o menino, lembrando claramente do seu sonho. Em seus pensamentos, havia sido um pesadelo, onde Ali estava em meio ao fogo, mas no final, felizmente o irmão o carregou em seus braços e tudo ficou bem. Estava aflito, esperando que Carol lhe trouxesse algum alento para o seu sofrimento. Sabia exatamente a idade de Ali, contando os anos, meses e até os dias. Sempre foi muito organizado em relação às datas, cronogramas e agendas. Assim ele sabia que logo deixaria também de receber as visitas de Carol.

Como o incêndio não alcançou grandes proporções, foi logo abafado pela família. Apenas Archie demonstrou maior preocupação fazendo várias perguntas aos pais, ao Zyan e ao próprio Ali, apesar dos pedidos de Kalil para não fazer perguntas ao filho sobre o assunto para que ele esquecesse aquela passagem. A preocupação foi entendida como normal, já que Archie era um dos mais próximos de Ali.

— Ali, precisa tomar cuidado. Você não se feriu?

A imagem de Buhba lhe pedindo para não falar sobre os ferimentos com ninguém voltou claramente em seus pensamentos e como ele não mentia, procurou evitar a resposta direta. Archie se abaixou para ficar mais próximo e conversar olhando diretamente nos olhos do pequeno.

— Estou bem. Zyan foi muito rápido para me salvar.

Archie, ao se levantar, colocou as duas mãos sobre os ombros de Ali e os apertou de maneira mais forte que o normal para demonstrar carinho.

— Que bom que nada lhe aconteceu. Conversaremos sobre isso depois. Descanse agora.

Ali olhou diretamente nos olhos de Archie, concentrando-se para não demonstrar a dor que sentiu em seu ombro.

Dez dias depois da última visita, Emma surpreendeu Archie, retornando, com algumas garrafas do premiado vinho *Aliança Chardonnay*, safra 2020.

— Acho que precisamos reviver as coisas boas que aconteceram em nossas vidas. Se lembra desse vinho? — perguntou Emma.

— Era primavera, estávamos no River Walk, Chicago, na beira do Lago Michigan, depois da exposição no *Fild Museun*.

— A sua memória está excelente. Na última vez em que nos encontramos você estava muito romântico e menos rabugento. Espero que ainda esteja. Porém, confesso que amo a sua cara de bravo.

Esperou de olhos fechados o beijo de Emma, com aquele seu *jeito pretencioso*, como ela dizia.

— Impressão sua achar que eu vou mudar com a chegada da meia idade.

— Hoje me lembra ainda mais o Indiana Jones em suas expedições, ainda mais charmoso com esse cavanhaque.

Archie sempre ria quando ela o comparava ao ator Harrison Ford.

— Quem me dera.

— O nosso tempo está diminuindo e pensei muito sobre isso esses dias. Refleti muito sobre o tempo e o espaço que insistem em estar entre nós. Talvez seja a hora de eliminá-los porque sinto a sua falta.

— Você não acha que demorou muito para eliminar os problemas que eu sempre insisti tanto para resolvermos?

— Isso não precisa ser um conflito eterno. Só precisamos de mais alegrias em nossas vidas, mais presenças do que ausências e claro, mais *chardonnays*.

A conversa estendeu-se por toda a noite de uma maneira mais leve e carinhosa do que o habitual, regada também pelo amor que jamais os havia abandonado. Archie sentia que ela realmente estava diferente, mais paciente e disposta a permanecer junto a ele. Não poderia imaginar que aquela mulher, tão decidida a ter a sua liberdade que sempre definiu sozinha os rumos que tomaria em sua vida, agora estava ali, deitada ao seu lado, procurando o abrigo das batidas do seu coração, tão acostumado à solidão e à saudade que ela deixava.

— Preparei um café.

— Você fica muito melhor quando está assim, tão carinhoso e tão generoso. Isso me animaria a ficar ao seu lado até o fim dos meus dias.

Ainda durante o café, Emma, que até então não poupou elogios para as atitudes de Archie, além de falar sobre trabalho, começou a fazer muitas perguntas sobre o pequeno Ali, demonstrando mais interesse do que em suas outras passagens por Qara, incomodando-o. Archie sabia que ele era um menino diferente de todos os outros que ele já havia conhecido e que precisava de toda a proteção que o oásis podia lhe oferecer. Emma, sempre tão correta em todas as suas ações dentro dos limites do seu trabalho e de sua vida pessoal, nunca havia lhe dado motivos para desconfiar, por isso a sua insistência o deixou cismado.

— Tem feito muitas perguntas sobre o Ali. É só uma criança, com as mesmas carências e angústias que as outras que temos aqui. A diferença é que ele vive em meio aos livros e prefere os debates às brincadeiras.

— Sim. Você é muito próximo a ele, não lhe parece normal que eu também esteja perto?

— Eu nunca tive filhos e tento compreender os seus posicionamentos perante a evolução que tanto estudamos.

— Está vendo como ele é especial, pois até o instinto paterno ele fez aflorar em você. Só ele conseguiu amolecer esse seu velho coração, até então, impenetrável.

— É verdade. Esse menino me fez mudar muito. Ele tem travado, desde pequeno, uma luta muito grande pela evolução humana e espiritual das pessoas, principalmente pela liberdade. Os pais o impedem de compartilhar as suas ideias, evitam ao máximo que ele se exponha. Entretanto, ele escreve e guarda os seus textos que certamente estarão nas páginas de um livro muito em breve. Archie foi até a escrivaninha e pegou um pedaço de papel, como todos os outros amarelados pela poeira. Leia isso.

"Os homens deveriam abaixar as suas armas e empunhar a luta pela evolução verdadeira. Só ela trará a paz que tanto desejamos. Os governantes que comandam grandes exércitos de soldados não se emanciparam em sua evolução. São simplesmente homens fracos, sob o comando de espíritos maus que buscam o poder pela transgressão do respeito, da honra e da dignidade humana."

— Muito forte para uma criança da idade dele — afirmou Emma.

— Em nossos debates ele cita o livre arbítrio e contesta algumas leis do alcorão, que ferem a liberdade das pessoas.

— Você sempre viu as pessoas como objetos de estudo para as suas pesquisas e as suas comprovações. Sempre colocou o seu trabalho acima de tudo e principalmente acima de todos.

— Sabia que você ia voltar à realidade e arrumar algum motivo para brigar e ir embora novamente.

— Não é uma briga. É somente mais uma constatação sobre o quanto esse garoto conseguiu mudar você e não estou dizendo que isso seja ruim.

— Ele tem algo diferente em seu olhar que me atraiu, de uma maneira impossível de regredir.

— Quero ficar bem com você. Estou um pouco cansada, desanimada com meu trabalho e nós não vamos deixar que assuntos externos nos atrapalhem novamente.

— Eu devo acreditar nisso?

Emma levantou-se da cadeira onde estava, sentou-se em seu colo, de frente e, olhando no fundo dos seus olhos, abraçou-o, sentindo o seu coração. Encostou o seu rosto na barba ruiva, sem se importar que ela a espetasse. Demorou ali algum tempo e então se afastou, colocando uma mão em seu rosto e a outra em seu coração.

— Eu também quero estar aqui, do lado de dentro.

— Você sempre esteve bem aí, um lugar somente seu. Não confunda o que tenho em minha mente com o que tenho em meu coração.

Nos dias que se seguiram, Emma tentou evitar as questões incisivas sobre o menino, diretamente a Archie, porém mantinha o seu olhar sempre atento sobre ele. Juntando as suas últimas pesquisas, que se completavam, decidiram escrever o livro intitulado ***Em busca da eternidade***, onde descreviam o medo da morte pelos antigos Faraós e a sua busca incansável pela reencarnação. Tomaram como base seus últimos artigos, onde havia concordâncias em muitos pontos e em outros distanciavam-se. Seguindo a ideia inicial de Emma, escreveram o livro em um formato diferenciado, como se fosse um diálogo.

— Vamos explorar o tema dissertando sobre as influências egípcias nas civilizações ocidentais da atualidade. Existe um contorno todo especial da influência desses povos sobre a reencarnação.

— Tem alguns pontos importantes que gostaria de colocar. Sabemos que a mumificação foi desenvolvida porque acreditavam que a alma se encontraria com o próprio corpo para que a vida ressurgisse.

— Sim. E o que você tem de novo sobre isso?

— Em um estudo que fiz da última placa encontrada pelo fazendeiro de Ismaília, os hieróglifos foram interpretados como a busca pela reencarnação na mesma família, ou em círculos de amizades próximas, para que novamente pudessem chegar ao poder ou terminar missões incompletas. Entretanto, em minha releitura, houve uma ressignificação, pois encontrei algo completamente diferente que interpretei como a busca pelo amor de muitas vidas, almas gêmeas em vidas marcadas por encontros e desencontros, como se tudo fosse pré-determinado por uma força maior, uma luz tão intensa quanto o sol.

— Você quer dizer um Deus?

— Sim. Algo superior que evidencia a passagem dos espíritos pela Terra.

— Grandes mudanças para alguém que há anos atrás se considerava um ateu convicto.

— Precisava de provas e nada me levava a crer que elas existissem até então. Mas agora, tenho algumas fundamentações reais.

— Por falar nisso, esse menino, o Ali, é nascido aqui mesmo em Qara?

— Os pais são misteriosos a respeito da origem deles. Dizem apenas que viviam no Iêmen e conseguiram fugir da guerra. Mas o que isso tem a ver com a nossa conversa?

— Nada. Foi somente uma curiosidade. Você tem razão, vamos voltar para as ideias do livro.

— Sim. Melhor não perdermos o foco.

Emma sugeriu que gravassem as suas conversas sobre o tema, para depois transcreverem para o livro. Assim daria mais a cara de um debate informal, como desejavam que fosse. Archie, mesmo ainda sendo um pouco alheio aos adventos tecnológicos, foi além.

— Então, por que não filmamos? Quem sabe ele pode se transformar em um documentário? Montamos um roteiro simples, sem muitas frescuras, colocamos para rodar e depois editamos.

— Para isso, precisaríamos de uma equipe para fazer algo mais profissional.

— Nada de profissionais. Imagine dois velhos sentados, com o deserto ao fundo, conversando sobre o renascer após a morte.

— Você tem toda a razão sobre o vídeo. Quanto ao "*velha*", acho melhor nem lhe responder.

Eles riam. Emma era uma mulher vaidosa, mesmo em meio ao deserto, mantinha os cabelos ainda compridos em tom castanho escuro. Usava lenços e chapéus que combinavam com a roupa. Sempre ia a campo para as pesquisas como uma *miss*, conforme Archie a descrevia. Na universidade, era muito elogiada pelas suas alunas, que a tinham como exemplo de jovialidade, por ser linda e muito ativa. Também era cobiçada por outros professores, porém todas as investidas eram descartadas de forma elegante. O seu coração sempre foi de Archie e ela deixava isso bem claro.

Archie, ao contrário, havia esquecido a vaidade há longos anos e não se importava com chegada da meia-idade, principalmente ostentada em seu longo cavanhaque que começava a misturar os fios avermelhados aos brancos. Os cabelos, de médio comprimento e oleosos, durante o dia viviam encobertos pelo boné, estilo legião estrangeira da França, que lhe protegia o pescoço, já apresentando as marcas do sol forte do deserto egípcio.

Archie era um senhor muito bem-quisto por todos do Oásis, sempre muito gentil com os habitantes, principalmente com as crianças. Todos sabiam da importância dos seus estudos e do seu reconhecimento frente às autoridades universitárias do Cairo. Era ele quem fazia a ponte entre as Universidades do Reino Unido, Estados Unidos e a Universidade Americana do Cairo, pois tinha forte influência no intercâmbio entre as melhores universidades de arqueologia do mundo. Seu nome e seu rosto constantemente apareciam estampados nas revistas sobre as civilizações antigas. Era tido como referência nos estudos sobre as lutas pelo poder através de ordens religiosas ou não das antigas civilizações e em evolução humana.

Emma já estava habituada ao local e cada vez mais procurava aproximar-se de Ali e sua família, o que por vezes ainda provocava um certo ciúme em seu companheiro. Porém, ela rebatia às suas desconfianças com naturalidade e bom humor.

— Estamos vivendo em um local com trezentas pessoas. Seu melhor amigo é um lindo garoto de apenas oito anos e o meu namorado ainda morre de ciúmes de mim.

Archie achava engraçado, ainda ser chamado de namorado naquela relação que se arrastava por mais de duas décadas, insistindo em não mudar de status. Ele tinha sim um ciúme inexplicável do garoto, ao qual ele muitas vezes experimentava as sensações de ser pai.

— Você sabe que esse garoto é como um filho para mim.

— Então seu ciúme não é por mim. Estava me sentindo lisonjeada por acreditar que ainda poderia despertar um pouco de ciúme nesse coração de pedra. Acho que me empolguei cedo demais.

Depois que chegaram os equipamentos de gravação e som, deram início à produção do documentário de modo totalmente amador, conforme sugeriu Archie. À noite faziam algumas revisões e Emma, mais adaptada às inovações tecnológicas, fazia o armazenamento em seu notebook e no de Archie. A cada dia eles mudavam o cenário ao fundo, levando as mesmas cadeiras para outros lugares. Os microfones eram profissionais com uma capacidade de captação melhor, filtrando os ruídos que vinham de longe e do vento. À noite assistiam novamente, fazendo elogios às próprias atuações, regados ao bom e velho companheiro, o *chardonnay*.

— Está ficando lindo nosso projeto. Precisamos enviá-lo para a Universidade em Londres para que a minha assistente, uma expert em edições, possa acelerar o nosso trabalho e assim que estiver tudo pronto, nos reenvia. Dessa forma, podemos antecipar as postagens.

— Concordo. No entanto, não vamos divulgar ainda. Vamos esperar até que ele fique pronto por completo.

— Tudo bem! É o senhor quem manda.

Archie começou a se acostumar com a presença de Emma ao seu lado, porque o vazio por ela deixado, quando partia era muito grande. Agora, já era mais comum ver os dois juntos, repassando as suas vivências dentro da arqueologia, história e cultura para o menino, e pouco a pouco foi perdendo aquele ciúme bobo que ele sentia ao vê-la aproximando-se dele. O pequeno demonstrava um imenso interesse em aprender sempre mais sobre a evolução humana, não somente da sua região, mas de todo o mundo. Eles que eram conhecedores de muitas partes do mundo, revelavam-lhe as diferenças culturais entre os povos. Algumas vezes divergiam sobre alguns fatos na frente do menino, quando tentavam explicar sobre determinadas culturas e Ali se divertia com aquelas tolas discussões, sendo a sua gargalhada a deixa que impunha um fim engraçado em mais um daqueles corriqueiros episódios.

Certo dia, Emma e Archie se preparavam fazer suas pesquisas de campo próximo a Siwa, um dos mais belos e mais populosos oásis do Egito. Na noite anterior, Emma disse estar indisposta e queria se deitar para recuperar as energias para a longa viagem do dia seguinte. Levariam aproximadamente cinco horas para completar o trajeto de pouco mais de 250 quilômetros, em meio ao deserto. Lá deveriam ficar por três dias, fazendo algumas entrevistas, tirando fotos e escrevendo sobre o povo local. Archie sempre ficava animado ao ver as maravilhas que o Oásis de Siwa e El Girba Spring apresentavam.

No dia seguinte, Emma parecia ter piorado, com sintomas de gripe. Provavelmente H1N1 trazida do Cairo, que passava por um surto. Outros habitantes do oásis também haviam apresentado quadros de febre e dores no corpo, características básicas da doença que se alastrava com facilidade.

— Vou cancelar a nossa viagem. Podemos agendar as entrevistas para a próxima semana ou depois.

— Não podemos perder essa oportunidade de somar essas entrevistas ao nosso trabalho. Você vai. Eu ficarei bem. É só uma gripe boba que já terá passado quando você voltar.

— Você tem certeza de que ficará bem?

— Claro que sim.

No dia seguinte, logo após a partida de Archie, Emma saiu para dar um passeio, logo pela manhã. Passou propositalmente em frente à casa de Ali, fez uma pequena parada para conversar com a mãe e o filho que estavam ali na frente. Antes de sair disse-lhes que Archie estava em campo para pesquisas e só voltaria em três dias e que ela não daria conta de comer tantos doces sozinha. Depois do almoço lá estava Ali, acompanhado da irmã Najla. Emma preparou um delicioso chá inglês, acompanhado de vários doces, trazidos do Cairo, justamente pensando em atrair as crianças que adoravam o chá, muitas vezes oferecido pelo próprio Archie. Desta vez, o chá oferecido por Emma escondia seu verdadeiro objetivo. Servidos, Ali pegou a xícara, sendo rapidamente advertido pela irmã.

— Devagar! Espere esfriar ou vai se queimar de novo.

— Falando em se queimar, você se feriu naquele dia em que derrubou a vela em seu quarto?

— Ele se machucou no ombro.

Ali, sem nada dizer olhou para a irmã, lembrando do amigo Buhba, dizendo-lhe para jamais mostrar a sua cicatriz a ninguém. Percebeu que Emma o olhava com cara de espanto, pois ela sabia que a data do acidente batia com a descrita na lenda.

— Eu também tenho várias cicatrizes pelo meu corpo, conquistadas ao longo de muitos anos de vida bastante ativa. Cada uma delas tem um significado especial. Essa foi subindo na escada da casa da árvore. Eu também tinha oito anos. Acho que foi a que mais me marcou.

Emma levantou a blusa e mostrou parte de suas costas, onde havia uma cicatriz de mais ou menos dez centímetros.

— Eu tenho essa em meu joelho, desde quando o Zyan me derrubou em meio às pedras, quando brincávamos nas ruínas. Tinha menos de oito, talvez seis anos.

Emma já havia conseguido conquistar a confiança de Najla, enquanto Ali ainda parecia reticente quando ao abrir o seu segredo.

— Quer nos mostrar a sua, Ali?

Ali fazia que não com a cabeça, quando Najla, segurando a xícara com uma das mãos, usou a outra para abaixar a sua candura, na altura do ombro. Emma ficou estarrecida com a imagem da cicatriz, com os três círculos que simbolizavam a tríade. Conforme ela havia previsto, ele fazia parte da Lenda de Spalla. Levantou-se e foi até ele, com os seus olhos cheio de lágrimas. A marca lhe dava a certeza de que Spalla havia renascido e em mais alguns anos estaria ao seu lado. Eles significavam o caminho para chegar até Deus. Emma se sentiu atraída e tentou tocar-lhe sobre o Toque de Deus, entretanto foi impedida quando Ali puxou a roupa para cobri-la. Assustado, pegou a xícara de chá com as duas mãos e levou até a boca. O chá, mesmo adoçado lhe trouxe um gosto amargo. Tinha a sensação de que algo ruim estava para acontecer. Olhou para a irmã e não hesitou.

— Najla, precisamos ir. Nossa mãe já deve estar preocupada.

— Não querem mais alguns doces?

— Precisamos mesmo voltar pra casa.

Najla se lembrou do pai dizendo que deveriam estar unidos acima de tudo e nada a fazia desrespeitá-lo, nem mesmo o ciúme excessivo do irmão mais novo.

Longe dali, no Oásis Siwa, Archie conversava com seus amigos arqueólogos em meio às suas escavações, analisando minuciosamente cada milímetro daquela retângulo demarcado. Era como ver a história das civilizações e a evolução da humanidade brotarem da terra, tão seca que lhe escorria pelas mãos. Entre os amigos, sob uma pequena tenda que encobria parte do sol, teve uma sensação de que algo estava acontecendo ao pequeno Ali. Saiu rapidamente da tenda, olhou para o sol escaldante e sem nada dizer aos seus companheiros partiu. Os amigos tiveram diferentes reações sobre a saída dele.

— Esse é o velho Archie que eu conheço. Sempre desaparecendo sem deixar rastros. Porém, me parece que isso tem acontecido com uma maior frequência.

— Enquanto não estiver influenciando nos seus trabalhos está tudo bem.

— Talvez ele esteja preocupado com a Emma, pois ela não veio porque não estava bem.

— Ou com saudade, o que particularmente acho que seja o mais provável. O tempo parece deixá-la mais linda a cada dia.

Louis era amigo de Archie desde os tempos de faculdade e já naquela época ele demonstrava interesse em Emma. Ele sabia que não havia qualquer chance de disputa com Archie, porque ela transbordava alegria em seus olhos a cada vez que olhava para o seu amor. Archie era do tipo que marcava presença e era desejado pelas moças da universidade, entretanto, assim como Emma ele só tinha olhos para ela.

Em Qara, depois que as crianças saíram, Emma foi vasculhar o velho baú de Archie, onde ele guardava seus relatos. Havia entre eles muitas anotações, páginas arrancadas de revistas, trabalhos digitados na antiga máquina de escrever, ainda bem conservada e muitos textos sobre a evolução humana através dos tempos. Quando foi colocá-los de volta no baú, percebeu que ele tinha seu fundo alto demais para um material tão fino. Tentou levantá-lo para tentar entender, quando percebeu que nele havia um fundo falso. Depois de algumas tentativas, conseguiu abri-lo e dentro dele encontrou alguns relatos manuscritos sobre a Lenda de Spalla.

Eles revelavam estudos passados sobre as Mães de Spalla, tentando rebuscar o período de seu surgimento. Entre os papéis amarelados, apareceram algumas fotos com os nomes anotados atrás delas. Havia fotos da maestrina Carol e do piloto Tommy, Aganieszka e Kristofer juntos. Emma tirava fotos de tudo e enviava para um e-mail, onde guardava os seus arquivos secretos. A grande maioria dos escritos era sobre o pequeno Ali, onde ele descrevia a espera pelo acidente que lhe causaria uma cicatriz em seu ombro. Archie sempre finalizava os seus textos dizendo que protegeria o menino de qualquer problema, acima de tudo e de todos. Pelas informações analisadas, ele ainda não tinha conhecimento da cicatriz no ombro do menino.

Archie precisava de um transporte para chegar o mais rápido possível ao Oásis de Qara. Portanto, ele contratou um motorista conhecido que o levaria em sua velha caminhonete. Durante todo o caminho ele tentou apressá-lo para chegar mais rápido. Cinco horas depois de muito insistir para se apressar, ele chegou em casa, para espanto de Emma, que correu deitar-se no sofá, fingindo estar dormindo.

— Archie! O que está fazendo aqui? Não deveria estar em Siwa, trabalhando nas escavações?

— Não consegui ficar lá sabendo que você não estava bem. Como você está se sentindo?

— Estou um pouco melhor, mas ainda com muita dor no corpo. Nunca tive essa preguiça durante todo o dia.

— Ficou aqui dentro o tempo todo?

— Saí para caminhar, depois Ali e Najla vieram tomar um chá comigo. Comeram alguns doces e logo foram embora. Quando falar com eles, por favor se desculpe por mim. Não estava muito bem hoje.

Emma sabia que não adiantaria esconder a visita das crianças porque logo ele saberia, através deles próprios ou por outras pessoas. Pensou que assim despertaria menos suspeitas. Estava mais preocupada com a organização dos documentos dentro do baú, pois sabia que ele era extremamente metódico, reconheceria caso alguém tivesse mexido e se não estivesse tudo exatamente igual ele desconfiaria. Os documentos estavam todos datados pela ordem cronológica de suas escritas.

— Deite-se aqui. Vou fazer algo para comermos.

Emma prestou atenção no seu trajeto até a cozinha, fazendo questão de entrar no quarto. Certamente estava indo até o baú para conferir se estava tudo certo. Logo chegou até a cozinha, sinal de que estava tudo no seu devido lugar. Emma havia se atentado aos detalhes de como havia sido deixado o baú. Depois de tanto tempo de convivência, sabia que ele era extremamente minucioso e detalhista e não deixaria aquele baú, contendo tantos segredos totalmente expostos. Quando voltou o baú para o seu local, viu o sol entrando pela janela, parecia estar vendo o velho companheiro orientando-se pelos pontos cardeais. Pegou a sua bússola e posicionou-a em cima do baú. Sozinha, ela riu e balançou a cabeça, acreditando ser ele muito astuto, porém previsível, pelo menos em sua opinião. Imaginou-o acertando as quatro pontas daquele baú quadrado, de acordo com os pontos cardeais. Porém, ele havia sido um pouco mais simples, deixando apenas uma fina fita marrom, quase da mesma cor do baú, presa em sua parte posterior e ao ser fechado a fita sempre era colocada para dentro e Emma não percebeu esse pequeno detalhe.

Archie orgulhava-se da sua carreira, pelas suas pesquisas e pelas dezenas de livros escritos, primeiramente sobre as civilizações do norte da África e atualmente pelos seus estudos sobre a evolução humana. Sentia-se cada vez mais próximo de Deus e desejava comprovar a sua existência. Era um pesquisador solitário durante quase todo o tempo, compartilhando alguns poucos trabalhos com os mesmos companheiros de escrita, sendo que esses eram apenas as descobertas que lhe convinha. No entanto, nunca havia comentado com qualquer um deles sobre a Lenda Spalla, nem mesmo com Emma.

A grande maioria deles acreditava que ele era ateu, pois guardava somente para si o seu maior objetivo, a glória de desvendar um dos maiores mistérios da humanidade, apresentando provas concretas da existência do Criador. Sabia que grande parte dos tesouros que poderiam revelar O Segredo de Spalla haviam sido confiscados e estavam fortemente guardadas no cofre do Vaticano. Não havia nenhum relato da Igreja Católica sobre quaisquer descobertas que trouxessem a verdade sobre a existência de Deus ou sobre a reencarnação. Porém, Archie passou a procurar pelas brechas deixadas na história, através da sociedade secreta das Mães de Spalla. Tinha um cofre particular na cidade do Cairo, onde guardava algumas relíquias. Eram documentos encontrados em suas buscas, alguns muito antigos e outros bem mais recentes. Entre esses, estavam os seus desenhos e as suas representações dos seus achados, marcas deixadas em lugares simples e quase imperceptíveis aos olhos comuns.

Archie começou a perceber algo interessante para as suas pesquisas, encontrando marcas quase invisíveis a olho nu em objetos históricos, como assinaturas que ao serem observadas com uma lente especial, revelaram o início de um enigma. Percebeu pequenos pontos, primeiro em uma imagem de Fátima, em sua visita a Portugal, a convite de Emma. Havia duas marcas exatamente iguais, ao que ele chamou de *almas gêmeas*. Pareciam marcas de sangue deixadas ali por algum inseto e por isso passaram despercebidas. As marcas eram extremamente idênticas, deixando claro para Archie que eram marcas minuciosamente projetadas e deixadas por uma sociedade extremamente cuidadosa. Sabia que descobrir a razão daquele sinal, era descobrir o próprio segredo de Fátima.

Ao buscar as respostas que pudessem desvendá-lo, concluiu que um bispo havia induzido, a mando do alto clero, as crianças a dizerem que o segredo se referia ao inferno, para onde seriam enviados os pecadores que desacreditassem nas leis católicas. A partir de então, Archie passou a dedicar quase todo o seu tempo em decifrar aqueles mistérios. Enquanto muitos procuravam por tesouros, ele se lembrou de que eram apenas crianças e que as marcas seriam mais simples, infantis. Passou a procurar por desenhos em meio aos muros de pedras preservados. Encontrou alguns deles e pelos traços intuiu serem de uma menina. O registro trazia uma mulher à frente de três crianças e a imagem formada não era seguida de linhas de luz que simbolizavam algo irreal, então era possível de ser tocada. As crianças estavam conversando com uma mulher. A história era real, todavia também mereceu uma ressignificação depois de outros achados.

A igreja havia criado os segredos, e ao decifrar parte daquele mistério, registrado historicamente, os caminhos o levaram para várias partes do mundo. Archie começou a perceber que grande parte da história mundial havia sido alterada, não pela simples conquista de territórios e poder, mas sim por uma atração fatal pelo encontro com Deus. Povos haviam sido conquistados, escravizados e massacrados na tentativa de chegar até Spalla e consequentemente até Deus. Várias guerras representaram a solução encontrada pelos seus governantes para varrer regiões e até mesmo países nessa busca incansável por Spalla.

Quase a metade de sua vida havia sido dedicada a resolver os enigmas deixados por essas marcas, sendo que algumas decisões erradas o remeteram a locais totalmente reversos ao real. Chegou a gastar mais de cinco anos para decifrar a passagem de um local a outro, ao que concluiu serem os locais onde as duas almas gêmeas se reencontraram, deixando registrados seu encontro no plano terrestre, para orientar futuros reencontros. Era a prova de que a reencarnação era uma verdade absoluta.

Depois de decifrar alguns códigos, chegou aos locais, às vidas envolvidas e muitas ações estratégicas que confirmavam a existência de Spalla. Seguindo os resultados de suas pesquisas, interpretou a existência da sociedade secreta criada pela virgem, mãe do Messias. Então, concluiu que havia religiões, seitas, sociedades secretas e poderosos se apoderando de objetos de valor que eles julgavam serem as provas da existência de Deus. Se eles tinham as provas, por que não as utilizavam em favor da sua religião? Apegou-se ao fato de que Deus está nas coisas mais simples e havia, sim, marcas deixadas em quadros, entalhes em madeira, instrumentos musicais, que extrapolavam os valores de qualquer obra de arte dos mais famosos artistas. Porém, as marcas deixadas nos objetos de maior valor representavam uma armadilha. Eram artefatos que enchiam os olhos de quem as possuía, no entanto traziam informações erradas, como estratégia para despistar, fazendo com que gastassem seu tempo em buscas infundadas, literalmente fazendo-os andar em círculos ao redor do mundo.

Archie se lembrou de que ele e Emma, na sua juventude, rabiscavam os muros, rochas, árvores, grutas, cachoeiras e penhascos, enfim, quase todos os locais onde se amavam. Com Spalla e seu eterno protetor não seria diferente, porque se amavam intensamente através do tempo e espaço. As pistas que as marcas deixavam soltas, só poderiam ser descobertas por alguém que conhecesse o amor verdadeiro e eterno. Todas as outras, eram meros entalhes ocasionais deixados para confundir o espaço e o tempo a quem se intrometesse em desvendar os mistérios do Segredo de Spalla.

No outro dia, Archie acordou mais cedo que o normal, assistiu sozinho ao nascer do sol. A sua mente sobrepunha a imagem de Ali segurando Arrow em seu colo, com o deserto e o sol ardendo em fogo logo às suas costas. Tinha convicção de que aquela era a exata coordenada em que o protetor de Spalla estava e que logo ele a encontraria, permitindo-lhe o encontro com Deus. Os oitos anos de espera, para ele, correram como a eternidade, mas representava um breve instante para seres que viviam a eternidade à espera de reencontrar-se. Com esse pensamento preparou o café da manhã, exatamente como Emma gostava, lembrando que ela era o seu eterno amor.

— O café está pronto. Fiz do jeito que você gosta. Fraco com creme e omelete com coalhada.

— Que delícia. Você sempre minucioso e caprichoso, meu amor. Sabe muito bem como cuidar de mim.

Emma desde a primeira noite em que se amaram, ainda muito jovens, chamava-o carinhosamente de "meu amor", enquanto ele docemente a chamava de "meu anjo". Em outros momentos, os tratamentos mudavam drasticamente, virando uma brincadeira, ou um pouco além. Nunca houve outras pessoas que cruzaram os seus caminhos. Emma era uma mulher linda e atraente que havia durante toda a sua vida dispensado alguns galãs que tentaram conquistá-la. Com Archie não era diferente. Era um jovem inteligente, falava várias línguas e tinha o dom de discursar em público, o que o transformou ainda muito jovem em um eloquente professor universitário.

— Trouxe alguns documentos do Cairo que deixei guardados aqui em casa, quando soube que vinha.

— De que documentos está falando?

— Daqueles que você viu quando remexeu no velho baú. Você poderia se lembrar das pessoas na foto e me ajudar a montar esse quebra-cabeça.

— Não sei do que está falando.

— O baú estava perfeitamente alinhado com os pontos cardeais, como eu o deixei e você pode ter achado previsível. Mas havia outro detalhe muito simples. A fita da sua parte traseira estava para fora, diferente de como sempre permanece. Deixei lá de propósito para que você visse por que precisava ter a certeza de que você faz parte de uma sociedade milenar secreta, criada pela virgem, mãe do Messias, as Mães de Spalla.

O coração de Emma imediatamente começou a pulsar mais rápido, despejando descargas de adrenalina em todo seu corpo. Sua boca e sua garganta estavam secas, dificultando a sua fala. Os seus olhos deixavam algumas lágrimas rolarem pelo seu rosto. Não podia imaginar que o segredo pudesse ser descoberto, pois jamais alguém sem ligação com a lenda havia descoberto a identidade de qualquer uma das Mães de Spalla, desde a sua criação. Archie, o homem por quem ela havia se apaixonado desde a sua juventude, na universidade era mesmo um homem de sabedoria extraordinária, que conseguiu ligar todos os pontos para chegar ao garoto na atualidade. Não havia como negar.

— Archie!

O nome saiu acompanhado de um choro engasgado, em uma mistura de sentimentos tão profundo que ela, com tamanha vivência, não tinha controle das suas emoções, razões ou desejos. Queria não estar ali naquele momento, passando por aquelas sensações. Sempre eram misturados, o prazer da chegada e a dor da despedida, todavia agora a perspicácia e a sabedoria de Archie revelavam a sua identidade secreta lhe rasgando o peito de uma forma inexplicável.

— Jamais a julgaria, como se houvesse me traído. A sua lealdade a Deus e com a lenda é louvável. Não sei o que vai acontecer comigo, já que você sabe que estamos próximos demais de Ali e você precisa protegê-lo, até mesmo de mim.

— Ele é só um menino.

— Ele carrega o Toque de Deus em seu ombro. No dia depois do incêndio na casa dele, coloquei a mão em seu ombro e ele foi forte, tentando não demonstrar a dor que sentia, mas ela estava em seus olhos. Para mim ele nunca foi como um dos meus achados históricos, porque me cativou e se tornou meu único amigo aqui. Ensinou-me coisas que eu jamais aprenderia com meus amigos estudiosos, com seus doutorados e pós-doutorados. Ele é a vida de muitas vidas ressurgidas, num acumulado incrível de sabedoria e evolução.

— Você sabe que eu não posso permitir que qualquer mal possa chegar até ele ou a Spalla.

— Eu também não quero que nada de mal aconteça a ele. Já lhe disse que o admiro muito. Por isso, preciso estar próximo a eles quando tudo acontecer. Agora que ele tem a marca em seu ombro é o sinal de que Spalla já nasceu em algum lugar qualquer no mundo.

- Isso não vai acontecer. Não vai ser da maneira que você deseja. A lenda é maior que tudo que você possa imaginar e nada, nem ninguém, vai ficar entre eles.

— Você já sabia de tudo. Sempre soube e por isso quis ficar, não foi somente para estar ao meu lado.

— Não diga isso. Eu sempre amei você, desde a primeira vez em que o vi. Nunca houve conflito de interesses e eu sempre tive muito medo de que isso interferisse em nosso relacionamento. Eu fui alertada para me afastar, no entanto não deixaria o amor da minha vida.

— Buhba, o escritor, estava junto a eles em suas vidas passadas e hoje ainda tenta protegê-lo. É incrível como a sua escrita se completa com a minha, dissertando sobre a evolução humana.

— E o que isso tem a ver agora?

— Todo o seu livro é uma tentativa de despistar as organizações que procuram pelas crianças, o que chamei de *os grandes símbolos*. A Igreja Católica e poderosos sempre tiraram os objetos que pudessem revelar o segredo, contudo seria impossível tirar todos os livros de circulação, como fez com as outras provas ao longo de muitos séculos. Porém essa simbologia só serve para despistá-los e tirá-los da rota das crianças. A verdadeira simbologia sempre esteve nos lugares onde eles se amavam, muito mais simples e não pode ser destruída facilmente. Elas devem ser eternas e praticamente invisíveis aos olhos de quem despreza o amor verdadeiro e infinito.

— Eu sempre o admirei e o amei pela sua inteligência. Mas neste momento isso pode ser um grande problema.

O rosto de Archie estava diferente, parecendo transtornado pela confirmação de que todos os estudos e as suas intuições estavam corretos. Não conseguia prever qual seria a reação de uma Mãe de Spalla, sabendo que ele havia desvendado uma grande parte do Segredo.

— Às vezes me parece que eu estudo isso há alguns milhares de anos ou tantos que se equiparam à existência da lenda. Entretanto, ainda existe um segredo, a ligação entre Deus e a lenda, o momento em que ocorre o Toque de Deus. Não existem marcas no tempo que relatam esses fatos. Deus ainda é uma incógnita, porém a sua existência para mim hoje é tão real quanto a minha própria existência.

— Não cabe a qualquer ser humano revelar o Segredo de Spalla.

— Você não se coloca como um de nós, seres humanos? As senhoras que integram a sociedade das Mães de Spalla também são anjos enviados por Deus?

— Você pode viver esse momento lindo, ao lado de seres tão especiais e deixar que aconteça de forma natural, porque não há como interferir nos desígnios de Deus. Por algum motivo, Ali o escolheu para estar ao seu lado.

Emma estava nitidamente abatida pela pressão exercida por Archie porque agora não era mais pela união entre os dois, que já perdurava por longos anos. Entre eles, sempre houve uma paixão avassaladora, que ardia no corpo, na alma e nem mesmo a distância pôde apagar. A saudade dos longos meses afastados só fazia aumentar o desejo dos reencontros regados a bons vinhos e aos banhos de espuma, em banheiras que eles faziam questão de manter em seus quartos. Mesmo vivendo longe um do outro, durante grande parte do tempo, por imposições de seus trabalhos, jamais falaram em um ponto final e nunca traíram o amor que sentiam. Nada se sobrepunha ao poder do amor verdadeiro. Se falavam quase diariamente utilizando-se das novas tecnologias para conversas, as quais Archie demorou a se adaptar. Ele era um saudosista das conversas olho no olho, mas as chamadas de vídeo diárias com Emma levantavam o seu astral. Até então, a relação entre os dois sempre havia sido marcada pela sinceridade. Existiam, sim, algumas brigas por ciúmes e agora ele a olhava de um jeito diferente, desconfiado, quase como uma estranha.

Toda a sua vida ao lado de Archie passava à sua frente em flashs, enquanto ele insistia no seu ponto de vista, sobre levar às pessoas de todo o mundo a verdade sobre a existência de Deus. A sua missão era proteger as pessoas envolvidas na lenda a qualquer custo. Archie precisava compreender o mal que a sua revelação poderia provocar nas vidas de Ali e de uma menina recém-nascida. Mesmo assim, ele ainda insistia.

— Muitas pessoas suplicam por piedade, oram e conversam com diferentes deuses em todas as partes do mundo. Não acha que elas têm o direito de saber para quem fazem as suas orações?

— As pessoas oram para um Deus que existe em seus corações. Não é o desvendar que nos aproxima e sim a evolução, conquistada com compaixão e humildade. A busca de qualquer poder pelo enaltecimento próprio só leva ao distanciamento.

— Eu sempre lhe chamei de meu anjo e mais uma vez eu estava certo. Desde o primeiro dia quando olhei em seus olhos eu vi algo diferente, tanto que ficou marcado para sempre. Jamais consegui desviar o meu olhar de você.

Archie estendeu o braço e a puxou para perto de si. Queria sentir a sua pele de uma maneira única, depois da confirmação, enquanto ela simplesmente calava-se. Emma não tinha mais argumentos contra tantas provas juntadas em muitos anos de trabalho árduo, apresentadas pelo companheiro.

— Me ajude a protegê-los? É a melhor maneira de se aproximar de Deus.

— Eu sou a pessoa mais feliz do mundo. Já ouviu alguém dizer que amou um anjo durante toda a sua vida?

— Não! Eu não sou. Espero ter lhe retribuído todo esse amor à altura.

— Eu estaria sendo injusto com você se dissesse que não. A maneira como me ama me faz amá-la ainda mais.

Archie e Emma sempre conversavam muito ao se deitarem e dormiam muito próximos um do outro, quase sempre com Emma abraçada às suas costas. Porém, naquele dia, não foi assim que aconteceu. Não tomaram vinho, não conversaram mais e dormiram cada um em uma ponta da cama e ela nem era tão grande assim.

Quando finalmente adormeceu, Archie teve um sonho onde uma bela mulher, trajando um vestido preto, acima dos joelhos e um generoso decote, expunham suas pernas torneadas e lindos seios, quase totalmente descobertos. Tinha os cabelos loiros e lisos que chegavam à sua cintura. Ela estendia suas mãos, convidando-o a conhecer Deus, como ele sempre havia desejado. A sua fala era doce e pausada, mas eram aqueles olhos castanhos claros e fortes que o hipnotizavam e o atraíam. Ele se aproximava devagar, tentando tocá-la, enquanto ela se afastava no mesmo ritmo, chamando-o para perto de si.

— Venha comigo. Liberte-se de tudo que o impede de mostrar o que você sabe sobre a lenda e eu o levarei até Deus.

Archie continuava caminhando de encontro àquela bela mulher, quando de repente Ali apareceu, segurando Arrow em seu colo. Ele nada disse, apenas se sentou em um pequeno banco de madeira e ficou olhando para os olhos do amigo. O olhar do garoto era tão intenso e penetrante, que significava a verdadeira libertação para Archie daquela atração fatal que o arrastava para o desconhecido. Toda aquela sedução, não estava apenas no seu subconsciente, ele estava sendo acompanhado de perto por forças sobrenaturais. Então, amparado pelos olhos de Ali, ele acordou. Olhou para o lado e percebeu que Emma o olhava com carinho. Ela colocou a mão em seu rosto e aproximando-se o beijou, fechando os olhos.

— Tive um sonho com Ali.

— Não foi um sonho.

— Como sabe que não foi um sonho? Eu ainda não lhe contei sobre ele.

— Você estava sendo seduzido a fazer parte de um complô que o seu nobre coração não deseja compactuar. Inconscientemente você atraiu Ali e ele jamais se negaria a ajudá-lo. Ele é especial porque atingiu um grau muito mais evoluído do que a maioria de nós. Você está sendo tentado através do seu orgulho a agir pelo fim do Segredo de Spalla.

— Preciso vê-lo. Não posso permitir que ele absorva as coisas ruins que fazem parte do meu destino.

— Ele está à sua espera. Seu espírito é muito mais forte do que pode imaginar e tem o poder de absorver tudo isso, porém de uma maneira diferente do que você pensa. Hoje você deu mais uma oportunidade para que ele desenvolvesse a sua evolução pessoal e isso o deixa ainda mais forte para enfrentar todo mal que o cerca, assim como você.

— Esse mal são os demônios que nos acompanham?

— Nós não ousamos chamá-los por esse nome. Preferimos dizer que são anjos que se envolveram no próprio mal que criaram. O ciúme, o orgulho, a inveja são algumas de suas criações que foram por eles espalhadas pelo Reino de Deus e pela Terra.

— Eles foram expulsos do Reino de Deus?

— Escolheram o seu próprio destino. A inveja, a ganância, a luxúria, orgulho e tantos outros que os levaram a desejar o poder de Deus e fizeram com que fossem expulsos. Essa é uma longa conversa que teremos no momento oportuno.

— Vamos tomar nosso café e depois quero vê-lo. Prefiro que seja sozinho.

Archie preparou o café com o mesmo amor de sempre. Emma estava feliz porque ele interagia diretamente na evolução de Ali e isso poderia fazê-lo compreender a importância em manter o segredo.

Depois do café, Emma o abraçou com força e nada disse, apenas o deixou ir ao encontro de Ali. Chegando próximo à sua casa, Archie viu algumas crianças brincando por perto, mas não o pequeno amigo.

— Bom dia, crianças! Vocês viram o Ali?

— Ele estava caminhando sozinho em direção às ruínas.

Os dois garotos se referiam às ruínas *Ancient Fortress*, onde as crianças usualmente brincavam de se esconder. Entretanto, naquele dia, Ali não estava acompanhado pelos amigos. Archie foi procurá-lo e então o encontrou junto ao Arrow, que cheirava desesperadamente tudo ao seu redor, descobrindo novos cheiros deixados pelos pequenos animais do local. Ali estava sentado logo na entrada, alojado sob uma pequena sombra que mal cobria o seu corpo, aparentemente brincando com dois gravetos amarrados com um barbante. Ao se aproximar, foi recebido carinhosamente por Arrow, atitude inusitada até aquele momento.

— Construindo um brinquedo?

— Eu vou ajudar as crianças que perdem suas pernas nas guerras.

Archie tocou a cabeça do menino com carinho, desejava acolhê-lo em seus braços como um filho, no entanto os seus movimentos eram restritos. A intenção em ajudar as pessoas, especialmente as crianças que sofriam com as guerras espalhadas pelo mundo era uma marca registrada em sua vida e emocionava os mais próximos.

— Tenho certeza de que você vai ajudá-los porque tem sentimentos e atitudes muito nobres.

— Está aqui para me falar sobre o seu sonho?

— Sabia que eu vinha?

— Sim. Depois de ontem à noite eu já sabia que você viria ao meu encontro para saber o que aconteceu.

— Então foi real e você estava mesmo lá. Você sabe quem era aquela mulher?

— Nós somos acompanhados por anjos e espíritos durante todo o tempo. Quase sempre são bons, mas alguns não, porque precisam evoluir. A inveja a fez deixar a proteção de Deus e quando ela decidiu ficar no plano terreno contra os Seus desejos, perdeu os seus dons. Agora tenta desesperadamente roubar alguns dons de outras pessoas que possam fazê-la relembrar o que um dia foi. Sobretudo deseja sequestrar Spalla para chegar próxima de Deus e a sedução é a sua maior arma.

Ali propositalmente evitava dizer a palavra *maus* ao se referir aos espíritos que não eram bons porque desejava que eles também atingissem um grau mais elevado em sua evolução.

— Ela é um anjo?

— Costumava ser, antes de ser tomada pela inveja e deixar tudo para trás para impedir que outro anjo enviado à Terra por Deus pudesse cumprir a sua missão.

— Você está falando de Spalla?

— Sim. Você descobriu a história muito além do que qualquer outra pessoa e agora está em dúvida sobre o que fazer com todo esse conhecimento.

— É exatamente isso. Eu sei muito sobre vocês e sobre Deus, assim como você sabe muito sobre mim porque aprendeu a entrar em meus sonhos.

— Quando o seu espírito realizou o desdobramento, foi atraído para os domínios dela e você confiou em mim, me chamando para ajudá-lo. A nossa relação sempre foi baseada na lealdade, confiança e jamais deveria ser quebrada.

— Como pode ser real? Você é apenas uma criança enfrentando um anjo mal.

— As batalhas que travamos nos tornaram mais fortes. Mas acumular vivências ruins não a faz crescer. Pelo menos, não na mesma intensidade de quando acumulamos vivências promissoras, que nos levam a evoluir verdadeiramente. Estamos todo o tempo guardados pelos anjos fortalecidos pelos poderes de Deus. Por muitas vezes ela me enfrentou e sabe que estarei mais forte a cada vida.

— Vocês foram criados pelo Toque de Deus e a missão de vocês é mostrar o caminho da evolução. A divisão da alma que criou as almas gêmeas.

— A incansável busca dos olhos e da mente para o conhecimento. Você buscou minuciosamente pelas marcas que mais ninguém conseguiu encontrar nos lugares mais simples, durante todos esses milênios. Todos esbarravam na grandiosidade dos tesouros em que cada peça se transformaria nos seus valores e na própria ganância. Você compreendeu que a simplicidade é o grande segredo da vida.

— Existe um plano estrategicamente arquitetado. Foi Emma quem me convidou para a viagem a Portugal. Não era nosso plano inicial, mas ela me convenceu a mudar de ideia porque ela sabia que o meu destino era chegar até aqui.

— Se está aqui é porque aceitou a sua missão.

— Me desculpe, mas não sei ao certo se me sinto digno de tamanha honra. Sou frágil perante a minha própria ganância pelo poder da descoberta.

— Não se desculpe. Todos somos frágeis perante à dúvida, mas a diferença está no caminho a ser escolhido.

— Até pouco tempo eu nem acreditava em Deus e nunca tive

apego à religiosidade.

— As religiões ou o seu credo não levarão as pessoas até Deus, somente o espírito evoluído tem esse poder. Você é um deles.

Capítulo 4

Doces lembranças

— O céu é o mesmo em qualquer lugar do mundo.

Sentados ao lado do *motorhome*, enquanto assistiam a mais um fantástico pôr do sol, regados a um aveludado merlot chileno, Buhba se utilizou de uma frase totalmente despretensiosa para explicar o seu ponto de vista sobre preconceito, durante as suas conversas com Tommy e Carol. Colocou tudo entrelaçado em seus três pilares básicos citados em seus livros e explicou cada um deles detalhadamente. Algumas vezes colocava as palavras de tal forma que elas tornavam as suas ideias um tanto quanto complexas demais, porém perfeitamente compreensíveis depois de suas exemplificações.

— O céu é lindo em qualquer parte do mundo e a qualquer hora do dia, e mesmo assim é tão igual e tão diferente.

— O que tem a ver com a conversa?

— Se assistirmos ao pôr do sol de qualquer lugar do mundo, ele será da mesma forma, fantástico. O que muda é a nossa perspectiva, não somente em referência ao espaço, mas também ao tempo, mesmo que seja visto pela mesma perspectiva.

— Explique melhor.

Tommy e Carol pediram ao mesmo tempo para que Buhba explicasse de outra forma, quase sincronizados, buscando em tom de brincadeira desconcentrá-lo para a sua resposta. Então ele levantou as duas mãos, formando uma moldura retangular com os dedos, colocando dentro dela, a paisagem à sua frente.

— Observem profundamente o pôr do sol. Gravem em suas mentes com a maior riqueza de detalhes que vocês conseguirem. Fechem os olhos e ...10, 9, 8, 7, 6, 5, 4, 3, 2, 1 e 0. Agora abram os olhos.

Enquanto contava Buhba, batia a ponta do pé direito levemente no chão. Ao chegar no zero, Carol brincou, ainda com os seus olhos fechados e a mesma irreverência anterior.

— Descompassado.

— O quê?

— Os segundos, na sua fala e batida de pé estão fora de ritmo.

— Pura perfeição de maestrina. Esqueça isso porque é o menos importante. Eu nunca tive ritmo. Olhem para a mesma imagem, dentro da mesma moldura. O que mudou?

— Tudo mudou. Nada mais está como era antes.

— Parece mais avermelhado, uma nuvem começando a encobrir o sol, enfim como Tommy resumiu, tudo.

Tommy se referia ao todo, enquanto Carol apegava-se aos detalhes das cores, movimento das nuvens, e no final ambos concordavam que o todo já não era mais o mesmo.

— É isso! Pode parecer uma comparação totalmente alheia, contudo quero dizer que o que importa é a perspectiva, tempo e espaço. As pessoas são tão iguais e tão diferentes dependendo do ponto de vista em que as vemos. O preconceito já não cabe mais em nenhum lugar, em nenhuma moldura apresentada. A diversidade é a maior riqueza que a mãe natureza pôde nos oferecer e o respeito a elas está intimamente ligado à honra e a dignidade. As respostas de vocês foram muito diferentes de início e mesmo assim, concordaram no final. As necessidades traduzem o próprio sentido da evolução, pois não existe evolução verdadeira quando não há respeito às diferenças.

— Tem toda razão, meu amigo. O que interessa mesmo é o respeito às individualidades.

— As pessoas precisam valorizar a própria liberdade. Jamais ficarem presas ao que lhes é imposto, pela mídia, pelos grupos ou por quem quer que seja.

Primeiro Tommy; depois, Carol, cada um sob seu ponto de vista, expunham as suas ideias sobre o pensamento de Buhba. Todos concordaram que as novas gerações já vinham apresentando mudanças muito significativas sobre respeito a essas individualidades e a consequente diminuição dos preconceitos e *bullying* nas escolas, no entanto, em um ritmo ainda muito lento, comparado às urgências da evolução.

— O Tommy sabe muito bem que eu quase desisti de acompanhá-lo pelos autódromos porque havia momentos em que eu achei que não suportaria a pressão que os olhos e as palavras das pessoas exerciam sobre mim. Era um esporte onde somente os brancos haviam chegado. Para me libertar dessa tortura, Tommy colocou o vídeo que eu mesmo montei com as crianças da minha tribo e então, ele o enquadrou em um retângulo imperfeito feito com as suas mãos, exatamente como esse que eu usei, imitando uma moldura e me disse algumas palavras que jamais esquecerei.

Buhba agora dirigia a sua fala a Carol, apontando com o dedo indicador para Tommy que interrompeu a fala de Buhba, repetindo a frase dita ao amigo há muitos anos.

— Não posso ajudar a todas essas crianças se você não estiver aqui lutando comigo contra eles.

— Foi exatamente essa frase, meu amigo. Foi quando passei a ver a situação por outra perspectiva e isso se tornou um combustível para provar que o preconceito é a forma mais covarde de defesa dos menos evoluídos.

Buhba recordava esses bons momentos, sentado no quintal da sua nova casa na África do Sul. Fez novas amizades, porém gostava de se sentar sozinho ao anoitecer, recordar as velhas histórias e aguardar pelas visitas de Carol. Além das passagens contadas por Tommy, Carol contava muitas outras que eram anotadas com um lápis em um caderno, exatamente como ele registrava as falas de sua mãe, logo depois de aprender a escrever as primeiras palavras. Os seus manuscritos a lápis tinham um charme todo especial porque ele escrevia com capricho. Foi assim que ele desenvolveu a sua escrita, atendendo às cobranças de sua mãe, pela "riqueza da escrita".

Poucos dias antes de Ali sofrer o acidente que lhe deixou a cicatriz em seu ombro, Buhba recebeu a visita de Carol. Ela chegou com as notícias do menino e fez companhia para o agora solitário amigo. Pediu um tempo para revisitar alguns lugares, onde havia vivido outras vidas com Tommy. Certamente despendia muito do seu tempo ao lado daquele menino, no qual o espírito de Tommy havia reencarnado e assim como ele a havia acompanhado e protegido, ela também tinha com ele os mesmos cuidados. Porém, por vezes a tranquilidade de estar ao lado do menino, dava lugar a uma repentina preocupação, era assim a cada pessoa que se aproximava do Oásis.

— Carol! Que doce surpresa!

— Vejo que está desfrutando dos bons vinhos da terra.

— Tenho experimentado alguns. São muito bons! Sabe que não sou um exímio conhecedor, como você e o Tommy eram, mas aprendi a apreciá-los com vocês.

— Eu adoraria poder acompanhá-lo. Mas infelizmente não posso mais.

Carol arrancava alguns risos de Buhba facilmente, como sempre. Ele não conseguia esconder a sua ansiedade pelas notícias do garoto e então, ambos falavam sobre saudade.

— Tem dias que sinto uma insuportável saudade do abraço, do beijo e do seu amor.

— Imagino o quanto deve ser difícil estar tão perto e não poder tocá-lo.

— Sinto o cheiro e o toque da sua pele, seguido por um imenso vazio em meu peito.

— Como ele está?

— Está bem. É a criança encantadora. Vive debruçado sobre os seus livros que recebeu de presente de uma arqueóloga, namorada do Archie. Ele sempre afirma conhecer o autor. É inacreditável que aquele bebê que você carregou no colo se lembra do seu rosto e o chama de amigo. A sua relação com ele é muito forte e ao mesmo tempo difícil de ser compreendida por qualquer pessoa comum. É uma questão puramente espiritual.

— Fico feliz em saber que essa relação permanece tão viva. Essa visitante não representa perigo? Ele deveria ficar recluso aos visitantes do Oásis, para sua própria segurança.

— A mulher é a companheira de Archie desde o período em que cursava faculdade. Não precisa ficar preocupado, porque ela é mais uma das Mães de Spalla e irá protegê-lo.

— Não lhe parece estranho, que ela tenha um relacionamento desde a sua juventude, justamente com o homem que mora no Oásis, para o qual o menino foi encaminhado?

— Em nossas vidas tudo tem um propósito e a fala de que tudo que acontece no universo é minuciosamente arquitetado por Deus, encontra sentido nos pequenos detalhes.

— Até eu, que sou tão cético, muitas vezes me pego pensando nisso.

— Você sempre acreditou na criação divina.

— Sim, eu sempre acreditei, mas de uma forma diferente. Não há como esconder que vocês são especiais e me fazem compreender a evolução em corpo e espírito, através de nossas reencarnações.

— Você acreditando na reencarnação dos espíritos já é uma grande evolução.

— Claro que sim. Qualquer evolução é sempre bem-vinda, ou não?

Buhba riu, concordando com a cabeça e já emendou uma daquelas suas perguntas características, buscando a concordância de Carol.

— Hoje quero lhe mostrar que você precisa continuar acreditando na sua intuição para ajudá-lo quando estiver em perigo. Você pode estar junto a ele, se o seu espírito desejar.

— Como?

— O seu espírito pode se deligar temporariamente do seu corpo físico, indo até ele porque vocês têm uma ligação espiritual muito forte. Esse fenômeno, no espiritismo, é chamado de desdobramento. A maioria das outras religiões não acredita que é possível e a colocam simplesmente como um sonho.

— Você acredita que eu poderia realizar isso espontaneamente?

— Está em seu coração, na sua mente e na sua alma. Você precisa estar muito conectado quanto às necessidades dele e preparado para essa incrível viagem.

— Eu confio em você.

— Vou lhe contar sobre as viagens que fiz pelos lugares por onde vivemos. É muito bom poder reviver as emoções de centenas de anos como em um filme. A visita a todos eles me ajudam a aliviar a saudade.

Era estranho para Buhba ouvir um espírito falar sobre sentimentos tão humanos, ao mesmo tempo, era reconfortante saber que os espíritos não estão distantes do calor das emoções.

— Estou ansioso para ouvir todas essas histórias.

— Vai precisar de muito mais do que um simples lápis para fazer as suas anotações.

— Não se preocupe com isso. A minha memória ainda está muito boa e costumo me lembrar de cada detalhe quando me sento para escrever.

Carol começou a fazer uma regressão a partir do ponto onde Tommy havia parado. Buhba estava muito atento a cada detalhe, por menor que eles fossem. Era fantástico ouvir Carol falar de períodos estratégicos dentro da história, marcada por lutas pelo poder e conquistas. Muitas vezes, o enredo camuflava objetivos importantes dos governantes, generais, sociedades secretas e algumas religiões para impedi-los em suas tentativas de se aproximarem de Deus. Era compreensível que Buhba ficasse perplexo, com a riqueza de detalhes na narrativa de Carol, tanto que não era necessário interrompê-la com perguntas ou pedidos de esclarecimentos a mais. Estava tudo tão pronto, tão perfeito. Carol se permitia falar movimentando-se, gesticulando, sorrindo e chorando, passando por todas essas emoções em questão de segundos. Buhba estava com o espírito de Carol à sua frente, aflita por apressar a escrita do livro.

Aliás, seria uma sequência de vários livros, na reafirmação continuada de um amor que atravessava séculos e milênios.

— Você está aflita. Tem algo a mais que você queira me falar?

Buhba sabia que estava chegando o dia em que ela não mais apareceria, reencarnando em algum ponto qualquer do planeta, para depois reencontrar-se novamente com Ali.

— Está chegando a minha hora de voltar à vida terrena. Vamos cumprir mais um ciclo. Apesar de toda a nossa busca por um encontro espiritual, é importante e muito gostoso poder apreciar a nossa evolução como seres indissociáveis, em corpo, espírito e emoções.

— Me diga onde irá renascer.

— O nascimento é uma incógnita. O dom da vida é mais uma surpresa de Deus.

— Eu preciso lhe dizer que eu sinto muita saudade de vocês dois juntos, próximos a mim. Sinto muita falta mesmo. Hoje eu vejo Deus de uma forma muito diferente e eu oro todos os dias para que Ele reveja o destino de vocês. Imagino vocês dois aparecendo de mãos dadas para me visitar e então, eu estaria finalmente tranquilo.

— Deus ouve a cada pedido seu, pode estar certo disso. Você faz parte dessa nossa busca incansável.

— A minha vida mudou tanto depois de ter conhecido vocês, principalmente após a sua chegada em nossas vidas. Até mesmo a minha percepção de Deus mudou. Sinto-O muito mais próximo do que poderia imaginar.

— Sim. A Sua onipresença é uma verdade, mesmo àqueles que não creem.

— O que atrai a onipresença de Deus?

— O choro e o sorriso de uma criança, a dor e a alegria das pessoas, o silêncio do deserto e o som agudo de um violino. Está em tudo. Basta compreender cada espaço, cada momento e ato da vida à nossa volta.

— Se é tão fácil atrair Deus, por que essa luta infinita para chegar até ele?

— O caminho está na evolução, fazendo bem aos Seus, a todos os seres vivos. Deus está em toda a parte e pelas mãos dos seus filhos, sente o amargo sabor da dor e da morte.

Buhba desejava compreender mais sobre as perguntas que rondavam os seus pensamentos, tomando-lhe grande parte do seu tempo. Transcrever sensações e sentimentos para seus livros era extremamente fácil e prazeroso. Havia uma linha tênue, na transposição do ser humano físico e o espírito, entre a vida e morte que não se explicava sem a existência de um Criador. A insistência em compreender as lágrimas derramadas pelos espíritos, como ele havia presenciado, tanto em Tommy, quanto em Carol, deixavam claro que os sentimentos e as sensações precedem o corpo físico, extrapolando em sua intensidade. Os conhecimentos e as emoções do espírito lhe pareciam estar em um nível bem mais elevado do que o de qualquer corpo terreno. Deduziu ser o corpo um instrumento de aperfeiçoamento.

Buhba insistia em conhecer mais sobre o desdobramento espiritual e as viagens fora do corpo físico. Seria fantástico poder utilizar-se desse recurso para realizar visitas tão desejadas ao menino.

— Eu não consigo me ver fora dos olhos de Ali. Quero buscar essa autonomia para poder visitá-lo.

— Vamos fazer uma viagem essa noite. Sei que você ficou encantado na primeira vez em que Tommy lhe disse que foi refletir à beira do Grand Canyon. Venho lhe buscar.

— Carol, você sabe o quanto eu temo medo de altura. Que tal começarmos por um lugar um pouco menos perigoso?

— Você é muito engraçado. Estamos falando sobre uma viagem espiritual.

Como era bom poder ver o espírito de Carol voltar a sorrir com a mesma intensidade. Era o mesmo sorriso que brilhava em felicidade, quando estava ao lado de Tommy e estava nítido que vinha acompanhado pela certeza do renascer para o reencontro em breve entre os dois. Talvez, não tão breve para o tempo de Buhba, entretanto para a eternidade que cruzava os destinos de Tommy e Carol, sim. Era a necessidade da pele, do cheiro, do amor, chegando perto do momento em que seria contemplada e o pouco tempo de vivência era superado pelo amor puro, intenso e arrebatador.

— Não precisa se preocupar com seus medos, inclusive vai te ajudar a lidar com eles quando retornar. Quem sabe depois que voltarmos você vai saltar de paraquedas.

— Você quer dizer depois de morto?

— Não! Então, vamos fazer com que esse desdobramento seja uma surpresa para ambos. Vou ajudá-lo a se desligar do seu corpo físico e lhe conduzir por um lindo caminho.

— Já estou tão ansioso que talvez não consiga dormir.

— Você precisa estar tranquilo. Deguste uma boa taça de vinho e descanse bastante. Você dormirá tranquilamente e então eu voltarei para lhe buscar.

Naquele dia, Buhba escreveu várias páginas de um novo capítulo da sequência do livro *O Segredo de Spalla,* descrevendo a sua conversa com Carol, onde ela prometia levá-lo para uma viagem ao desconhecido. Utilizou com sabedoria as palavras que descreviam o desejo em conhecer o outro lado. Como bom pesquisador, deixou aflorar a sua curiosidade sobre o tema. Refletiu bastante, enquanto percorria as letras no teclado do seu notebook. Buscou por recursos psíquicos que pudessem ajudá-lo a compreender o fenômeno e a controlar seus pensamentos. Ele desejava mais. Queria surpreender Carol, porque não queria simplesmente ser despertado, como alguém que se atrasou para uma viagem, precisava ser autônomo e consciente. Estudou, descreveu em seu livro e então, cansado, adormeceu.

Logo depois, emancipou-se espiritualmente e pôde ver seu corpo deitado, observando por alguns instantes os próprios movimentos respiratórios de forma ritmada e tranquila, então acalmou-se. Olhou para a tela de seu notebook aberta ao lado, exatamente no ponto onde explicava a sua experiência durante a viagem fora do seu corpo, acompanhado por

Carol. Pensou em escrever imediatamente sobre as suas sensações que eram indescritíveis. Sozinho ele sorriu, lembrando que não conseguiria digitar. Deveria trabalhar a sua consciência e a sua autonomia para não perder cada detalhe das suas recordações ao voltar. Como não conseguia controlar a sua ansiedade, realizou um exercício prévio e se concentrando, chegou até Ali.

O menino dormia tranquilamente, em uma casa muito simples, assim como todas as outras da comunidade. Logo que Buhba tocou-lhe na cabeça, foi como se ele entrasse no sonho do menino. Então, Ali também realizou o desdobramento e ambos se lembrariam perfeitamente no dia seguinte. Buhba experimentou sensações que nunca havia sentido, de forma autônoma e consciente, exatamente como desejou e tudo aconteceu na mesma velocidade e intensidade da imensidão do plano espiritual. Como era terno rever o velho amigo que acumulava a sabedoria de todas as suas vidas passadas em um corpo de menino.

— Você certamente irá surpreendê-la — disse Ali, também em desdobramento.

— No fundo, ela deve saber que eu me anteciparia, aprendendo a controlar esse fenômeno para vir até você.

— Ela está em outro plano, talvez tocando violino para Deus. Sei que ela me visita porque eu sonho com isso e sinto a sua presença. Mas não é como você estar aqui. Ela apenas vem e assiste meu sono e os meus dias, enquanto eu sonho com ela. Não nos vemos, como eu o vejo.

— Não existe contato entre vocês?

— Não. Eu escolhi ficar e permanecer no plano terreno para protegê-la e jamais sair do seu lado. Ela sempre volta ao plano espiritual ou como dizem por aqui, ao Reino dos Céus.

Poder conversar com o amigo no plano espiritual era uma das melhores sensações que ele poderia experimentar. Sentia como se estivesse voltando para o lar depois de um tempo fora. Agora ele tinha controle dos seus desdobramentos em uma nova conquista para a sua liberdade e proteção do menino. Talvez não devesse realizar essa viagem todos os dias, mas teria agora os cuidados redobrados. Mais do que isso, poderia ser os olhos que vigiariam os passos daqueles que porventura pudessem oferecer risco à vida de Ali. Agora era hora de retornar e esperar para realizar a viagem junto com a Carol. Antes de partir ajoelhou-se ao lado do menino que parecia sorrir, enquanto dormia tranquilamente. Deu-lhe um beijo em sua testa e partiu para aguardar a chegada da Carol. Antes de deixar o Oásis, enquanto olhava para cima e contemplava as estrelas que inundavam o céu, sem nuvens sobre o deserto, viu uma imagem que lhe representou ser uma mulher que logo desapareceu.

Ao retornar para casa, não quis de imediato voltar para seu corpo físico e esperar que Carol o despertasse para uma nova viagem. Agora ele estava em seu quarto, sentado em sua poltrona favorita, assistindo seu próprio corpo descansar, tentando decifrar os desígnios de Deus. Havia muito mais vertentes do que poderia imaginar. Era um campo muito vasto que se abria à sua frente, aguçando a sua curiosidade e lhe trazendo motivos para novas escritas. Era um mundo novo e fabuloso, muito diferente de tudo o que já havia vivido.

Depois de algum tempo, Carol chegou em seu quarto de uma forma muito sutil, aproximando-se do seu corpo, deitado. Não havia pressentido a sua ausência espiritual, insistindo em entrar em seu sonho, quando foi surpreendida pelo chamado do amigo logo atrás dela.

— Talvez ele não esteja mais aí.

— Buhba! Eu devia ter desconfiado que você jamais aceitaria aguardar passivamente a minha chegada. Sempre foi inquieto, persistente e muito... muito curioso.

— Fiz uma visita rápida para o Ali.

— Agora pode ajudar a protegê-lo e como você já sabe como tudo funciona, vamos fazer outra viagem e você me conduz por onde você desejar conhecer.

— Você também estava lá.

— Não. Eu tenho dividido o meu tempo entre os planos terreno e o espiritual. Por que a pergunta?

— Porque havia mais alguém lá. Era um vulto parecido com uma mulher que depois desapareceu.

— Permanecer ao lado dele e acompanhar os seus passos não é um interesse apenas nosso. Ela nada pode fazer contra ele diretamente, contudo pode dominar o espírito de pessoas que se aproximam dele.

— Quem poderia ser?

— Lilith! Como você sabe, os sentimentos não foram criados pelos seres humanos, precedendo em muito à sua própria existência. A inveja e a cobiça ao poder despertaram desejos em anjos próximos a Deus. Quando alguns anjos foram enviados à Terra para ajudar na evolução humana, outros se apegaram às trevas e ao pecado, perdendo a confiança e a proteção divina. Como castigo, foram expulsos do paraíso e perderam os seus dons. São espíritos que vivem entre o plano terreno e espiritual disseminando o mal pelo mundo com um poder de persuasão muito forte, principalmente sobre os espíritos com carências. Como consequência, eles apenas intensificam o próprio sofrimento.

— Vamos esquecer isso um pouco. Quero ver de volta aquele sorriso de agora há pouco. Venha comigo.

Então, Buhba a surpreendeu ao conduzi-la até Yvoire, uma pequena cidade na região leste da França. Situada às margens do Lac Léman, um lago imenso que banha várias cidades francesas. A cidade, era conhecida por ser uma das cidades medievais mais floridas da França. A bela imagem do Jardim dos Cinco Sentidos, com o sol nascendo e deixando seus rastros de luz sobre as águas ao fundo, era simplesmente extraordinário.

— É tudo tão maravilhoso aqui.

— Ivoyre é uma das cidades mais lindas que eu já conheci. Me lembro quando lhe falei sobre ela, mas apesar de todo o seu desejo, não teve tempo de conhecê-la. Vou realizar um desejo antigo seu.

— Verdade! Eu não pude conhecê-la. Que bom ainda ter essa oportunidade. Mas... por que escolheu especificamente esse lugar?

— Eu queria oferecer flores a você e aqui estão elas. Sei que não gostava de receber flores colhidas ou compradas, então me veio a lembrança desse belo lugar que conheci em uma das minhas viagens pela França.

— Eu adorei a surpresa. Você fez uma excelente escolha.

Acompanhar o sol nascendo, com a vista para o lago, ao lado da amiga, em um desdobramento foi uma das experiências mais fantásticas que Buhba já havia vivenciado. Era tudo tão especial quanto presenciar a emoção estampada no rosto de Carol. As emoções do espírito aconteciam verdadeiramente e em uma intensidade muito maior. Logo estavam caminhando entre os turistas, que aumentavam com o passar das horas. Aquele emaranhado de vozes vindas de todos os lados confundiam um pouco os pensamentos de Buhba, que demonstrava o seu desconforto.

— Você está tentando ouvir a tudo e a todos. Isso é comum no começo e logo você vai aprender a filtrar, abstraindo ou absorvendo o que o rodeia. Apenas desconecte-se deles.

— Preciso aprender como isso funciona.

— Você já deve ter percebido que é a nossa despedida.

— Quando você partir, que forças eu terei para defender o pequeno Ali?

— Você é muito mais forte do que imagina. Confie nos seus sentimentos, intuições, no seu coração puro e na sua proximidade com Deus.

— Por que diz que estou próximo de Deus?

— Você estará sempre muito bem acompanhado, todavia é a sua força que eu quero que conheça.

— Sabe que a curiosidade sempre esteve muito presente em mim e agora não seria diferente.

— Claro que eu sei, assim como você sempre soube que era protagonista nessa história.

Depois de muito conversarem, Carol informou o amigo da sua partida. Agora os olhos de Buhba já avermelhados e tão acostumados a derramar lágrimas em momentos especiais de sua vida, deixavam transbordar os seus mais puros sentimentos. Depois de tocar o amigo em seu rosto, Carol partiu, sem que o amigo soubesse onde ela renasceria.

Capítulo 5

O nascimento de Olívia

Ruby era uma morena linda, de cabelos longos e lisos, chegando até à fina cintura, de um corpo malhado em anos de academia. Usava óculos, que segundo Isaac só aumentava a sua sensualidade, lhe conferindo um charme todo especial. Era vaidosa e acima de tudo extremamente ambiciosa. Assim, ela aparecia nas redes sociais, com alguns milhares de seguidores, homens e mulheres que não se cansavam de elogiar a sua beleza.

Havia começado na empresa multinacional de bioenergia como advogada estagiária, ainda antes de se formar e logo depois de conhecer Isaac, um dos donos, ascendeu verticalmente dentro da empresa. O romance entre os dois era impossível de ser contido dentro dos limites do escritório de Isaac, extrapolando a sua paixão pelos elevadores, depósitos, garagem e em vários outros lugares da empresa, se esquecendo do número de pessoas que percorriam as suas dependências diariamente. Era comum Isaac distribuir algumas notas de cem francos suíços, para comprar o silêncio dos funcionários que presenciavam alguma cena de amor um pouco mais intensa entre os dois, nas dependências do Franklin Tower, o prédio da família, onde funcionava a empresa.

Isaac era um jovem empresário, bonito e cobiçado por muitas mulheres da alta sociedade. Tinha o corpo malhado por anos de prática de jiu jitsu, muay thai e boxe, esportes em que ele se destacava desde a sua infância. O esporte sempre foi a sua grande paixão e seus maiores ídolos eram os lutadores do MMA, em sua maioria brasileiros pela qualidade do seu jiu jitsu. Uma ruptura de ligamento no ombro esquerdo o desestimulou de seguir nas competições. Contudo, mesmo com fortes dores, ainda praticava esporadicamente, apenas pelo amor ao esporte e para aliviar as tensões do trabalho.

A permanência da advogada na empresa era questionada pelo pai, Willian Franklin, o responsável pela transferência dos negócios da família da Inglaterra para a Suíça e a consequente multiplicação da fortuna. Ele, percebendo que a bela advogada parecia se aproximar do filho com interesses que iam muito além do que o trabalho poderia lhe proporcionar, começou a contrapor-se ao relacionamento dos dois. Mesmo a contragosto do pai, Isaac brigava pela sua permanência e mais do que isso, ele mesmo promovia a sua ascensão, dando-lhe uma sequência de promoções.

A presença da moça causava ciúmes e desconforto na relação entre Isaac e funcionários que já trabalhavam com o pai, mesmo antes do seu nascimento. Eram *"os velhos lobos"*, como Willian os chamava, que ensinaram os princípios administrativos da empresa ao filho. Willian ainda era o presidente da empresa, entretanto com a idade avançando, sentia-se cansado, tanto que de maneira proposital e gradativa, começava a diminuir as suas decisões na empresa, jogando as maiores responsabilidades para o filho, exigindo dele o respeito e eficiência que o cargo mais elevado da empresa exigia e merecia.

Isaac, desde o seu início na empresa sempre foi muito interessado, tanto que desde os quinze anos acompanhava o pai nas suas decisões mais importantes, na sala de reuniões. Mesmo antes da sua formação em Administração de Empresas, participava ativamente do Conselho Deliberativo, dando opiniões sobre investimentos em países que ofereciam as melhores oportunidades, muitas vezes desconhecidas da maioria dos conselheiros. A sua dedicação aos negócios era motivo de orgulho para os pais. Entretanto, não era somente nos estudos e trabalho que ele conquistava admiração, acima de tudo ele sempre havia sido um filho exemplar.

Depois de dez meses de namoro, Isaac e Ruby decidiram se casar, com a festa sendo realizada no palacete. Apesar de não aprovarem o casamento desde o início, os pais aceitaram e não permitiram que o filho comprasse outra casa ou apartamento como havia sido cogitado pelo casal. Seria muito difícil para os pais viverem na imensidão daquela imensa propriedade sozinhos, ainda mais sabendo que logo teriam netos, pela empolgação do filho para construírem rapidamente uma família. Ruby, não aceitava a submissão aos desejos dos pais de Isaac, porém internamente, desejava muito morar no palacete.

O jovem Isaac buscava expandir a empresa se espelhando na gigante BIO, que em pouco tempo havia se tornado a maior empresa de desenvolvimento bioenergético sustentável do mundo, crescendo vertiginosamente em todos os continentes. A BIO era uma empresa que, ao contrário de velhos empresários, incentivava os concorrentes a crescerem junto com ela. Mathew sempre dizia que a concorrência deveria crescer junto com a BIO, ajudando-os a atingir o seu principal objetivo que era a conquista de um mundo sadio e perfeitamente sustentável no futuro. Assim, Isaac compreendia que precisavam marcar presença na Austrália. Foi a própria Ruby quem mostrou os caminhos para chegar até o continente australiano, uma região privilegiada pelo sol, com muitas possibilidades de desenvolvimento através da geração de energia limpa. As estimativas de crescimento da utilização de energia solar previam que 60% das casas, empresas e veículos automotores seriam sustentados pela energia elétrica provinda de geradores solares.

— Você pode levar um braço da empresa para a Austrália, explorando as regiões litorâneas, no entanto poderia proporcionar o desenvolvimento para a região central, que ainda precisa muito de investimentos.

Isaac ouvia atentamente às ideias da esposa, projetando algumas fazendas de captação de energia solar, levando desenvolvimento para a região central australiana.

Quando completaram o primeiro ano de casados, as conversas sobre apressar a vinda de um filho começaram a ficar mais frequentes. Depois de algum tempo esperando que a gravidez acontecesse pelos meios naturais, Isaac começou a questionar sobre a fertilidade de Ruby, pois a chegada de um filho seria a concretização do sonho de ambos. Isaac imaginava desde o namoro, uma família grande, com meninos e meninas correndo pelos jardins da casa, onde residiam na cidade de Zurique, na Suíça, junto aos seus pais.

Para os pais a maior tristeza era sentar-se em qualquer cômodo de sua casa e não ver os netos que tanto desejavam. As cobranças vinham em indiretas jogadas ao casal, principalmente à nora, sentados à enorme mesa, nos almoços e jantares. Com o passar do tempo, a pressão começou a pesar mais sobre Ruby, acreditando que ela não poderia ter filhos. Até que ela fez todos os exames que atestavam estar tudo bem com a sua fertilidade. Depois de comprovado, foi a sua vez de ouvir a reluta do marido em procurar um médico de sua confiança.

A partir daquele dia, os horários de Isaac no trabalho passaram a se estender ainda mais. Não queria aceitar que ele, que tanto havia cobrado a esposa, poderia carregar os problemas que afetavam a relação entre os dois, então com vergonha ele se afastava. Isaac sempre amou Ruby, desde o primeiro dia em que a viu, no escritório administrativo da companhia de investimentos da família. Ele se defendia da ausência, dizendo estar muito empenhado nos investimentos de alguns bilhões de dólares que a família estava fazendo em outros países. Agora, incluindo a Austrália, os seus investimentos estariam presentes em todos os continentes.

— Você precisa fazer os exames, para entendermos quais são os problemas. Não há como resolvermos sem identificar a causa. Você sabe que hoje existem muitos métodos para ajudar os casais que querem realizar o sonho de ter os seus filhos.

— Eu tenho certeza de que não carrego nenhum problema.

— Não suporto mais os seus pais me fazendo tantas cobranças durante o almoço, o jantar e a todo tempo. Os seus olhares sobre mim já revelam as suas indignações e você sabe que eu não mereço isso.

— Então você vai dizer a eles que fez os exames e que o problema é comigo?

— Não preciso dizer nada aos seus pais. Só quero ser feliz com o meu marido e termos os nossos filhos e se possível longe deles, em nossa própria casa.

— Você reclama de morar aqui, no entanto sempre ostentou toda a riqueza que a minha família lhe proporcionou.

— Vamos aproveitar que você está expandindo os negócios para a Austrália e faremos novos exames lá. Encontrei uma médica que é considerada uma das melhores especialistas em reprodução humana do mundo, em Camberra. Você poderia procurar um terreno para montar a empresa e enquanto isso nós unimos o útil ao agradável.

— Isso está fora de cogitação. Já lhe disse que não tenho nenhum problema.

Isaac virou para o lado, evitando mais conversas. Porém, depois de algum tempo pensando sobre o assunto, tomou uma decisão que achou ser a mais acertada. Não seria justo não tentar descobrir qual seria o problema. Sabia que as possibilidades pela não fertilidade cabia aos dois em proporções iguais e se ela já havia feito os exames a probabilidade se voltava totalmente para ele. Iria contar-lhe sobre a sua decisão pela manhã, quando acordassem. Virou-se para ela e colocou a mão sobre sua perna. Sentia uma atração incontrolável pelo toque e pelo cheiro de sua pele, lisa e queimada pelo sol. Delicadamente acordou-a, e depois de se amarem, ele lhe fez a promessa que em uma semana estariam rumando para a Austrália, com o pretexto de acertarem um terreno para início das obras do escritório da empresa.

— Amanhã você pode marcar a consulta para semana que vem. Peço também para alguém agendar com uma imobiliária para visitarmos alguns terrenos.

— Que bom que você mudou de ideia. Sabe o quanto eu desejo ter filhos com você.

Ruby estava sorridente, percebido por todos à mesa do café da manhã.

— Parece estar mais feliz hoje. Quer nos contar qual o segredo?

A pergunta de Mary, a mãe de Isaac, chegava-lhe como alfinetadas, que ela insistia em desferir diariamente. Contudo, naquele dia, nada poderia tirar a sua felicidade.

— Eu sempre acordo muito feliz quando sinto o amor do meu marido a noite toda e ao amanhecer.

— Pai, eu decidi que semana que vem procurarei por um local para montarmos o escritório da Austrália.

— E o que o fez decidir tão repentinamente?

— Essa ideia já estava na minha cabeça há algum tempo, conforme havia colocado em outras ocasiões para o Conselho. Agora que a minha mulher concordou em ir comigo, concretizaremos esse desejo de chegar a todos os continentes.

— É uma expansão necessária, conforme deliberado em reunião com os conselheiros. Você tem meu aval para fazer uma pesquisa de campo e arrumar esse terreno para instalação. Mas não precisa ir com tanta sede. Precisamos chegar com certo cuidado porque como já sabemos, a BIO tem explorado aquele país com muita força através de investimentos gigantescos. Apesar do potencial de crescimento do país é preciso fazer um diagnóstico minucioso.

— Vamos nos aproximar da BIO, seguindo os nossos estudos de campo para as necessidades regionais. Eles têm acertado todos os seus passos e não devemos perdê-los de vista.

— Está certo meu filho. Nós confiamos em você.

— Você vai com ele, Ruby?

— Eu sempre acompanharei o meu marido, por onde ele for.

A Doutora Stephanie era uma renomada médica, com pós-doutorado em fertilidade humana e experiência de mais de trinta anos, trazendo alegria aos casais que não poderiam naturalmente ter os seus próprios filhos. Era uma médica muito conceituada e bem quista dentro do meio médico. Em seus mais de trinta anos de pesquisas e trabalho, era considerada incansável na luta pela constituição das famílias. Os seus tratamentos eram tidos como infalíveis, e esgotadas todas as possibilidades de tratamento, sugeria a adoção.

A grande maioria de seus pacientes eram casais ricos, vindos de outros países à procura de ajuda para terem seus filhos. Muitos deles exigiam sigilo em suas consultas e em todos os outros procedimentos, durante o tempo que durasse o tratamento. Não era incomum alguns deles serem atendidos no escritório, na parte da frente da clínica sem qualquer contato com a área hospitalar. Muitos viviam durante uma grande parte desse período na Austrália, bem próximos à cidade de Camberra, conseguindo visto de trabalho ou turismo, onde tudo era facilitado, através da própria clínica. A própria doutora influenciava diretamente na decisão dos casais, dizendo ser mais fácil conseguir obter os resultados estando longe da presença de amigos e familiares, ao que ela sempre se referia à influência do clima australiano, colaborando para o milagre da procriação.

A sua clínica estava baseada em um prédio enorme, situado na periferia de Camberra, próximo à Reserva Natural de Aranda Bushland. Era um lugar lindo, cercado pela floresta virgem, preservada nos arredores da bela cidade. Só chegavam até ela pessoas muito ricas, de todas as partes do mundo. O prédio imponente e o belo jardim em área nobre, já davam a noção do sucesso alcançado pela médica e sua equipe.

Durante as duas semanas que ficaram na Austrália, além de avaliar a localização de alguns terrenos para a construção da sede da empresa na cidade, fizeram todos os exames. Ruby repetiu os que ela já havia realizado e Isaac também realizou todos, sem contestar. Ele se mostrou muito animado em descobrir e resolver o problema para tão logo quanto possível aumentar a sua família.

Com os resultados em mãos, a doutora Stephanie foi logo tratando de explicar.

— Ruby, esses são os seus exames e conforme uma avaliação anterior que você nos apresentou, eles apenas confirmam que está tudo bem. Está tudo em dia com a sua fertilidade.

Explicou cada um dos pontos de cada exame. Ela se mostrou bastante detalhista em suas explicações, o que fazia com que Isaac fosse se contraindo na cadeira, percebendo que ela estava se preparando para se virar para ele e começar a descarregar os problemas e as culpas, para os quais certamente teria uma solução.

— Isaac, quanto a você a situação é um pouco mais delicada. Os seus exames revelaram resultados anormais.

Isaac voltou-se para o rosto de Ruby que já segurava em sua mão lhe oferecendo total apoio.

— Você tem um caso mais raro de infertilidade. Nós fizemos a primeira coleta, e como você sabe, o exame já foi repetido mais duas vezes. Em todas as amostras o resultado foi exatamente igual, o que não nos deixa dúvidas. A necrospermia pode ser incompleta, quando parte dos espermatozoides, entre 5% e 45%, ainda permanecem vivos, ou completa, quando todos os espermatozoides se encontram mortos. No seu caso, infelizmente ela é completa. A causa da morte dos espermatozoides poderia estar na sua origem ou no seu trajeto. Porém 99% da probabilidade é que ele esteja na origem, não deixando possibilidades para reversão.

— Existe algum tratamento que ele pode realizar para tentarmos ter esse filho?

— Como eu já disse. É uma situação irreversível. Vocês poderão recorrer a um banco de esperma. Isso pode ser feito em segredo em nossa clínica e nós podemos garantir que qualquer uma das opções que vocês escolherem, será tratada sob o mais rigoroso sigilo.

A doutora foi incisiva na revelação do diagnóstico, deixando claro pela sua experiência que, para ela e sua equipe, não havia dúvidas quanto ao resultado, então adiantou-se em apontar as possibilidades que ainda restavam.

— Eu jamais admitiria que a minha esposa tivesse um filho de outra pessoa, mesmo que seja através de uma inseminação realizada de maneira artificial.

— Essa é uma barreira ainda difícil de ser quebrada. Não tratamos a atitude como preconceito em nossa clínica, mas muitas vezes ela é uma barreira intransponível, talvez como seria também se a situação fosse inversa.

— A senhora teria alguma outra opção para nos indicar?

— A adoção pode ser uma alternativa.

Isaac parecia encolher-se cada vez mais na confortável poltrona, sem ver uma saída. Era um misto de vergonha e incapacidade de realizar o sonho do casal em ter seus filhos de maneira natural. Imaginou se teria coragem para contar ao pai, tão conservador, que adotaria uma criança.

— Seria muito triste apresentar uma criança adotada para os meus pais. A pessoa que vai herdar tudo o que ele e meu avô criaram, vindo de uma família desconhecida.

— Você se preocupa somente com o que os seus pais irão pensar e com os seus bens materiais. Deveria estar mais preocupado com a nossa felicidade. Estamos falando de uma criança que será o nosso filho e não importa a maneira como essa criança virá, porque vai receber todo o nosso amor e fortalecer ainda mais a nossa união.

— Bem! Vocês podem optar por um sistema de adoção em que nós registramos a criança como filha natural.

— Sobre o que a senhora está falando?

— Calma, Isaac! Primeiro vamos ouvir o que ela tem a nos dizer.

— Existem muitas mães jovens que têm os seus filhos em perfeitas condições. Crianças lindas, muitas vezes com o mesmo biotipo dos pais. Muitos se sentem mais à vontade para adotar quando as crianças são parecidas fisicamente com elas.

— Isso é crime em qualquer lugar do mundo.

— Colaborar com pessoas que podem dar tudo para crianças que encontram-se em risco social e até mesmo de vida porque serão abandonadas por meninas drogadas, que engravidaram sem querer, não deveria ser considerado um crime. Nós projetamos uma vida totalmente diferente do que essa criança teria. A mãe passará por um tratamento e estará amparada.

— O que ela está nos propondo pode resolver os problemas de todo mundo. Os nossos, dos pais naturais e o de uma criança que poderá ter uma vida totalmente diferente do que a vida naturalmente lhe ofereceria.

— Você está concordando com essa loucura?

— Você jamais admitiria as outras opções e então passaríamos a nossa vida sem ter filhos.

— E nós teremos contato com essa mãe?

— Vocês deverão vê-la uma única vez e saberão quem é o pai por fotos, apenas para verificarem as qualidades físicas. Depois disso, todos os contatos são proibidos.

— Então... vocês fazem isso com frequência?

— Essa é uma clínica respeitada em todo o mundo, senhor.

— Nós vamos embora agora e vamos conversar sobre o assunto. Podemos retornar amanhã?

Ruby colocou um ponto final ao que provavelmente daria início a uma discussão, que não levaria à solução do problema. Preferiu fazer uma retirada estratégica e conversar com o marido longe dali e depois retornar com uma decisão.

— Claro! Vocês têm tempo para decidir.

Ruby despediu-se da doutora, animada pela opção oferecida, enquanto Isaac estava totalmente atordoado pela junção de vários fatores que o deprimiam. Ele precisava de um tempo para processar todo aquele emaranhado de informações. Havia outras pessoas envolvidas que mereciam a atenção dele e de nenhuma forma deveria deixar a mãe, o pai e um bebê de fora desses pensamentos e de sua decisão. Nesse momento, dentro do carro contratado pela empresa, não conseguiu ao menos olhar para Ruby, que insistia em deixar a sua mão sobre a dele.

Chegando ao quarto de hotel, ele entrou para tomar banho. Deixou a porta do banheiro encostada e, já dentro da box, com o forte jato de água sobre a sua cabeça, percebeu a esposa despindo-se para acompanhá-lo. Era uma arma fatal que ela sempre utilizava para seduzi-lo e realizar os seus desejos. Ele conhecia perfeitamente o seu jogo, entretanto, sem forças para resistir, beijou-a ardentemente, abraçando-a com força. Assim eles se amaram, com a água caindo sobre seus corpos.

Depois do banho, ele insistiu nas suas ideias e que não poderiam ferir as leis internacionais e os sentimentos de uma jovem mãe, principalmente estando em um país desconhecido. Os diferentes pontos de vista sobre a adoção deram início a mais uma discussão. Isaac a amava acima de tudo e era completamente louco por ela, e mesmo quando ela insistia em alterar o tom de voz, ele a trazia de volta ao debate sem deixá-lo se transformar em briga.

— Eles estão comercializando as crianças e isso é um crime inaceitável e condenável com rigor em qualquer país do mundo.

— Nós faremos tudo da maneira correta. Ninguém vai saber.

— Não existe nada de correto na mentira e sabemos que não existe possibilidade de manter esse segredo por toda uma vida. Eu não me sentiria bem enganando a todos. Eu só consigo pensar na maldade pela qual essas crianças e as mães estão envolvidas.

— Estou ainda mais fortalecida na ideia de que nós salvaremos uma criança de todos os perigos que ela irá enfrentar. Eu já amo essa criança.

— Como assim já ama? Pode amar a ideia que é condenada desde o início, diga-se de passagem.

— Um desejo incrível de colocar esse bebê no colo e assistir você nos admirando.

— Você não seria ingênua a esse ponto. Talvez louca a esse ponto. Não existe uma menina que está grávida. É uma rede de adoção de bebês brancos para pessoas que podem pagar um preço muito alto.

— Os seus pais não sabem que o problema é com você. Nós vamos pedir um exame falso para a Stephanie e vamos alegar que eu carrego esse problema e que já estou fazendo o tratamento, assim logo teremos um bebê.

— Nós não podemos alimentar essa rede. Eles podem já estar sendo investigados. Imagine o escândalo que isso poderia provocar e ruir toda a minha família e os negócios que pretendemos começar por aqui.

— Como já lhe disse algumas vezes, você só pensa nos seus pais e nos negócios. De qualquer forma, a criança virá a vida e nós podemos mudar a direção de como ela será conduzida. Uma vida de conto de fadas para uma criança que provavelmente viveria em risco social.

— Estou pensando na criança e em nós, vivendo uma mentira.

— Me ama de novo. Vamos fazer um bebê em nosso coração.

Ela insistia na conquista dos seus objetivos, seduzindo-o, valendo-se do amor e principalmente do sexo, para conduzir os desejos do marido ao encontro aos seus e ela sempre conseguia trazê-lo para o seu lado. Depois de se amarem na banheira, ela o puxou para a cama, onde eles continuaram por um longo tempo, até que ela adormeceu. Isaac permanecia acordado. Olhando pela janela, com uma garrafa de água em sua mão, ele pôde acompanhar o movimento da lua minguante, cruzando o céu australiano por mais de duas horas, até não mais conseguir vê-la. Deitou-se, mas sem conseguir dormir, assistiu ao sono tranquilo de sua esposa. Os seus pensamentos confrontavam a sua formação pautada na verdade e justiça com a crueldade de impedir o desejo da sua amada em segurar uma criança em seus braços. Já há algum tempo, ele se sentia depressivo por ser o portador da anomalia que a deixava triste.

Pela manhã, assim que a luz começou a entrar pelas frestas da janela, ela começou a beijá-lo embaixo dos lençóis, precisava dar a sua última cartada. Não poderia perder tempo em resolver aquela situação naquele mesmo dia, pois não haveria outra chance. Assim, eles se amaram novamente, como acontecia em todos os dias ao acordarem, porém naquele dia, ao contrário de outros, era ela quem o seduzia.

Para o café, ela pediu uma mesa isolada das demais ao garçom do hotel, ao que foi prontamente atendida, com uma mesa colocada na varanda, entre o belo jardim e a piscina do hotel. Ela estava usando um biquini branco por baixo da saída de piscina, acentuando o seu corpo perfeito. Era ao mesmo tempo elegante e provocante. Mesmo antes de tentar convencê-lo novamente, foi surpreendida pela fala do marido.

— Nós vamos fazer. Informaremos os meus pais que já fizemos todos os exames e você já começou a fazer o tratamento, como você sugeriu. Logo voltaremos à Austrália para dar andamento e um novo formato ao escritório e vamos também priorizar as startups e o desenvolvimento de aplicativos. Faremos novos investimentos. Enquanto isso, você supostamente realiza o tratamento. Aí terei a desculpa de ficar aqui por um tempo. Você vai usar as barrigas falsas e nós teremos o registro de todas as fases, em fotos e vídeos. Jamais iremos nos descuidar disso, durante todo o tempo, que é bastante longo. Ou isso ou nada.

Agora Isaac voltava a ser o empresário que arriscava, sendo objetivo e prático, aliando sua celeridade, tão habitual na empresa, também na vida pessoal aos cuidados que julgou necessários.

— Concordo com você. Teremos o nosso bebê registrado em nosso nome, como se fosse nosso filho natural e somente nós dois saberemos dessa história.

— Precisamos nos certificar de que não fique nenhum registro na clínica após a entrega do bebê. Não pode haver nosso nome em nenhum documento que possa nos relacionar com a clínica ou com as pessoas envolvidas. Quero que a mãe natural fique bem amparada, sem saber quem somos.

Ao voltar para casa, Ruby sabia que ainda seria julgada pelos pais de Isaac. Entretanto, surpreendeu-se ao ser recebida com um abraço carinhoso da sogra, após ela saber que a nora estaria fazendo o tratamento para lhes dar um neto, o filho tão desejado por Isaac. Era uma trégua não esperada, mas vinda em boa hora.

Isaac voltou para a empresa e expôs seus novos projetos que deveriam ser desenvolvidos na Austrália. Para todos ali, a expansão da empresa era o único objetivo da viagem. Após a exposição de suas ideias, foi aplaudido por todos os membros do Conselho que lhe parabenizaram. Os investimentos na casa de trezentos milhões de francos suíços deveriam trazer retorno de investimentos em cinco anos. Isaac propôs a utilização de recursos em fundos de investimentos da própria empresa, sem recorrer a financiamentos em bancos, optando pela retirada da empresa das mãos de banqueiros, dessa forma acelerando ainda mais o retorno financeiro.

Já na próxima semana estaria de volta à Austrália, onde deveria acertar um apartamento ou uma casa, onde permaneceria por um período de um ano. A sua estratégia de desenvolver outros ramos de negócios, além de deixar o pai contente poderia lhe fornecer uma excelente desculpa para a sua ausência na empresa. Apenas o pai e a mãe sabiam que a esposa estava fazendo tratamento naquele país. A própria doutora Stephanie reafirmava que a ideia de Isaac do uso de barrigas era uma exigência da clínica para não despertar suspeitas.

— Agora você terá um pretexto para comer os chocolates suíços que você quiser, porém depois você precisará fazer muita dieta e exercícios para voltar a exibir esse corpo perfeito.

Era primavera na cidade de Camberra quando Ruby recebia em seus braços a pequena Olívia, logo após o seu nascimento, no escritório da doutora Stephanie. Foi ela mesma quem entrou com a criança recém-nascida em seu colo e a entregou para a sua nova mãe. Ostentando o seu jaleco branco, impecável, com crachá de médica chefe, colocou-a próximo ao rosto de Ruby, que sentiu o cheiro daquele bebê com seus olhinhos ainda insistindo para abrir e depois procurando pelos olhos de Isaac. Ele estava bem próximo, com as lágrimas escorrendo em seus olhos, abaixando-se para se aproximar do rosto da filha. A pequena Olívia tentava focar a imagem do pai.

Isaac trazia em suas mãos um cesto com o peso de três milhões de dólares australianos em espécie embalados em um saco de lixo. O mesmo cesto deveria carregar o bebê no caminho para casa. Era uma quantidade grande de dinheiro e segundo o próprio Isaac, uma quantia irrisória paga por uma criança que mudaria a vida do casal e de toda a família. Ele intimamente referia-se à sua própria vergonha em participar da comercialização de uma criança inocente, onde o valor de uma vida não poderia ser mensurado.

A menina tinha a pele clara e o nariz que parecia muito com o de Isaac, trazendo o fator genético como cúmplice daquela negociata que envolvia muito dinheiro e algumas vidas. Chegando em casa, foi difícil desvencilhar-se da filha e colocá-la na cama do quarto preparado para ela. Os dois ficaram com ela na cama durante muito tempo, admirando-a sem parar, combinando alguns cuidados ou muitos cuidados, como se já não tivessem passado e repassado por todos eles várias vezes. A menina parecia estar encantada dirigindo o seu olhar apenas para o pai.

— Quando vamos arrumar outro bebê?

— Você está brincando? Nós vamos voltar para casa.

— Poderíamos aproveitar que encontramos esse casal de garotos e poderíamos arrumar mais um filho daqui a pouco tempo. Você pode deixá-los em uma situação confortável pelo resto de suas vidas. Duvido que eles recusariam uma oferta como essa.

— Você não pode estar falando sério.

— Sim, eu estou.

Isaac preferiu não mais responder, pois não conseguia entender como a esposa poderia ser tão egoísta, pensando somente na sua maternidade, ignorando a felicidade da mãe verdadeira. Apesar de já estar apaixonado pela filha, não se sentia confortável pela compra de um bebê.

Ruby esteve tão envolvida com todo o processo de gravidez, que o seu corpo parecia sofrer alterações provocadas por qualquer gravidez normal. Quis de todas as formas fazer o tratamento de indução de lactação, realizado com a combinação do uso de hormônios galactagogos, aumentando a prolactina e a estimulação mecânica antes da chegada da filha. Mesmo assim, a amamentação era insuficiente, necessitando de reposição. A pouca lactação que ela oferecia à filha vinha acompanhada de mais uma falsa receita da doutora Stephanie, referindo-se a problemas hormonais em períodos que antecederam gravidez.

Os avós, acompanhando a gestação, já não encontravam mais motivos para se desfazerem da nora e Ruby que além de baixar a guarda, permitia que eles se aproximassem mais. Relatava sobre os enjoos sofridos na fase inicial e as dificuldades para dormir. A sua fala treinada sem quaisquer deslizes em discorrer os fatos da sua gravidez, não deixava qualquer dúvida na família. Nas poucas vezes em que visitaram os pais não despertaram nenhuma suspeita, pois estavam garantidas nas falas sempre seguras de Ruby, encobrindo pequenos deslizes de Isaac, encarados com naturalidade pelos pais que o acalmavam pelo nervosismo em ser pai de primeira viagem.

— Eu também ficava assim, exatamente como você, meu filho, e era a sua mãe quem me acalmava.

Logo no segundo mês, após o nascimento, decidiram voltar para a Suíça, já com toda a documentação da pequena Olívia em mãos. A linda menina era a alegria da casa. Os avós não se continham de tanta felicidade e empolgação, por muitas vezes despertando ciúmes em Ruby. Olívia era uma criança linda que chamava a atenção de todos, por estar sempre sorrindo. Tinha um olhar focado e compenetrado, na maioria das vezes voltado para Isaac, fazendo com que ele se apaixonasse de uma maneira tão intensa que o fez diminuir a sua intensidade do trabalho. Ruby decidiu se afastar da empresa para cuidar pessoalmente da criação da filha, fator que gerava a ela créditos com a família pela sua dedicação exclusiva à filha.

Ao passar por um experiente oftalmologista da família, a dificuldade em focar a visão da menina foi diagnosticada como retinose pigmentar, uma distrofia hereditária da retina. O doutor Albert sabia que Isaac não era portador do gene mutado.

— Eu revi todos os exames já realizados da retina do Isaac e não existe a menor possibilidade de que ele seja portador do gene que causou a doença. Assim, precisamos proceder também os exames com você, Ruby, para fazermos essa avaliação que poderá nos ajudar a diagnosticar e estudar possíveis tratamentos. É uma doença que pode não regredir, porém precisamos tentar estagná-la.

— Sim. Na semana que vem precisamos voltar à Austrália e então eu os farei com os médicos que me acompanham lá. Preciso que me prescreva os exames.

Ruby sabia que jamais poderia fazer qualquer exame que revelasse a verdade sobre a paternidade de Olívia. Por outro, precisava dos exames da mãe verdadeira, pois tinha certeza de que o problema somente poderia estar vindo dela. Assim que saíram do consultório, Isaac e Ruby discutiram logo ao adentrar no carro.

— Como pôde acontecer isso? A doutora Stephanie afirmou que

foram realizados todos os exames com os pais e que não haveria nenhum problema com a criança.

— Ela não foi uma escolha. Por algum motivo essa criança chegou até nós, e nós a amamos desde o primeiro momento. Nós faremos todo o possível e o impossível para que ela fique bem.

— Se fosse qualquer outra criança a amaríamos da mesma forma porque nós estávamos muito carentes para ter um filho.

— É a nossa filha e não quero mais ouvir você se referindo a ela dessa forma. Apesar de envolver dinheiro, ela não foi uma transação comercial.

— Isso não pode estar acontecendo comigo.

— Com você? O que você sente pela nossa filha?

— Eu não vou saber lidar com uma criança que não pode enxergar. Nós acompanhamos a realização de todos os exames. Ela tinha que ser perfeita.

— Nós seremos o seu amparo e ela vai aprender a lutar pelas suas conquistas e jamais dependerá de nós para viver bem.

Na Austrália, os exames de Olívia confirmaram o primeiro diagnóstico. Com os resultados dos exames realizados em mãos antes do nascimento da menina, sem quaisquer problemas, Isaac aventou outra hipótese em conversa com a doutora Stephanie

— Precisamos conversar novamente com a mãe de Olívia e ter a certeza de que o rapaz que vocês nos apresentaram é o verdadeiro pai.

— Nós coletamos o sangue dele para realizar todos os exames, portanto não existe a menor possibilidade de ele não ser o pai. Podemos repetir os exames se vocês acharem necessário.

— Precisamos, sim, que vocês realizem todos os exames novamente. Voltaremos com isso resolvido para não causar desconfianças nos pais de Isaac.

Ruby estava calada até então, e logo em sua primeira fala voltou a incomodar o marido, o qual replicou:

— O problema menor são as desconfianças de quem quer que seja.

A nossa filha está com um problema sério que pode deixá-la completamente cega e nós não vamos permitir que isso aconteça.

— Estava acertado que vocês veriam a mãe da Olívia uma única vez. Isso pode ser perigoso — disse a doutora.

Havia um acordo verbal, no qual Isaac e Ruby haviam aceitado os termos que impediam o contato direto com a mãe verdadeira, evitando os problemas que a aproximação pudesse causar, principalmente para eles próprios.

— Não vai haver risco. Sei que vocês tomarão todos os cuidados para que nada dê errado desta vez. Entretanto, exigimos conversar pessoalmente com ela.

— Fiquem tranquilos, porque nós iremos refazer todos os exames com urgência e acabar com essas dúvidas.

A doutora Stephanie, sem perder tempo pegou o interfone e requisitou a presença de uma de suas funcionárias de confiança para agilizar a realização dos exames.

— Nós retornaremos assim que vocês tiverem os resultados. Espero que seja em breve.

Isaac cobrou de maneira mais enérgica e saiu rapidamente, protegendo a esposa e a filha com a mão sobre o ombro. Abriu a porta para esposa e saíram, deixando a porta entreaberta. Depois de caminhar até quase o final do corredor, resolveu voltar, sem qualquer motivo aparente. Foi como se uma voz o avisasse que havia algo errado, acreditando ser uma simples intuição.

— Espere um minuto.

— Isaac! O que aconteceu? Aonde vai?

Sem responder à pergunta de Ruby, Isaac voltou até a sala de Stephanie. Pensando em uma desculpa para seu retorno, pediria uma indicação de algum outro oftalmologista para ouvir uma segunda opinião sobre tratamento, ali mesmo em Camberra. Ao chegar à sala de Stephanie, a porta continuava aberta, da mesma maneira como ele havia deixado. Ouviu a médica esbravejando ao celular. Estava nervosa e bastante agitada dentro da sala, andando de um lado para o outro.

— Vá pessoalmente até a clínica e realize os exames de fundo de olho na Yeva e se for diagnosticado qualquer problema na retina precisamos descartá-la. Esse problema aconteceu justamente com a minha filha e não podemos permitir que isso se repita. Providencie também um resultado de exame em nome de Ruby constando a retinose pigmentar. Encontre a jovem atriz, vamos precisar dela novamente.

Isaac ficou perplexo e totalmente sem reação. Assim que Stephanie desligou o celular, ele soltou a maçaneta e afastou-se, indo em direção à esposa. Não podia deixar que Ruby percebesse que ele havia descoberto que a doutora Stephanie era, na verdade, a sua mãe. Não conseguia entender o que elas desejavam, já que ela tinha tudo, o emprego, o casamento e a vida que ela sempre desejou. Ele havia compreendido perfeitamente que a jovem, verdadeira mãe da Olívia estava em perigo e precisava decidir urgentemente o que faria com aquelas informações. No carro a mistura de sentimentos lhe corroía o estômago, tentando em vão imaginar o tamanho daquela organização. Novamente aquela voz lhe soprava em seu ouvido, dizendo-lhe que tinha que ajudar a jovem mãe de Olívia.

— Vou pedir para o motorista levá-la pra casa. Eu vou aproveitar para ir até a empresa resolver algumas situações que ficaram pendentes.

— Agora? Ainda temos muito para conversar.

— Não se preocupe. Não vou demorar.

Isaac tentou não transparecer os seus sentimentos. Beijou a esposa da mesma maneira de sempre. Todavia, ela conhecia bem demais o marido para acreditar que ele a deixaria com a filha naquele momento de desespero para cuidar de coisas da empresa. Depois de algum tempo, ligou na empresa para confirmar se ele realmente estava lá.

— Sim. Ele chegou há alguns minutos. Vou transferir para a sala dele.

— Não é necessário incomodá-lo e por favor, não diga que liguei.

Na empresa, Isaac conversou com um funcionário de confiança. Harry, era também inglês e havia iniciado sua trajetória na empresa ao mesmo tempo em que Isaac começou a frequentar as reuniões aos quinze anos, tornando-se muito amigos. Harry era muito estudioso, formado em direito e era agora o responsável direto por ajudar Isaac na expansão da empresa na Austrália, pelo menos durante o ano em que Ruby estava em tratamento. Logo, também retornaria para o seu posto na Suíça.

— Tome um *whisky* comigo.

— Você sabe que eu não bebo no trabalho.

— Com duas pedras de gelo?

— Sim.

Harry já sabia que quando a conversa vinha acompanhada de *whisky* durante o trabalho, o assunto era algum problema com a esposa. Era assim desde quando Isaac começou o seu relacionamento com Ruby. Isaac o chamava em sua sala e servia o amigo, tirando-lhe a possibilidade de não aceitar.

— Você sabe que eu sou filho único e sempre o tive como um irmão mais velho.

— Sim. Desde quando nos conhecemos, rolou esse sentimento mútuo.

— Eu só confio em você para contar o que está acontecendo em minha vida.

— Sabe que pode confiar em mim.

— Lembra quando lhe falei da nossa dificuldade para termos filhos?

— Claro! Você sempre me contou sobre os seus problemas.

— Mas não lhe contei tudo. Eu não posso ter filhos e é uma situação irreversível.

— Então vocês fizeram inseminação?

— Não! Nós fizemos os exames e quando foi constatado o problema eu disse que não suportaria saber que ela ia ter filho de outra pessoa. Então nós viemos para cá e fizemos uma adoção e a criança seria registrada como nossa filha natural.

— A barriga da Ruby não era verdadeira?

— Era tudo falso. Durante todo tempo, tanto aqui quanto na presença dos meus pais, ela sempre usou as barrigas de tamanhos diferentes, para não deixar nenhuma suspeita.

— Isso foi ideia dela?

— Eu queria muito essa filha. Foi muito fácil me envolver nessa história. Estava tudo tão perfeito e ela sempre foi tão amada e tão nossa. Quando apareceu essa doença hereditária, nós retornamos à Austrália para tentar descobrir de onde vinha essa mutação para que ela não perdesse totalmente a visão.

— Vocês conheceram a mãe, ou melhor os pais da criança?

— Fizemos apenas um contato, bem no início das nossas conversas. Era uma universitária com boa aparência que não desejava ter bebê porque não estava em seus planos e atrapalharia os seus estudos. O rapaz só vimos por fotos e ele também era um universitário que não queria a filha. Eles dividiriam o dinheiro.

— Dinheiro. Isaac, nós estamos falando sobre a vida de uma criança. Como você pôde achar que não teria consequências?

— Eu fui seduzido pela felicidade de ser pai e nós poderíamos oferecer tudo pra uma criança, que certamente correria risco social. Seria a nossa princesa, e a mãe iria se desfazer dela de qualquer jeito. Era a melhor solução para todos, inclusive para a criança.

— Você sempre foi uma pessoa justa, no entanto desde que a Ruby chegou, você trocou os seus ideais pela distribuição de dinheiro fácil, inclusive aos funcionários da empresa para se calarem.

— Sempre o considerei como meu irmão, porque sempre me falou as verdades que eu precisei ouvir, de acordo com o que a sua consciência mandava e sempre estava certo.

— Colocou preço na vida de uma criança. Você sabe que muitas vezes atropelamos os nossos valores pelo crescimento da empresa e fizemos isso juntos, porém isso é muito diferente.

Isaac abaixou a cabeça, como se a sua consciência buscasse a proximidade do seu coração, que era onde ele carregava a filha. Era assim que ele se despedia dela todos os dias antes de ir para o trabalho. Ainda procurava a melhor maneira de contar o resto da história sobre a Olívia.

— Isso não é tudo. Hoje retornamos à clínica e na tentativa de solucionar o problema da Olívia, pedimos todos os exames novamente da mãe e do pai dela.

— Conseguiram?

— A doutora Stephanie está providenciando. Quando saímos da sala algo me disse pra voltar. Não sei ao certo se foi somente uma intuição, parecia uma voz me avisando para voltar para a sala. Pedi para a Ruby esperar e voltei. A porta estava entreaberta e eu ouvi a médica se referindo a Ruby como sua filha.

— Ela deve ter se referido a uma forma carinhosa de tratamento.

— Tenho certeza do que estou falando. Stephanie é a mãe da minha esposa.

— Não. Isso não pode ser verdade. Você está desnorteado com toda essa situação.

— A mãe de Olívia está sob o seu domínio na clínica.

— Certamente, você caiu em uma rede de venda de bebês. Porém eu não consigo conectar a Ruby a tudo isso. Sabe que eu tenho as minhas ressalvas quanto ao seu relacionamento com ela, mas daí a acreditar que ela é filha da médica australiana que está coordenando toda essa rede de tráfico de bebês é loucura.

— Preciso que você acredite em mim porque eu vou precisar da sua ajuda.

— O que você pretende fazer? Vai se meter em mais uma fria. Volte para a Suíça e cuide da Olívia lá.

— Nós vamos tirá-la de lá.

— O que você quer dizer como "nós"?

— Eu só confio em você.

Harry colocou o seu copo sobre a mesa e caminhou até Isaac, que estava muito abalado, sob aquele emaranhado de informações. Colocou a mão sobre o seu ombro e deixou claro que estaria ao seu lado em seus piores momentos. Para Isaac, a filha estava acima de tudo e jamais deixaria que qualquer coisa viesse a acontecer com a sua mãe verdadeira. Tinham que traçar um plano com urgência para resgatar a moça da clínica.

— Você não pode seguir com isso. Mesmo que você consiga desmantelar toda essa rede, o que você acha que aconteceria com a sua filha? Ela iria para um orfanato e depois colocada para adoção e vocês seriam punidos severamente. O governo australiano pediu perdão várias vezes pelos fatos ocorridos há décadas. Hoje eles jamais admitiriam a volta de adoções forçadas e tráfico de bebês.

— Não vou deixar que a mãe verdadeira da minha filha apodreça em uma clínica de reprodução.

Harry digitava rapidamente em seu celular, buscando insistentemente por notícias do passado. Depois reproduziu um áudio.

— Sabia que já tinha visto algo sobre isso. Ouça:

"A Austrália ficou marcada entre as décadas de 50 e 80 do século passado pela prática de adoção forçada de bebês, inclusive de forma brutal. Fatos que deixaram um legado de dor e sofrimento em todo o país. Foram cerca de 150.000 crianças tiradas de suas mães por entidades religiosas e assistência social."

A voz feminina metalizada que saia do celular de Harry, transmitia-lhes os fatos sobre um passado negro que marcou a Austrália pela coerção e brutalidade, separando bebês recém-nascidos de suas mães.

— Meu Deus! Essa prática ainda existe em um país que deveria estar acima de qualquer suspeita.

— São bebês brancos compradas por pessoas ricas. Onde você foi se meter meu amigo?

— Se eles estão com a mãe da Olívia, então ela está sendo forçada a ter outros filhos para serem vendidos e provavelmente por inseminação artificial.

— Qual a ligação de Ruby com esse esquema?

— Não pode ser somente pelo dinheiro. Ela teria muito mais só por estar casada comigo.

— Quanto você pagou pela sua filha?

— Foram três milhões de dólares australianos.

— Pobre Olívia. Espero que minha afilhada nunca venha a saber disso.

Por confiar, Isaac pediu que ele batizasse a sua filha na Catedral de Westminster, em Londres, em uma cerimônia realizada para poucas pessoas, conforme planejado por Isaac e Ruby. Ele era mais um entre tantos apaixonados pela menina e mais um aflito com a possibilidade cada vez maior da menina perder a visão. Era incansável na procura de tratamentos, entretanto em cada conversa com os vários especialistas que conheceu pelo caminho, encontrava uma palavra de desalento.

Harry era um sedutor e mesmo jovem já tinha cabelos grisalhos. Também ostentava a fama de ser namorador, mas se negava a assumir qualquer uma das mulheres com as quais eventualmente tinha um caso. Utilizava a própria afilhada para esquivar-se de constituir família, sempre dizendo que a já tinha a sua princesinha, abraçado à Olívia, em seu colo.

Na empresa, também era Harry quem encontrava os meios que a lei oferecia, para limpar os encalços deixados pelo caminho dos estrondosos investimentos da empresa na Europa, Ásia, América e agora na Austrália. Quando as leis não deixavam brechas, um grande rastro de corrupção era deixado para trás, principalmente nas intervenções de Willian, quando efetivou a mudança da sede para a Suíça, na intenção de escapar das leis inglesas que eram mais severas. Mesmo assim, Harry precisava viajar constantemente para a Inglaterra para resolver alguns problemas. A Suíça era um paraíso fiscal desde a década de vinte, e mesmo com a aprovação da Lei dos Bancos e retirada da lista de paraísos fiscais pela União Europeia, continuava sendo o país a receber os maiores investimentos bancários de empresários e investidores de *offshores* de todo o mundo.

No dia seguinte, Harry voltou com novidades, tentando fazer com que Isaac desistisse da ideia de salvar a mãe da afilhada, insistindo sobre o perigo em se intrometer com gente daquela estirpe. Eram pessoas sem escrúpulos e denunciar a rede de tráfico de bebês, seria como colocar a si próprio e a esposa em meio aos investigados pela compra de Olívia, podendo inclusive serem presos. Também estaria arruinando todos os investimentos naquele país. A justiça australiana não hesitaria em punir exemplarmente qualquer um, cidadão australiano ou estrangeiro, por mais rico que fosse, por trazer de volta os crimes que deixaram marcas tão profundas para o país perante todo o mundo.

— Isaac, esse esquema envolve muita gente grande, não somente as pessoas da clínica. Volte para casa com a Ruby e a Olívia. É o melhor que tem a fazer.

— Eu vou seguir com o plano.

— Você deveria conversar com sua esposa e deixar que ela lhe explique o que está acontecendo.

— Não há mais o que explicar. Tudo começou a fazer sentido, ligando às falas dela com as de sua mãe.

— Está louco em acreditar que Ruby é filha dessa médica.

De forma solitária, passou a investigar a clínica, pois não queria envolver ainda mais o amigo em seus problemas. Primeiro passou de carro, percebendo haver várias câmeras e dois seguranças na portaria. Depois fez o trajeto correndo, estudando o posicionamento de cada uma delas, procurando por algum ponto cego. Contou sete câmeras na área externa, o que não era um número grande pela extensão do muro. Os muros irregulares e cheios de curvas, apresentavam não somente um, mas vários pontos cegos.

No dia seguinte, voltou de táxi e desceu justamente no ponto onde avaliou que a visão das câmeras não oferecia a segurança necessária. Sabia que Harry tentaria impedi-lo de agir sozinho, portanto, não disse nada a ninguém. A roupa branca certamente o ajudaria a camuflar-se entre os enfermeiros e médicos da clínica. Por confiança em suas habilidades em lutas e artes marciais, decidiu entrar e procurar pela moça sem o uso de armas. Apenas carregou em seu bolso algumas cordas brancas de polipropileno, prontas para imobilizar aqueles que tentassem impedi-lo de libertar a mãe de Olívia.

Logo ao pular o muro, passou a procurar por outras câmeras que pudessem denunciar a sua presença. Havia poucas câmeras na área interna, ligadas por uma rede de fios elevados que ele passou a seguir. Era uma clínica com uma área verde bastante ampla e alguns blocos separados. Não havia grande movimentação de pessoas, deixando claro ser aquele um negócio para poucos. Tentou descobrir qual era o bloco onde ficavam os arquivos com documentos e exames. A lavanderia seria o ponto certo para conseguir informações importantes. Ali trabalhavam um homem, que foi facilmente imobilizado com um mate-leão e uma mulher que dobrava os lençóis, que foi mantida como refém.

— Onde ficam as moças sequestradas e o arquivo com os documentos delas?

— Eu não sei de nada. Apenas lavo as roupas.

— Se você recolhe os lençóis, tem que saber onde elas estão. Se não me disser, todos irão morrer.

Sentindo-se acuada, a mulher resolveu dizer.

— As moças grávidas estão no Bloco C, e as outras são mantidas em cárcere no Bloco B e o arquivo também fica nos fundos do Bloco B.

Isaac rasgou pedaços do lençol e enfiou na boca da mulher e do homem, deixando-os presos. Pegou o jaleco e o boné do homem, além das chaves que estavam em posse da mulher. Seguiu primeiro para o bloco onde estavam os documentos. Observou as câmeras e a movimentação e aguardou pelo melhor momento para entrar. Todas as portas estavam trancadas e ao aparecer o primeiro segurança, Isaac virou-se de costas e se abaixou fingindo amarrar o tênis. Esperou até que o segurança chegasse perto, tentando confundi-lo.

— Noah, você esqueceu de trazer o café de novo. A garrafa térmica ficou aqui.

Isaac levantou-se e desferiu um soco direto de direita no queixo do segurança.

— Tome o seu café!

O homem caiu apagado e logo foi imobilizado com a corda e uma bola de lençol dentro de sua boca. Pegou a garrafa de café e entrou na sala, onde havia mais dois funcionários logo à frente. Um homem e uma mulher pareciam organizar arquivos em seus notebooks.

— Noah, que bom que trouxe o... Quem é você?

Isaac parecia ter encontrado um verdadeiro sentido para todo o seu aprendizado em lutas e artes marciais. Dessa vez, enquanto segurou pelo punho a mulher que tentava escapar, acertou um chute no rosto do rapaz que caiu desacordado. Eram golpes únicos e certeiros de alguém que havia treinado muito para disputas no octógono.

— Você vai me mostrar os meus documentos e da minha esposa. Quero saber quem é a mãe da Olívia. Procure por Isaac, Ruby e Olívia.

— Por favor, eles vão me matar se eu colaborar com você.

— Se você não colaborar, eu mesmo a matarei.

— Essas são as fichas de vocês. — Em poucos segundos a mulher entregou a documentação.

— Agora mantenha as duas mãos sobre a mesa. Essa não é a mãe de Olívia.

— Essa é a verdadeira mãe. Aquela moça que se encontrou com vocês era uma atriz contratada.

— Ela ainda está aqui?

— Está no final do corredor.

— Aqui diz que eu sou o pai da Olívia. Não consigo entender qual a armação de Ruby e da sua mãe.

— Stephanie é a mãe de Ruby e ela é estéril.

— Você não vai conseguir escapar daqui.

Isaac amarrou a mulher junto ao homem e colocou lençol em suas bocas. Quando o homem ameaçou voltar a si, teve um soco de esquerda desferido em seu rosto, colocando-o em *knockout*. Salvou todos os arquivos em seu celular e os enviou para seu próprio e-mail. Entre todas as coisas ruins que havia visto naquele dia, ficou muito feliz ao saber que Olívia era sua filha verdadeira e agora precisava salvar a mãe da sua filha. Então ele poderia fazer a denúncia porque não haveria mais como ele perder a guarda da própria filha. Dali mesmo, enviou uma mensagem para fazer a denúncia com a localização. Pensou em ligar para Harry, mas para não o envolver, resolveu encurtar o caminho, ligando direto para a polícia. Teve dificuldade para achar a chave da última porta, onde deveria estar a mãe de sua filha. Assim que abriu a porta, deu de cara com mais de dez moças, todas visivelmente drogadas. Com a foto em seu celular, chegou até a mãe de Olívia. Era uma moça linda, com os mesmos olhos e boca da filha.

— Você vem comigo. Vou tirá-la daqui.

— Não quero ir. Não quero ir.

— Precisamos sair rápido daqui. Está livre.

— Livre? Quem é você?

— Depois eu explico. A polícia já deve estar a caminho.

— Livre! Livre!

A moça, completamente grogue, repetia algumas palavras misturando um ucraniano ao inglês, sem acreditar que estava sendo libertada daquele cárcere. Ela tinha o medo em seu olhar, pela ação coercitiva que havia sofrido ao longo do tempo que permaneceu encarcerada.

— Fique calma. Já vamos sair daqui. Vai ficar tudo bem.

— Eles vão matá-lo. Eles vão nos matar.

Quando abriu a porta, ouviu as vozes que se aproximavam. Isaac não conseguia compreender o que estava acontecendo, porém conseguia identificar que as vozes que vinham do corredor eram de Harry e Stephanie. Tapou a boca da moça para não serem descobertos.

— Esses seguranças precisam manter-se nos locais onde foram designados. Nenhum deles estão em seus postos.

— Vamos acertar esses detalhes agora.

— O acidente com Willian e a esposa vai acontecer nos penhascos em Monti Bodengo, quando estiverem voltando da viagem que farão aos alpes na semana que vem. Depois será a vez de Isaac.

Harry falava sobre a ausência do segurança na porta e planejava a morte de seus pais. As peças do quebra-cabeça começavam a se encaixar nos segundos que precediam a entrada dele e da doutora Stephanie na sala. Harry, o mentor do plano para ficar com toda a fortuna da família, era amante de Ruby, mesmo antes de tudo acontecer. Todos da sua família morreriam e Olívia carregaria o DNA de Isaac para não restar nenhuma dúvida de que ela era filha legítima do casal.

Assim que Harry abriu a porta, foi surpreendido por Isaac que lhe aplicou uma gravata.

— Vocês acharam que iam acabar com a minha família para ficar com tudo o que construímos.

— Meu irmão! Eu vim para ajudar você.

— Eu ouvi toda a conversa.

A doutora Stephanie tirou uma seringa do bolso e segurou a mãe de Olívia, ameaçando aplicá-la, caso Isaac não soltasse Harry. A mãe, mesmo grogue pelos sedativos, ainda conseguiu empurrar a doutora e desvencilhar-se dela, então Isaac desferiu alguns golpes com toda a sua raiva em Harry, deixando-o desfalecido. Assim que abriu a porta, percebeu que havia vários agentes da Polícia Federal Australiana invadindo o local com cães e armamentos pesados.

— Venha comigo, precisamos achar a nossa filha.

Isaac explicou a urgência em encontrar a sua esposa e sua filha, enquanto praticamente a puxava para o carro da polícia. A capitã da operação, Béatrix, fez questão de ir pessoalmente com mais dois agentes designados para acompanhá-los. Com a sirene ligada durante todo o caminho chegaram rapidamente.

Em casa, Ruby preparava-se para fugir com a pequena Olívia, após receber uma mensagem de sua mãe durante a invasão da polícia. Sem tempo para fugir, com a chegada da viatura, Ruby subiu as escadas e postou-se junto ao corrimão.

— Tem outra escada na parte de trás da casa que vai sair em uma varanda em um dos quartos.

Antes de entrar pela porta da frente, Isaac traçava um plano, procurando colocar um dos agentes postado atrás de Ruby para surpreendê-la.

— Eu vou pelos fundos. Converse com ela e tente acalmá-la, enquanto eu entro. — A própria capitã se dispôs a seguir pelos fundos.

— Não se aproxime de mim e tire esses guardas da nossa casa.

Ruby estava com Olívia em seu colo, encostada no parapeito que dava para o hall de entrada. Foram mais ou menos cinco minutos de conversas entre Isaac e Ruby. Isaac tentava esconder o seu desespero em imaginar a sua filha caindo daquela altura.

— Deixe-me subir. Vamos ficar bem e cuidar da nossa filha. Eu amo você.

— Eu sei o que você fez na clínica. Por que você foi até lá? Estava tudo tão bem entre nós.

— Venha, vamos cuidar da nossa filha. Eles estão aqui para nos ajudar.

— Eu não vou apodrecer em uma cadeia.

Nesse momento, Béatrix decidiu aproximar-se silenciosamente por trás de Ruby e com agilidade conseguiu surpreendê-la. Olívia foi tomada dos braços de Ruby, que projetou o seu corpo por cima do parapeito, jogando-se para a morte no hall de entrada. A queda provocou múltiplas fraturas e traumatismo craniano, não dando chances de sobrevivência para Ruby.

No colo de Béatrix, Olívia chorava assustada, enquanto Isaac subia as escadas rapidamente até a filha e a tomou em seu colo. Não era um abraço com amor maior do que sentia antes de saber que era sua filha verdadeira, porque ele sempre a amou acima de tudo, mas era diferente pensar que a sua mãe verdadeira estava ali embaixo esperando para senti-la em seus braços. Yeva subiu as escadas até a sua filha, amparada pelo policial. Segurando a pequena Olívia em seu colo, ela aproximou o pequeno bebê ao seu rosto para sentir o seu cheiro. As lágrimas escorriam pelos rostos de mãe e filha, misturando-se. Yeva finalmente estava livre e com a filha em seus braços.

Isaac estava perplexo com tudo o que havia acontecido em questão de algumas horas. A mulher que ele tanto amou, estava morta ali embaixo. O seu melhor amigo, estava preso por arquitetar um plano mirabolante para conquistar a sua fortuna. Contudo, ele não conseguia parar de olhar para mãe e filha. Olívia agora tentava focar o olhar nos olhos de sua mãe verdadeira. Desceu as escadas devagar, sentindo o gosto amargo da perda da mulher que ela tanto amou, misturado ao sabor da traição. Quando tentou se aproximar, foi impedido por um dos policiais que já estava ao lado do corpo. Chorou, compreendendo que tudo o que havia vivido ao lado de Ruby era falso.

No dia seguinte, Isaac foi visitar Yeva na clínica onde ela fazia desintoxicação provocado pelos remédios administrados forçadamente para mantê-la sedada durante os procedimentos na clínica. Em seus braços a pequena Olívia dormia profundamente com o rosto voltado para os seios da mãe.

— Obrigado por me salvar e trazê-la de volta até mim. Ela é a coisa mais linda que eu já vi.

— Fique tranquila e logo ficará bem com a nossa filha.

Capítulo 6

Os olhos da alma

Isaac não conseguia parar de olhar para mãe e filha descansando e no quanto aquele ato simples era tão perfeito e encantador. A noite sem dormir misturava um emaranhado de traições de pessoas que ele amava e admirava. Não conseguia se conformar com a imagem da esposa que ele tanto amou estendida no chão. Sua tristeza era contida apenas pela imagem da filha no colo da mãe, oferecendo-lhe um minuto de paz entre os momentos de dor que lhe tomavam quase todo o tempo.

Yeva fez questão de se sentar no sofá para apreciar a filha. Era a imagem mais linda que ele já havia visto em toda a sua vida. Com Olívia mamando em seu peito, começou a cantar uma cantiga de ninar, suave e compassada. Olívia sempre foi uma menina tranquila e aquele fechar de olhos e a respiração profunda junto ao pescoço da mãe era a prova mais profunda do amor entre mãe e filha. Isaac se aproximou e tocou as duas com o mesmo carinho. Ela novamente agradecia e se encantava por Isaac, denunciado pelo seu olhar.

Ela queria deixar o solo australiano o mais breve possível. Por todos os fatos ocorridos, tinha pânico de permanecer naquele país, não somente na cidade de Camberra. As marcas deixadas foram profundas demais e ela tinha urgência em encontrar a sua família e os amigos que a acompanhavam em sua viagem de férias, quando subitamente desapareceu. Ela foi dada como desaparecida, quando estava acompanhada pelos amigos Tom, Frida e Larissa, em Surfer's Paradise, o principal distrito de Gold Coast. Arriscava-se em algumas manobras no surf e depois de uma onda um pouco maior que quebrou à direita, não mais foi vista pelos amigos. Tom aguardava outra onda quando não mais viu Yeva e, pouco tempo depois, apenas a sua prancha foi encontrada na praia. O desespero tomou conta dos três, depois de três dias de intenso trabalho nas buscas, os bombeiros se mostrarem incapazes de encontrá-la.

As autoridades procederam com várias ações na tentativa de resgate no mar, porém sem sucesso. Foram enviados mergulhadores do corpo de bombeiros e da marinha australiana, sem qualquer êxito em suas buscas. Os amigos só retornaram para a França depois de quinze dias insistindo para que os bombeiros não cessassem as buscas. Jamais poderiam imaginar que alguém poderia ser sequestrado em meio a uma praia repleta de turistas e surfistas, ainda mais em um país acima de qualquer suspeita.

Yeva era uma mulher linda, com corpo fortalecido pelos treinos de musculação. Tão perfeito que muitas vezes era convidada a estrelar as suas próprias campanhas publicitárias, principalmente naquelas em que as atrizes deveriam usar roupas mais curtas, mostrando as pernas ou de biquíni. Mesmo após muita insistência dos clientes, ela conseguia esquivar-se, dizendo ficar lisonjeada, entretanto jamais confundiria as coisas, porque gostava de trabalhar na produção dos vídeos e que existiam mulheres lindas para estrelarem as campanhas. Era uma publicitária ucraniana radicada na França há oito anos e bastante conhecida da mídia e das grandes empresas francesas.

Pediu para que Isaac cuidasse da viagem e dos trâmites legais para o registro da filha, pois desejava terminar o seu tratamento em Lyon, onde tinha a sua residência e ali ela estaria um pouco próxima aos seus pais.

Isaac ajudou a desmantelar uma grande rede de sequestro de mulheres e tráfico de bebês. Era difícil acreditar que pessoas tão ligadas a ele estavam diretamente envolvidas naquele esquema. Seus pais agora estavam protegidos de qualquer eventual ataque e ele trazia uma aflição diferente em seu coração. Olívia aninhou-se perfeitamente no colo de Yeva, que apesar de ter sofrido uma gravidez indesejada, demonstrou todo o amor que uma mãe poderia oferecer. Olívia a sentiu como mãe, desde o primeiro contato. Isaac era o pai biológico e isso lhe dava condições para lutar pela menina. Todavia, não era somente a filha no colo da mãe que o atraia. A presença forte de Yeva o encantava de uma maneira diferente de tudo o que ele já havia sentido por qualquer mulher.

— Você precisa saber que eu e as outras moças não somos viciadas como os agentes da Polícia Federal imaginavam. Eu estava no país a turismo e fui sequestrada, na praia em Surfer's Paradise, enquanto surfava. Eles me mantiveram sedada durante todo o tempo.

— Isso foi uma tragédia para todos nós.

— Eu sou ucraniana, de Kiev, moro e trabalho em Lyon. Sou publicitária e tenho a minha própria agência.

— Preciso dar um depoimento ainda hoje e provavelmente vou saber mais sobre o que aconteceu.

— Eu não quero mais permanecer aqui. Quero voltar imediatamente para Lyon. A minha filha virá comigo.

— Desde quando você a pegou em seus braços, eu senti que não seria diferente. Vocês duas têm os mesmos traços e ela se afeiçoou em seu colo, como se nunca tivesse saído daí. Entretanto, eu não posso deixar que ela vá com você agora.

— Eu a carreguei em meu ventre e fomos separadas logo que ela nasceu, fazendo com que eu me sentisse mutilada. Ela nem chegou a ser colocada em meus braços e eu pensava nela em cada minuto dos meus dias.

— Eu espero que você entenda o nosso desespero. Nos foi apresentada uma mãe com problemas com as drogas que não queria ter a filha. Ela era uma atriz e tudo foi planejado por pessoas que viviam ao meu lado.

— Eu não quero julgá-los, entretanto jamais abrirei mão da minha filha.

— Pedi para que ninguém falasse com você antes porque queria que soubesse por mim toda a verdade. É uma longa história.

Isaac teve o seu tempo para explicar toda a linha do tempo, começando desde quando conheceu Harry e finalizou com aquele momento, em que a mãe estava com o rosto colado ao da filha, ao qual referiu-se como "o momento mais lindo da minha vida" chamando a atenção de Yeva.

— Depois de contar-lhe toda a história, acho que fica mais fácil compreender que nós dois somos vítimas.

— O que você está me dizendo?

— Às vezes tudo isso me parece uma trama do destino e que tinha que acontecer exatamente dessa forma, para que...

— Você é o pai da minha filha?

— Sim. Durante muito tempo eu fui induzido a acreditar que era estéril e agora sou grato por Olívia ter os meus genes. Tudo foi arquitetado para que eles se apoderassem do que a minha família construiu.

— Por que você tentou invadir a clínica?

— Eu não poderia deixar a mãe verdadeira da minha filha encarcerada e sofrendo. Eu jamais me perdoaria.

— Você teve muita coragem em agir sozinho, mudou toda a história de nossas vidas e salvou a todos nós. Olívia seria para eles apenas a garantia de se manterem nessa máfia.

— Tem outra coisa que você precisa saber. A Olívia tem uma doença hereditária, que faz que ela perca gradativamente a sua visão e existe a possibilidade de perdê-la por completo. Você precisa fazer um exame para verificar se você carrega esse gene mutado.

Yeva olhou para a filha, sem conseguir conter as suas lágrimas, que representavam o seu sofrimento instantâneo ao saber do seu problema. Olívia esticou o braço e tocou no rosto da mãe, sorrindo, talvez procurando aliviar o sofrimento da sua mãe. Yeva a beijou exatamente entre os olhos, trazendo-a o mais próximo possível de si e de olhos fechados sentiu o cheiro de vida. Internamente ela prometeu que lutaria com todas as suas forças para que a filha jamais perdesse qualquer emoção, desejo ou conquista.

— A mesma doença que fez com que meu avô não pudesse me ver. Eu não deixarei que minha filha sofra porque eu estarei ao seu lado em cada momento de sua vida.

Isaac comparava as atitudes de Ruby e Yeva ao saberem que a filha poderia perder a visão e a diferença representava o verdadeiro amor de mãe.

— Eu também não vou continuar aqui. Estou voltando para Zurique. Gostaria muito que você viesse comigo e com a Olívia.

— Você quer dizer para a sua casa?

— Sim. Moramos com meus pais. Posso pedir para prepararem um quarto para você ficar com ela. Eu não consigo mais imaginá-la longe de você.

— Pode ser o melhor. Não quero entrar em uma disputa judicial contra você pela guarda dela. Me lembro de você me dizendo quando me salvou que eu tinha uma filha linda e que ela precisava de mim.

— Eu não posso ficar longe dela e não quero que ela fique longe de você.

Dois dias depois, os três chegavam em solo suíço. É certo que não era uma relação familiar, mas havia olhares cruzados de amor, cumplicidade, preocupações e não por acaso, o olhar que transmitia paz, era o de Olívia. Isaac entregou os documentos para averiguação, ao mesmo tempo em que admirava os cuidados de Yeva com a filha, agasalhando-a, preocupada com a grande diferença de temperatura, desde a saída em Camberra e a chegada a Zurique. Isaac conduziu Yeva com a mão em seu ombro. Seduzida, ela estava gostando de ser cuidada, com tanto carinho e delicadeza, como nunca havia tido antes.

— O carro já está à nossa espera.

O caminho do aeroporto até a mansão foi marcado por poucas palavras e quase todas eram em referência à filha. Yeva fechou os olhos e tocou a filha com a ponta do seu nariz, sentindo aquele cheiro bom do amor maior do mundo, que divide a vida em outra vida. Então, ao se aproximarem do portão, ela disse algumas palavras que ficariam marcadas profundamente na lembrança de Isaac. Pensou em envolver as duas em um só abraço, mas acanhou-se e apenas respeitou o momento de mãe e filha.

— A única coisa que me acalmava e me trazia de volta à vida, enquanto estava presa, era a lembrança do seu cheiro. Era só eu fechar os olhos e ele vinha me pedir pra viver. Então eu ficava de olhos fechados durante muito tempo e daria a minha vida para senti-lo novamente, nem que fosse só mais uma vez. É estranho, porque eu não a tive em meus braços e mesmo assim eu sentia esse cheiro. Apesar de tudo, eu nunca imaginei que a minha gravidez fosse indesejada. Como eu quis que você viesse até mim, minha menina linda.

Os pais de Isaac estavam aterrorizados com toda a história que havia se passado em Camberra. Orientados pelo filho, que ainda estava preocupado com a ameaça de morte dos pais, pediu que ficassem por algum tempo sem sair de casa e reforçassem a segurança, pelo menos até a sua chegada. Também foram preparados para a recepção de Yeva, a verdadeira mãe de Olívia. Durante as conversas com os pais, em várias ligações, não poupava elogios, despertando suspeitas dos pais em relação aos seus sentimentos pela moça. Esse encanto também se apossou deles na convivência com ela e na essência da sua maternidade. Ela era envolvente e encantadora, assim como a filha.

Os pais e os amigos de Yeva foram convidados a passar alguns dias com eles na Suíça. Eles, que já haviam perdido as esperanças de encontrar a filha viva, agora não viam a hora de poderem reencontrá-la, depois de quase onze meses do seu desaparecimento. Yeva preferiu contar toda a história pessoalmente, principalmente porque eles ainda não sabiam sobre a neta. Enquanto estava encarcerada e drogada, ela podia ver nitidamente a imagem dos pais inconsoláveis, imaginando terem perdido a filha por afogamento. Isaac contratou um jato para buscá-los na Ucrânia, no dia seguinte em que partiram da Austrália. Foram dias marcados pela intensidade de sentimentos que a unia à sua família e amigos. Depois de uma semana envolta ao amor de todos, eles partiram.

Yeva passeava com a filha várias vezes ao dia pelo imenso bosque, entre pequenos animais silvestres, pássaros e insetos. Assistir as duas passeando pelo jardim, onde a mãe ensinava a filha a associar os sons às cores e às imagens que já não se formavam mais de maneira tão perfeita, era apaixonante. Suas explicações sempre vinham acompanhadas pelas músicas, cantadas em ucraniano pela mãe e pelo sorriso exposto da filha. Conscientemente, preparava a filha para vida, extrapolando os outros sentidos, descrente que pudesse ser encontrada uma cura para a perda da sua visão. Era difícil acreditar que toda a história aconteceu em um país com níveis de criminalidade tão baixo. Todavia, era impossível que os pais e amigos não se encantassem pela menina que alegrava a todos.

Olívia era preparada para não ceder às intimidações e constrangimentos que outras pessoas e a própria vida pudessem lhe impor. Muitas vezes, a mãe criava as letras das músicas falando sobre sabedoria, felicidade e jamais desistir dos seus desejos. A sua bela voz fazia a criança voltar-se para trás do ***sling*** de tecido que a prendia ao colo da mãe, tocando em sua boca e em seu pescoço para sentir os movimentos dos seus lábios e a vibração de suas pregas vocais. As sensações eram tão nítidas que a sua felicidade dispensava colocar a prova o despertar para a vida.

Olívia era uma criança muito ativa e já nos primeiros passos demonstrava superar as suas dificuldades com destreza. Sempre buscava o caminho do bosque e dos pequenos animais. Os cães da casa foram obrigados a deixar o hábito de odiar os gatos porque a menina os amava e para permanecerem perto da menina tiveram que conviver com todos os gatos ao seu lado. Desde pequena algumas rotinas das pessoas, animais e tudo ao seu lado foi mudado, não por exigências, mas pela atração de permanecerem ao seu lado que ela involuntariamente criava. A todos os animais ela despendia os melhores cheiros e toques.

A sua fala era convicta e cheia de razão. Desde muito cedo aprendeu a dizer que seria médica de animais, um desejo que era incentivado pelos pais e pelos avós. A palavra veterinária ainda lhe saia um tanto quanto mascada de sua boca e isso nada tinha a ver com indecisão quanto à busca de seu futuro. Apesar das suas limitações visuais, assim ela crescia, acelerando a rotina e a vida de todos ao seu redor. Dizia que a sua vida seria vivida para os animais de todo o mundo.

Isaac e Yeva agora estavam juntos e apaixonados, unidos por um caminho inverso. Isaac a amou desde a primeira vez em que percebeu o mesmo formato do rosto da filha naquela linda mulher. Porém, mais do que isso, ele se sentiu atraído a salvá-la quando compreendeu a verdade sobre o perigo que ela corria. Não foi difícil também para que Yeva perdoasse e se entregasse ao amor. Amavam-se diariamente pelos cantos da casa, enquanto os pais se divertiam com a menina. Não demoraram a se casar.

Desde pequena, ao adormecer tinha sonhos que lhe proporcionaram um amadurecimento precoce, sempre compartilhados primeiro com seus pais e posteriormente com seus avós. A presença constante de um senhor chamava a atenção de seus pais, porque eles não conheciam ninguém que se encaixasse nos relatos da filha. Em seus sonhos, quase diários, ele a conduzia para ver os animais em várias partes do mundo. Impressionavam-se ao acordá-la ouvirem contar sobre as suas viagens, mas nada tão relevante quanto à primeira vez, onde perceberam que a menina deveria ter alguns dons especiais.

— Hoje o meu amigo me levou até a África. Disse que era perto da casa em que ele morava quando ainda era criança. Vocês acreditam que foi a primeira vez em que ele foi até a floresta visitar os gorilas da montanha e o velho Nyiragongo?

— Você sonhou com gorilas?

Yeva imediatamente demonstrava estar assustada.

— Não foi um sonho. Ele veio me buscar. Os gorilas são gigantes e eu brinquei com os filhotes. A mãe de um deles me tratou com muito carinho e amor, diferente de como os seres humanos tratam os seus filhos. São animais bons, como todos os outros que conheci.

— Quem é esse seu amigo?

— Ele se chama Buhba. Depois de brincar com os gorilas, fomos ver o “velho” Nyiragongo, como ele chamou o vulcão, um grande lago de fogo. É maravilhoso e eu não tive medo.

— Vamos descer para tomar café da manhã, porque somente os sonhos não alimentam uma menininha que está crescendo muito rápido.

— Não foi um sonho. Os gorilas são engraçados quando soltam gases enquanto comem.

Os pais entreolharam-se, compartilhando da mesma curiosidade pela alegria da filha logo ao acordar. Ela sempre acordava radiante, mas naquele dia estava ainda mais.

Yeva servia o café para Olívia ao perceber o olhar aflito de Isaac mexendo em seu celular.

— O que aconteceu? Algum problema na empresa?

— Não. É uma outra situação que você precisa ver.

Isaac entregou o celular nas mãos da esposa enquanto assumia os cuidados com a comida da filha. O rosto de Buhba aparecia nas pesquisas como um dos escritores mais lidos em todo o mundo e destacado na mídia como vencedor de um Prêmio Nobel de Literatura. Há alguns anos ele simplesmente havia desaparecido.

— Por favor, termine de servi-la.

Yeva aumentou o volume para assistir uma de suas entrevistas. Olívia era muito segura nas suas falas e havia muita afinidade entre as palavras que ela usava nas suas frases bem estruturadas e as falas daquele senhor, com centenas de livros figurando entre os mais lidos em várias línguas, em todo o mundo.

— É a voz dele. Você está vendo o Buhba?

— Sim. Você também assistiu a algum vídeo dele.

— Não. Já disse que viajamos até a floresta porque ele sabe que eu amo os animais.

Yeva devolveu o celular para Isaac, que filtrou a procura na pesquisa dirigida para Nyiragongo, encontrando vários vídeos. Então ele virou o celular e mostrou para a esposa, acreditando que ela tinha assistido a algum vídeo postado.

— Se alguém quiser ver uma girafa ou qualquer animal selvagem, precisa ir até a África, não a um zoológico. Eles não querem estar presos se oferecendo para serem vistos em uma jaula, assim eles se escondem, mas para as girafas é um pouco mais difícil.

A sensação de liberdade que ela tinha no bosque e em suas escapadelas deveria ser sentida pelos animais, dentro do seu ambiente natural, sem privá-los da sua liberdade somente para nutrir um desejo humano de conhecê-los. Isso poderia ser conseguido por outros meios. Já não cabia mais, nos aproximando de meados do século 21.

Ainda, aos seis anos, tinha as suas primeiras aulas de braile e aos oito pedia para ler os livros editados para pessoas com deficiências visuais. Adorava ler desde muito pequena. Era comum a mãe, ao procurá-la, ir encontrá-la no bosque lendo seus livros rodeada pelos esquilos, pássaros e borboletas. Era a sua vitória particular de cada dia, praticar a sua autossuficiência. Yeva tentou se aproximar por várias vezes sem ser percebida para assistir às atitudes de sua filha. Mas ao menor descuido era percebida a sua presença.

— Meus amigos, agora gostaria de ler a próxima estória para a minha mãe que está nos observando a quatro ou cinco árvores atrás de nós.

Ao apontar para a direção onde estava a mãe, ela impressionava não somente à mãe, mas principalmente aos animais que corriam para se esconder, após perceberem a sua presença. Ela sempre se divertia dizendo-lhes a mesma frase, caindo na gargalhada.

— Não precisam temer a minha mãe. Vocês já a conhecem desde quando eu era bebê e vinha passear com ela.

Os pais estavam muito felizes pela sua alegria em viver, superando com facilidade as dificuldades que a vida insistia em lhe oferecer. A perda da visão forçou a busca para suprir com urgência a supervalorização dos outros sentidos, de forma que esses pudessem lhe proporcionar experiências muito superiores ao que outras pessoas poderiam imaginar.

Olívia se destacava na escola, onde sempre era elogiada pelos professores, pelas suas atuações em pequenos debates na defesa de suas ideias. O seu conhecimento sobre os animais e a geografia que os envolvia extrapolava em muito os conhecimentos dos professores, por vezes deixando até mesmo os de níveis superiores de ensino, de boca aberta e sem explicações. A sua luta era para que todos conhecessem a realidade dos animais que estivessem às margens da extinção da sua espécie, tanto quanto àqueles que serviam como produtos alimentícios como destino ou para testagem de produtos de beleza e higiene.

A avó foi a primeira a acompanhar a neta em seus ideais,

"respeitando a vida dos animais" como ela pedia. Logo depois, os pais também se renderam à "liberdade dos maus hábitos", como ela às vezes chamava a ingestão de proteína animal. Somente o avô insistia na dieta rica em proteína animal e gorduras. O encantamento com a menina era tão grande que muitos se dispunham ao desafio de mudar os seus hábitos possibilitando que animais deixassem de morrer para satisfazer as necessidades humanas. Assim, também aconteceu com alguns funcionários da mansão que conviviam muito do seu tempo com a menina.

A sua sabedoria era inspiradora para várias pessoas de todas as idades. Assustava aos pais as suas redes sociais estarem entre as mais seguidas em todo o mundo. Gravar vídeos no bosque rodeada pelos seus companheiros que pareciam brigar entre si para aparecer, era encantador aos olhos, não somente de crianças, mas abrangia uma grande diversidade. Os pais, na ineficiência de tentar impedi-la, passaram a ajudar na edição dos seus vídeos e ao perceber a eficiência na conquista de resultados da luta da filha, a mãe passou a utilizar as suas habilidades em marketing para ajudá-la.

Certo dia, no jardim de casa que ficava em uma estufa cercada de vidro, a menina caminhava sentindo a mistura de cheiros de flores, ouvindo alguns zumbidos de abelhas, quando percebeu um barulho estranho.

— Mamãe, que barulho é esse?

A mãe disparou simultaneamente às suas palavras, o movimento de gatilho que borrifava um líquido sobre as flores e suas folhas.

— Estou colocando um pouco de repelente para afastar as pragas.

— O que são pragas?

— São insetos e larvas que comem as plantas.

— Sempre me falou que ama estar entre flores e borboletas. Mas, para que elas estejam por perto é preciso alimentar as suas larvas. Por que não plantamos algumas folhas de verduras que elas possam saborear mais do que as das flores? Assim estaremos entre as flores e borboletas sempre.

— Meu amor, você tem toda razão. Como aprendeu essas coisas sobre plantas?

— Uma índia me ensinou.

A mãe imediatamente tirou o dedo do gatilho que afastava a presença de insetos, que deixavam seus ovos para eclodirem. As larvas que cresciam rapidamente se fartavam no banquete que as plantas lhes ofereciam. Ela tinha toda razão em oferecer-lhes verduras para garantir as flores. Estar ao lado da filha era um aprendizado constante. Assim que cruzaram com o jardineiro a filha ouviu a mãe lhe entregar o pequeno equipamento.

— Senhor Levi, gostaria de lhe pedir para não mais utilizar os repelentes em nossos jardins.

— Mas as larvas vão exterminar as flores porque elas comem sem parar durante todo o dia.

— Elas comem o dia todo porque querem voar logo para embelezar o jardim. O senhor pode plantar algumas verduras ao lado delas. As larvas vão adorar o banquete e deixarão as flores lindas e cheirosas. A minha filha acabou de me ensinar essa bela lição.

Poucos anos mais tarde, ao editar um vídeo no celular da filha, Yeva descobriu que havia um aplicativo que redigia o texto pelo comando de voz. Já no início da sua leitura, levou a mão até a boca, enquanto os seus olhos deixavam rolar algumas lágrimas de emoção. A menina nunca havia comentado nada sobre a escrita de um livro com qualquer membro da família.

— Minha filha, o que é isso?

Ao ouvir a voz falhada da mãe, antes de responder, emendou uma outra pergunta.

— Por que está chorando?

— Você me oferece uma sequência tão grande de emoções que ainda vão me matar de tanta felicidade.

— Não quero que fique mal.

— Eu sei, minha filha. Só quero dizer que o livro que você está escrevendo é a coisa mais maravilhosa que eu já li em toda a minha vida. Mas você precisa nos contar tudo o que está fazendo, não por desconfiança ou repressão, mas para nos dar a oportunidade de nos orgulharmos dos seus feitos. Seu pai e seus avós devem ter o direito de acompanhar o seu caminho, que certamente será de muito sucesso. Então, Yeva abriu uma página aleatória e a leu em voz alta, percebendo dois pequenos camundongos se aproximarem, enquanto lia. Já não mais se assustava com a presença dos pequenos animais que se aproximavam da filha a todo tempo.

A mente humana parece se distanciar dos outros animais que lutam pela sobrevivência em seu próprio habitat. Parecem estar sempre arquitetando meios para que a extinção de certas espécies seja apressada.

— Isso é tão perfeito, tão antigo e tão atual, porque é uma urgência que parece tornar-se eterna e a vida parece nunca evoluir a esse ponto.

— Mas um dia chegaremos lá. Falta menos do que imaginamos.

— E quem são esses dois?

— Luke e Lea. Eles são um casal e não se largam porque existe um amor muito forte entre eles. Como no filme antigo dos Jedis, em *Star Wars*.

— Entendi. Então quer dizer que logo teremos mais desses?

— Isso depende deles.

A menina sorria docemente. Havia desenvolvido tanto os seus sentidos que se negou a fazer a cirurgia para implante de um aparelho conectado diretamente ao córtex cerebral, responsável por receber as imagens de uma câmera acoplada a óculos. Segundo os especialistas, era a única chance que ela tinha para voltar a ver. Os pais tentaram mudar os seus pensamentos sobre poder enxergar através desses aparelhos tecnológicos. Porém, a menina tinha medo de perder tudo o que havia conquistado através dos outros sentidos.

Olívia passou a projetar outros livros. Além da defesa dos animais, não aceitava as diferenças, os preconceitos e a não aceitação da diversidade. Encarava todas as formas de violência como as mais desprezíveis ações humanas e não se conformava com qualquer forma de poder que oprimia os mais fracos. A sua fala era forte demais e em nada lembrava a pequena menina que editava através da sua voz aqueles livros.

Foi muito específica ao expor as suas ideias sobre as guerras. Tratou como covardes os presidentes e generais que comandam exércitos no refúgio de suas mesas. Os enfrentamentos entre países pela expansão territorial, não aceitação das crenças e ideais políticos, onde crianças, jovens e famílias inteiras eram submetidas aos infortúnios das guerras, não poderia ser admitido. Ouvia as conversas entre a sua mãe e seus avós, sempre preocupados com as ameaças que constantemente rondavam a fronteira ucraniana, sob a ameaça russa.

Capítulo 7

O NOVO LAR

Yeva estava muito feliz vivendo ao lado do marido e sua família na Suíça. Tinha a vida que jamais havia sonhado ter, apesar de sentir saudades dos pais, dos amigos e do trabalho, ao qual não havia voltado depois de libertada do cativeiro na Austrália. Sua maior paixão era a filha, que crescia dando lições de determinação e amor pela vida, não somente a sua, mas estendida a todos os seres vivos. Contrariando todas as dificuldades que a falta da visão pudesse lhe impor, ela buscava a sua liberdade e autonomia.

Olívia desde a sua infância havia sido criada para afastar as suas limitações, melhorando as suas habilidades e extrapolando as possibilidades que os outros sentidos poderiam lhe prover. A sua autoestima era fruto de sua determinação e desejo de superar sempre os seus limites. A mãe estava sempre por perto, induzindo-a a conquistar pelo seu próprio esforço todos os seus desejos. O pai, ainda que um pouco mais distante por causa do trabalho, colaborava na busca da incrível força interna que ambos sabiam existir em sua filha. Simplesmente se destacar nas atividades escolares e esportivas, já não os surpreendia mais.

A música passou a fazer parte da sua rotina diária a partir dos seis anos de idade, e desde que começou a fazer aula de piano, sentia a música como uma de suas confidentes nos momentos de angústia. Mesmo em tempos tão modernos, por vezes ainda se sentia excluída de algumas rodas de amigos, porque o preconceito tão combatido durante tanto tempo, ainda rondava as escolas e principalmente o coração das pessoas que insistiam em desacreditar na beleza da diversidade.

Tinha como meta colocar a alegria sempre à frente de todos os seus problemas. A mãe, quando entre seus amigos, dizia que a filha estava extremamente feliz na escola, onde era bem recebida pelos colegas. Acreditava ser assim, ouvindo a menina dedilhar o piano e cantarolando músicas que ela mesmo fazia. Nessas letras, ela mencionava nomes de outras crianças, falando sobre amizade, amor e companheirismo. Os pais jamais poderiam imaginar que aquelas letras infantis elevando as amizades, eram feitas justamente com os nomes das crianças que praticavam o *bullying* contra ela. Na verdade, a música era uma forma de perdoá-las interiormente e pedir pela mudança de atitudes, evitando deprimir-se. Por vezes, a mãe estranhava, enquanto gravava as músicas que a filha cantava, terminando com frases dizendo que os entendia e que confiava nas mudanças.

Além de falar francês, a língua mais utilizada na escola, Olívia já falava fluentemente o inglês e o ucraniano, dos países de origem dos seus pais, que ela fazia questão de falar muito bem. Certo dia, Olívia pediu que a mãe lhe mostrasse suas fotos antigas. A mãe conduzia os dedinhos da filha pela foto, descrevendo-a, em um misto de sensações e emoções, através do toque, da fala e da intuição, sobrepostos, surpreendendo pela compreensão e sincronia. Conversavam, como se ambas estivessem *in loco*, contextualizando as vivências dentro das paisagens.

— É tudo tão simples e tão maravilhoso.

— Sim, minha filha. Representam o cheiro e a essência da minha infância e da minha vida.

— Você não tem vontade de voltar a morar na Ucrânia?

— Sim, minha filha! Eu saí ainda muito jovem para trabalhar na França, mas sempre tive muita vontade de voltar a morar no país que eu tanto amo.

— Por que não podemos morar lá por algum tempo?

— Nós nunca cogitamos essa possibilidade, porque a empresa é aqui na Suíça. Seu pai também deve ter saudade de morar na Inglaterra, o país de origem dele.

— Se ele também tem saudade, por que não moramos um pouco

em cada país? Aí ficaríamos todos felizes.

— Tenho certeza de que seus avós também gostariam de voltar a viver na cidade em que ambos nasceram.

— Sim. Eles sempre falam muito de Londres, a minha cidade de batismo.

— Você consegue se lembrar de Londres?

— Tenho muitas imagens em minha memória. Me lembro de andar nas ruas com você e papai segurando minhas mãos e daquele ônibus vermelho. Eu olhava para vocês e podia ver a felicidade em seus rostos. A mesma felicidade que eu sinto quando toco em vocês.

— Temos ótimas recordações porque formamos uma família muito feliz.

— Mas ainda vivemos em função da empresa. Talvez esteja na hora de viver um pouco mais a vontade de vocês do que fazer os negócios crescerem mais.

As lembranças de Yeva a levaram a um fato ocorrido há duas semanas atrás, quando ela e os avós acompanharam Olívia no concerto da Bachiana, na Casa da Ópera, em Zurique. Dentre todos os compositores eruditos, o que mais a encantava eram as obras de Bach, principalmente por causa da determinação do maestro brasileiro, João Carlos Martins, e ela não quis perder a oportunidade de ouvi-lo em sua cidade. Isaac chegou quando a orquestra finalizava a sua apresentação, enquanto Olívia guardava o seu lugar ao lado dela, como sempre fazia, dizendo que ele sempre estaria ao seu lado, em desejo e espiritualmente. A filha sentia a falta do pai, tanto quanto ela sentia do marido.

Nesse exato momento, Olívia sentiu o pai se aproximando, novamente atrasado para o jantar. As exigências do trabalho, em reuniões e viagens, sempre o faziam chegar depois dos horários marcados. Mary, depois de algum tempo havia se acostumado aos atrasos de Willian, assim como Yeva tentava se acostumar aos de Isaac, mas não Olívia, que sempre cobrava a presença do pai. Willian, já havia deixado a empresa nas mãos do filho, em quem confiava plenamente.

— Olá, papai!

— Oi, meu amor! Tudo tranquilo no trabalho?

— Na empresa, sim, mas gostaria de saber qual o assunto que vocês estavam conversando.

— Sempre curioso a respeito de nossas conversas.

Yeva respondia rindo, enquanto assistia Isaac apertando a filha em um abraço que logo se estenderia até ela também, envolvendo os três naquele laço de amor.

— Não é nenhum segredo. Estava falando para ela que deveríamos aproveitar mais a vida. Não tem porque morarmos na Suíça, se todos queremos estar em Londres ou em Kiev.

— E como você chegou a essa conclusão?

— Bem. A vovó e o vovô só falam do passado deles em Londres, onde viveram a maior parte de suas vidas e a mamãe também tem direito de ter saudade da cidade que ela ama.

— Você não está errada. Mas a empresa consome muito do meu tempo e desde que eu assumi a presidência a minha responsabilidade é muito maior.

— Entendo que você é muito focado no seu trabalho e eu o admiro muito por isso. Mas pense e me responda depois do banho: essa é a sua felicidade?

— Pelo menos você não exigiu uma resposta imediata. Então, vou tomar o meu banho e pensar a respeito.

A mãe apenas olhava para o pai, que tentava se desvencilhar daquele abraço. Ambos sabiam que o pensamento da filha, não era induzido por ninguém. Ela era sempre assim, direta e certeira em suas reflexões e ponderações, pegando as pessoas desprevenidas para as suas verdades.

No banho, Isaac deixava a água quente, que vinha de uma ducha forte, escorrer-lhe pelo corpo, massageando-o desde a cabeça até os pés. A filha não se destacava apenas nas atividades escolares, mas era também uma excelente conselheira, fazendo-o perceber que a vida estava passando rápido demais, e o seu tempo já não era mais tomado pelas coisas que mais lhe davam prazer. Muitas vezes chegava em casa e a filha que o esperava, logo adormecia, cansada por todas as atividades que lhe consumiam o dia. Além da filha, havia a esposa, o verdadeiro amor da sua vida, que ele desejava a todo instante. O tempo era cúmplice e algoz da sua vida.

Superando todas as dificuldades, Olívia logo estaria em alguma das melhores universidades de veterinária do mundo. As suas limitações visuais, não ousariam lhe imputar limites geográficos porque ela conseguia perfeitamente ajustar as suas habilidades para conduzir a sua vida. Ela seria a melhor médica de animais, como desejou desde pequenina e os seus pensamentos não mudaram com o passar do tempo. A música, companheira dos melhores momentos de sua vida, ficaria em segundo plano. Logo ela estaria longe da família e o tempo não seria gentil com ele, talvez lhe retribuindo com o mesmo descaso pela ausência, que ele mesmo havia escolhido.

Naquele dia o seu banho foi mais demorado, refletindo exatamente sobre o tempo perdido, despertando a reclamação dos pais, por atrasar ainda mais o jantar. Willian tomou a frente.

— Por que tanta demora, meu filho? O atraso no trabalho é considerável, no entanto quase quarenta minutos para um banho já é demais.

— Não foi nada demais, estava apenas pensando na vida.

Yeva, olhou para ele já sabendo que a sua reflexão estava voltada para a fala da filha. Ela tinha a voz doce, entretanto como uma força incrível para abalar uma estrutura tão forte como a de seu pai.

— Como assim, meu filho? O que está havendo?

Mary agora demonstrava a sua preocupação, acreditando ser alguma extensão dos problemas da empresa, que ele tentava evitar que chegasse até o patriarca.

— Depois que cheguei, tive uma rápida conversa com essa sábia menina, a grande conselheira da minha vida.

— E o que essa menina lhe trouxe de tão especial?

A avó, que estava sentada à mesa ao lado de Olívia, perguntou ao filho, já a puxando a neta para um longo abraço, sem imaginar o peso de sua cobrança.

— Ela sempre me faz pensar em como é bom estar ao lado da minha família e aproveitar melhor o meu tempo e aproveito para dizer que vocês são tudo pra mim.

— Era isso? Que lindo!

Mary insistia, tentando arrancar algo a mais.

— Parece pouco pelo tempo que aguardamos.

— Acha pouco?

— Não exatamente. Só me parece um pensamento tão natural. Se era isso, vamos jantar.

— Antes quero fazer um brinde.

Olívia adorava os brindes e foi a primeira a pegar a sua taça com água para seguir o pai. Então, todos tocaram as taças e depois de um breve silêncio, enfim ele se pronunciou.

— Ao tempo, o grande mentor das nossas decisões.

Isaac proferiu algumas palavras que ecoaram mais forte em Yeva e Olívia. Willian olhou desconfiado para o filho, enquanto Mary, olhou para a funcionária, esperando que ela a servisse. Olívia se levantou e caminhou até o pai e lhe beijou o rosto, surpreendendo-o com duas palavras.

— Sábia decisão.

Isaac olhou para os olhos apaixonados de Yeva e depois para os olhos assustados do pai. Olívia compreendeu, que a partir daquele momento teria o pai mais presente em suas vidas.

Dois dias depois a filha apresentava o seu projeto de vida na escola. Era um dia de simples apresentações dos vídeos por eles produzidos, aberto para os pais. Na apresentação do seu projeto, incentivada pela professora, tocaria piano na abertura, já que ela tinha a música como uma de suas principais motivações e alegrias. A mãe estava sempre presente em todas as suas passagens pelas várias etapas da escola. O pai que havia participado eventualmente das primeiras confraternizações da turma, agora pouco tinha disponibilidade, mas nunca deixou de ser sincero com a filha, avisando sobre as suas dificuldades e quase sempre uma reunião internacional atrapalhava seus planos familiares.

Desta vez estava decidido. Dispensou a reunião com os investidores japoneses que pretendiam injetar valores elevados na empresa, em cima da hora, adiando assim a decisão de um grande projeto. Pelo aplicativo de conversas, enviou uma mensagem para a esposa, que logo foi respondida.

— Hoje eu decidi que minha família está acima de tudo. Quero vê-la tocando na escola. Cancelei a reunião com os investidores.

— Não precisa. Hoje é somente para os alunos da sala.

— Não importa. Preciso vê-la. Te amo.

— Sabia que as palavras dela tinham deixado você pensativo. Também te amo.

Chegando na escola, Isaac entrou correndo, sem se identificar na portaria, fazendo com que o senhor Louis que estava atendendo uma mãe, assustado corresse atrás dele. Isaac só parou após quase atropelar a diretora Laura.

— Senhor Isaac, é você. Por que não parou?

— Eu perdi tantas apresentações da minha filha que não admitiria me atrasar.

O senhor Louis, era o mais velho funcionário da escola e aquela corrida fez com a sua frequência cardíaca e respiratória se elevassem rapidamente. Com dificuldade para falar, enquanto buscava o ar, ele foi acalmado pela diretora.

— Louis, pode deixar. Eu o acompanho até o anfiteatro. Tome uma água e descanse um pouco.

— Senhor Louis, vamos treinar mais essa corrida.

Isaac arrancou um sorriso de Louis que estava com o tronco abaixado, para melhor buscar o ar.

— Tudo bem. Mas da próxima...

— Louis, está tudo bem! Pode se acalmar.

— Você ri, Isaac? Ele poderia ter um enfarto.

— Não. Ele é forte. Só precisa se condicionar melhor.

— Essa seria apenas uma apresentação para a turma da Olívia. No entanto, a pedido da professora, estendemos para as outras salas, justamente pela beleza da apresentação dela. Ela é um encanto de menina e nós nos orgulhamos muito em tê-la em nossa escola.

— Me acompanhe. É melhor nos apressarmos porque elas já devem estar se preparando.

— Claro! Não vou me atrasar nunca mais.

— Ela vai ficar muito feliz.

Ao aproximar-se da entrada do anfiteatro, o pai pôde vê-la usando o vestido branco que havia provado há dois dias em casa, quando apareceu no quarto, linda. Estava a mais ou menos uns quinze metros de distância, com muitas crianças sentadas entre eles. Depois de ajustar confortavelmente a banqueta à sua altura e a distância do piano, Olívia se preparou para tocar *O Carnaval dos Animais*, do compositor francês Camille Saint-Saëns, para dois pianos, que ela fez questão de tocar em dupla com a sua professora de música da própria escola, acompanhada por Ellines no contrabaixo.

Assim que dedilhou as primeiras notas, a menina parou repentinamente, para espanto da professora, que sempre elogiou a sua segurança e desenvoltura, porém logo compreendeu que não era insegurança, mas sim mais uma lição sobre sentimentos extrapolados à sua alma. Não seria possível de outra forma perceber a presença do pai ao fundo do auditório escuro, em meio a tantas crianças. Ela levantou-se, olhou justamente para a direção de seu pai e disse.

— Eu dedico essa canção ao meu pai, que nunca esteve ausente nas minhas apresentações porque sempre esteve em meus pensamentos. Minha mãe, minha luz. Meu amor maior pra vocês.

Yeva estava sentada na primeira se virou para trás à procura do marido. Isaac chorava copiosamente em meio às crianças que seguiam com os olhares a direção riscada pelo spot de luz que o procurou ao fundo até encontrá-lo. Olívia sentiu a sua presença e as suas palavras eram o conforto e o perdão pela sua ausência durante tanto tempo. Depois de aplaudido pelos alunos, uma criança que estava ao lado de Yeva, levantou-se e foi buscá-lo para sentar-se ao lado da esposa. Isaac, ainda chorando, agradeceu à menina, que tinha a idade de sua filha.

Ela se ajeitou novamente na banqueta e uma lágrima que escorria pelo seu rosto, acompanhada por um longo sorriso, foi a deixa para a professora ao seu comando começar a tocar. O vídeo gravado ao fundo exigia sincronia de atos e foi ideia da própria Olívia, colocando um grau a mais de dificuldade e de beleza naquela apresentação. Olívia tocava com desenvoltura de uma grande pianista, segura e delicada ao mesmo tempo, sem nenhuma falha. Ao final, foram aplaudidas de pé por todos os presentes. Depois de receber os aplausos, conversou com a professora e pediu para tocar mais uma música. *Moonlight*, de Beethoven, era a música que o pai gostava de ouvir ao lado de sua mãe, apreciando o luar e a brisa das noites de verão. Foi um dia de surpresas inesquecível para os três.

— Isso poderia acontecer mais vezes com você e com a mamãe juntos.

— Quem sabe isso esteja próximo de acontecer. Tenho pensado bastante nisso e vocês duas são as responsáveis por essa mudança.

— Que bom que está me incluindo nessa história, porque eu já estava me sentindo rejeitada entre vocês. Desde a dedicatória da música.

— Mamãe, disse que você era a minha luz. Me desculpe, mas hoje ele roubou a cena.

— Estou brincando, querida. Foi mais um dos dias mais felizes da minha vida. Que bom que você chegou. Meu amor. Meus amores.

Yeva estava com uma mão sobre a perna de Isaac e com a outra mão buscou pelo rosto de Olívia entre os dois bancos.

— Papai, eu entendo que não lhe sobre muito tempo. Você tem que cuidar de uma empresa gigante e ela consome muito do seu tempo.

— Gigante mesmo é o amor e a vontade que eu tenho de estar mais ao seu lado e de sua mãe.

— Eu gosto muito de sentir vocês dois juntinhos.

— Prometo que todos nós ficaremos mais juntos. Temos muitos lugares belos para conhecer. As nossas viagens geralmente misturam trabalho e lazer e eu não estou sendo justo com vocês, por inúmeros motivos.

Isaac tinha a resposta que vinha procurando há alguns dias. Apesar de não querer aceitar, a empresa era sempre colocada como prioridade, frente aos compromissos familiares, porém a paixão pela esposa e pela filha, deveriam falar mais alto. Também não havia tempo para curtir seus pais que estavam em uma idade bastante avançada. O dinheiro acumulado ao longo de algumas décadas pela sua família, era o suficiente para que muitas gerações pudessem viver confortavelmente, inclusive desenvolvendo projetos propostos pela filha, para salvaguarda de crianças carentes e animais em risco de extinção. Sabia que enfrentaria resistência dura dos seus pais que o prepararam durante muito tempo para assumir as empresas.

A decisão de se afastar da empresa, agora realizava os desejos de todos, inclusive os seus mais íntimos. O que antes era prazer, agora se transformava em martírio. Chegar todas as manhãs na empresa, sabendo que a esposa e a filha estariam em casa e imaginar que poderia estar com elas em algum lugar do mundo, mudava instantaneamente o seu semblante e o seu humor. Sempre trabalhou muito, porém apesar de tanto dinheiro, nunca havia vivido tão intensamente quanto a esposa. Yeva sempre foi sincera com Isaac, deixando claro que viveria para a filha, mas tinha muita vontade de realizar as viagens que já havia feito com ele e com Olívia, além de juntos conhecerem outros lugares. Para a filha, a vida teria um sentido muito mais amplo, proporcionando mais liberdade para conhecer os lugares que a mãe tanto lhe falava, explicando as cores, misturados aos cheiros e a sensações, inserindo-a no contexto. O desconhecido era o seu destino predileto.

Estudar uma forma de manter a empresa nas mãos da família, sem uma venda total, também poderia ser uma das possibilidades, abrindo a empresa para a entrada de capital externo, atraindo alguns sócios minoritários, e um presidente de confiança, também poderiam ser uma possibilidade. Neste momento, o seu pensamento era pelo desligamento total. Uma empresa desse porte era previsível passar por esses problemas, estando nas mãos de uma família pequena, ainda mais depois do afastamento do pai.

Conversaria com a esposa naquela mesma noite, para ouvir os seus conselhos que sempre lhe mostravam a direção mais certa a ser tomada, acompanhados pelo belo sorriso e muito amor. Yeva se mostrava uma pessoa muito inteligente, sensata e certamente estaria ao seu lado, apoiando-o em sua decisão quase certa. Isaac conhecia bem e era contagiado por aquele instinto de liberdade, ansioso por conhecer o mundo que estava aquietado na sua esposa. Em seus trabalhos, realizava muitas viagens ao redor do mundo para produzir seus vídeos de marketing e suas férias quase sempre encontravam um destino paradisíaco juntos aos seus amigos. Contava ao marido sobre as suas viagens, dizendo que não desistiria de vê-lo em meio às trilhas de montanhas e praias desertas.

Porém, a forte ligação com a empresa, ocupava a maior parte do seu tempo. Desde muito jovem aprendeu com o pai a lidar com velhas raposas do mundo dos negócios e hoje estava à frente de uma das empresas mais bem sucedidas em bioenergia do mundo. Depois de ouvir a esposa, o mais certo a ser feito, era se sentar à mesa com a família, ser sincero como sempre havia sido e ouvir também a opinião das pessoas que mais admirava, pois mesmo com a idade avançada, ainda estavam muito lúcidos e, para Isaac, eles foram o seu porto seguro. Por último marcaria uma reunião com o conselho, expondo as suas ideias e ouvindo a todos os membros, os quais ele sempre teve muito respeito e confiança.

Naquela mesma noite, durante o jantar, Olívia contava a todos sobre a sua apresentação na escola e a bela surpresa que teve, com a presença inesperada de seu pai. Durante as refeições na imensa mesa, Olívia se sentava ao lado da avó, de frente para os pais, com o avô sempre sentado na cabeceira.

Isaac ouvia as histórias contadas pela filha e os comentários de todos os outros, em um silêncio que chamou a atenção do pai.

— Meu filho, está pensativo ou apenas encantado pelas belas histórias dessa jovem.

— Sempre me encanto com o sorriso e as palavras tão sábias dessa menina e hoje me encantou ainda mais.

— Eu estava me preparando para começar a tocar *O carnaval dos animais*, junto com a professora, quando senti uma presença muito forte chegando.

— Como você percebeu que ele estava lá?

A avó espantou-se com a neta dizendo sentir a presença do pai, em um anfiteatro repleto de crianças.

Olívia se levantou e caminhou por trás da avó, abraçando-lhe apertado, chegando no avô lhe beijou o rosto, depois ao lado da mãe, lhe tocou o nariz e a boca, onde mais se pareciam, com extrema suavidade. Finalmente aproximou-se do pai e, vagarosamente, cheirou-lhe o rosto com o braço esquerdo entrelaçado em seu ombro.

— Quando eu nasci, ninguém sabia ainda, mas eu já sentia o cheiro e a presença do meu pai porque eu via a sua alma e hoje eu pude vê-la de novo.

Na mesa todos estavam com lágrimas nos olhos e os mais encharcados eram os olhos avermelhados do pai que a puxou para seu colo e a envolveu em seus braços. Descendo do colo do pai, surpreendeu a todos novamente, enlaçando em seus braços agora pai e mãe.

— Espero que todos compreendam a sua decisão e que o tempo pode ser generoso ou algoz de nós mesmos, dependendo das escolhas que fazemos.

— Não sei se um dia eu conseguirei chegar a um nível de entendimento tão grande para compreender a sua existência em nossas vidas. Você é tão superior a tudo que já conheci e tenho a sorte de ser minha filha. Ainda não havia falado sobre isso, mas certamente você já sabe. Eu estou tomando uma decisão na minha vida que vai resvalar em todos nessa mesa e em muitas outras pessoas.

— Sobre nós ou sobre a empresa?

O pai lhe cortava a fala instantaneamente, prevendo que a fala seria dirigida diretamente à empresa.

— Sim, meu pai, é sobre a empresa e sobre todos nós. Está mais do que provado que demos muito de nossas vidas por ela e a colocamos entre as maiores do mundo. Uma empresa que irá ajudar a gerar um mundo melhor num futuro próximo.

— Estamos no encalço da BIO, a maior do mundo do nosso ramo.

— Sim, meu pai. Eu tive muito orgulho de fazer parte dessa empresa que só cresce e fomenta a evolução humana.

— E você está querendo devolver a presidência dela pra mim, nessa fase da minha vida?

— Não, meu pai. Quero lhe dizer que tenho uma família maravilhosa, na qual eu sempre incluo você e a mamãe. Você acabou de presenciar o que eu tenho perdido todos os dias. Pense bem, nós corremos o risco de assistir ao crescimento de uma empresa e o seu capital e não participar do crescimento da minha própria filha, que é o maior presente que a vida nos deu. A vida escolheu transformar a minha tristeza numa alegria infinita que escorre pelas minhas mãos. Quero viver a minha esposa, a minha filha e vocês.

— E qual a sua sugestão para o controle da empresa?

— Ainda não tinha falado com nenhum de vocês. Conversaria hoje com Yeva e depois com vocês; entretanto, a minha pequena me fez adiantar os planos.

— Você precisava de um empurrãozinho e eu só ajudei.

— Claro que sim, meu amor!

Yeva segurava a mão de Isaac, mostrando que eles estavam juntos na sua decisão. A felicidade estava estampada no seu rosto, refletida em cada lágrima. Mary pediu a palavra, com um leve toque da colher em sua taça.

— Aproveitando o ensejo, eu também gostaria de dizer algumas palavras. Willian, eu sempre concordei em permanecer em um palácio, com nosso filho pequeno e alguns funcionários, enquanto você trabalhava até tarde da noite, junto ao seu pai. Eu sempre adorei o conforto que o seu trabalho nos dava, mas você nunca perguntou se era isso que eu desejava e eu queria tê-lo mais tempo ao meu lado. Nós não vamos impedir que eles vivam intensamente porque nós não vivemos e eu me vejo nos olhos de Yeva todos os dias, enquanto ela espera pelo nosso filho. Vocês têm a minha bênção para serem felizes.

Os olhos de Willian se prendiam na boca e nos olhos de Mary, no fundo admirando a decisão do filho, demonstrando toda a coragem que ele mesmo não havia tido há tempos atrás.

— Como posso contestar essas palavras? Estou com inveja dessa decisão no meu passado, porque eu também sempre quis viver mais intensamente com a minha família. Mas o passado foi um aprendizado e não vamos errar de novo.

O sorriso de Olívia era pura luz para todos, entre choros e sorrisos. Mary segurava as mãos de Yeva e Isaac, enquanto o avô abraçava a neta.

— Como vamos proceder essa passagem, meu filho?

— Pensei em transferir o controle da empresa para a própria BIO, porque nós conhecemos a filosofia de trabalho deles e sabemos que ela será bem cuidada, proporcionando uma valorização muito grande da parte que resolvermos manter em nossas mãos. Sugiro que não seja mais do que trinta por cento das ações. Nós teremos garantia para algumas gerações e ainda poderemos fazer o bem, ajudando pessoas e os animais com os frutos dos rendimentos das nossas ações.

— Vender a nossa empresa para a maior concorrente? Jamais me passaria pela cabeça. Pode ser uma grande jogada, porque o Mathew sempre foi uma pessoa muito justa e com uma visão à frente de todos em bioenergia. Acredito que será uma grande cartada. Você sempre me surpreende, meu filho.

Willian tinha em seus olhos um misto de tristeza e alegria. Compreender a necessidade do filho, nora e neta era muito fácil, difícil era equilibrar as emoções por deixar a frente da empresa criada pelo seu pai, desde o chão. Ele havia crescido dentro da empresa, tornando-se um grande empresário e a história havia se repetido com seu filho, que lhe dava lições sobre investimentos, ainda muito jovem. Agora, as maiores lições da sua vida vinham da pequena neta e ele deveria assimilar os aprendizados que a vida lhe proporcionava. A fala de Mary, veio como um lamento ao tempo que não puderam desfrutar juntos, então ele procurou reparar o erro do passado da melhor maneira. Então ele se levantou e postou-se ao lado da esposa.

— Senhora Mary. Gostaria de convidá-la para passar uma segunda lua de mel comigo em Paris.

— Willian! A nossa neta está na mesa.

— Disse algo que não deveria?

— Claro que não, vovô. Ela quer dizer que aceita.

— Então eu aceito.

Mary ria encabulada, recebendo um beijo de Willian. Ele, chorando, não conseguiu falar, porém com o olhar deu a deixa para ela, que era uma excelente conselheira, dissesse mais algumas palavras, aprovando a decisão do filho.

— Nós aceitamos o seu pedido, e espero que vocês possam desfrutar tudo o que a vida puder lhes proporcionar de mais belo e intenso porque o amor entre vocês três é marcado pela dor, mas por uma imensa felicidade trazida por esse anjo de luz que entrou em nossas vidas.

— Posso lhes servir agora?

Gisele era uma funcionária da família desde os tempos em que ainda moravam na Inglaterra e também estava visivelmente emocionada. Por gostar de todos, aceitou o convite para continuar trabalhando com eles na Suiça. Era jovem, e com o apoio da patroa, Mary, adotou uma menina Síria, refugiada da guerra que assolava aquele país. Isabella, era tratada como uma filha pelos patrões, e assim era também o seu relacionamento com Isaac. Fizeram questão que ela estudasse na mesma escola que o filho, tomando a frente com as suas responsabilidades, até mesmo enfrentando outras famílias poderosas, em ocasiões que ela sofria *bullying*.

Isabella foi incentivada desde menina a estudar administração para trabalhar na empresa e para conquistar a confiança da família, dedicava-se muito além do esperado, em quaisquer circunstâncias para demonstrar a sua gratidão à mãe e a todos que a receberam de braços abertos. Hoje, ela era Diretora Administrativa de total confiança na filial inglesa. A jovem morava em Londres com o seu namorado e sempre teve negados todos os convites feitos à mãe para voltar a morar com ela. Gisele preferia continuar ao lado da família, pois apesar da saudade da filha, era notória a sua paixão por Olívia, para a qual adorava fazer as suas comidas preferidas, atraindo-a pelo cheiro para a cozinha, o local que ela dizia mais gostar na casa, depois do bosque.

Antes de cumprir o seu ritual de visitar os pequenos animais que o frequentavam, Olívia passava pela cozinha para comer um pedaço de bolo. Quase sempre na mesma hora, Gisele deixava o bolo sobre a bancada que ocupava uma boa parte da bela cozinha para esfriar. A menina comia pouco e quase a metade do bolo ia para a bolsa carregada a tiracolo e todos fingiam não perceber que ela levava os fartos pedaços para os seus amiguinhos no bosque. Gisele sempre a acompanhava com os olhos da janela até a entrada da mata, quando os olhos não mais a alcançavam, pedia a sua ajudante para cuidar da cozinha, enquanto ela acompanhava de perto os passos da menina. Fazia muita questão de não ser vista, mesmo assim, Olívia sabia que ela estava por perto e adorava esses cuidados. Também não era incomum Gisele e Yeva chegarem quase juntas, acompanhando todos os seus movimentos.

Era bom vê-la lutando pela sua autonomia com tantas forças. Enquanto ainda usava a bengala verde, para pessoas com baixa visão, já planejava um caminho de pedras, colocadas quase que milimetricamente projetadas, para não se perder. Insistia em colocá-las com carinho para não perturbar a vida dos animais, por isso o seu planejamento já previa o trânsito deles pelo caminho. Enquanto as ajeitava, era acompanhada pelos esquilos, explicando-lhes a necessidade da colocação das pedras. Eles entreolhavam-se, movimentavam a cabeça para os lados, como se procurassem compreender as ações inusitadas da amiga.

Não demorou muito para que a bengala verde fosse substituída pela branca, significando que a havia sido concluída a passagem da baixa visão para a cegueira completa. Os pais e avós não demonstravam o seu sofrimento na frente dela, entretanto não era difícil para quem podia ler a alma das pessoas, perceber que a dor maior não era a dela, mas sim das pessoas ao seu redor. Então, ela lhes mostrava os caminhos para diminuir esse sofrimento, trazendo-os para perto das suas soluções a cada obstáculo superado. Ela desejava e praticava insistentemente superações que a vida lhe impunha para a conquista da sua independência. Para a família, não importava as experiências às quais eles haviam sido submetidos em suas vidas, a maior lição de todas era a próxima a ser aprendida com Olívia.

Temas como a perseverança e resiliência faziam parte dos aprendizados do convívio diário, chegados até eles mais pela prática do que pela teoria. Certo dia, ela comparou a mudança de bengala às faixas pelas quais o pai havia passado, nas lutas esportivas e às pedras que ela colocava para marcar o seu trajeto, que também viraram símbolo das suas conquistas, pois cada uma delas significava que ela estava indo mais longe nos seus objetivos. Gisele lhe dizia que logo não mais conseguiria acompanhá-la porque naquele ritmo logo estaria dando a volta ao mundo.

Os pedaços de bolo pareciam ser milimetricamente divididos entre os pássaros, roedores e outros animais que se aproximavam da menina. Eles eram atraídos tanto pelo bolo, quanto pela música cantarolada, em suas letras compostas ali mesmo, obedecendo às exigências de cada momento. Yeva, cruzava seus olhares de longe com os de Gisele e ambas agradeciam pela cumplicidade de todos aqueles cuidados. Evitavam a movimentação para chegar até a outra, pois sabiam que cada folha remexida, provocava ruídos facilmente percebidos por Olívia em sinal de vigia.

O rápido crescimento lhes dava uma visão antecipada de que Olívia tinha os melhores genes do pai e da mãe. Tinha o corpo esguio, pernas longas com os ombros altos e largos. Gostava de nadar e também falava sobre o seu desejo de praticar lutas como o pai. Eles sempre brincavam de luta e depois de um certo tempo, Isaac começou a lhe ensinar a filosofia difundida pelas artes marciais. Durante muitos anos, ela aprendeu todas as lutas que o pai conhecia. Mais do que aprender os golpes, aprendia a ser forte e disciplinada na conquista dos seus objetivos. Como o pai tinha as graduações de mestre, passou a dedicar-se mais tempo em ensiná-la e ela podia mudar de faixas e graduações em suas apresentações.

Isaac também queria que a mãe lhe ensinasse a surfar e desfrutar da liberdade, realizando as viagens como ela lhe contava ou sentindo o vento no rosto ao saltar de paraquedas e na garupa de uma moto. Yeva lhe falava sobre o spray de água das cachoeiras, enquanto lhe borrifava água em seu rosto, dentro da estufa de flores. Ela sorria docemente e desejava sentir ao máximo todas as sensações e emoções às quais ela tinha conhecimento através dos pais. Era isso! A sua vida tinha que ser repleta de ousadia e emoções vividas à flor da pele e seria demasiadamente intensa, somando as qualidades do pai e da mãe, à sua determinação.

Há muito tempo Isaac não conseguia ir para a cabana em Arosa. Apesar de possuir quatro quartos com bastante conforto, ainda era chamada de "pequena cabana" pela família. Sempre colocava como empecilho o tempo, apesar de ficar a apenas cento e cinquenta quilômetros de Zurique. Ali ele havia passado bons momentos, com os pais ou com amigos em sua juventude. Da mesma forma, ele havia vivido uma grande parte da sua relação amorosa com Ruby, em momentos de intensa paixão e o trágico final havia colocado também um fim em muitas coisas que ele gostava. Agora precisavam ser restabelecidas, pois não havia como fugir do passado e o seu presente estava ali, não só em tempo, mas em agraciamento divino. A esposa e a filha eram os melhores presentes que Deus poderia lhe oferecer e ele tinha que superar as lembranças, que voltariam certamente em seus pensamentos em cada cômodo daquela casa.

Isaac, ao se deitar ao lado da filha e da esposa no momento em que Olívia lia um livro para eles, antes de dormir, propôs o convite para as duas:

— O que acham de irmos para Arosa na próxima sexta, para passarmos o final de semana?

Olívia, em um ato instantâneo de perfeita integração, fechou o livro, se levantou e gritou ao mesmo tempo.

— Yuppie!

Os pais encolhiam as pernas para não serem pisoteados pelos saltos que a menina dava do lado inferior da imensa cama.

— Calma, minha filha! Você vai cair.

Logo no quarto ou quinto salto, ela realmente caiu, porém em cima dos dois que a abraçaram e começaram a lhe fazer cócegas.

— Isso é um sim?

— É claro que isso é um sim. Vamos fazer as malas porque sexta-feira já é amanhã.

— Sim! Amanhã é sexta-feira e mesmo assim teremos o dia todo para fazermos as malas sem pressa.

O pai assistia a alegria de mãe e filha entusiasmado com a empolgação.

— Minha querida, sinto muito, no entanto você está errada. Melhor começarmos a arrumar logo nossas malas. Ainda há pouco avisei o pessoal que estaria viajando e que só voltaria para a empresa na próxima quarta-feira.

Isaac já havia começado o processo de afastamento da empresa.

— Está falando sério que vamos amanhã pela manhã e só voltamos na quarta-feira?

Olívia voltava a ficar de pé para saltar sobre a cama e novamente cair sobre os dois, enquanto Yeva acariciava e beijava o rosto de Isaac

— Seus pais já estão sabendo?

— Acabei de avisar meu pai e, nesse momento, ele já deve estar contando para minha mãe.

— E?

— Ele lamentou não poder ver diretamente a expressão no rosto da netinha amada. Disse que nos ama e que compreende perfeitamente o momento que estamos vivendo.

— Ele vai apoiá-lo em qualquer decisão que você tomar. Graças a essa pessoinha.

— A minha decisão já está tomada. Talvez até faça parte de um conselho da empresa, de acordo com as ações que mantivermos, no entanto somente para assuntos de extrema importância.

— Vamos viver todos os nossos dias de forma tão intensa, quanto merece o nosso amor.

— Ele me deixou intrigado. Disse que quando voltar quer conversar comigo, mas que não tem nada a ver com a empresa. Perguntei se era algo com a sua saúde e ele me disse que não.

— Já disse alguma vez o quanto eu amo o amor de vocês?

— Acho que já disse algumas dezenas de milhares de vezes, minha filha.

Isaac respondia sinalizando que sim com a cabeça, enquanto a mãe traduzia o gesto dele em palavras.

— Contenha a sua ansiedade e não se preocupe porque amanhã bem cedo tomamos café e logo depois arrumamos as malas.

Logo depois, Olívia se despediu e foi para o seu quarto. Apesar da preocupação dos pais, ela insistia em deixar a bengala no andar de baixo e não a usar dentro de casa. Caminhava com segurança, mesmo próxima à grande escadaria. Desde quando a sua visão começou a diminuir, ela dizia que se orientava como os morcegos e os golfinhos, emitindo sons de alta frequência. Entretanto, a verdade é que a sua memória guardava informações, ajudando-a a programar seus caminhos, decorando a posição de todos os obstáculos. A avó era a mais cuidadosa para que nada fosse tirado do seu lugar sem que ela soubesse previamente.

Olívia prezava muito pela liberdade e cumplicidade do casal, compreendendo que eles precisavam daqueles momentos íntimos, porque eram apaixonados. A mãe sempre explicava tudo o que lhe era perguntado. Certa vez, quando perguntada sobre o que era paixão, a mãe lhe explicou contando sobre a sua experiência, ao conhecer Isaac.

— Eu achava que já tinha amado uma pessoa, antes de conhecer o seu pai. Mas quando amor e paixão se misturam é muito diferente de tudo e, desde que eu o vi pela primeira vez, tive a sensação de que já nos conhecíamos em outras vidas, com a certeza de que para ele aconteceu da mesma forma. É como se seu cheiro e o gosto do seu beijo estivessem impregnados na minha alma. Não havia mais como deixar de estar perto e foi ainda mais intenso porque entre nós, já havia você. Ainda tenho minhas dúvidas, se você veio para nos unir ou se nós tínhamos que ter você para que o mundo tivesse o privilégio de lhe conhecer. Então, eu sou muito grata e apaixonada por ele e por você.

No dia seguinte, com toda a ansiedade que lhe era característica, Olívia acordou mais cedo que de costume, antes dos pais. Sabia que Gisele já deveria estar preparando o bolo que havia lhe prometido.

— Bom dia! Sabia que vamos viajar para Arosa hoje?

— Vocês estão indo hoje? Não estava sabendo.

Sentou-se à mesa, enquanto continuava explicando e esperando o bolo esfriar.

— Papai decidiu ontem à noite. Vamos daqui a pouco e ficaremos até quarta-feira.

— Que delícia!

— Promete levar o bolo para o bosque, nos dias em que eu não estiver aqui? Você sabe para quem deve entregar.

— Eu sei?

— Sim! Você e a mamãe sempre me assistem enquanto entrego aos meus amigos.

Quando o pai e a mãe desceram para o café, Olívia já havia saído com seus pedaços de bolo para levar aos seus amiguinhos no bosque. Gisele também já não estava mais na cozinha, deixando a outra funcionária incumbida de servir-lhes o café, sempre farto. A mãe já desconfiava que ela estava acompanhando o passeio da filha. As malas já estavam preparadas, antes da descerem.

— Vou tomar um café rápido e já vou buscá-la para antecipar a nossa saída.

— Vamos tomar um café tranquilamente e deixar a nossa filha

curtindo seus amiguinhos um pouco mais. Ela está bem acompanhada e eu quero apreciar a sua companhia, sem correrias. Se a proposta é viver vocês intensamente, vamos deixar os relógios e as pressas de lado.

— Acho que estou amando ainda mais esse novo Isaac, sem horários.

— Venha comigo. Pegue um café para nós, enquanto faço nossos sanduíches. O meu melhor café é sempre no bosque, vendo a nossa filha interagindo com a natureza.

O sanduíche de Isaac durou apenas alguns passos fora da casa, então foi presenteado com mais um pedaço oferecido pela esposa diretamente em sua boca. Não havia como recusar o agrado, seguido de um beijo no rosto. Yeva não se continha de tanta felicidade. Amar o marido pela manhã e depois curti-lo no bosque, assistindo a filha cantarolar era incrível. De mãos dadas, caminhavam devagar, enquanto ela o olhava com amor, tendo ao fundo o sol que se levantava por entre as árvores.

— Como posso lhe amar ainda mais?

— Não sei.

— Foi uma pergunta retórica, porque quero que você compreenda que hoje eu acordei amando-o mais do que ontem e agora ainda mais do que a dez minutos atrás.

— Acordou toda romântica. Mas e você? Faz ideia do tanto que eu a amo?

— Não sei. Acho que sim, se for na mesma imensidão do que eu sinto. Eu vejo você o dia todo como se não tivesse como escapar do seu abraço.

— É porque estou lhe abraçando onde quer que eu esteja. Você não sai do meu pensamento, do meu coração e da minha alma.

A visão da filha andando sem a bengala, acompanhada pelos esquilos, era a visão mais linda de toda a sua vida. Os cabelos lisos e compridos se remexiam delicadamente, enquanto ela caminhava, sempre acelerada. O seu caminhar seguro lhe dava a impressão de que ela havia sido curada. Lamentava ter perdido a maior parte do show que ela lhes proporciona, cantarolando, com a voz ainda fina, as músicas dedicadas ao bosque e aos animais que ela mesmo compunha. Olhando para a filha, com lágrimas nos olhos, ele instintivamente apertava a mão de Yeva, que insistia em não a largar. Quando sacou o celular para filmá-la, teve as mãos seguras pela esposa, explicando com o balançar de sua cabeça que não deveria. Olívia insistia em não filmar ou fotografar para não atrair curiosos para o bosque. Aquele era o santuário dos pequenos bichos.

O caminho se prolongava a cada nova pedra, colocada dia após dia e em breve a levaria até o riacho que passava ao fundo da propriedade. Mesmo com a guarda da mãe e de Gisele havia uma preocupação muito grande com a sua segurança, vindo acompanhada de uma curiosidade ainda maior. Todos desejavam saber até onde essa emancipação poderia levá-la. Esse era o preço da independência, e ela sempre buscava com todas as suas forças livrar-se dos obstáculos que a prendia. A liberdade era um exercício diário e era muito bom perceber que ela sorria docemente, junto aos animais do bosque.

Era comum ver a menina admirando o pôr do sol. Antes de perder completamente a visão, aprendeu a sentir a intensidade do calor refletido em sua pele à intensidade das cores que o fenômeno poderia lhe proporcionar. Quando já não mais podia assistir às maravilhas que a natureza oferecia, ainda assim olhava diretamente para o sol e impressionava os pais ao revelar o que ela dizia poder ver com o seu coração.

— Deus nos oferece um novo rabisco nos céus, ainda mais caprichado a cada dia.

— E como você vê o céu hoje?

A mãe instigava a filha a explicar de onde vinham as diferentes cores do céu. A explicação física dava a mãe uma noção sobre comprimento de ondas e distância percorrida pela luz, decifrando o mistério formado em seus pensamentos sobre os tons azulados e avermelhados. Por vezes, usava frases um tanto quanto incomuns para a sua idade, explicando conceitos físicos ensinados pelo pai e outras vezes, os extrapolava, como se mais alguém a ensinasse.

— Ainda há pouco uma pessoa muito importante assistia ao pôr do sol, assim como nós. Alguém que eu irei conhecer no futuro.

— E quem é essa pessoa?

O pai se preocupava em conhecer quem participava da sua vida, além da família e das pessoas da escola, a mãe apenas ouvia a conversa entre os dois.

— Alguém que me acompanha em todas as minhas vidas.

— Como pode afirmar que essa pessoa existe e que irá conhecê-la algum dia?

— Eu o vejo em meus sonhos.

Capítulo 8

Arosa

Assim que entraram no carro e colocaram os cintos, foram saudados pela voz marcante que vinha do próprio carro. As identificações faciais e o porta-malas lotado, davam o *feedback* para o automóvel de luxo iniciar uma conversa informal com a família, através de sua inteligência artificial.

— Bom dia!

— Bom dia, Lucky! Estamos indo para Arosa — respondeu Olívia.

— Temos previsão de neve para aquela região neste final de semana. Chegaremos lá em uma hora e quarenta e três minutos. Pegaram seus casacos mais quentes?

— Pegamos sim! Vamos nos divertir muito Lucky.

— Claro que sim, Olívia! Vai cantar no Karaokê?

— Claro!

— Vamos esperar até sairmos na estrada, como o seu pai prefere.

— Mudanças de planos, meu amigo, porque hoje é ela quem manda e escolhe as músicas!

— Esse é o novo Isaac, Lucky.

Yeva explicava com poucas palavras que Isaac estava mudando os rumos de sua vida. Lucky já havia entendido que algo estava diferente, pois era muito difícil ele deixar a empresa para uma viagem com a família. Era comum, durante a semana, Isaac sentar-se sozinho no banco do motorista e ouvir as projeções de bolsas e commodities de todo o mundo. Naquele dia, Lucky arquivou as projeções no momento em que as malas foram colocadas no carro. Até poderia parecer surreal, mas participar de uma viagem de lazer com a família, o deixava feliz.

— Que os novos rumos os levem à felicidade. Vocês são especiais e merecem muito.

— Obrigado, meu amigo — agradeceu Isaac.

A família interagia com o carro elétrico de luxo, dotado de inteligência artificial e batizado de Lucky, como o primeiro cachorro de Isaac, um dálmata que viveu até os onze anos ao seu lado. Para agradar a todos, articulava uma seleção de músicas variadas, colocando uma música da seleção da mãe e outra do pai entre as que Olívia mais gostava porque ela era privilegiada, até pelo carro. Claro que os pais não se importavam e até tentavam acompanhar a filha cantando. O mais impressionante era o acompanhamento de Lucky, com sua voz harmoniosa. Eram algumas das muitas qualidades de um carro, produzido em série, com uma inteligência que se adaptava à maneira de viver da família. Contudo, a qualidade mais importante, era a de ser divertido, porque estava feliz ao sentir a família reunida para uma viagem.

— Podemos almoçar no Grischuna!

Olívia sugeriu o restaurante porque era vegana e aprendeu a saborear as comidas naturais preparadas com carinho por Gisele, depois foi surpreendida pela avó e pela mãe que se aventuravam na cozinha, em uma disputa por agradá-la. Yeva era vegetariana, só não conseguia ficar longe dos queijos. Toda a família estava sendo conduzida para uma vida longe da alimentação com proteínas animais. Até mesmo Isaac, um atleta de lutas, vinha alterando as suas fontes de proteínas, reconhecendo o alto valor proteico de alguns vegetais.

— É uma ótima opção, minha filha. Já somos dois votos. Isaac e Lucky, o que vocês acham?

A inteligência artificial do automóvel, muitas vezes virava motivo de brincadeira e Lucky sempre se saía bem sem suas respostas.

— Estou de acordo. Em minha evolução também me tornei vegano, não ingerindo mais combustíveis fósseis. Só me alimento de energia limpa.

Lucky era a geração que precedia aos carros flutuantes de linha, que acumulavam processos para conseguir a homologação de seus projetos, cumprindo os milhares requisitos para certificação de segurança exigida. Entretanto, mesmo oferecendo menos conceitos tecnológicos, o pai insistia em não o trocar, principalmente a pedido da filha. Ele não trazia algumas evoluções dos novos modelos, entretanto o que mais agradava era a programação para ser um amigo e companheiro, sempre alegre e irreverente para animar a família. As aplicações da inteligência artificial e computação de alta performance em veículos, normalmente não chegavam ao nível de Lucky, apresentando sentimentos que não havia nos demais carros da série.

Olívia tinha alguns amigos um tanto quanto inusitados, os quais ela dizia serem seus melhores companheiros. Esquilos, ratos, borboletas, insetos e até mesmo Lucky, um carro de luxo, culto e educado. Por várias vezes, ele havia sido um conselheiro para a menina, pois ela não costumava importunar os pais com alguns problemas que ela mesma julgava serem corriqueiros. Quando ela se aproximava na garagem, ele gentilmente lhe abria a porta traseira e deitada no banco de trás, ela ouvia as músicas que mais gostava e lhe contava-lhe os seus problemas. Na primeira vez ela pediu para que ele não contasse ao seu pai sobre as suas conversas.

— Não se preocupe porque eu jamais falaria sobre as nossas conversas.

— Eu sempre confiarei em você, meu amigo.

Olívia era uma menina doce, sempre tratando a todos com muito respeito e facilmente fazia novas amizades, na escola ou em qualquer lugar. Sempre usava roupas claras, refletindo a sua luz e alegria contagiante, com os cabelos soltos ao vento, porque não gostava de nada que lhe prendesse. As pessoas eram atraídas pelos seus conhecimentos e pelos dons musicais que haviam desenvolvido. Estava sempre cantarolando ou assobiando músicas alegres, muitas das quais ninguém conhecia, pois eram criadas de improviso, inserindo-as no contexto do momento.

Porém, havia um grupo na escola, liderado por Anita, que divergia dos demais. Ela era uma espécie de líder negativo, que vestia apenas roupas pretas e sempre usava uma maquiagem em tom azulado, buscando exaltar ainda mais suas características melancólicas. A sua rebeldia não tinha fundamentos expressivos, era pura inveja e repulsa da felicidade alheia. Por exalar a sua alegria e simpatia, Olívia havia virado alvo preferido de Anita e um grupo de poucos amigos. Esse grupo havia montado uma banda no estilo gótico, inspirado pelas bandas surgidas nos anos dois mil. A banda *2 Thousand*, tinha Anita como vocalista, as irmãs Louise e Greta, na guitarra e baixo e *The End*, como Tom, exigia ser chamado, na bateria.

O rock estava voltando a ser tocado pelas novas gerações, depois de quase quarenta anos amargando a falta de novos talentos em todo o mundo. Entretanto, a banda *2 Thousand*, destoava do novo conceito de rock, e até mesmo do velho conceito das bandas góticas dos anos dois mil. As suas apresentações na escola não atraíam os jovens, despertando ainda mais a ira de Anita. Era comum vê-los provocando as outras crianças, geralmente as mais frágeis, com Anita no seu comando. Por vezes, eram surpreendidas, como na vez em que elas colocaram baratas no armário de Olívia, que sorrindo chamou-as por nomes inventados na hora. As baratas pareciam obedecê-la, entrando no pote de lanche, retirado de sua mochila. Aplaudida pelos alunos que estavam ao redor, Olívia as levou em segurança para fora do prédio escolar. Anita e suas cúmplices, perdiam mais uma batalha.

Essa e outras histórias eram contadas para o amigo Lucky que ria, ficava triste, aconselhava e acalmava o coração da menina, tão preocupada em não levar seus problemas para seus pais. Infelizmente, o *bullying* ainda era recorrente em todas as escolas espalhadas pelo mundo. Apesar de tantas campanhas e projetos, a diminuição das ocorrências, principalmente em escolas, ainda era muito lenta e aumentavam também as ameaças e atentados planejados por jovens que sofriam *bullying*. Quase sempre os responsáveis pelas agressões físicas e psicológicas também sofriam as mesmas violências em suas casas, o que não era o caso de Anita. Os pais viviam na escola tentando reparar os erros cometidos pela filha, porém apesar de todas as tentativas, a filha se recusava a participar dos encontros marcados com a psicóloga.

— Agora você está em paz, no lugar onde queria estar, com as pessoas com quem queria estar. Deixe-se levar por esse momento. Curta essa felicidade e depois conte aos seus pais porque eles precisam saber.

Lucky a aconselhava a esquecer as coisas ruins e viver o momento feliz com a família.

— Vou encontrar o meu velho amigo de tantas outras vidas.

— Você já o encontrou em seus desdobramentos, por isso me sinto na obrigação de lhe advertir que é muito perigoso ir ao seu encontro.

— Não vai me oferecer risco algum. Ele é o grande alfa de uma matilha que está se formando e não virá sozinho, porque tem uma bela família, com dois filhotes. Estou muito ansiosa para vê-los.

Neste momento, o pai entrou na garagem.

— Minha filha, por que está demorando tanto?

— Estava só ouvindo algumas músicas e conversando com Lucky sobre a vida.

— Tudo bem, mas vamos entrar, comer algo, descansar um pouco e logo depois vamos fazer nosso boneco na neve.

— Vou fazer um boneco maior do que aquele das suas fotos de quando era criança.

— Duvido que consiga, mesmo com a ajuda da mamãe. Aquele era imenso.

— Faremos maior e mais bonito, com certeza.

Yeva os esperava na cozinha onde estava preparando o almoço. Em casa, Mya estava enciumada com a moça em sua "sua cozinha", tomando posse de suas panelas e apetrechos culinários. Nessa viagem da família, ela se mostrava ainda mais propensa a encarnar a cozinheira, colocando à prova os seus dotes culinários aprendidos em suas viagens pelo mundo. Era craque nas comidas japonesas, indiana e mexicana. Entretanto, o clima frio pedia uma comida italiana. Olívia adorava as massas preparadas pela mãe e pelo pai, que se dizia suspeito para opinar porque ela o havia conquistado com o seu macarrão.

Olívia adorava um fettuccine Alfredo preparado em receita original romana, no qual a sua mãe trocava o bacon por *croûton*, uma de suas adaptações. Praticamente todas as suas receitas haviam se tornado veganas, ao gosto da filha. Os queijos veganos eram especiais, produzidos em pequena escala, trazendo um sabor muito parecido com os queijos originais. Com pão italiano, eram irresistíveis, quando misturados para a fondue. Yeva, havia deixado de trabalhar para estar ao lado da filha e adorava ir para a cozinha para fazer as comidas que ela e o marido gostavam.

Na casa em Arosa, a família mantinha duas funcionárias responsáveis por cuidar da casa. Enquanto os pais subiram ao quarto para tomar um banho e descansar, Olívia ficava na sala aos cuidados de Anastásia, uma jovem bielorrussa, filha de Mya. Olívia adorava a jovem, que se entretinha com os seus conhecimentos mais aprofundados sobre os animais. Olívia explicava a vida e as angústias dos animais com os quais nunca havia tido contato mais próximo, como os selvagens africanos.

— Então, você será uma bióloga? — perguntou Anastásia.

— Na verdade, eu quero ser uma médica veterinária e depois partir para a África para me integrar a alguma ONG e tratar os animais selvagens, lutando pela perpetuação de espécies ameaçadas.

— Muito nobre de sua parte se dedicar a uma causa voluntária, quando a maioria só pensa em dinheiro.

— Posso lhe contar um segredo?

— Claro que sim.

— Vou encontrar um lobo e a sua família aqui em Arosa.

— Como assim? Você tem um encontro marcado com um lobo?

— Ele e a sua matilha estarão próximos da casa, depois da próxima lua cheia que será hoje.

Anastásia já tinha ouvido falar sobre alguns dons especiais da menina em relação à sua interação com os animais, mas agora ela tinha a confirmação da própria menina.

— Eles não são animais mansos. Os seus pais já estão sabendo?

— São animais que estavam quase extintos e foram protegidos pelas leis. A sua oferta de comida tem diminuído e então eles têm atacado rebanhos, por isso os produtores de leite tentaram acabar com eles. Não é culpa deles se os seres humanos ocupam os seus espaços. Eles estão sendo monitorados nos parques e isso tem os afligido porque são animais que apreciam a liberdade, como nós.

— Você tem toda a razão, mas não fuja da minha pergunta.

— Eles ainda não estão sabendo e certamente não me deixariam sair. Por isso, preciso de sua ajuda.

— Minha ajuda? Pode explicar?

— Você irá comigo ao encontro deles.

— Eu irei? Isso é uma ordem?

Anastásia carregava a menina de perguntas enquanto sorria. Era tomada pela curiosidade dos seus saberes, tão ansiosa em ver os belos e lendários animais. Todo aquele emaranhado de perguntas era respondido com a desenvoltura de uma pessoa com bastante experiência. Sabia que a sua deficiência visual nunca havia sido empecilho para as suas realizações, porque a sua persistência e teimosia faziam toda a diferença, fazendo com que suas buscas sempre oferecessem ótimas recompensas.

— Tenho certeza de que os lobos não lhe farão mal.

— Eu tenho me encontrado com eles durante a noite, em meus sonhos. Somos amigos de longa data.

— Desde quando isso vem acontecendo?

— Ele me acompanha há muitos séculos. Não há como interferir nesse nosso encontro.

— Os seus pais não aprovariam se soubessem porque são animais selvagens.

— Não precisa temer os lobos e muito menos a mim. Não sou uma vampira acompanhada de pessoas que se transformam em lobos, como nos filmes.

Olívia ria da cara assustada de Anastásia, estendendo a sua mão diretamente sobre a mão da amiga.

— Estava brincando! Você é só uma menina, mas tem o poder de me acalmar. É um prazer tão grande estar em sua companhia, quebrando a solidão deste lugar. Se você diz que estarei segura ao seu lado, eu acredito.

— Você vai adorá-los e se apaixonar pelos seus filhotes.

— Tenho certeza de que sim.

— Agora, quero me ensine a tocar o *alphorn*. Apesar de não ter teclas, não deve se fácil.

— Era do meu avô. Faz um bom tempo que ninguém mexe nele.

Isaac e Yeva ouviam do quarto a filha insistindo em tirar algumas notas daquele instrumento com muita dificuldade. Estavam tranquilos com ela se divertindo junto com Anastásia. Enquanto isso, não desperdiçavam o tempo que tinham a sós. Isaac olhava para os olhos e para a boca da esposa com um desejo incontrolável. A banheira de hidromassagem colocada ao lado da grande janela de vidro, era um convite para o amor, apresentando-lhes uma vista deslumbrante para a mata. A paixão intensa lhes penetrava o corpo e a alma. Um simples olhar lançado a qualquer hora do dia, era motivo para um beijo ardente de tesão. Sentada sobre o colo de Isaac, ela olhou para o espelho, que refletia o corpo atlético dele, movimentando-se no mesmo ritmo que o seu e novamente o beijou, chegando juntos a um orgasmo incontrolável. O cheiro de amor e o suor já estavam impregnados em cada palmo daquele quarto.

— Olhe! Gosta de ver o nosso amor?

— Adoro! Me deixa louco a cada toque entre os nossos corpos e o meu desejo por você aumenta a cada dia.

— Eu amo você como nunca amei outra pessoa.

— E você é o amor da minha vida.

Com o corpo largado sobre Isaac, Yeva respirou fundo e, olhando nos olhos do marido, fazia-lhe declarações exaltando o amor que sentia.

— É tudo tão perfeito que às vezes parece irreal. Todos os dias eu sinto a mesma ansiedade quando está longe, misturado à certeza de que chegará para me amar com a intensidade ainda maior do que a última vez.

Yeva nos últimos dias, estava ainda mais apaixonada pelo marido e não se cansava de fazer declarações, que eram plenamente retribuídas à altura.

— Você é o meu motivo de estar aqui porque eu quero você assim todos os dias, com o mesmo desejo — continuou Yeva.

— Aqui podemos confiar em Mya e Anastásia para termos um tempo maior para nós.

— Mas não podemos ficar no quarto o dia todo.

Ambos riam, misturando a felicidade a um pouco de irresponsabilidade.

— Eu seria feliz morando aqui com vocês. Sabia que ia amar esse lugar.

— Não podemos nos esquecer de que nossa filha ainda precisa de uma escola.

Durante o jantar, Yeva convidou mãe e filha para se sentarem à mesa e jantarem juntos. Queria demonstrar a sua gratidão por recebê-los com tanto carinho e pelas demonstrações de amor à Olívia. Sabia que não era comum para a família de Isaac ter os funcionários juntos à mesa, mas se a vida começava a ter um novo sentido, deveria começar trazendo para mais perto as pessoas que sempre lhe foram especiais. Isaac já não tinha mais que se submeter aos almoços e jantares de negócios com pessoas que somente falavam em investimentos e se aproximavam dele com interesses pessoais. O olhar de gratidão dirigido à Mya, refletia o tempo desperdiçado sem dar valor ao que realmente importava e o seu sorriso deixava as duas mais confortáveis.

— Anastásia, sente-se ao meu lado.

— Nós jantaremos na cozinha.

Mya ainda tentava se esquivar e levar a filha consigo; entretanto, Anastásia já puxava a cadeira para sentar-se ao lado de Olívia, que afastava de vez a negativa ao convite.

— Não vamos aceitar um não como resposta.

— Posso servi-las?

Yeva prezava muito pela cumplicidade entre a filha e a jovem. Começou a servir Anastásia, enquanto a aconselhava sobre a continuidade nos seus estudos. A jovem sempre teve afinidade com a produção de vídeos na escola e nas redes sociais, postando seus vídeos sobre as paisagens locais, despertando a curiosidade de muitos seguidores.

— Você produz excelentes vídeos. Já pensou em marketing?

Isaac não era muito ligado às redes sociais, mas tinha visto alguns vídeos que a esposa lhe mostrava com muita qualidade e relevância de conteúdo. As suas histórias formavam um elo, onde a natureza, a paz e a história local viravam informações para turistas e alguns outros milhares de seguidores.

— Quem sabe um dia comece a gravar por aqui mesmo porque sou apaixonada por esse lugar. Me sinto parte daqui.

— Eu tentei enviá-la para a universidade, desde o ano passado, mas ela não quer deixar Arosa.

— Não é somente uma questão de querer continuar aqui, pois pode tornar-se uma necessidade algum dia. Existem também excelentes universidades que oferecem cursos on-line.

Yeva ainda tentava puxar a menina para os estudos em uma área que ela tinha as suas afinidades.

— Eu conheço algumas, mas por enquanto preciso ajudar a minha mãe, porque ainda temos alguns objetivos para conquistarmos juntas e talvez, logo depois posso me dedicar a outros planos.

— Então existe um segredo entre vocês.

— Olívia! Não está sendo educada.

— Calma, senhor Isaac, ela está brincando. Mas não existe nenhum segredo.

— Amanhã vamos passear bem cedo. Anastásia, vai me mostrar a cabana na colina. Tudo bem?

— Claro que sim. Confiamos na Anastásia.

— Quer dizer que não confiam em mim?

Após algumas boas risadas, Anastásia completou:

— Claro que confiam. Devem confiar mais ainda na dupla que nós duas podemos formar.

— A cabana já está pronta e foram repostos todos os suprimentos que faltavam. Se quiserem, posso pedir para outra funcionária subir e fazer um bolo para vocês.

— Obrigada, Mya! Vamos sozinhas e nós mesmas faremos o nosso café. Não é mesmo, Anastásia!

— Claro. Vou fazer uma torta de chocolate, especialmente pra você.

Olívia já havia planejado tudo, tendo Anastásia como cúmplice para se encontrar com o lobo que ela via em seus sonhos. Anastásia já havia lhe falado que não se sentia confortável enganando seus pais e compreendia que eles jamais concordariam com uma ideia tão absurda. Ela sempre confidenciava tudo à sua mãe, que conhecia todas as suas aventuras, até mesmo sobre seus desdobramentos, mas nesse caso, tinha que ser diferente, pois a mãe jamais concordaria.

Pouco tempo depois, estava no quarto com a mãe, separando as roupas que usaria no dia seguinte para a subida até a cabana.

— Vou levar essa blusa amarela.

— Talvez seja melhor você levar a azul, seu pai disse que é bem mais frio do que aqui.

— Vou levar a amarela e esse casaco por baixo.

— Assim você estará bem quentinha, meu amor.

Olívia conseguia imaginar perfeitamente as cores, trazendo para si todas as lembranças da mãe lhe mostrando a infinidade de cores, associando-as à beleza dos pássaros, das borboletas, do infinito azul e tantas outras maravilhas que a natureza lhe proporcionava aos sentimentos e emoções, antes que a sua visão se esvaísse. Ela era muito decidida; assim, optou pelo amarelo. Arrumou a sua mochila, colocando ali dentro, além de algumas roupas, a sua ansiedade e, depois de trancada, deixaria ela dormir tranquila. Yeva percebeu uma ansiedade diferente em suas mãos enquanto fechava o zíper da mala.

— As fábricas de roupas poderiam colocar etiquetas com um relevo que indicasse a sua cor e estilo porque nem todas as pessoas cegas conseguem identificá-las.

— É uma boa ideia. Você poderia divulgar essa ideia nos seus vídeos.

— Vou pesar nisso quando voltarmos. Você me ajuda?

— Claro que sim, meu amor.

Isaac estava calado e descontraído até então, até que a mãe fez um sinal com os olhos em direção às mãos da filha.

— Estou achando você muito animada para esse passeio. Tem algo diferente acontecendo. Não quer nos contar?

— Fazia tempo que não via a Anastásia. Temos muitas coisas para conversar. São coisas de mulher e sei que você entende, não é mesmo?

— Parece que nossa menina cresceu.

— Papai, já faz tempo que deixei de ser criança.

Isaac e Yeva riam, enquanto partiam para um abraço duplo na filha. Era incrível a sensação de acompanhar a filha crescendo e se tornando independente, empurrando para longe as dificuldades com tamanha espontaneidade. Eles a preparavam para um dia partir em busca de sua liberdade e ela se tornava forte, desde a sua infância, criando seus próprios conceitos, combatendo qualquer tipo de rejeição ou exclusão. Os preconceitos haviam diminuído, após décadas sendo tratado como problema social, mas mesmo assim ainda insistia em perdurar através dos tempos, mantido pelos seres menos evoluídos, como a própria Olívia os colocava.

— Agora está na hora de deitar ou amanhã não terá energia para a subida.

— Boa noite! Não durmam tarde também.

— Estamos deitados e prontos para dormir.

Olívia estava saindo, quase fechando a porta, quando voltou para dar o último aviso aos pais, colocando o rosto em pouco mais de um palmo de porta entreaberta.

— Já não sou mais criança! Lembrem-se disso.

— Jamais esqueceremos.

A mãe respondeu sem conseguir segurar as risadas seguidas pelo pai.

— Você tem conversado com ela sobre essas coisas?

— Que coisas? Sobre o amor?

— Sim. Você quer dizer que ela já sabe tudo como acontece?

— A nossa filha poderia lhe explicar sobre a reprodução de qualquer animal desse planeta e você acredita que ela não saberia sobre os seres humanos. Você é mesmo muito ingênuo.

— Ela será sempre a minha menina.

— A resposta é sim. Nós conversamos sobre isso. Era um segredo nosso que agora deixou de ser somente nosso. Mas agora quero lhe contar outro segredo.

Yeva desceu da cama para trancar a porta, linda, sorrindo e provocativa ao ver Isaac admirando-a. Na verdade, ela desfilava, vestindo a camisola preta que havia comprado para seduzi-lo, naquele final de semana, em Arosa. Caminhou devagar, olhou para trás para comprovar que o marido acompanhava cada passo com os olhos. Inclinou-se até o seu olho chegar bem próximo ao buraco da fechadura, girou a chave devagar e voltou devagar para a cama. Apagou a luz, beijou-o e mais nada disse. O amor entre eles acontecia com mais intensidade a cada dia porque o desejo entre eles só aumentava.

No dia seguinte, Olívia já estava na cozinha há algum tempo à espera dos pais que demoravam a descer e ela respeitava o tempo e o amor dos dois. O pai experimentava a sensação de liberdade que nunca havia tido de acordar mais tarde e amar a esposa sem pressa. Havia largado a correria dos seus dias repletos de reuniões e decisões para estar ao lado da mãe e da filha. O tempo pertencia a ele e não mais ao contrário. Anastásia a acompanhava, projetando a subida na montanha. Ouvindo os primeiros passos na escada, Olívia adiantou a recepção.

— Bom dia, meus amores!

Eles continuaram a descida devagar, até chegarem perto para

desejar bom dia a Olívia e Anastásia, seguido de um beijo.

— Bom dia, meninas!

— Bom dia! Querem que eu prepare algo diferente para vocês?

— Não precisa se preocupar! A mesa já está repleta.

Isaac respondia olhando para a quantidade de comidas doces e salgadas postas à mesa. Mya conhecia as preferências de todos para o café da manhã.

— Um dia, viverei um amor como o de vocês. Tão intenso e tão belo — disse Olívia, com felicidade em seus olhos.

— E vai colher lindos frutos, como o nosso.

Yeva mexia nos cabelos da filha enquanto respondia.

— Meninas, qualquer problema que vocês tiverem na subida ou na cabana, não hesitem em nos avisar.

— Não precisa se preocupar mamãe. Não ficaremos ligando a todo momento e vocês também não precisam ligar. Combinado?

— Ok! Estaremos despreocupados então.

Logo após o café, as duas se prepararam para a subida que não era tão íngreme, mas depois da metade do caminho já estariam pegando neve a um pé de altura, dificultando a caminhada. As roupas especiais as protegeriam do frio. A cabana já estava pronta para recebê-las e era dotada de aquecimento central a gás.

Durante toda a caminhada Olívia cantava, compondo suas canções instantaneamente ao aparecimento de animais que ela reconhecia pelos sons emitidos. Ao ouvir animais e pássaros desconhecidos, ficava quieta e ao aproximar os ouvidos para identificá-los e quase sempre acertava. Anastásia a avisou que iriam demorar um pouco mais devido às várias paradas.

— Não vamos nos preocupar com o tempo.

— Incrível como você consegue identificar cada um desses animais. Nem mesmo eu que moro aqui há tanto tempo não saberia lhe dizer o nome de todos.

— Eu me dediquei durante muito tempo à vida desses animais. A prática é nosso maior conhecimento.

— Concordo com você. Tudo na vida é prática.

— Sim. Inclusive as boas ações podem ser repetidas e isso vira um hábito. Fazer o bem repetidamente é incrível e faz o nosso espírito evoluir.

— Você acredita que as pessoas podem ser o que elas praticam?

— Exatamente. Isso é tão claro quanto a prática de qualquer esporte. Ninguém será bom se não treinar exaustivamente e diariamente.

A neve já começava a ficar mais alta e Olívia já estava ofegante. Praticava natação e as lutas junto com o pai. Mas aquela era uma atividade totalmente adversa, com o frio intenso, além da altitude que minava ainda mais a sua resistência.

— Quer descansar um pouco?

Anastásia esperou até aquele momento para perguntar se ela estava cansada. Não queria parecer testar as forças da menina porque ela não dava o braço a torcer e insistia na subida.

— Não! Precisamos persistir. Temos um encontro marcado.

A cabana em nada lembrava as velhas estruturas dos filmes, abandonadas e escuras. Era toda em madeira, muito aconchegante e clara, mantendo os requintes aos quais a família estava acostumada. Ao chegarem, Olívia tocou a madeira nobre que dava sustentação à casa. A porta era pesada, oferecendo segurança e isolamento contra o frio intenso. Sentiu a parede que revestia a enorme lareira e depois tocou os estofados em couro macio. Imaginou as pessoas que por ali passaram, felizes, tomando vinho enquanto se aqueciam em frente ao fogo. Ainda com a mão passando pela poltrona, sentiu a tristeza, a dor e o sofrimento dos animais que em morte davam charme e vida ao ambiente.

Ali os pais de Isaac também viveram grande parte da sua história amorosa. Isaac já havia estado lá por várias vezes com Ruby e ela lhe trazia muitas recordações. O amor que sentia por Yeva era diferente, verdadeiro e muito maior do que a paixão anterior, porém tinha medo de que as recordações do passado poderiam lhe trazer em todos os cantos da casa. Preferia evitar a subida, até que Yeva o cobrou.

— Também quero conhecer a cabana. Podemos subir lá amanhã?

— Estamos tão bem alojados aqui. Sente mesmo essa necessidade de ir até lá.

— Você não sabe esconder os seus medos. Eu compreendo tudo o que passou. Esse é o nosso momento e estamos bem. Garanto que não haverá cobranças.

— Vamos ouvir o que nossa filha está planejando e depois podemos fazer os nossos planos. Vamos caminhar um pouco?

— Claro.

Na cabana, Olívia se aproximou do armário, procurando pelos chocolates ali deixados. Desde quando ouviu a Mya dizendo que todos os alimentos haviam sido repostos, sabia que ela se referia também aos chocolates suíços que não poderiam faltar.

— Venha comigo. Está na hora.

Olívia não compreendeu a correria da amiga querendo apressá-la.

— Para onde e por que a pressa?

— Sem perguntas, mocinha. Apenas agasalhe-se e venha comigo.

Anastásia a conduziu pela porta dos fundos. A casa ficava bem próxima a algumas poucas árvores nativas, já que naquela altitude a mata se tornava menos densa. Ali ainda persistiam com a neve alta, alguns abetos, pinheiros e salgueiros, que davam um charme especial ao local. Usando *snowshoe*, caminharam até abaixo de um desses pinheiros mais altos. Ao lado havia uma mesa de madeira redonda com alguns bancos, onde a família fazia algumas refeições no verão. A madeira envelhecida, provava que eles já não eram mais tão frequentes. Anastásia tirou uma garrafa de vidro branco e colocou-a sobre a mesa. Olívia, curiosa pelo barulho emitido, mexeu na garrafa.

— Está vazia.

— Sim, ela está.

Olívia virou-se para trás. A suave brisa batia em seu rosto lhe trazendo cheiros e lembranças.

— Eu posso sentir o seu cheiro. Sei que você está aí.

O grande lobo chegou devagar e parou ao lado de Anastásia que lhe acarinhava a cabeça.

— Devo lhe chamar de Frederico, Dentes Violentos ou...

— Nós o chamamos Uriel.

— Como o anjo?

— Ele representa Uriel no plano terreno.

— Anastásia, você já o conhece. Quem é você?

— Sou alguém que a acompanha há séculos.

Olívia se abaixou para ficar mais próxima ao lobo que se esfregava nela procurando aquecer o seu corpo.

— Eu o via em meus sonhos e agora tenho certeza de que era você em todas aquelas passagens. Os séculos parecem lhe fazer bem, meu amigo. Às vezes eu consigo rever algumas passagens de vidas anteriores, porém não consigo compreender a minha missão perante todas as provações pelas quais tenho passado.

— Você precisa deixar a sua vida fluir e acompanhar toda a evolução da sua alma.

Olívia olhou assustada para o lado de Anastásia. Era incrível poder conversar com o amigo lobo. Forçava os olhos para enxergá-lo, quando Anastásia tocou em seu ombro, depois pegou a garrafa e a bateu de leve na mesa. Olívia se dirigiu a ela pelo som agudo dissipado no ar, o lobo a acompanhou até a mesa.

— Olhe através da garrafa.

Olívia podia ver imagens distorcidas através do vidro, então abaixou-se procurando um melhor ângulo para focalizar a imagem do lobo que atravessava o vidro. Era um enorme e lindo lobo acinzentado. Ao seu lado havia um ser de luz intensa. Comparou a sua estatura à de seu pai, que perto dele seria baixo. A luz circundava o seu corpo inteiro, parecendo refletir o próprio sol, tamanha a sua intensidade.

— Então, você é o Uriel! O profeta que traz as mensagens das revelações divinas. Você quase me enganou.

O anjo sorriu antes de responder-lhe.

— Não era a minha intenção.

— Onde estão as suas asas?

— Gostaria de tê-las como nas imagens que fazem de nós. Mas infelizmente, não temos. Logo você encontrará a sua outra parte. Precisa tomar cuidado porque o mal insiste em perdurar e se aproximar de você para chegar até Deus.

— Onde ele está?

— Em breve vocês se reencontrarão.

— Por que Deus não resolve tudo isso de uma vez?

— Extirpar o mal pela raiz não significa que o bem venceu. Deus jamais desistiria de reconquistar o amor dos filhos perdidos nas trevas.

— Não entendo, como eu posso ajudar a reverter todo esse mal?

— A batalha entre o bem e o mal parece não ter fim. O mal partiu da inveja e da ganância, criadas pela lágrima de um anjo e o seu poder se tornou muito forte, propagando-se através dos espíritos menos evoluídos. Todavia, o mal se perde na imensidão da luz divina.

— Uriel! Meu anjo! Promete não me abandonar?

— Você estará sempre muito bem acompanhada.

— Por que eu? Sou apenas uma menina cega.

— Você sempre esteve ao lado de Deus, alegrando todo o reino com suas belas músicas. Ele precisou enviá-la para dividir essa alegria com seus filhos e tomar parte da nossa luta pela evolução.

— Essa é uma luta tão pequena, considerando todas as necessidades do mundo inteiro.

— Existem pessoas que semeiam a transformação e muitos se fartam na colheita.

— O mal parece crescer em uma inversão desproporcional. A fome, a miséria, as guerras, os animais, as florestas, as vidas... as vidas.

— Para todo o bem existe uma oposição que tenta revertê-lo para o mal. Por isso temos que estar tão presentes. Você tem toda razão, nosso maior bem está sendo destruído pelo poder e pela ganância.

— Me sinto forte para combater o mal que está ao meu lado e

ao mesmo tempo percebo a desproporção do todo. Então, me sinto tão pequena quanto à destruição da mãe natureza.

— Nem todos os espíritos seguem o mesmo ritmo de evolução. Precisamos assegurar que esse tempo não sofra as regressões impostas pelos maus espíritos. A relação tempo-espaço precisa oferecer experiência e sabedoria para que haja a evolução.

— Qual é o plano?

Uriel olhou para Anastásia, sorrindo enquanto apreciava a voluntariedade da pequena em atacar o mal que teimava em se alastrar.

— Não existe um plano, um treino, a estratégia de Deus é permitir que as experiências sejam trazidas pelo desejo de cada um, pelo livre arbítrio. Todos são livres para escolherem o seu caminho, não existe uma direção pré-determinada.

— A minha consciência me leva a fazer, não é algo que vem através de uma regra imposta pelos meus pais ou por qualquer outra pessoa. Percebo que vidas inocentes estão correndo risco de extinção, os meus sonhos têm me mostrado o sofrimento deles.

— Você traz a sua força de alguns milênios mocinha. As suas lutas são nobres e mostram o caminho da evolução. Entretanto, pessoas fortes também podem cair em tentação e regridem. As passagens fora do plano espiritual não são apenas provações impostas por Deus. A evolução pode reverter a aprendizagem de muitas vidas, assim como uma vida de doações de si mesmo pode reverter milhares de anos travando batalhas contra o bem.

— Existe perdão?

— Ser perdoado não significaria evoluir. Por isso, existem novas oportunidades. Entretanto, perdoar é nobre e faz parte de uma evolução.

— Ainda tenho dúvidas sobre a minha missão.

— Você vai saber o que fazer no momento certo e nós estaremos ao seu lado sempre que precisar. Você pode chamá-lo de Frederico.

Uriel acarinhou o lobo na cabeça e, então, a sua imagem foi lentamente desaparecendo. O lobo agora uivava chamando a sua família para o lado de Olívia, enquanto Anastásia, ao lado, rolava na neve com os seus filhotes. A mamãe loba estava ao lado, sentada apreciando as brincadeiras.

— Venha, Olívia! Eles adoram rolar pela neve.

Capítulo 9

Os olhos da alma

Olívia não havia se dado conta de que já havia se passado tanto tempo. Ela se lembrava perfeitamente, quando há oito anos, no momento em que chegava toda empolgada para contar sobre a viagem a Arosa, os avós a esperavam na porta de casa. A avó conduziu a neta até o escritório, conforme combinado com Willian. Os quadros de vários artistas de renome, eram a única companhia de Olívia, depois que os pais a deixaram sozinha por apenas dois minutos, como o avô havia pedido. O mínimo barulho da maçaneta da porta, fez a menina virar-se entusiasmada em direção à porta. O barulho do ar sendo puxado com a força, interpretado pela menina como um animal que buscava o ar desesperadamente pela sobrevivência, era na verdade apenas um filhote tentando escapar das mãos do avô para chegar até ela. Antes que ele conseguisse chegar até ela, ouviu uma frase vinda de seu avô.

— Temos uma surpresa pra você.

— Esse cheirinho de bebê. É um filhote?

Assim que estendeu as mãos à frente o avô o soltou.

— Um filhote!

Olívia lembrou-se da imagem de Uriel com o lobo ao seu lado. Ele prometeu que estaria para sempre ao seu lado, cuidando e protegendo-a. Em alguns de seus desdobramentos ela estava ao lado dos animais que a haviam acompanhado ao longo de tantas vidas e ao lado de cada um deles havia também um anjo, pronto para qualquer batalha. Ela sempre esteve muito bem protegida pelos enviados de Deus. Além de anjos e os animais, ela tinha déjà-vus com alguém que a protegia com a própria vida, no entanto, nunca o havia encontrado em seus desdobramentos. Era o seu amor eterno, a alma da sua alma.

Olívia estava rolando com o filhote pelo chão do escritório, quando de repente ela ficou quieta por um instante, enquanto ele virava o rosto olhando-a nos olhos. Em seus pensamentos podia vê-lo passando pelas frestas de uma parede de pedras rústicas, parecida com a de um castelo.

— Você estava lá comigo. Posso sentir que já esteve ao meu lado.

— O que disse, minha querida?

A avó estava ao seu lado e não compreendeu a fala da neta.

— Nada, vovó. Só estava dizendo a ele que vou amá-lo para sempre.

— Onde conseguiu esse lindo bebê, Willian?

Yeva se interessou por saber onde o sogro havia conseguido o filhote. Tanto ele quanto Mary tinham algumas reservas sobre criar cães dentro de casa. Neste caso, eles deveriam saber que a neta viveria grudada a ele, que dormiria ao lado de sua cama.

— É uma longa história, mas vou resumi-la. Outro dia, quando passei na empresa, vi o Ernest da portaria entregando um filhote para a Lara da recepção. A mãe dele foi vítima de um acidente vascular cerebral e faleceu, no mesmo dia em que a sua cachorra Maitê deu cria a quatro filhotes. Os cães eram a paixão dela, mas ele só poderia ficar com o casal, porque não tinha espaço e teria que doar os filhotes. Esse era o último, então pensei que ele poderia ser treinado para ser o seu guia.

— Que lindo, meus amores! Eu serei sempre a minha própria guia e ele será o meu companheiro.

— Nós já esperávamos por uma resposta desse tipo, não é verdade, Willian?

— Claro que sim.

A avó tomava a frente na resposta e todos eles conheciam muito bem a determinação da menina na luta pela sua autonomia, construindo os seus próprios caminhos. A impetuosidade de suas palavras não chegava de maneira desproposital e muito menos representando arrogância. Ela buscava com todas as suas forças a sua independência perante a sua família e perante a sociedade. O cachorro, não sairia lhe puxando pelas trilhas que ela mesma construía, colocando as suas pedras, dia após dia.

— Posso chamá-lo de Frederico?

O avô já o chamava de Bart até o momento, mas preferiu nem dizer à neta. Na verdade, ele mesmo achou Frederico mais oportuno.

— Claro que sim. Mas por que escolheu esse nome?

— É o nome do lobo que acompanha Uriel.

— Uriel é o anjo responsável por levar a paz ao coração dos seres humanos, fortalecendo os fracos e injustiçados. O anjo da poesia.

— Isso mesmo, vovó. Foi ele quem disse que Deus respeita o livre arbítrio e essa liberdade pode fazer o nosso espírito evoluir para o bem ou para o mal. Ele nos traz as boas novas e ri quando dizem que ele tem as chaves do inferno, que na verdade não existe. Céu e inferno, bem e o mal, estão colocados no mesmo plano, ao mesmo tempo e nós escolhemos de que lado queremos estar.

— Onde você leu sobre isso? Tem um conhecimento bem aprofundado sobre o assunto. Tem conversado com Anastásia sobre esses assuntos? Nunca conversamos sobre isso.

Olívia sempre compartilhava tudo o que acontecia em sua vida com sua mãe, mas tinha alguns segredos que somente Anastásia conhecia.

— Mãe, não tenha ciúme da Anastásia. Apenas me interessei um pouco mais pelo tema. Os anjos sempre despertaram o meu interesse.

— Fala com tamanha propriedade que parece ir muito além dos conhecimentos trazidos pelos livros — continuou a mãe.

— Bem, acho que vou apresentar o bosque ao meu amigo. Precisamos conversar, não é mesmo, Frederico?

— Eu sabia que logo você viria, meu amigo.

Sem compreender as palavras sussurradas no ouvido do pequeno filhote, os quatro deixaram o escritório.

A tecnologia lhe oferecia muitos meios para poder sobreviver na selva das grandes cidades, porém ela também não desejava ser guiada por GPS. Confiava plenamente em seus sentidos e a todos eles, dava atenção especial para que eles pudessem lhe oferecer sempre mais condições para seguir em frente com uma boa qualidade de vida e ela desejava ir muito além. Queria doar o seu tempo e seus conhecimentos por uma causa nobre em favor dos animais.

No café da tarde, depois de tomarem banho, Olívia contava aos avós sobre a viagem, inclusive os seus pormenores. No entanto, não disse a verdade sobre a visita de Uriel, seguindo os conselhos da amiga, que dizia ainda não ser o momento de conhecerem o seu segredo.

— Eu e Anastásia vencemos a prova do boneco de neve. Conforme as regras estabelecidas, cada dupla poderia usar dois objetos para fazê-los. A escada era nossa, então tínhamos a vantagem em construí-lo mais alto.

— Ela não disse que escondeu as nossas pás.

— Papai. Elas foram soterradas pela pequena avalanche.

— Claro. Era tão pequena que foi capaz de cobrir apenas as nossas pás.

— Yeva, você está insinuando que essa avalanche pode ter sido provocada por alguém? É uma acusação muito grave.

— Não Willian. Eu jamais justificaria a nossa derrota com acusações infundadas.

— É um local sujeito a avalanches. Você se lembra Isaac, quando eu e sua mãe construíamos o nosso que estava bem maior que o seu. Quando voltei do banheiro uma avalanche havia destruído o nosso boneco.

— Pai, você contou para ela o segredo da avalanche? Como pôde fazer isso comigo?

Todos riam porque a disputa pelo maior boneco já havia virado tradição, seguida pelas brincadeiras, exatamente como os avós faziam com Isaac. Willian tinha aquele jeito sério na empresa, porém fora dela, depois da chegada da neta estava muito mais feliz. O café com eles era sempre divertido, tendo Olívia como personagem principal. Ela contagiava todos com a sua alegria, na mesma proporção que ela encantava pela sua sabedoria.

Hoje aos dezessete anos, ainda conversava com Uriel através da garrafa, que ela ainda guardava, com todo carinho. Era uma garrafa comum, transparente, que Mya utilizava para colocar água na geladeira. Sempre dizia que a velha garrafa tinha sido um presente de Deus, trazida até ela pelas mãos de Anastásia e ela permanecia em sua mesinha de cabeceira.

Acreditava estar chegando o momento da sua partida. As suas notas em suas avaliações a credenciaram a frequentar as carteiras das melhores universidades de veterinária do mundo. Divergia o avô que queria vê-la cursando a Universidade de Cambridge, na Inglaterra, referência entre as universidades mais antigas do mundo que oferecia curso de medicina veterinária avaliado entre os cinco melhores do mundo. Contrariava também o pai, com argumentos que revelavam a sua necessidade de provar que as adversidades não seriam impedimento para as suas conquistas, ao contrário, seriam a marca registrada da sua evolução.

— Nenhuma universidade vai me ensinar mais do que eu já tenha aprendido. Eu preciso estar perto dos animais que eu vou ajudar a salvar. De nada adiantaria eu fazer um curso que estivesse fora das minhas pretensões.

— Entendemos a sua necessidade, só que nesse caso precisamos considerar a proximidade com a família.

— Vovô, eu sei que você me entende. Precisa conter a sua saudade e quando quiser me ver, pegue um avião e venha passear nas savanas africanas. Pense nos animais que estão quase extintos, é por eles que eu vou me dedicar.

— Promete que vai me receber quando eu quiser vê-la?

— Vou pensar sobre isso! — Sorriu, delicadamente tocando o rosto do avô. — Claro que vou.

As risadas vinham embaralhadas às lágrimas que escorriam pelos olhos do avô, depois seguido pela avó, pai e mãe, exatamente nessa ordem. Era difícil acreditar que esse dia chegaria, porém ela sempre havia deixado claro que buscaria a sua liberdade e os seus objetivos.

— Sei que vocês ficarão mais tranquilos com a Anastásia morando comigo. Já estou fazendo amizade com algumas meninas que se inscreveram para o mesmo curso que eu e elas já acertaram uma casa que fica bem próxima à universidade. Se tivermos sorte conseguimos uma casa próximo a delas.

— Então, precisamos marcar o dia para a nossa viagem. Acertaremos os detalhes da casa, universidade e já comparamos tudo o que precisar.

— Por que não compramos uma casa lá?

— Willian, já conversamos sobre isso.

A própria avó continha o ímpeto do avô, que ainda insistia nas suas manobras para continuar perto da neta querida.

Uma semana depois, Olívia e Anastásia faziam as malas e pelo menos nessa primeira vez seria acompanhada por toda a sua família.

— O que essa garrafa velha está fazendo em sua mala?

— É minha garrafa da sorte.

— Compre enfeites novos e deixe essa velha garrafa guardada aqui.

— Ela não é um simples enfeite. Não, vó ela vai...

A avó tentou segurá-la, mas a garrafa escapou de suas mãos e foi ao chão, quebrando em cacos de vários tamanhos.

— Meu Deus, me perdoe. Eu não queria que acontecesse isso.

A avó não havia sido indelicada, simplesmente não conhecia a função da garrafa, não dando ao objeto o seu verdadeiro valor. Havia sido um presente de Anastásia para que pudesse enxergar Uriel e era através dela que ela se comunicava com ele frequentemente. A tristeza da neta tentando recuperar os pedaços da garrafa deixou a avó com mal-estar.

— Calma, vó é só uma garrafa. Não precisa se preocupar. Só quero pegar os seus pedaços para não me ferir.

Olívia juntou os pedaços maiores, passando as suas mãos sobre o piso de madeira. Em um deles ela fez um pequeno corte na palma de sua mão.

— Minha querida, eu só queria ajudá-la a arrumar a sua mala. Não imaginava ser tão importante para você. Cortou a sua mão.

— Está tudo bem, meu amor. Deve ter sido um corte pequeno. Não quero que fique nervosa por uma garrafa velha.

Sempre ao se referir aos pais e aos avós, chamava-os por amor. Fazia questão de deixar claro o sentimento que lhe apertava o peito, ainda mais agora, se preparando para ficar longe. Era uma partida necessária, porém dolorosa para todos.

— Eu vou descer e pedir para alguém limpar aqui.

— Por favor, peça para Anastásia subir aqui.

Em pouco tempo, Anastásia chegou ao quarto para ajudá-la.

— O que aconteceu? Por que está tão aflita?

— A velha garrafa que trouxemos de Arosa se quebrou.

Anastásia juntou os cacos e os colocou em cima de um papel sobre a mesa.

— Vamos fazer um curativo em sua mão porque ainda está sangrando.

— Eu não vou mais conseguir ver o Uriel.

— Eu vou me deitar. Amanhã saímos bem cedo. Fique bem e procure descansar.

— Você consegue ficar calma. Entende o que acabou de acontecer aqui?

— Claro que eu entendi, a velha garrafa que eu lhe dei espatifou-se. Mas já estou morrendo de sono. Boa noite, querida!

— Boa noite!

Alguns minutos depois de se deitar, Olívia ouviu um barulho, facilmente identificado por ela como um pequeno caco de vidro caindo ao chão. Seria impossível eles caírem, já que estavam colocados ao centro da mesa. Sem sair da cama, buscou explicação dentro dos princípios físicos. De repente, ela pôde ver Uriel chegando até ela. Ele iluminava boa parte do quarto com a luz em volta do seu corpo.

— Percebi que estava em desespero e vim lhe ver.

— Pensei que só poderia vê-lo através da garrafa.

— A garrafa era a prisão da sua visão. Precisa confiar nos olhos da sua alma.

— Então a minha avó sem querer me libertou?

— De certa forma, ela lhe mostrou um caminho que você não havia percebido. As pessoas costumam confiar mais nas simbologias do que na sua própria força.

— Quer dizer que você sabia que eu poderia vê-lo sem estar atrás da garrafa?

— Você precisa conhecer a força que carrega dentro de si.

— Anastásia também sabia? A minha melhor amiga sabia disso e não me disse nada. Por isso ela foi se deitar sem se preocupar.

— Lembre-se que você prefere aprender pelas suas experiências.

— Quer dizer que estou sendo trolada por anjos?

Olívia arrancava doces risadas até mesmo de um anjo. Ela compreendia que as suas experiências registravam a sua marca evolutiva. Mas, nessa situação ela permanecia incrédula.

— Minha amiga!

— Sempre estarei por perto quando estiver aflita ou em perigo.

Uriel colocou a sua mão sobre o ferimento de Olívia que permanecia sangrando, mesmo após Anastásia fazer o curativo. Imediatamente a ferida fechou.

— Nunca se descuide desse pedaço marcado com o seu sangue.

— É outra pegadinha?

— Não. Tem a sua marca e somente o seu espírito poderá ver através desse vidro. Mas lembre-se: nunca olhe para a sua outra metade.

— O que você quer dizer com *outra metade*?

— A pessoa que a visita em seus sonhos.

— Muito bem! Estou colocando na minha bolsa. Sabe que isso pode ser visto como uma arma em um aeroporto.

— Enquanto tiver a sua marca de sangue não sairá de suas mãos.

No avião, não foi difícil acomodar o Frederico na poltrona ao seu lado. Uma lei antiga permitia que o cão guia a acompanhasse na poltrona ao lado. Ela não gostava de se valer de leis que priorizavam a sua deficiência, mas nesse caso ela não deixaria o amigo viajar no compartimento de carga, em uma caixa. Era um cão muito tranquilo, porém a viagem de quase quinze horas estava o deixando estressado. Era Olívia quem o acalmava. Nas poltronas ao lado estavam, Anastásia, os pais e os avós. Era só ela se concentrar e podia sentir o cheiro de cada um deles, com seus perfumes bem característicos. Apesar do pedido para seguir sozinha, preferiu não insistir, pois sabia que não resistiria ao choro dos avós.

— Calma, menino, já estamos quase chegando.

Isaac insistiu na compra de um apartamento de alto padrão, no centro da cidade com uma funcionária. Porém, mais uma vez foi repelido pela oposição da filha, que desejava junto com Anastásia procurar a melhor moradia para ela. O seu desejo, compartilhado com a amiga, era ficar em uma casa mais simples, com fácil acesso à universidade escolhida por elas. Não pretendia ser tratada diferente dos outros estudantes que chegavam à universidade. Ali ela teria uma oportunidade única de desenvolver a simplicidade.

Atualmente, a Universidade de Pretória mantinha o campus para a formação em graduação e pós-graduação em Medicina Veterinária para animais selvagens de grande e pequeno portes em Gaborone, uma cidade com quase trezentos mil habitantes. Próximo à cidade, ficava a reserva natural de Madikwe, uma região que depois de décadas de degradação da fauna, recebia investimentos de vários países para a salvaguarda de espécies em risco de extinção. O turismo na área respeitava o limite da sustentabilidade. Estudar os animais africanos era um ótimo atrativo para os cursos e grande parte dos seus alunos desejavam lutar pela preservação dos animais.

Anastásia estava matriculada no curso de Marketing de Performance, seguindo os conselhos de Yeva. Ela se encantou pelo curso, depois de assistir inúmeras vezes os vídeos que ela produzia e pela sua fala apaixonada, sempre deixando claro a saudade que tinha do seu trabalho. Com horários comuns, as duas se divertiam enquanto estudavam. Participavam de todas as atividades promovidas pela universidade e pelas comunidades de alunos. Os vídeos de Olívia sobre a sua interação com o parque e os animais, tinham em sua produção a assinatura de Anastásia. Os vídeos lembravam as produções de sua mãe, revelando uma clara influência em sua formação.

As duas eram muito ativas nas atividades da universidade e, logo nas primeiras semanas, Olívia se inscreveu para a avaliação na orquestra, na qual ela foi aprovada pelas habilidades ao piano e violino. Durante a sua mostra, tocou uma de suas composições, deixando a banca boquiaberta. Entretanto, estava preocupada com a exigência de pelo menos dez horas semanais de prática junto com todo o grupo. Não queria que nada viesse atrapalhar a sua dedicação aos estudos e ao estágio no parque. Olívia estava impressionada com o potencial vocal dos participantes do coral, em sua grande maioria moças do próprio país, da graduação e pós-graduação em música.

Bem, o maestro, cujo nome significava paz, na verdade não era nada tranquilo em relação às imposições sobre os seus músicos. Talvez, por isso era conhecida como umas das melhores orquestras juvenis de toda a África. Ele compreendia as urgências da moça e estava impressionado com a sua musicalidade, contudo não podia abrir precedentes com a diminuição de tempo de estudos musicais. Prometeu que estudaria uma outra opção, mas que jamais havia sido parcial em suas decisões em qualquer situação. Enquanto a decisão não vinha, ela continuava praticando e compondo no seu tempo.

Era comum vê-la em rodas de amigos, dentro do campus com o seu violino. Muitos jovens e funcionários se aproximavam para ouvi-la porque era especial terem ao seu lado uma compositora de músicas eruditas tão belas. A senhora Fayola da cantina, sempre convidava Olívia para tocar mais próxima ao estabelecimento, dizendo aumentar a clientela. Foi sugestão do próprio Reitor para que o senhor Bem revisse a sua decisão, considerando os *shows* na cantina como horário de prática. Foi graças a ele que os horários de estudos puderam ser mais flexíveis, e a incorporação da nova aluna poderia agregar muito para a orquestra e para a universidade.

Nos jogos esportivos entre universidades da região ela se destacou nas lutas, trazendo várias medalhas e marcando pontos importantes para a conquista do primeiro título geral da Universidade de Pretória. O velho maestro se desesperava, torcendo muito para que ela trouxesse as medalhas, mas rezando para que ela não machucasse os seus dedos. Ela havia conquistado o coração do velho Bem, que em pouco tempo transformou-se em seu fã número um, como ele mesmo fazia questão de deixar bem claro.

Antes de iniciarem as aulas práticas, em que os alunos começavam a interagir com os animais, Olívia se destacou ao declarar a sua revolta contra os zoológicos e nos tratamentos de animais selvagens. Desde o seu ingresso, quando se inscreveu como voluntária em *Primeiros Socorros e Resgates* de animais ficou conhecida como "doutora Dolittle". Assim carinhosamente chamada pela professora Sofia, uma das mais antigas da Universidade, em referência a um filme muito antigo. Ela podia detectar doenças cheirando os animais e fechava diagnósticos que batiam com os exames realizados posteriormente.

Inovou ao levar a música clássica para o tratamento dos animais, dizendo que eles precisavam se livrar do *stress* da vida ao lado dos seres humanos. Era comum ver os funcionários carregando o seu piano para perto dos animais diagnosticados com *stress* e depressão, para que ela pudesse tocar para eles. Os funcionários também se alegravam e estavam gratos por também terem dissipadas as suas tensões.

— A música erudita tem o poder de libertá-los das nossas influências ruins. Eles jamais se acostumarão à vida em cativeiro. A vida selvagem requer a liberdade do corpo, do cheiro, do olhar e de suas almas.

Quando iniciou o segundo ano na faculdade, Olívia foi chamada a voltar para a Suiça, pois seu avô havia sofrido um enfarto e precisava realizar uma cirurgia com urgência, mas insistia em vê-la antes. Willian sempre teve a vida muita agitada e viveu a correria das empresas quase dez horas por dia. Mesmo depois de se afastar parcialmente, ainda era difícil se livrar das preocupações que a imensidão da empresa lhe rendia. Somados ao *stress* do trabalho, ainda havia pelo menos mais dois fatores que contribuíam para que o seu coração sofresse as consequências. Não era adepto de realizar exercícios físicos e divertia-se às gargalhadas quando dizia ficar cansado só de falar em caminhadas. O segundo problema era a sua alimentação, baseada em carnes bastante gordurosas e embutidos. Adorava as comidas alemãs mais calóricas e sempre contrariava a nora quando lhe eram servidas as suas refeições das dietas mediterrânea ou nórdica. Depois resmungava ainda mais, quando Olívia incentivava a avó e os pais a se tornarem veganos, como ela sempre havia sido. Somente os tratamentos não seriam capazes de reverter os problemas de saúde e nada era capaz de mudar os seus hábitos. Como o médico alertava, a cirurgia era arriscada pela idade avançada, porém não havia outro meio possível. Era um procedimento a ser realizado com urgência.

Acompanhada pela amiga, marcou o primeiro avião, partindo do *Wonderboom National Airport,* em Pretória. O seu coração estava apertado porque o avô fazia parte dos pilares que a mantinham de pé. Sempre houve um acordo de união entre os pais e os avós para que ela fosse totalmente independente, e isso a fazia encarar de frente todos os problemas. Compreendia a importância de cada um deles e de todos os seus ensinamentos. O avô desde a chegada da menina mudou a sua imagem de homem sério que presidia as empresas, para um senhor mais alegre e sorridente, às vezes chorão.

Anastásia conhecia o senhor Willian desde muito pequena e não poderia deixar de acompanhar a amiga. Ele sempre foi uma referência em sua vida e era sempre gentil no tratamento com todos os funcionários, diferente de como tratava os velhos lobos dos negócios, como ele mesmo os chamava, o que lhe rendia a fama de homem de ferro na empresa. Mya já havia decidido que teria a filha sozinha e não iria atrás do pai para ajudar na criação da filha. Willian e Mary acolheram Anastásia como uma filha e partiam deles as iniciativas para que ela frequentasse as melhores escolas e tivesse todo o suporte necessário na sua formação. Mya retribuía todo o amor e dedicação à sua filha nos cuidados ao casal e ao jovem Isaac. Agora, com a presença de Olívia, foi a vez de Anastásia dedicar todo o seu amor à menina.

Gisele e Mya faziam parte da sociedade das Mães de Spalla e se aproximaram da família, assim que identificaram a grande possibilidade de nascimento de Spalla, apesar de toda forma conturbada como aconteceu. Ambas trabalhavam juntas no palacete e depois, com a gravidez inesperada, Mya pediu para ser transferida para a cabana em Arosa, pois queria manter distância do pai da menina. Na montanha, teria liberdade para desenvolver as habilidades e os dons espirituais da pequena Anastásia, para ser a protetora da menina. Não foi fácil para ela compreender a missão de acompanhar e proteger Spalla, mas logo a sua irreverência inicial deu lugar à responsabilidade e determinação. Receber as visitas frequentes de Uriel, Miguel e Adele eram motivos de muita alegria porque eram seres de luz e sabedoria plena. A paz que Adele trazia para sua vida era sublime e encantador, sentindo-se grata por ser uma das escolhidas para o seleto grupo de mulheres.

Entre Olívia e Anastásia havia muito mais do que uma simples amizade, apesar da diferença de idade, as duas formavam uma dupla perfeita, desde o dia em que se conheceram. Olívia era uma menina alegre, confiante e com sabedoria que extrapolava em muito a das crianças da sua idade. Apesar disso, sempre dizia que a melhor forma de aprender era ter as mãos e os ouvidos curiosos e mais aprender do que ensinar. Assim ela crescia com o desejo incontrolável de evoluir em corpo e o espírito.

Os encontros com Uriel ainda aconteciam, mas já não mais com a mesma frequência e agora ela sentia saudades das longas conversas que tinham. Uriel trazia informações relevantes, além de ser o conselheiro que lhe trazia a paz de espírito quando ela mais precisava. No dia da viagem ela pegou o pedaço da garrafa com a sua marca de sangue e o colocou em sua bolsa. Com ele entre suas mãos, orou para que o voo fosse tranquilo. Estava com o coração apertado, pois apesar da grande conquista, aquele momento marcava o começo de um distanciamento das pessoas que mais amava.

Estava escuro no avião e Olívia segurava a mão de Anastásia. Elas haviam amadurecido muito, durante o tempo em que estavam vivendo longe das pessoas que mais amavam e a sua compreensão sobre vida e morte acumulavam as vivências de séculos. Conversavam sobre o ciclo da vida, até Anastásia, sem explicar o motivo, pedir licença e levantar-se de sua poltrona. Provavelmente iria ao banheiro na parte traseira do avião. Olívia dispensava as viagens em primeira classe, achando desnecessária a diferença entre os passageiros.

— Já volto.

— Tudo bem. Segura a minha mão se eu estiver cochilando quando você voltar.

— Claro que sim.

Logo após a sua saída, uma senhora veio se sentar ao seu lado. Não achava oportuno o momento, mas nunca foi indelicada com as pessoas que se aproximavam dela.

— Posso me sentar ao seu lado por um instante?

Olívia sempre era tomada pelas sensações que todos os outros sentidos lhe ofereciam. A voz, o cheiro, paladar e o toque suprimiam a necessidade de visualização em quase todas as situações. Era assim que ela se resguardava do sofrimento pela perda da visão. Entretanto, muito mais do que isso, algumas misturas de sensações a levava para momentos de alegrias e tristezas de vidas passadas. Naquele momento, a senhora que se sentava ao seu lado lhe trazia muitas sensações vividas em outras vidas, que se embaraçavam com visão de outras pessoas. Acalmou-se e sentiu a paz e o conforto que a senhora lhe oferecia.

— Eu conheço a senhora?

— Você me parece familiar, por isso vim para perto de você.

— Não é isso que quero dizer. A senhora sabe que me conhece, assim como eu jamais esqueceria esse cheiro que me acompanhou durante séculos.

Olívia conversava com a mulher, enquanto procurava em sua bolsa aquele pequeno caco de vidro. Tentou disfarçar para que ela não percebesse. Uriel a havia alertado que deveria ter sempre aquele pedaço da garrafa, marcado com seu sangue próximo a ela. Quase furando novamente o dedo, conseguiu encontrá-lo.

— Se você olhar para a janela poderá ver o infinito.

— Acho que a senhora não deve ter percebido, mas sou cega, desde muito pequena.

E um movimento delicado, trouxe o vidro para perto dos olhos. Para ela, o avião com as luzes apagadas não lhe fazia diferença. Olhou para a mulher, enquanto ela corria o seu olhar para o lado do corredor. Era uma senhora, bonita, de pele num tom avermelhado. Abaixou a lente percorrendo o seu corpo, que vestia uma saia acima dos joelhos que deixavam à mostra as suas belas pernas. Fechou a mão escondendo a lente, assim que a mulher voltou seu olhar para ela.

— Se você olhar com a sua alma, poderá ver tudo o que realmente desejar.

Olívia trouxe a lente novamente próximo aos seus olhos e olhou diretamente para seus lindos olhos azuis. Através do vidro pôde, agora, ver a imagem daquela mulher que trazia uma luz intensa sobre si, acompanhada de uma paz muito grande que lhe acalmava o espírito. Iluminada pela própria luz, revelava a sua imagem. Muitas passagens de outras vidas insistiam em permanecer em seus sonhos, que sobrepunham cheiros às imagens, e aquela mulher era a índia de olhos azuis que estava sempre presente. Desejou compartilhar aquele momento único com Anastásia.

— Ainda não me disse seu nome.

— Desculpe. Meu nome é Adele.

— Por que tenho a sensação de que já a conheço?

— Porque já nos conhecemos de outras épocas e muitos lugares.

Adele foi interrompida pela afirmação de Olívia.

— A senhora é a índia de olhos azuis que está comigo nos meus melhores e piores momentos. Quando eu faço as minhas orações antes de dormir é você quem vem recuperar a minha paz.

— Nós já percorremos um caminho muito longo juntas.

Olívia levantou novamente a lente de vidro para ver Adele quando foi surpreendida.

— O vidro marcado com seu sangue foi o presente de um anjo para que você pudesse ver os anjos bons e os maus que vierem ao seu encontro. Você não precisa dele para me ver. Confie no seu coração.

— A senhora conhece o Uriel?

— Sim, eu o conheço muito bem.

Neste momento, Adele segurou as duas mãos de Olívia, que respirou profundamente sentindo a intensidade das sensações que aquele toque lhe proporcionava.

— Você é um anjo como o Uriel?

— Podemos dizer que sim.

Adele respondeu, sorrindo, no momento em que a amiga se aproximava pelo corredor.

— Olá, Anastásia! Como está?

— Tudo bem! E você, como está?

— Tudo bem.

Anastásia fez questão de esticar o braço para tocá-la. Neste exato momento, pela primeira vez Olívia conseguiu ver a amiga.

Olívia explicou o motivo da sua volta para a Suíça.

— Meu avô não está bem. Teve um problema cardíaco e sofrerá uma intervenção cirúrgica amanhã.

— Sim, eu sei. Não quero deixar mais dúvidas na sua cabeça em um momento difícil como esse. Sei que está sentindo um misto de sensações e emoções. Lembre-se que o amor não é o elo de apenas uma vida e nada está se acabando.

Adele não precisou de palavras porque ela é o próprio conforto.

— Preciso voltar ao meu lugar e deixar essa mocinha se sentar. Logo aterrissaremos.

— Obrigado, por me trazer a paz que meu coração precisava.

Adele caminhou para o fundo do avião, enquanto Anastásia retomou o seu lugar.

— Eu já a conhecia. Ela não usa perfume, mas deixou impregnado em mim um cheiro característico de mãe que eu jamais esqueceria. As minhas lembranças me trazem a imagem de uma mulher linda com a pele avermelhada, olhos azuis da cor do céu e o brilho mais intenso entre todos os anjos.

— Ela é exatamente da maneira que você a descreveu.

— Eu consegui ver você no momento em que a tocou. Como você é linda minha amiga.

— Obrigado! Mas acho que perto de você tudo fica mais bonito.

Neste mesmo momento no hospital, Willian pediu aos médicos para falar com Isaac na presença de Mary e Yeva.

— Meu filho, eu não me permitiria partir sem que você soubesse da verdade.

— Fique tranquilo, meu pai. Logo estaremos em casa.

— É muito importante, meu filho. Não posso mais confiar no tempo que me resta.

— O que pode ser mais importante que o seu bem-estar nesse momento? Você precisa descansar agora.

— Não poderia partir sem lhe dizer. Nós sempre o quisemos muito. Sempre foi o nosso filho amado.

Mary chorava segurando uma das mãos de Willian, enquanto a outra segurava com extrema fraqueza a mão de Isaac.

— Willian, você não precisa falar sobre isso neste momento.

— Nós o amamos desde a primeira vez que o vimos. Você era tão pequenino e se encaixou tão bem em nossos braços. Tenho certeza de que você precisava de nós tanto quanto nós de você. Os seus pais haviam morrido em um acidente e por mais errado que fosse, decidimos não lhe dizer que você havia sido adotado.

— Nós íamos lhe dizer e só aconteceria quando seu pai saísse do hospital.

Mary lutou para terminar a frase, ajudando Willian.

Isaac não queria acreditar no que ele estava ouvindo, por isso seus olhos insistiam em não derramar nenhuma lágrima. Ele procurou ser forte, tentando preservar e acalmar o pai que estava a caminho da cirurgia.

— Vocês são os meus pais. Não pense nisso agora. Você é meu pai.

No aeroporto, o motorista da família aguardava por Olívia e Anastásia. Iriam direto para o hospital onde o seu avô estava internado. As mensagens de áudio enviadas pela mãe diziam que a cirurgia seria adiantada, apesar dos pedidos do avô para ver a neta antes que ela fosse realizada.

— *Minha filha, os médicos avaliaram seu avô e decidiram adiantar a cirurgia para daqui a trinta minutos. Ele lhe mandou um beijo e disse que sente a sua presença durante todo o tempo. É o amor da vida dele.*

— Albert, você ouviu a mensagem de Yeva, consegue fazer o trajeto até o hospital a tempo?

— O trânsito não está ajudando, mas eu posso sim. Talvez ainda consiga pegar um atalho.

— Confie em suas habilidades. Nada vai nos acontecer.

Anastásia intervinha junto ao motorista para que a amiga pudesse rever o seu avô antes da cirurgia. As duas no banco de trás, passaram por alguns maus momentos com as manobras entre os carros. Albert era um excelente motorista e poucas vezes havia desrespeitado as leis de trânsito. Talvez por uma ou outra vez a pedidos do patrão, Isaac, devido aos seus atrasos. Porém, ele precisava ser arrojado em sua pilotagem pelas ruas movimentadas de Zurique, para que Olívia revisse o avô. A escolha do atalho parecia não ser a melhor opção, principalmente quando uma das ruas foi tomada em sentido contrário. Olívia se assustou com o barulho das buzinas, ainda mais quando sentiu o tranco do carro subindo pelo calçamento, pois as ruas estreitas muitas vezes não suportavam a passagem de mais de um carro. Cada segundo salvo por Alfred poderia decidir sobre chegar a tempo. Já em frente do hospital, Alfred adentrou no espaço reservado às ambulâncias, derrapando para que a porta ficasse do lado da entrada, assustando inclusive os funcionários do hospital que estavam na porta.

Anastásia conduziu Olívia pelos corredores do hospital até a chegada do quarto trezentos e oito, no terceiro andar. Chegando ao quarto, deparou-se com os pais que estavam saindo, pois estavam começando os preparativos para a cirurgia. A avó era a última a sair e abraçou a neta, com orientação dos médicos.

— Preciso ver o meu avô.

— Não temos mais tempo. Precisamos dar andamento na cirurgia com urgência. Preciso que aguarde do lado de fora, pois já vamos levá-lo.

O médico tentou barrar a entrada da neta, quando o próprio Willian pediu para vê-la.

— Espere, deixe-a entrar.

— Um minuto e nada mais.

— Meu amor! Eu não queria entrar naquela sala sem matar a saudade que sentia de você.

— Logo estará de volta e então poderemos matar a saudade de verdade. Fique tranquilo e confie nos médicos e em Deus que tudo ficará bem.

— Confio neles. Mas não há como recuperar todas as velhas estruturas que já não funcionam mais.

— Elas ainda lhe trarão muitas alegrias.

— Deveria ter me cuidado mais, seguindo os seus conselhos.

— Não fale assim. Deus estará com você e logo estaremos nos divertindo novamente.

— Senhorita, precisamos iniciar os procedimentos agora, já não podemos mais esperar. — Apressou o anestesista.

— Eu não vou sair até que você fique bem.

Olívia o beijou na testa, antes que ele partisse. Willian foi levado pelo longo corredor até a entrada do elevador, que o levaria à sala de cirurgia, onde os médicos o aguardavam. Olívia conseguia filtrar os sons do amplo ambiente e o que restava era o barulho das rodinhas da maca, talvez inaudíveis a qualquer outra pessoa ali, entretanto ela tinha o ouvido apurado e seguia com o avô até o fim do corredor. O som estridente e agudo que lhe rasgava o coração em um misto de agonia e saudade antecipada, lembrava a sinfonia número 6, "Trágica", de Gustav Mahler. No fundo, tanto ela, quanto ele, já pressentiam que aquele havia sido o último encontro entre os dois. Sentiu-se confortada por ter se despedido, porque não se perdoaria se não tivesse sentido as mãos que sempre lhe ofereceram tanto carinho e amor.

Os pais e a vó a esperavam em uma pequena sala no andar inferior. Abraços apertados a faziam lembrar que aquele era o seu lugar porque dentro deles ela havia passado a maior parte da sua vida e era feliz por se sentir tão amada. Sempre foram o seu porto seguro e a sua inspiração para a incansável busca pela liberdade. A cada pedra colocada em sua trilha no bosque, ela agradecia a cada um deles. Era um amor incondicional, e agora ela entendia perfeitamente as palavras de Adele no avião, quando disse que tudo tem o seu tempo. O avô havia tido uma vida muito boa e era um exemplo para muitos que o conheciam.

Olívia sorria facilmente e inspirava as pessoas ao seu redor, justamente pela alegria contagiante. Era assim, com os seus familiares e com os amigos. Porém, naquele momento as sensações que chegavam até ela naquela sala não eram boas. Talvez não poder ver as suas paredes brancas, os quadros em tonalidades suaves, a luz planejada para amenizar o *stress* e a agonia da espera a ajudavam a ser mais realista que os demais. Podia-se dizer que ela não lhe transmitia boas vibrações. Imaginava quantas pessoas já haviam estado ali, aguardando pelas notícias de seus parentes. A imagem de pessoas chorando lhe veio em seus pensamentos, e então a visão da avó e dos pais chorando estancou o seu sorriso. Lembrou-se de Adele, que havia conhecido há tão pouco tempo, mas tinha o poder de lhe acalmar o coração.

Anastásia, percebendo a sua alteração, aproximou-se e a abraçou. Entre elas existia mais do que uma interação de amigas, era o cuidar da alma, da dor e do amor, sem medidas. De repente, o coração de Olívia acelerou em disparada, encharcado por uma descarga de adrenalina. Ela se levantou e caminhou até a entrada da sala, que permanecia com a porta aberta e depois de alguns segundos a aproximação do espírito do seu avô a fez chorar. Anastásia olhou para ele e com os olhos agradeceu, depois se afastou para que o avô se despedisse da neta.

— Meu último desejo era revê-la e felizmente consegui aguardá-la. Sempre a mais doce entre todos os seres que pude conhecer. Meu amor.

Depois de enxugar as lágrimas da neta, o avô caminhou até Isaac e Mary. O filho segurava as mãos da mãe, conversando sobre a demora pelas informações da cirurgia que já ultrapassava as seis horas. Olívia ao contrário deles, podia assistir às declarações do avô ao pai e a esposa, que esteve ao seu lado por quase sessenta anos. Ele permaneceu ali, olhando para ela, até que Adele chegasse à porta, assim ele caminhou para perto dela e juntos desapareceram ao final do corredor.

Olívia caminhou a passos curtos, abaixou-se entre o pai e avó, com as lágrimas voltando e lhe percorrer o caminho dos olhos ao queixo. O pai se levantou para ceder o seu lugar a ela, mas foi contido por ela mesma.

— Não é sobre ser forte ou fraco neste momento. Ele foi tão lindo ao se despedir de vocês, dizendo que ele o teria sempre como o menino que rolava com ele pela neve. E... sobre você vovó, ele disse que a espera para viver uma nova vida porque nunca a abandonará.

— Calma, minha filha, vamos aguardar a cirurgia, já deve estar terminando.

A avó não teve coragem de olhar para o médico, que caminhava devagar até eles, e começou a chorar porque sabia que a neta era diferente de todos ali. Ela tinha sensações que jamais saberiam explicar, então ela a abraçou enquanto o médico explicava que infelizmente não conseguiram salvá-lo.

— Dona Mary, Isaac. Tentamos de tudo para reverter a situação. Infelizmente não foi possível. Sentimos muito pela perda de uma pessoa tão especial.

Não eram meras coincidências ou apenas o desenvolvimento de outras habilidades para suprir as suas deficiências visuais. A primeira reação de Isaac foi olhar para a filha, compreendendo que ela era ainda mais especial do que eles poderiam imaginar. Avó, mãe e pai foram envoltos pelo seu abraço e pela sua força.

— Não vamos ficar tristes porque ele está bem e estava

acompanhado pela Adele.

— Quem é Adele?

Perguntou a avó, aproximando a mão delicadamente para tocar o rosto da neta.

— Um anjo que veio recebê-lo.

Capítulo 10

O encontro pela paz no mundo

Durante muito tempo a ONU trazia os mesmos temas para debate, porém, as soluções definitivas estavam muito longe de serem alcançadas. Conflitos mundiais de várias ordens, como a erradicação da pobreza, da fome, melhoria nas condições de saúde, geração de trabalho e educação de qualidade para todos. Enfim, a paz mundial também voltava ao debate, depois de uma nova insurgência russa. Todos esses tópicos eram tratados com muita frequência, porém encontros anteriores comumente eram questionados por tratar demasiadamente os problemas, sem oferecer soluções verdadeiras. Os países mais carentes avaliavam as tratativas da ONU como lentas e discriminatórias, colocando-os como coadjuvantes no processo de desenvolvimento social. Dessa vez, ao contrário de conferências anteriores, os países mais ricos vinham com melhores propostas na tentativa de solucioná-los, principalmente após uma crescente cobrança de organizações ao redor de todo o mundo, somados aos questionamentos dos países subdesenvolvidos.

A era conhecida como *apagão tecnológico*, durante a Terceira Guerra Mundial, ocorreu depois que a Rússia invadiu a Ucrânia e ficou marcada pelo declínio abrupto nas taxas de desenvolvimento tecnológico. O massacre indiscriminado de civis despertou a ira de países aliados da OTAN, principalmente Estados Unidos, Inglaterra e França. Porém, o apoio para o envio de armamentos e posteriormente de tropas, fez com que a China se posicionasse ao lado da Rússia, que decidiu enfrentar uma guerra e não retirar as suas tropas de solo ucraniano, por não aceitar que o país vizinho estendesse as fronteiras aliadas aos europeus e principalmente aos americanos.

A Guerra durou exatos seis anos e durante todo tempo foram devastados os maiores centros produtores de tecnologia chinesas e americanos. Foram estimados mais de vinte anos para que os centros produtores pudessem se reerguer. Além de quase dois milhões de vidas perdidas e perdas materiais, o retrocesso tecnológico trouxe perdas para saúde, educação, serviços e linhas de produção, remanescentes da era digital. O ser humano que havia conquistado a comunicação global instantânea, agora precisava se reinventar para que transações comuns pudessem ser realizadas, principalmente as internacionais. As maiores empresas do ramo de tecnologia haviam sido aniquiladas. Mesmo depois dos vinte anos previstos para a retomada de desenvolvimento, ainda não havia chegado aos níveis de 2021, período que antecedeu à guerra.

Muitos bancos e grandes empresas, entre elas grandes multinacionais, antes consideradas sólidas, vieram à bancarrota depois que os seus investimentos em moedas digitais subitamente desapareceram, em meio à guerra. O bitcoin, criptomoeda livre e descentralizada utilizada para transações financeiras, dispensando intermediários, cresceu como a moeda digital mais popular, conquistando pequenos, médios e grandes investidores, o que atraiu muito a atenção dos bancos, que elevaram os seus investimentos nessa nova modalidade. A maioria dos países optou por estabelecer um limite de até 10% nessa nova modalidade de investimentos, precaução dispensada na ganância pelo lucro, nas empresas.

Aliado à quebradeira dos bancos e apagão tecnológico, veio a crise alimentar, com a alta dos insumos e a falta de financiamento para a produção. Todos os fenômenos se repetiam em cascata por todo o mundo. Produtores tentavam retomar a sua produção, muitas vezes apelando para processo de plantio em moldes antigos, utilizando o reaproveitamento orgânico para aumentar a produtividade, já que fertilizantes e defensivos agrícolas estavam cada vez mais escassos. Os mais antigos diziam que o apagão poderia significar um passo atrás para que a produção orgânica tivesse o seu valor merecidamente reconhecido.

Era o ano de 2042, quando a ONU exibiu o chamamento para a 1ª Evolution, uma conferência internacional, com participação aberta a todos os chefes de estado do mundo. Além deles, foram convidados profissionais de notório conhecimento sobre temas relevantes, com projetos desenvolvidos com excelência. Após selecionados, em seus países de origem, os participantes teriam a oportunidade de expor as suas ideias e os seus projetos. Seriam selecionadas vinte e cinco pessoas, conforme as necessidades de alinhamento em todos os continentes. Dessa vez os temas estavam focados nas soluções e não nos problemas. Daí surgia a importância em fazer propagar projetos de sucesso, viáveis de serem implantados nas regiões mais sofridas de todo o mundo.

A mesma propaganda rodava por toda a mídia mundial, levando um pouco de esperança a todos. Porém, a palavra esperança, tão desgastada ao longo do tempo, virava símbolo de procrastinação das soluções. A nova ordem, era chegar aos sentimentos das pessoas e aos governos com urgência. Portanto, as palavras do momento tinham que simbolizar o imediatismo das ações. A ideia de colocar a fala de crianças carentes ao final da campanha, veio agregar ainda mais à primeira proposta em que grandes estrelas esportivas e culturais propunham uma maior celeridade nas estratégias de ataque aos problemas. Vários atletas internacionais, atores famosos e astros da música participavam gratuitamente da campanha.

— *We do not!*

Era a resposta de crianças dos países mais desgastados pela miséria em todo o mundo aos questionamentos das grandes estrelas em propagandas exibidas por todo o mundo. Em uma delas, um astro NBA, estava com a sua família reunida, em uma mesa farta e fazia a pergunta: *Vocês já almoçaram hoje?* respondida com o *We do not*! A resposta vinha de Diane, uma linda menina, sentada ao lado da mãe, no chão, com uma latinha cortadas ao meio, vazia, de Burundi, considerado o país mais pobre da África. A silhueta do rosto que lhes detalhava os ossos aparentes, deixava claro a sua luta diária contra a fome.

As imagens das campanhas eram espalhadas pelo mundo e chocavam pela realidade e pelo antagonismo, mostrando de um lado uma grande família, com uma refeição completa e do outro a mais profunda miséria, acompanhadas pela ausência de dignidade, tão presente nos livros de Buhba. Os astros participantes eram os maiores motivadores e colaboradores das ONGs, mas a sua doação de tempo e dinheiro ainda era muito pouco, comparado às demandas e o pequeno investimento governamental. O sentido da campanha era contrapor-se principalmente à corrupção e má gestão, que suprimia uma fração muito grande dos recursos de alguns países, chegando a conta-gotas aos seus principais destinos; os hospitais, escolas, e à mesa dos cidadãos, principalmente.

A Conferência seria transmitida ao vivo com a tradução simultânea para todo o mundo. A ONU buscava claramente o apelo da diversidade étnica, cultural e etária para desenvolver programas aplicando fundos arrecadados junto aos países membros. Os países mais ricos, mesmo em crise doariam quantidade relevantes, porém dessa vez seriam aplicados diretamente nos projetos desenvolvidos. Os responsáveis foram convidados a apresentá-los junto às comissões da ONU, buscando se fortalecer do período pós-guerra que deixou o mundo todo agonizando.

Dentre os selecionados, havia alguns convidados ilustres, reconhecidos como espetaculares nas suas áreas de atuação, apresentados pelo notório conhecimento e colaboração na transformação radical das condições sociais em todo o mundo. Como era o caso do doutor Ednir Salvatore, um renomado neurocirurgião italiano, que abdicou da sua clínica e dos hospitais onde atendia para se dedicar exclusivamente ao Médicos Sem Fronteiras, uma organização humanitária mundial, responsável por cuidar de vidas nos países mais pobres, onde não haveria outras oportunidades de atendimento. Seus projetos visavam a construção de hospitais de base nas localizações com as maiores necessidades. Outro projeto realizaria logo de início cirurgias eletivas, chegando às comunidades de avião. Pelos seus feitos foi indicado ao Prêmio Nobel de Medicina, todavia descartou a sua participação, com uma simples resposta.

— Tenho algumas cirurgias marcadas nessa data. De coração, agradeço a indicação.

Salvatore se tornou exemplo para muitos estudantes e recém-formados em medicina, que pretendiam doar parte do seu tempo para cuidar de pessoas menos favorecidas. O projeto *D1D – Donate 1 Day ou Doe 1 Dia*, havia começado há alguns anos, quando ainda trabalhava como neurocirurgião famoso e doava um dia de trabalho na semana para atender as pessoas que o procuravam, mas não poderiam arcar com os custos da consulta e tratamento. Em pouco tempo ele já tinha conquistado a confiança e agregava vários companheiros de profissão de outras especialidades em seu projeto. Para a ONU, esse era um dos projetos visto como a menina dos olhos, pela dimensão que ele havia tomado, conquistando Universidades, estudantes e recém-formados em medicina em todo o mundo. A febre em torno do projeto criado pelo doutor Salvatore o colocava como uma das pessoas mais influentes no mundo da medicina.

Archie, o historiador e escritor, também havia sido requisitado para falar sobre a evolução humana, tema muito abordado em seus livros, trazendo à tona questões tão antigas e tão atuais, dado à não solução dos problemas apontados. O seu último livro referia-se à educação significativa e convincente, como aquela que teria o poder de transformação real. A educação pelo exemplo e pela referência, somente seria fidedigna com a sua transmissão ao longo do tempo. Para ele a educação atual, tão focada na retomada tecnológica era primordial, porém deveria ser equiparada ao respeito, à diversidade e à moral, temas que segundo ele já vinham sendo tratados desde o antigo Egito, falando sobre honra, dignidade e respeito. Citava Buhba, que antes dele já os colocava como uma trindade, capaz de alcançar a evolução desejada. A sua fala era ponto chave na Conferência, tendo como referência os seus estudos baseados na evolução humana através dos tempos.

Tinha algumas dezenas de milhões de seguidores em seu canal na internet, e o seu último trabalho, o documentário em parceria com Emma, estava entre os mais vistos, também exibido em um canal de streaming. O filme, com os dois conversando descontraidamente sobre a evolução, com o deserto do Egito ao fundo, já era um dos mais visualizados em todos os tempos, comumente traduzido e utilizado em escolas de *high schools* e nas universidades. A fala pausada do casal era atraente e disseminava bons fluídos por onde chegava.

Archie também era tido como um grande exemplo de vida pela doação do seu tempo, quase que exclusivamente para os seus estudos e pesquisas sobre a evolução humana. Já colecionava um extenso arquivo e muitas provas sobre o Segredo de Spalla, que o fazia se sentir tentado diariamente a contar a sua tese sobre existência de um Ser Superior. A sua fala aberta para todo o mundo poderia ser uma chance única e as suas palavras chegariam como uma bomba de inigualável proporção de destruição de todas as religiões, fazendo a verdade chegar a todos, ao mesmo tempo. Desde então, as suas noites eram marcadas pela ausência de sono e uma inquietação imensa. Por outro lado, poderia também ser encarado como devaneio de um velho, que havia se afastado de toda a civilização para penetrar de corpo e alma nos seus estudos e isso o havia levado à loucura.

Emma pressentia a sua aflição e os conflitos interiores que lhe atormentavam. Tentava de todas formas lhe acalmar, porém era impossível e por vezes o afastava, pois se sentia ainda mais pressionado. No fundo, ela sabia que a decisão seria somente dele e a única pessoa capaz de fazê-lo despir-se dos seus anseios era o amigo Ali. Era perceptível que a ansiedade e as amarguras guardadas em seu peito lhe faziam mal, deixando-o irritado e inseguro. Sentia o tempo passando rapidamente, enquanto olhava para a longa barba e os cabelos totalmente grisalhos no espelho e ele não pretendia levar para o túmulo o segredo que poderia mudar o destino do mundo.

— Eu acompanho a sua contradição íntima. Está entre dizer ou não a todos o que encontrou em seus estudos. Sei que não adianta mais lhe pedir, agora é apenas a sua consciência.

— Estou em paz comigo mesmo, no entanto confesso que tenho

analisado minuciosamente todas as consequências. Sei que a primeira a implodir seria a igreja católica, derrubando todas as outras como peças de dominó emparelhadas.

Archie estava longe de ser prepotente e era muito seguro nas suas atitudes. Ele sempre agiu dessa forma, desde quando era muito jovem, ingressando na universidade. Ao apresentar seus trabalhos e projetos, sempre escolhia os mais difíceis, atraindo para si as maiores responsabilidades do grupo e uma atenção especial de todos os professores. Ficava indignado quando não conseguia a nota máxima, e enquanto a maioria dos alunos se esbaldava nas festas das repúblicas universitárias, ele partia para suas viagens em campos de estudos. Foi nessa época que ele descobriu as primeiras marcas do Segredo de Spalla. Para anotar os registros da lenda, desenvolveu um código para que jamais fosse decifrado por qualquer outra pessoa.

Estava ainda mais feliz, ao saber que Ali também era um dos escolhidos a apresentar seus projetos. Lembrou-se do menino sentado na frente das ruínas *Ancient Fortress*, com dois gravetos e um barbante, dizendo que daria uma nova vida às crianças mutiladas das guerras. Hoje, Ali era Phd em Engenharia Biomecânica, trabalhando na BIO. A sua determinação em desenvolver as mais perfeitas próteses mecânicas ligadas ao cérebro por fibra óptica o levou a trabalhar arduamente na criação da *Perfect Prostheses,* produzidas pela BIO que também se reerguia depois da catástrofe da guerra. Elas foram desenvolvidas para serem vendidas a baixo custo e chegar a todos, dando uma melhor qualidade de vida para as pessoas. O grande teste para a sua prótese foi nos Jogos Paralímpicos, quando o jamaicano Marcus Campbell, quebrou o recorde dos jogos em 9s12, o tempo mais baixo dos 100 metros entre os homens. O segredo foi buscar a saída perfeita, nos movimentos. Estava convicto de que amputados de qualquer natureza poderiam se valer da perfeição buscada em suas próteses.

Era ideia de Mathew levar a dignidade e o respeito a alguns países esquecidos no tempo e espaço. Depois do seu sumiço, suas irmãs contrataram o jovem Ali, que se encaixava perfeitamente ao perfil, lembrando o irmão, mas havia algo além disso que tornava aquele jovem tão familiar. Era inteligente e muito criativo. Na universidade criava equipamentos fantásticos a partir de sucatas que lhe renderam vários prêmios e o apelido de Robin, por "requisitar" as sobras de equipamentos dos ricos laboratórios de produção de energia limpa para produzir próteses para os pobres. Acima de tudo, Ali era muito generoso e doava grande parte do que recebia a grupos carentes. Os seus dias eram divididos entre os estudos, trabalho e a doação do seu tempo para produzir as próteses que seriam doadas. Foi dessa forma que ele foi descoberto e recrutado pelas gêmeas, Samantha e Scarlet. Havia alguma coisa em seu olhar que as atraia muito naquele jovem e revolucionário inventor.

Outro participante de absoluta relevância era o presidente do Brasil. Davi, ficou conhecido como "O *menino que queria ser presidente*", do livro com o mesmo nome, escrito pela sua mãe. A sua fama teve início depois de visitar seu ídolo, a maestrina Carol no Copacabana Palace Hotel e se negar a participar de sua orquestra, porque tinha outro propósito para sua vida. Era um menino pobre, diagnosticado com autismo leve, que lhe causava problemas de interação social na escola. Teve a ajuda da mãe que iniciou um curso de psiquiatria infantil, para ajudar o filho e outras crianças a superarem as suas dificuldades, principalmente na educação.

Ele iniciou a sua trajetória expondo os seus pensamentos nas redes sociais, conseguindo rapidamente alguns milhões de seguidores. Em seus vídeos falava de suas decepções com o seu país e seus mandatários. A calma ao falar das dificuldades vinha sempre acompanhada de propostas e soluções enérgicas, pela força de suas ideias. Foi eleito como deputado estadual, e depois como deputado federal, sendo o mais votado pelo estado do Rio de Janeiro em ambas.

Logo aos 35 anos, atingia seu objetivo maior, sendo eleito o Presidente do Brasil, ainda em primeiro turno, com a maior diferença em todos os tempos. O seu governo trazia os mais altos índices de aprovação. Até pela sua baixa estatura, com apenas 1,63 metros, era colocado pela imprensa estrangeira como o Davi que enfrentava Golias, em uma clara referência à sua luta contra a corrupção e os problemas que se arrastavam por décadas sem solução. A comparação veio depois de bravamente colocar no chão os maiores vilões da economia daquele país e de quebra puxar toda a América do Sul junto ao agora promissor, Brasil.

O seu reconhecimento ultrapassava as fronteiras do seu país. Era venerado na América do Sul e querido em todo o mundo, principalmente pela sua na defesa da paz mundial e do crescimento global, sempre desejando levar seus ideais aos países mais pobres. Por suas atitudes nobres, compartilhadas para a evolução em equidade para o mundo, foi o escolhido para a abertura da 1ª Evolution.

— Me lembro um dia quando ainda criança, no Rio de Janeiro, quando encontrei a maestrina Carol Müller. Ela me convidou para no futuro fazer parte de sua orquestra e eu disse que não queria porque desejava ser presidente do Brasil. Então ela me disse que os governos precisavam de almas puras. Aquilo me marcou de tal forma que eu precisava preparar a minha mente, para que meus conhecimentos pudessem administrar o país, elevando o seu desenvolvimento, mas eu precisava ir muito além. A minha alma precisava se elevar para estar à frente do meu povo e essa não seria uma missão simples.

Depois dessa introdução, Davi, o menino autista que se tornou o presidente do Brasil, falou por mais vinte minutos, explicando os principais tópicos, conforme a pauta da ONU determinava, tentando introduzir os projetos que transformaram, não só o Brasil, mas toda a América do Sul, para desenvolvimento do continente africano.

A 1ª Evolution, era a última esperança para a conquista da tão sonhada paz mundial, colocando na mesma mesa todos os líderes dos países envolvidos no conflito, de forma direta ou indireta. O mundo ainda padecia com as consequências catastróficas da última guerra e um dos pontos chaves da Conferência seria colocar as decisões da ONU acima de qualquer país, o que já estava em debate há vários anos. Havia inclusive um projeto colocando a ONU como um refúgio para as decisões mais importante do mundo.

Em seu discurso de abertura, Davi citou Oscar Niemeyer, o arquiteto que projetou o prédio da ONU em Nova Iorque, ao lado de Le Corbusier. Conseguiu atrair ainda mais a atenção de todos, quando começaram a passar os vídeos com as imagens da Amazônia, expandindo os limites da sua floresta e da Mata Atlântica que também aumentava a sua área reflorestada. Já não havia mais exploração indevida de terra, rios, floresta e dos animais. No final do seu discurso, Davi surpreendeu a todos, quando saiu do protocolo.

— *O Brasil já foi muito cobrado em outras épocas, por desmatar o pulmão do mundo e por não cumprir acordos climáticos. Agora estou convicto que somos sim, não somente o pulmão, mas sobretudo, somos também nesse momento de desespero, o coração do mundo, pois somos banhados pelas águas quentes do Oceano Atlântico e também pela paz tão desejada por todos. Baseado nessas prerrogativas, venho aqui propor que a ONU tenha a sua sede transferida para o Brasil.*

Davi era respeitado por todos e um exemplo a ser seguido pela sua seriedade e visão de futuro. O governo, além da conservação ambiental, havia diminuído a criminalidade e a corrupção no país, não pela mão forte, mas pelo desenvolvimento social que atraia e emancipava o cidadão. Ser criminoso no Brasil estava fora de moda. Ao final da sua fala, foi a sua vez de ser surpreendido, sendo aplaudido de pé durante quase dez minutos. O jovem presidente havia feito surgir um novo semblante para a América do Sul, crescendo de dentro para fora, tornando-se menos dependente de capital estrangeiro e conquistando a confiança dos participantes da maior representação mundial.

Ser aclamado por todos os presentes era uma glória para um menino autista, criado pelos pais com a liberdade de escolha para seguir o seu caminho, aceitando o grande desafio da sua vida, colocado pelo pai. "*O Brasil só vai mudar quando você for o presidente.*" A frase solta pelo pai em tom de brincadeira, refletia a angústia de um povo marcado pela falta de perspectiva de mudança. Aquela brincadeira martelava seus pensamentos diariamente, assistindo inconformado o sofrimento das pessoas mais carentes.

O seu crescimento foi marcado pelas conquistas diárias, empurrado pelos pais. A foto com a maestrina Carol, ainda permanecia em sua mesa, no Palácio do Planalto, em Brasília, representando que nada acontecia por acaso e às vezes era preciso perder algo para que um objetivo maior fosse alcançado. Dessa forma, quando ele disse não à maestrina, desistiu de vez da música para mergulhar de cabeça à missão de sua vida, imputando a si mesmo a responsabilidade de conduzir o seu país ao desenvolvimento.

As suas atitudes frente ao governo, o colocaram também como líder no crescimento da América do Sul e de menino protegido pelos pais, passou a ser a proteção para seu povo. A capacidade de enfrentamento dos grandes problemas sociais que afetavam o país, podia mensurar o orgulho do povo em relação ao seu presidente e nesse caso, Davi jamais se encolheu frente às adversidades e a população se sentia bem representada com ele à frente do governo.

A sua biografia, escrita pela sua mãe, foi traduzida para várias línguas e já rendia alguns milhões de cópias vendidas em todo o mundo, com toda a sua renda revertida para projetos sociais. Entretanto, nesse momento, um novo capítulo da sua vida começava a ser escrito, buscando unir todos os povos para a luta armada pela voz dos inocentes, em busca da paz mundial.

No dia seguinte, a sua agenda tinha um encontro particular com Romanov. As duas nações pertenciam ao BRICS desde 2006, porém distanciados depois da guerra que envolveu Rússia e China contra os aliados. As tratativas de retomada do grupo, novamente eram ameaçadas com a iminência de nova invasão russa. A influência do Brasil frente aos países mais ricos, poderia ajudar na conquista da paz, assim como havia sido na ocasião da própria projeção da Conferência, onde através dele, a trégua pôde ser estabelecida. Davi sinalizava a intenção de dissolver o grupo caso a invasão fosse confirmada, pois não haveria de forma alguma a possibilidade de postar ao lado de países que provocassem guerras.

Todos os projetos participantes da Conferência estavam pautados em dois objetivos principais: a evolução humana e o fim das guerras e conflitos armados. Alguns países africanos ainda viviam guerras civis contra governos tiranos. Além disso, o mundo convivia com as notícias diárias sobre a tensão nas fronteiras entre a Rússia e Ucrânia. Era inadmissível a volta dos conflitos armados, como se as lições oferecidas às grandes nações imperialistas de nada valessem para o futuro e o mundo todo revivia a história, cobrando caro a volta ao seu passado. O período de decadência na evolução colocava em xeque a existência da própria ONU, há muito tempo questionada sobre a relevância das suas decisões e na sua influência em todas as questões cruciais a bem da humanidade.

Capítulo 11

Ali visita o presidente russo em seus sonhos

O governo russo, propositalmente, seis meses antes da Conferência, já havia enviado tropas para a fronteira, novamente sob o pretexto de "assegurar a paz" nas regiões de Donetsk e Lugansk, em constante conflito por separação, pois uma grande parcela da população ainda não aceitava fazer parte da Ucrânia. Proclamadas Repúblicas Populares em 2014, sem reconhecimento da ONU, foram reintegradas à Ucrânia ao final da guerra em 2028, quando tiveram seus governos depostos, com apoio das tropas aliadas. A região do Dombass, além de ter uma saída estratégica para o mar Negro, era muito importante pelas suas reservas de carvão e indústrias metalúrgicas.

Interesses políticos, econômicos, disputas territoriais, rivalidades étnicas e religiosas marcaram o início dos maiores conflitos da humanidade. A história insistia em registrar o tempo com o tom avermelhado de sangue e muitas vezes se repetia pela mesma motivação, como se as perdas — física, moral e espiritual — de nada valessem para a sua evolução. A Rússia em seus preceitos comunistas, internamente nunca aceitou a desintegração do que ainda era lembrado pelos seus governantes como uma das maiores conquistas. A União das Repúblicas Socialistas jamais poderia ter caído frente ao capitalismo que avançava por todo o mundo, amparado pela democracia. A liberdade exacerbada de pensamentos e ações nunca foi bem recebida no Kremelin.

A população russa também permanecia dividida entre lutar pela democracia, ao qual vinham facilmente se acostumando, ou a volta ao comunismo. Para muitos apoiadores do governo, de nada adiantava a liberdade se ela vinha acompanhada de carência em todas as áreas. A miséria para alguns era muito grande, tornando-se difícil associar os problemas à má gestão do poder público. Os embates nas ruas estavam cada vez mais frequentes, entre grupos extremistas que se somavam ao exército e a “Frente Libertária” que desejava forçar uma aproximação com a Europa desenvolvida. Os apoiadores do governo e do exércitc pertenciam às camadas mais sofridas, que sob coerção, eram forçados a acreditar na igualdade representada pelo comunismo.

Os tanques russos partiam alinhados na estrada que levava a Kiev, em suas estradas estreitas e sinuosas, em um comboio que se estendia por mais de sessenta quilômetros, aproximando-se da fronteira com a Ucrânia. Na visualização do satélite americano, foi representado como “a serpente russa”, avançando contra a sua presa. O primeiro objetivo daquele comando, após a Conferência, era atacar e destruir os prédios governamentais das principais cidades ucranianas, até a sua chegada a Kiev. Estavam na alça de mira dos tanques as cidades de Dnipro, Ivano-Frankivisk, Kharkiv, Kherson, Kramatorsk, Lutsk, Mariupol e Odessa. Todavia, muitas casas estavam em seu entorno e essa ação estratégia certamente atingiria também civis. Crianças, mulheres e homens, muitos idosos, corriam risco de morte dentro de uma guerra sem propósito, que não era deles.

Desde a chegada dos tanques, a população em busca de refúgio começou a deixar as maiores cidades, organizando corredores humanos, formando imensas filas para chegar aos trens que levavam aos países do leste europeu, principalmente rumo à Polônia, Eslováquia, Hungria, Romênia e em menor escala para Moldova, mais ao sul. Muitos faziam o trajeto caminhando com suas famílias, até serem recebidos na fronteira. Deixar suas casas sem saber para onde ir ou quando voltar para sua

Terra natal, representava um sofrimento único que preenchia o coração da população com uma dor indescritível. Pais de família, acompanhando suas esposas e filhos, sentiam-se envergonhados ao verem os bravos jovens retornando dos países vizinhos, para ingressarem no exército e defender a Ucrânia. De cabeça baixa, ao contrário do que esperavam, também eram saudados com a frase "sigam em paz" e "defendam suas famílias". Até mesmo os presidiários foram libertados para ingressarem em frentes de batalhas.

O conflito definido como "a guerra de um homem só", há vinte anos, uniu grande parte do mundo em torno da paz entre os povos que necessitava dessa união frente à guerra declarada pelo presidente da Rússia. Não havia fatos que justificassem a invasão. Era simplesmente encarada pelos países membros da OTAN e da União Europeia com uma guerra expansionista e contra a vontade dos países que um dia integraram a União das Repúblicas Socialistas Soviéticas.

Na atualidade, sob circunstâncias muito parecidas, a história se repetia com a chegada ao poder do neto de Boris Romanov, o presidente russo durante a Terceira Guerra Mundial. Após a eleição, ficou muito nítida a sua mudança de estratégia, afastando do governo, apoiadores de grupos políticos, grandes empresários russos de alas mais democráticas e até mesmo os países que voltavam a ser parceiros comerciais do ocidente. Estando dois anos à frente do governo, a Ucrânia voltava a ser o alvo da Rússia, exatamente como no governo do seu avô, voltando a ser comparado à Alemanha de Hitler durante a Segunda Guerra Mundial. Uma atitude notadamente repudiada pela comunidade global, inclusive por grande parte da população russa.

Romanov se sentia ainda mais forte por ter as suas reservas de gás e petróleo repletas, valendo-se da dependência desses combustíveis por alguns países europeus em suas casas e indústrias. O desenvolvimento de projetos de países europeus para utilização de energia limpa, diminuindo a dependência de combustíveis fósseis, custava a sair do papel. Após a imputação dos embargos econômicos, os combustíveis russos assumiram uma escalada de preços jamais sentida pelos europeus, chegando a elevar os preços em até cinco vezes o valor anterior ao conflito, além de ser exigido o pagamento em rublo para valorizar a sua moeda.

A Rússia conseguiu restaurar parte do seu arsenal bélico, não ao mesmo nível da Guerra Fria, ou da guerra em 2022, já que durante a maior corrida desarmamentista da história, as ogivas nucleares de Rússia e EUA foram reduzidas em sua quase a sua totalidade, após a assinatura do tratado para extinção gradativa das armas nucleares. Fortaleceu também o seu alinhamento com a China, um grande parceiro comercial e aliado na luta contra o empoderamento universal americano, que se impunha perante a América, Europa e expandia seu poderio por vários países africanos.

Convidado a participar das tratativas de resolução dos conflitos e tecer a paz mundial, Romanov, aceitou decretar a trégua durante a realização da Conferência. Entretanto, mais do que debater sobre a invasão da Ucrânia, projetava atacar os Estados Unidos com pesado discurso, perante todos os outros membros da ONU. No primeiro dia da Conferência, alguns representantes dos países aliados da OTAN e os poucos países apoiadores dos movimentos russos sobre solo ucraniano, ocupavam seus lugares em suas tradicionais cadeiras. Davi, o líder do governo brasileiro, mais uma vez presidia a mesa, enaltecendo a importância da manutenção da paz mundial, inclusive, era ele o mais cotado para receber o Prêmio Nobel da Paz.

O mundo já não aceitava mais líderes extremistas de qualquer natureza e a paz precisava ser encarada como o reflexo da escolha e aceitação dos povos, dentro ou fora dos limites do próprio país. O discurso do Davi, entre os vários Golias, foi convincente para todas as pessoas que assistiram pela TV. Todavia, o debate pela paz cedeu lugar aos ataques verbais e assim que passaram a palavra para o líder russo, as farpas voltaram a ser espalhadas. Os incansáveis ataques aos Estados Unidos demonstraram a clara falta de interesse em parar a invasão à Ucrânia.

Os ataques tiveram continuidade na fala do presidente americano, aumentando o tom de ameaça em várias outras sanções econômicas e sociais impostas contra a Rússia, induzindo outros membros a colocarem a Rússia em uma redoma com meia dúzia de países aliados. Durante toda a sua fala, o presidente americano era encarado, seguido pelo balançar de cabeça do presidente Romanov. A fala do presidente chinês era pela paz mundial, porém contrária aos embargos e seguida pelo anúncio de que novamente não deixariam a Rússia sozinha, ante o imperialismo americano. O primeiro dia das tratativas de paz, traçava o caminho para o anúncio de uma guerra, que certamente desencadearia mais uma guerra mundial.

O encerramento também seria feito por Davi, que nitidamente estava depressivo pelo desenvolvimento do debate. Acreditava que os pedidos pela paz e o envolvimento da população pudessem reverter as imagens dos tanques entrando em solo ucraniano, fazendo o líder russo recobrar a consciência e voltar atrás. O comboio foi recebido nas primeiras cidades da fronteira com rosas por alguns poucos cidadãos que insistiram em permanecer em suas casas.

A imagem do senhor Gorky, um russo que habitava a cidade de Mikolaiv já havia rodado o mundo. No auge dos seus 77 anos, aproximou-se de alguns soldados russos que invadiram o quintal de sua casa, disparando algumas palavras de desaprovação, sem saber que estava sendo filmado pela neta, escondida atrás de um barril.

— O que vocês estão fazendo aqui? Esta não é a terra de vocês. Eu também sou russo e moro aqui há mais de trinta anos. Deixem as suas armas e então serão bem-vindos.

— Senhor, estamos cumprindo a nossa missão. Não é uma escolha nossa.

— Vou lhes pedir novamente. Deixem a Ucrânia ou vocês sofrerão as consequências pelos seus atos.

— Por favor, senhor, entre na casa. Não temos nenhuma intenção de ferir civis.

— Não há civis aqui, somos todos soldados ucranianos.

Então, o senhor Gorky caminhou a passos curtos em direção aos soldados, armado de uma vassoura, e seguido pela sua esposa os colocou portão afora. A atitude foi exibida incansavelmente pelo governo ucraniano, buscando levar ao mundo a força do seu povo. A postura do senhor russo, radicado na Ucrânia, ajudava a levar os compatriotas para a Praça Vermelha para a manifestação, demonstrando a sua indignação contra a investida de Romanov. Nas redes sociais, a sua foto era postada ao lado da foto do seu avô, com a frase *o diabo reencarnou* sobreposta. Além da inegável semelhança física, cometia exatamente os mesmos erros do passado, que havia colocado a Rússia economicamente num período de trevas.

No segundo dia, novamente o plenário deveria ser mediado pelo presidente brasileiro, com as partes colocando as suas decisões ao final, cabendo ao governante russo a última palavra. O encerramento daquela reunião, assim como no dia anterior, mais parecia uma convocação a Deus para que iluminasse os pensamentos dos principais líderes mundiais que estavam muito próximos de declarar a Guerra.

No hotel reservado, a delegação russa se reuniu para traçar as suas estratégias e dali mesmo o presidente passava as ordens para seu general, que projetava com os seus comandados as ordens de invasão, planejadas para logo depois que o líder estivesse seguro em solo russo. A reunião adentrou a noite e foi finalizada regada a muitas garrafas de vodka. Romanov entrou em seu quarto, cercado por vários agentes. O hotel estava ocupado somente pela delegação russa com uma comitiva de mais de uma centena de agentes e conselheiros, integrantes do governo.

Romanov costumeiramente dormia pouco e mesmo com tantos problemas, ainda conseguiu descansar por quatro horas, suficientes para recuperar as energias para o dia seguinte e suportar as pressões do cargo. O sono era breve, porém, profundo, e como ex-agente da KGB, despertava com facilidade. Naquela noite, recebeu uma visita inesperada, porém muito real para ser um sonho. Ele estava desperto, vestindo branco e era recebido pelo jovem que lhe recebia com um sorriso. Ali, um refugiado de guerra estava agora junto ao protagonista do momento mais tenso e inseguro das últimas décadas.

— Você é o jovem engenheiro que se apresentou na Conferência. Por que está aqui?

— Precisa ver com seus próprios olhos quais serão as consequências das ordens de invasão.

Ali o conduziu, caminhando por entre os soldados ao lado dos seus tanques, já em solo ucraniano. Os seus comandados estavam tensos, talvez mais do que as pessoas do outro lado da rua, onde estavam os civis, resguardados pela trégua momentânea. Eram famílias inteiras, com seus filhos, que inocentemente sorriam desejando brincar umas com as outras. Todos os civis se ajoelharam e começaram a rezar, pedindo a Deus pelo fim da guerra. O pavor era maior entre os soldados, detalhado no rosto de cada um deles, postados ao lado dos tanques, fumando, conversando ou simplesmente calados e pensativos. Muitos deles, católicos, também se ajoelharam, seguindo a linha formada pelos tanques, ressignificando o efeito doppler, na mesma frequência que os civis.

Foi quando uma das crianças se levantou, olhou diretamente para os olhos de Romanov, parecendo desafiá-lo, ao que ele não compreendeu. Depois, tranquilamente ela caminhou até os soldados, passando por trás de um dos tanques sem ser vista. A sombra projetada da pequena menina, segurando uma boneca, foi aumentada pela angulação do sol da tarde, e o gesto de quem a entregaria como presente foi interpretado como um rebelde armado por um dos soldados. Mesmo sendo altamente preparado para a guerra, disparou a sua pistola SR-1 Vector, acertando-a no coração. Os pais estavam orando com os olhos fechados e as mãos elevadas a Deus, até o momento em que o estampido ecoou em seus ouvidos, demorando a perceber que a filha não estava mais ao seu lado e havia sido baleada pelo soldado. Logo o desespero tomou conta de todos os civis.

— O que eu fiz? O que eu fiz? Deus me perdoe.

O assassino desesperou-se, enquanto outros dois soldados tentavam inutilmente estancar o sangue que escorria pela calçada. Logo após pedir perdão a Deus, foi transportado pelos seus pensamentos a um *feedback* instantâneo de uma vida de submissão e covardia dentro do exército russo, até chegar ao disparo que tirou a vida da pequena Yana. O corpo caído ao lado da boneca levou o soldado a tomar uma decisão e, então, ele foi juiz e executor da sua própria pena. Entregou a sua vida por ter aceitado uma guerra que não era dele e muito menos daquelas pessoas. Pavel, o jovem soldado de apenas vinte e três anos, colocou o cano da arma dentro de sua boca e disparou sem dar tempo para o companheiro segurar a sua mão e impedi-lo. Uma segunda onda se sucedeu, levando outros vinte e seis soldados a cometeram suicídio.

Romanov estava atônito. A luz que se aproximava para receber a menina era muito intensa e encobria as formas daquele corpo com feições humanas que ele tentava ver, sem sucesso. Procurou pelas palavras que pudessem traduzir a sua decepção interna e sem conseguir encontrá-la, calou-se. Compreendeu que os mais bravos soldados estavam na linha de frente, obedecendo ao seu comando. Porém, do outro lado estavam os soldados de Deus, caídos de joelhos e mesmo assim massacrava moralmente o seu exército, derrotando-os. Lembrou-se da mensagem recebida pouco antes e interpretou a imagem da menina buscando seus olhos como a menina que não poderia vê-lo, no entanto sentia a sua presença.

— A luz?

— Sim. Era Deus em sua onipresença pronto para recebê-la.

— Isso aconteceu de verdade?

— Ainda não! Isso irá acontecer amanhã, pouco antes de receberem as ordens para iniciarem o ataque.

— Nós não somos o invasor nessa guerra.

— Você será o único responsável por desencadear uma guerra que se alastrará pelo mundo, onde milhões de inocentes morrerão.

— Nós também queremos a paz, entretanto não vamos admitir que os americanos se aproximem do nosso povo e espalhe o seu capitalismo sujo.

— Você acredita mesmo que conquistará seu verdadeiro objetivo invadindo um país livre?

— O que quer dizer?

— Se busca aproximar-se de Deus, precisa respeitar a liberdade, a dignidade e a honra das pessoas.

Não foram necessárias mais palavras para Romanov compreender que aquela era a sua guerra e de mais ninguém. Seus soldados e seu povo não desejavam a guerra contra um país irmão. Já haviam sido unidos em outros tempos, entretanto era preciso respeitar a decisão momentânea. Mais uma vez a história revivia o perigo iminente de uma guerra pela conquista de Spalla e dos seus tesouros.

Há alguns anos o presidente russo obteve informações que a futura mãe de Spalla vivia em solo ucraniano. Acionado o serviço secreto, suas investigações não renderam nenhum avanço e junto a elas, surgiu o plano para reintegração dos países formadores da antiga União das Repúblicas Socialistas Soviéticas. O projeto de reintegração foi derrotado em plebiscito, contrariando a minoria saudosista que ainda acreditava na promessa de equidade prometida pelo comunismo. A aproximação da Ucrânia com a União Europeia e Estados Unidos promovia o desenvolvimento econômico e social em uma escalada exponencial para o país, despertando também o interesse em grande parcela da população russa pela abertura democrática e capitalista.

Ao acordar, Romanov interpretou aquela passagem como um pesadelo, contudo não teve êxito ao tentar se lembrar do jovem que o conduzia. Dispensou a reunião marcada com os seus assessores e quis tomar seu café apenas com o Primeiro-Ministro. Romanov estava decidido a colocar em prática os seus planos para conquistar o seu real objetivo, e apesar da advertência recebida durante aquela mesma noite, se sentia forte o bastante para encarar de frente os desígnios de Deus e declarar a guerra. Ali estava certo. Ele desejava conquistar Spalla e assim se aproximar de Deus. Esse também havia sido um forte desejo de alguns de seus antecessores, que apesar das conquistas e sucesso nas guerras e batalhas, jamais chegaram até Spalla. O avô, antes da sua morte, lhe deixou a chave de um cofre secreto, onde estava guardado a história de Spalla codificada, deixando-lhe a missão de chegar à presidência para conquistar o que ele mesmo não tinha conseguido.

Novamente a família Romanov colocava o exército russo a caminho de uma guerra contra países vizinhos, à procura de Spalla. O atual presidente tinha em mãos documentos, juntados em décadas de investigações que o colocava no caminho para chegar até Spalla e os seus mais valiosos tesouros. Desvendar o mistério da existência de Deus era uma busca incessante da humanidade, e mais uma vez o verdadeiro objetivo da guerra não era pelo poder ou pela conquista de terras, mas sim pela busca da maior entre todas as forças.

Romanov orava todas as noites, todavia a sua altivez e arrogância cediam lugar à submissão, como se respondesse a alguém que comandava os seus pensamentos e as suas ações. Ele se entregava de corpo e alma em sua missão, com documentos amealhados pelo avô, pois continuar acreditando com tanta veemência na conquista dos seus objetivos não seria possível sem tal embasamento. Todavia, uma voz que despertava em seu interior o direcionava em suas buscas e acima da conquista pessoal, era subordinado a um espírito superior, com inigualável força de sedução.

Durante a reunião com o Primeiro-Ministro, havia dois agentes guardando a porta pelo lado de dentro. A mesa posta, buscava a claridade do sol, a pelo menos dois metros da janela, tendo como proteção apenas a vidraça e uma fina cortina de renda. Lá embaixo, dezenas de agentes circundavam o hotel, protegendo o dirigente. Como seu avô, Romanov tinha como hábito tomar chá pela manhã, acompanhado de pão com ovos fritos e queijo. As panquecas foram preparadas e servidas conforme o gosto do Primeiro-Ministro, com queijo camembert ao molho de amêndoas.

— Foram feitas especialmente pra você.

Ivanov aproximou o nariz das panquecas sentindo o cheiro inconfundível das amêndoas amargas.

— Tem algum condimento diferente. Esse cheiro de amêndoas. Que me perdoe a minha mãe, mas são as melhores que já experimentei. Agradecerei o cozinheiro pessoalmente.

— Bom que gostou. Essa conferência não nos levará mais longe do que já caminhamos até aqui.

— Existem ótimos projetos que poderão ajudar os países em

desenvolvimento, principalmente os mais miseráveis.

— A Ucrânia prefere se aproximar do capitalismo do que reforçar a nossa retomada do poder.

— Sempre foi um falso poder porque nunca houve grandiosidade em nenhuma de nossas guerras e somente a continuidade pelos projetos tecnológicos seria o sinônimo de crescimento e poder. Mas a corrida armamentista fracionou em escalas desiguais os investimentos.

— Todo esse teatro está sendo armado com o objetivo único de comover o mundo e nos colocar como grandes vilões da história. A Rússia é maior do que tudo isso que eles mostram.

— Você colocou em pauta condições para não declaração de guerra e ainda existe a possibilidade de que pelo menos grande parte delas sejam aceitas pelo governo ucraniano e pela ONU.

— Nós vamos nos manter firmes em nossos propósitos porque nunca estivemos tão perto de reerguer o Império Russo.

— Não podemos descartar a possibilidade de ataques às nossas maiores cidades. Sabemos que a declaração da guerra será uma implosão econômica para a Rússia e a chegada da maior recessão da nossa história. Essa é a sua guerra particular, que não é compactuada com a maioria dos nossos generais e muito menos com o povo russo.

— Quem não estiver ao meu lado nesse momento está contra a Rússia.

— Não! Há tempos você deixou de representar a verdadeira Rússia para assumir a sua própria loucura. Precisamos crescer como potência econômica e não permanecer estáticos nesse comunismo decadente como há décadas.

Ivanov há tempos cultivava uma gastrite nervosa, sentindo um bolo em sua garganta a cada vez que discutia com Romanov sobre a Guerra, apelando para os efeitos devastadores comprovados historicamente. Ultimamente, sentia o estômago embrulhado a cada conversa com seu líder, sentindo que não havia mais como fazê-lo retroceder em seus ideais.

— Você ousa se colocar a favor dos americanos e contra a conquista de um poder que jamais imaginou que possa existir.

— Nós não podemos viver no passado. O mundo todo evoluiu e nós ficaremos sozinhos nesse mundo que já não existia quando seu avô nos colocou nessa crise.

O Primeiro-Ministro, sem conhecer as reais intenções do presidente, acreditou que ele se referia ao poder da antiga União Soviética. Romanov, prevendo ser novamente contrariado pelo Primeiro-Ministro que tinha muita influência sobre alguns generais, não poderia permitir insubordinação frente à sua tomada de decisões. Então, calou-se e devagar apoiou os cotovelos sobre a mesa, levantou as duas mãos e entrelaçou os dedos à frente do rosto, encostou os indicadores na boca e assistiu ao Ministro degustando as panquecas mais rapidamente agora. A tranquilidade de Romanov, olhando-o diretamente no fundo dos olhos o assustou. As mãos, agora trêmulas, não conseguiram segurar o guardanapo que foi ao chão. Estava ofegante, e o ritmo entre as frequências cardíaca e respiratória descompassadas. A asfixia química lhe paralisava rapidamente o cérebro e o coração.

— Seu principal pecado sempre foi gula.

Dimitri Ivanov e Iuri Romanov se conheceram ainda jovens, logo após terminarem a universidade e se aventurarem na carreira política. O atual presidente tinha um alicerce familiar dentro da política e toda uma carreira traçada pelo avô. Nas pesquisas eleitorais aparecia entre o mais querido e o mais odiado, pelas heranças do avô e bisavô. Unindo a perspicácia familiar à fala sempre pertinente do amigo, conseguiu trazer conservadores e muitos rebeldes para o seu lado, disseminando a mudança e o progresso entre os eleitores. Ivanov era a busca pelo progresso e união entre as partes que acabaram se distanciado do governo através do tempo. O seu maior trunfo era realmente acreditar na evolução russa. Apesar de ser o principal conselheiro e mentor durante todo o governo, hoje o frio e calculista, Romanov transpunha o corpo do amigo caído ao chão com um largo passo, enquanto ele agonizava.

— Vocês sabem o que fazer.

O seu corpo foi imediatamente levado do hotel sem deixar qualquer pista do seu desaparecimento. Tudo deveria ser feito para que pensassem que um dos homens fortes da Rússia que contrariava o presidente apenas tivesse retornado ao seu país.

Romanov estava convicto de que a declaração da guerra, seguida do apoio chinês poderia proporcionar a varredura da Ucrânia na busca de Spalla instigando o contra-ataque americano e aliado.

Ao receber mais uma mensagem codificada, afastou-se dos agentes que assistiam Ivanov ainda agonizando, pois não dividia com ninguém os reais objetivos da invasão. A mensagem só era aberta por leitura digital, combinada a mais duas senhas e apagada imediatamente após a sua leitura.

A menina não poderá lhe ver, todavia sentirá a sua presença, assim como você sentirá a dela.

Era a mesma mensagem recebida há pouco tempo, em uma frase simples com um significado extremamente importante, confirmando estar muito perto do encontro com Spalla. Interpretou estar se referindo à menina do seu sonho, em meio aos tanques. Nesse momento ele teve a certeza de que a invasão da Ucrânia o colocaria de frente com o tão desejado Toque de Deus. Todavia, ele jamais poderia imaginar que a proximidade era maior e que tanto Spalla, quanto o seu protetor estavam presentes na Conferência.

Boris havia criado um programa de treinamento global onde corpo, mente e espírito deveriam trabalhar em perfeita harmonia e sustentação, dirimindo assim a necessidade de apoiadores conhecedores do segredo. Ainda muito jovem, o avô lhe ensinou um código que somente eles poderiam decifrar, primeiro dizendo ser uma brincadeira que teria a sua utilidade um dia e ninguém além dos dois deveria conhecer o segredo.

A pessoa que lhe enviava os documentos sobre a Lenda de Spalla ainda não era conhecido por Romanov, custando a acreditar em sua veracidade, mesmo assim efetuou o primeiro pagamento, até que as provas começaram a dar evidências reais da sua existência. De início, associava as quedas de objetos e ruídos à presença do espírito do avô, ocorridos quando ele parecia não acreditar nos documentos e só depois descobriu que havia algo muito maior. Como os seus antecedentes, ele também havia sido seduzido pela ganância e pela inveja. Um pacto lhe assegurava a guarda de Azazel e Lilith, anjos caídos dos céus, que desejavam destruir Spalla e assumir os poderes de Deus.

Capítulo 12

O encontro entre Olívia e Ali

Faltava pouco para o anoitecer, e quase chegando em casa, Buhba tentava proteger a cabeça do chuvisqueiro com um jornal. Era só fechar os olhos e o cheiro do asfalto molhado lhe trazia recordações das pistas do mundo afora, com Tommy dando show com sua moto nos dias de chuva. Isolado em Oudtshoorn, na África do Sul, ele curtia o acúmulo de tantas experiências ao longo de sua vida, escrevendo seus textos e livros. Mesmo depois de quase quarenta livros, escritos em sua nova fase, tinha dificuldade em ver os seus trabalhos sendo editados sob um pseudônimo, o qual o seu ego se negava a aceitar. Sempre teve orgulho em ver o seu nome, geralmente acima do título, destacado em tom prateado. O prazer lhe saltava aos olhos aos vê-los expostos nas vitrines das melhores livrarias do mundo. Da mesma maneira, sentia falta de ver o selo de autor premiado com o Prêmio Nobel em seus últimos trabalhos.

Ultimamente estava se dedicando exclusivamente à escrita de dois livros, na continuação da saga O segredo de Spalla. Sonhava em editar pelo menos mais esses dois livros com o seu nome, surpreendendo todo o mundo. O primeiro era *A vida de Kristofer*, o qual ele estava finalizando a revisão, e o segundo se referia à *Lilith e o roubo das almas*, faltando somente revisar. No entanto, ele iria exigir a autoria para si, ao invés de assinar com seu pseudônimo, o qual nunca havia sido incorporado por ele verdadeiramente.

Era chegado o momento do tão esperado encontro entre Olívia e

Ali. A idade avançava e ele já não tinha mais a mesma energia para acompanhar os novamente jovens *"Tommy" e "Carol"*. Sentiu-se na obrigação de diminuir os seus encontros em desdobramentos com os dois, pois compreendia ser necessário deixar que eles tomassem os seus rumos. As suas emoções se apresentavam em um misto de saudade e desejo de estar presente nesse reencontro. Sabia exatamente onde e quando aconteceria.

Os dois estariam presentes na Conferência e seria um sonho rever as pessoas que deram um novo significado para a sua vida e talvez poder revê-los juntos. Porém, não poderia colocar tudo a perder, pois sempre foi alertado de que a sua exposição poderia trazer riscos para a vida de ambos. Era o encontro de passado, presente e futuro entre duas almas que se completavam, porque na sua união tudo fazia sentido. O grande pecado dessa vida cabia ao próprio Deus, em não lhes permitir que os seus espíritos se amassem. Como poderia Ele, em Sua onisciência, desconhecer a força do amor?

Buhba resgatou esse amor em seus livros, dando vida e muita intensidade às personagens, classificados como romance de ficção, porém jamais deixando de ser verdadeiros. Em longos capítulos, o amor que perdurava através dos tempos, acontecia de forma sublime e os olhos que desnudavam os espíritos, faziam com que os livros rapidamente se tornassem ***best sellers***. O olhar entre eles refletia o mais puro desejo de reviverem esse amor no plano espiritual. No fundo dos olhos de Ali, ela podia ver o seu espírito, sorrindo ou sofrendo por trás do corpo físico e ele a via em todas as suas vidas, como em um filme através dos tempos. Eram diferentes perspectivas de um mesmo prisma, o caleidoscópio de suas vidas, refletindo o amor verdadeiro entre duas partes de uma mesma alma. O belo romance que Buhba escrevia sobre o Segredo de Spalla, estava preces a acontecer em um reencontro, agora entre Ali e Olívia. Em seus sonhos, via imagens dos dois em perigo, um pressentimento de que a sua presença seria muito importante para a proteção de ambos.

A Conferência realizada em Nova Iorque seria a chance que ele precisava para reencontrá-los. Todos os dias ao se olhar no espelho, percebia que o tempo havia marcado o seu rosto com tantas linhas que talvez nem fosse mais preciso ficar escondido. Durante todo esse tempo, não havia tido nenhum problema com a sua documentação quando exigida e já não tinha mais contato com parentes ou antigos amigos. Os novos amigos sempre foram tratados com superficialidade, para não colocar a vida de outras pessoas inocentes em risco, além de manter o Segredo de Spalla em segurança.

Há pouco mais de uma semana, havia recebido a visita muito especial. Estranhou quando olhou pela janela e viu uma mulher muito alta batendo palmas no portão da sua casa, porque não era comum receber visitas, assim como não reconheceu a outra mulher que estava com a cabeça abaixada. A miopia vinha aumentando com o passar dos anos e a insistência em não usar os óculos, fazia com que as pessoas ao longe se tornassem apenas vultos.

— Boa tarde! Posso lhes ajudar?

Buhba era sempre gentil, mesmo com as pessoas que ainda não conhecia. Mesmo assim, perguntou desconfiado, com a mão direita segurando a trava do portão. Não acreditou quando percebeu que a mulher com a cabeça abaixada era Adele. Para ela o tempo parecia estar sempre parado. Ainda usava a saia acima do joelho e seu rosto não apresentava os vincos que insistiam em marcar outras pessoas que tinham infinitas histórias para contar. Era inacreditável.

— Meu amigo, nos ajudaria muito se nos convidasse para entrar e tomar uma água gelada e quem sabe um café.

Buhba se emocionava facilmente e depois de tanto tempo sem encontrar as pessoas que ele aprendeu a amar, as suas lágrimas que estavam represadas, começaram a levar-lhe todo o rosto, escorrendo pelas suas marcas de expressão.

— A idade não lhe afeta os sentimentos. Isso é bom.

Adele estendeu o braço e tocou-lhe o rosto, secando suas lágrimas. Era o toque reconfortante que lhe trazia a calmaria que ele tanto prezava. Buhba a abraçou, como se estivesse abraçando a sua mãe.

— Como é bom poder chorar revendo uma das poucas pessoas que me restaram.

— Nossos amigos cumpriram muito bem as suas missões.

— Como pode ser? Você é a mesma Adele que eu conheci há muitos anos atrás.

— Sempre lhe disse que continuava fazendo pilates e cuidando da minha pele.

Os olhos encharcados não impediam a sua gargalhada, ainda abraçado à amiga.

— Deixe-me apresentar-lhe. Essa é minha amiga Joan, uma arquiteta queniana que tem colaborado comigo em alguns dos meus trabalhos.

— Muito prazer. Adele sempre me fala muito bem sobre o senhor, principalmente sobre os seus livros.

— O prazer é meu. Mas, pode dizer a verdade. Você sabe muito mais sobre mim do que somente a minha vida como escritor. Aliás, vocês duas devem saber muito mais sobre mim do que eu mesmo.

— Não seja indelicado com a moça. Sabe que eu jamais faria fofocas sobre uma pessoa tão amada e admirada.

— Adele, quando eu digo que sabe muito sobre mim, quero dizer de todas as minhas vidas e você Joan, certamente é mais uma das Mãe de Spalla. Estou certo?

— Sim. O senhor tem toda razão. — Joan, sorrindo, concordava com Buhba.

— Não precisa me chamar de senhor! Vamos até a cozinha, vou preparar um café.

Adele e Joan estavam sentadas no balcão, enquanto Buhba, do outro lado, de frente para elas, fazia o café e cortava as fatias de pão.

— Você tem se aventurado na cozinha?

— Como não tenho muitas coisas para fazer, além de escrever, assisto aos programas de TV e pego algumas receitas.

Enquanto acabava de passar o café, Buhba lhes serviu um pão, com recheio de queijo e milho, com um tempero todo especial, capaz de arrancar elogios de Adele, somados aos de Joan, depois que ela conseguiu engolir. Ele sorria orgulhoso do próprio feito, já cortando outros pedaços, inclusive para ele mesmo.

— Estupendo! Magnifico! — Adele rasgava elogios, esticando as palavras ao máximo.

— Realmente está delicioso! Muito macio — Joan completava de forma mais sucinta, ainda saboreando-o.

— Você sabe que não estamos aqui somente por causa desse pão maravilhoso. — Adele, que não era de muitos rodeios, rapidamente mudava o curso da conversa.

— Não?

— Voltaria muitas outras vezes por causa dele, no entanto, dessa vez temos um outro assunto muito importante.

— É sobre Ali e Olívia?

— Você tem sonhado com os dois. Eles irão se encontrar em Nova Iorque dentro de alguns dias e você vai revê-los, como sempre desejou.

— Ficaria muito feliz em poder reencontrá-los.

— Você vai estar lá quando tudo acontecer. Não precisa se preocupar com disfarces, porque a simplicidade sempre foi e sempre será o melhor caminho. As pessoas normais não o reconhecerão e quanto àqueles que são influenciados pelos maus espíritos, de nada valerá esconder o seu rosto, porque eles o reconheceriam de qualquer forma. A sua presença é muito importante para lhes dar a proteção que eles necessitam.

— Você tem certeza de que a minha presença não irá prejudicá-los?

— Sim. Entretanto, evite olhar direto no fundo dos olhos dessas pessoas, porque eles serão os olhos dos anjos caídos e poderão ler os seus pensamentos.

— Quem são essas pessoas?

— São os homens poderosos que governam as maiores potências mundiais.

— Romanov! Ele tenta levar o seu caos interno para todo o mundo. — Buhba conseguia ligar os fatos e interpretar as estratégias das guerras com o objetivo escuso de chegar até Spalla.

— Ele vai se aproximar de Spalla quando perceber que ela é a menina que não pode vê-lo. Porém, não é o único nessa busca incansável por Spalla. Nessa guerra, aqueles que parecem ajudar, podem se tornar a nossa pior ameaça. Samael está atacando por todos os lados.

— Samael! Também conhecido por Lúcifer, estou certo?

— Sim, você está certo. No Reino dos Céus ele era chamado de Samael, que representava a luz, e assim eu sempre o chamarei.

— Eu o conheço dos meus estudos e gostaria de ouvir de você quem é ele na verdade.

— É o filho de Deus que se perdeu no mal, na ganância pelo poder. Você vai reviver o seu passado e as suas batalhas, quando vocês cruzarem os olhares. Então, descobrirá que não é simplesmente um escritor e vai confiar mais do que nunca na sua força.

Por algum motivo, havia em Adele o cuidado em resguardar o anjo expulso do Reino de Deus.

— Preciso saber mais sobre essa história. — Buhba ainda insistia em conhecer a verdade sobre os filhos de Deus.

— Se eu lhe contasse, você perderia a surpresa e os calafrios que logo irá sentir. Por ora, precisamos nos concentrar em nosso problema mais urgente.

— Calafrios! Você continua a mesma. Não é somente a sua aparência que não muda com o tempo.

Joan ria da cara extasiada de Buhba e da maneira como Adele tratava a situação, fazendo com que ele revivesse algumas situações parecidas em tempos diferentes.

— Acredito que você não terá problemas se estiver dentro do prédio da ONU, trabalhando.

— Eu faria qualquer coisa para vê-los. Consegue me colocar trabalhando entre os agentes mais influentes da ONU?

— Não entre os agentes, mas você vai estar onde tudo acontece. Lembre-se que a simplicidade e a humildade são as nossas principais armas.

— O que quer dizer?

— Vai limpar os banheiros.

— Essa não! Está falando sério?

— Sim. Vocês dois trabalharão bem próximos. Ela no banheiro feminino e você no masculino.

Adele apontava para Joan, que também estaria trabalhando na faxina.

— Se é pelo bem de Ali e Olívia, então eu aceito o sacrifício.

— Não será tão ruim assim e nós estaremos juntos nessa. — Joan tentava atenuar a situação, esticando o braço e com a mão fechada para tocar a mão de Buhba.

— Vocês estarão lá no dia em que a Conferência começar.

— Não seria melhor estarmos lá alguns dias antes?

— Não se preocupe com certos detalhes, apenas siga conforme o planejado.

Durante todo o tempo em que estiveram ali, Joan quase nada disse, apenas concordou com a cabeça durante a conversa entre os dois. Buhba as acompanhou até o portão, percebendo que não tinha nenhum carro ali perto e como havia conhecido Adele em meio a tantos mistérios, preferiu não perguntar como elas haviam chegado até a sua casa. Apenas as acompanhou com o olhar durante alguns minutos, caminhando pela calçada estreita até desaparecerem ao longe. Ela sempre estava presente nos momentos mais importantes das suas vidas, alegres ou tristes e tanto a sua chegada, quanto a sua partida aconteciam sempre da mesma maneira, imprevisível.

Era uma bela mulher, que transcendia aos caprichos do tempo. Sua pele se mantinha lisa, exatamente como há anos e a sua capacidade mental de absorver os conhecimentos universais atravessava os séculos, arquivando fatos ocorridos e sabedoria. O seu saber era muito maior do que um acumulado de leituras e vivências, numa somatória de conquistas, era a inspiração e a busca essencial do próprio conhecimento. Buhba ainda procurava pelas palavras que a descrevessem de maneira leve e pura, como ela era. Os seus pensamentos, acompanhados por um sorriso curto de canto de boca, o remeteu aos olhos dela que mudavam o seu tom azulado, assim como o céu, infinito.

Ela tinha conhecimento histórico que extrapolava as escritas de qualquer religião ou historiador e a sua fala era suave e forte ao mesmo tempo, comandando um grupo de mulheres com habilidades igualmente incríveis. Por vezes, as suas palavras chegavam para desmistificar até mesmo as mais profundas controvérsias bíblicas, parecendo ter a chave de todos os cofres do conhecimento, como Buhba descreveu no livro *O Segredo de Spalla – Revelações*. Foi quando ele compreendeu que ainda não havia chegado ao fim e que precisava começar a escrever um novo final. Assim que fechou o trinco enferrujado do portão, sentou-se na sua mesa e começou a escrever e em um pedaço de papel anotou o título, *O Segredo de Spalla; o início e o fim, por Adele*.

Tinha a certeza de que ela era um anjo e que coordenava todas ações de uma sociedade secreta formada somente por mulheres, as Mães de Spalla. As suas ações eram totalmente estratégicas, todas arquitetadas minuciosamente. Lembrou-se dos seus belos olhos azuis, que mudavam de cor assim que as lágrimas encharcavam seus olhos, quando falava dos filhos de Deus. A sua intuição quis lhe mostrar algo além, que ele mesmo negou com um balançar de cabeça e um sorriso preso no canto da boca.

Seguindo as orientações passadas por Adele, Buhba desembarcou em Nova Iorque. Apesar de confiar plenamente em suas estratégias, alguns pontos sobre os planos ainda o preocupavam. Não conseguia entender, por exemplo, como chegaria um dia antes da Conferência em um dos prédios mais seguros do mundo e simplesmente entraria para trabalhar, passando pela segurança. Ficaria alojado com Joan em um prédio de apartamentos simples a poucos quilômetros do prédio.

Antes do nascer do sol, os dois pediram um carro por aplicativo que os levaria até o próximo ao prédio da ONU. Espantou-se ao chegar na entrada lateral e ser tratado como se fosse um funcionário antigo, pelos seguranças que os chamavam pelo sobrenome do crachá. Ainda mais quando Joan, chamou o segurança, Theodore Smith, por um apelido, desprezando nome e sobrenome que estavam em sua identificação.

— Bom dia, senhor Brown. Senhorita Jackson.

— Bom dia, Ted! — cumprimentou-o Joan.

— Bom dia, meu amigo! — disse Buhba, já se soltando um pouco mais.

Seguiram em frente com total liberdade pelos corredores, repleto de seguranças. Então, Buhba encarnou a personagem, externando a felicidade, como se fosse um antigo funcionário reconhecido por seus serviços prestados ao longo de anos.

— Nós ficaremos nos banheiros próximos à sala de Conferência.

— Onde sempre trabalhei?

Olhou para Joan, abriu os braços como se recebesse o dom artístico e sorriu atrevidamente. Agradeceu por viver novas emoções, mesmo que tardiamente.

— Vou ficar mais próximo aos conferencistas.

— Buhba, você pode pegar leve na limpeza. Já providenciamos para que estejam sempre limpos, mas não fique longe da sua vassoura porque ela pode lhe ser muito útil.

O painel digital de última geração passava as imagens dos conferencistas e pela qualidade da tela era possível ver cada detalhe dos seus rostos. Buhba teve dificuldade em prender as lágrimas, quando era exibida a entrevista de Ali, um renomado engenheiro que dava novas perspectivas a mutilados de guerras e acidentes. Era um orgulho ver a sua imagem ao lado de pessoas que poderiam iniciar uma verdadeira transformação no mundo pelas suas ações humanitárias. Eram pessoas tidas como exemplo, principalmente pelos jovens de todo o mundo que os seguiam nas redes sociais e também por isso foram selecionadas. O filme de sua vida ao lado daquele espírito rodava em seus pensamentos e ele não via a hora de poder se encontrar pessoalmente com o agora influente Ali. Sentiu um pouco de tontura enquanto algumas imagens sem sentido se embrenhavam em meio às imagens do passado e do futuro de Ali. O barulho das motos esmerilhando-se no asfalto, o estampido de um revólver e espadas confrontando-se o deixaram confuso e em um relance de uma dessas imagens ele pronunciou um nome.

— Arthur!

Por vezes, ele se perdia entre todos aqueles mistérios, e agora em flashs, começava a compreender a grandiosidade do envolvimento daquelas pessoas na história da humanidade. O tempo corrido em mais de dois milênios agora parecia pouco pela enormidade de fatos e vivências que lhe eram confidenciadas ou descobertos espontaneamente, confirmando que o seu espírito sempre esteve presente na Lenda de Spalla. Lembrou-se de Carol lhe dizendo que ele também era protagonista daquela história e nunca havia sido um mero coadjuvante.

Começava agora uma maior movimentação e a grande maioria das pessoas que circulavam pelos corredores eram assessores de governos, organizações, agentes de segurança e imprensa. Buhba em seu processo de envelhecimento já havia perdido alguns centímetros, mas ainda era alto e mesmo assim, se impressionava com a quantidade de agentes esguios, quase todos com o mesmo biotipo, acima dos 1,90 metros. Conversavam muito entre si, trazendo até os seus ouvidos um emaranhado de diferentes línguas, quase todas por ele compreendidas e faladas. Os monitores instalados nos corredores e banheiros permitiam aos participantes estarem ligados o tempo todo na fala dos palestrantes.

Enquanto disfarçava, esfregando o pano com desinfetante no chão, se olhou no enorme espelho, que acompanhava toda a extensão da enorme pia de mármore. Ninguém desconfiaria que aquele senhor que esfregava o chão era um Prêmio Nobel de Literatura, muito menos um protetor da Lenda de Spalla. Buhba era muito culto, conhecia a cultura e as línguas mais faladas em todo o mundo, tal como alguns dialetos africanos, o que lhe ajudaria a ouvir as conversas dos representantes dos países, sem despertar suspeitas. Agora concordava com Adele que o melhor disfarce era a simplicidade.

Os primeiros a fazerem uso dos banheiros foram alguns asiáticos. Era um grupo de assessores sul-coreanos, que mantinham a sua tradição de serem pontuais e muito participativos em todas as ações que buscavam melhorias para as condições sociais, assim como foi no encontro sobre o clima em Bruxelas. As línguas asiáticas sempre foram as de aprendizado mais difícil para ele. Já havia tentado por duas vezes, pois gostava de ler livros em suas edições originais, dizendo que as traduções perdiam um pouco da essência do autor. Entretanto, quando lia as obras de autores asiáticos, ainda precisava recorrer às edições traduzidas.

No corredor, ao ouvir a conversa de duas nigerianas, pôs-se a filosofar em pensamento:

O mundo havia assistido ao aumento gradativo da participação das mulheres na política, nos países mais ricos, da mesma forma como agora vinha acontecendo nos países em desenvolvimento e nos mais pobres. O mais importante é que esse movimento partia mais de necessidades internas do que de movimentos de massa, significando o despertar verdadeiro para conquista dos direitos. Compreender a força interna, não somente pelas mulheres, mas pelo ser humano, representava o despertar da autoestima dos mais carentes que vinha provocando a tão desejada valorização do ser humano.

Adele tinha razão quando dizia que o mais simples seria o mais importante. Os corredores que levavam até os banheiros funcionavam como um filtro, levando até eles os maiores líderes e os palestrantes daquela data. Ela era sábia, julgando ser aquele o lugar ideal para descobrir fatos que pudessem ocorrer na Conferência. Ainda não sabia como ela havia conseguido colocá-lo ali dentro e nesse momento o mais importante era esperar que as coisas fluíssem naturalmente, já que ela parecia prever cada fração dos acontecimentos, por menor que ela fosse. Sendo assim, logo ele encontraria um dos principais palestrantes. O bebê que ele um dia havia carregado em seu colo hoje era um dos jovens mais influentes do mundo.

De repente, a pulsação de Buhba começou a acelerar rapidamente, mas o seu coração acostumado, era forte e não se incomodava com emoções que transcendiam o que qualquer outra pessoa poderia imaginar. Já havia passado por tantas situações adversas que ele estava acostumado às grandes oscilações. Ao contrário, os seus olhos poderiam denunciar qualquer disfarce. O monitor, postado na parede que levava aos banheiros mostrava a foto de Ali, o próximo a discursar, apresentado como uma das jovens surpresas na luta pela evolução global. Assistindo à apresentação do jovem, descruzava os braços apenas para enxugar as suas lágrimas e para ajeitar o boné azul marinho, parte do seu uniforme.

Ali devia estar com pouco mais de 1,70 metro de altura, conforme calculou Buhba, assim que ele chegou próximo à apresentadora. Janine Jackson tinha exatamente essa altura e estava bem mais alta que ele, usando salto alto. Prestou atenção desde o início de sua fala, percebendo o quanto ele era seguro. Ouvi-lo dissertando sobre resgate da autoestima pela honra, dignidade e respeito, amparado pelo socialmente correto era fabuloso. O seu projeto já havia conseguido sustentação financeira dos países mais ricos com apoio da BIO, onde tinha seu cargo de engenheiro. O ainda jovem garoto escolhido por Scarlet e Samantha conseguia antecipar o seu futuro promissor. Porém, o seu maior exemplo era dedicar grande parte do seu tempo levando os seus protótipos às pessoas mais carentes em todo o mundo.

O seu tom de voz era suave, todavia tão profundo que se tornava audível ao longe, pela conquista da paz que ela oferecia. Nunca havia defendido o socialismo praticado pelos governos autoritaristas e antidemocráticos. Entretanto, trazia à tona o capitalismo justo, onde o lucro das empresas não seria exacerbado, sufocando as próprias pessoas que trabalhavam no chão das fábricas. Era o capitalismo solidário difundido pelos irmãos na BIO. Buhba, mais uma vez, foi às lágrimas quando ouviu uma parte destacada do seu discurso.

...seria impossível falar sobre evolução humana sem citar a tríade formada pela dignidade, respeito e honra, descrita brilhantemente por Buhba, em seu livro Libertas, com o qual recebeu o Prêmio Nobel de Literatura.

Buhba era o menino africano, saído de um dos países mais pobres da África, que teve a sua vida transformada não somente pela oportunidade oferecida por Tommy, mas principalmente pelos ensinamentos de seus pais e nada teria mudado sem a leitura e a escrita, tão incentivadas por Abeni e Akin, seus pais.

As sábias e comoventes palavras do jovem e promissor engenheiro foram aplaudidas de pé no moderno plenário, trazendo paz e a felicidade ao grande escritor, por ser reconhecido perante o mundo que assistia a transmissão do evento, ao mesmo tempo em que aquele senhor usando uniforme marinho da limpeza era desprezado pelas pessoas que passavam por ele. Sentia o amargo pesadelo dos invisíveis, que passam despercebidos aos olhos da grande maioria das pessoas. Adele havia lhe dado outra lição e as suas palavras reverberavam em seus pensamentos.

...a simplicidade sempre foi e sempre será o melhor caminho.

Buhba compreendeu naquele momento, apoiado sobre o cabo de uma vassoura, que a verdadeira empatia não existia, porque não havia possibilidade de colocar-se no lugar do outro plenamente, por mais próxima que a pessoa fosse. Sentir o que o outro sente não passa de uma tentativa de amenizar o sofrimento de alguém conhecido ou não. As dores e as cicatrizes são pessoais e intransferíveis, assim como as sensações e as emoções.

— Senhor Brown, vai dormir sobre a vassoura?

— Eu estava ouvindo...

— Não está aqui para ouvir ou assistir TV.

Um dos seguranças lhe chamou a atenção para retornar ao trabalho. Enfim, alguém havia percebido a sua presença no espaço repleto de pessoas impecavelmente vestidas que debatiam sobre evolução humana e desenvolvimento dos países mais pobres. A contrariedade também marcava presença e instantaneamente comprovava a persistência da demagogia política. Buhba não contestou. Levantou o boné e passou a mão espalmada que lhe descia das sobrancelhas até o queixo. Sinal que demonstrava cansaço das questões sociais não resolvidas. Olhou novamente para o segurança, levou o boné até a cabeça e voltou a limpar o chão.

O segurança balançou a cabeça, reafirmando a negativa da evolução. Depois, voltou o rosto para o monitor, que agora mostrava a imagem de Buhba, o autor do livro ***Libertas***, vencedor do Prêmio Nobel e um dos mais lidos no mundo, citado por Ali. Assustou-se com a semelhança, olhou novamente para o senhor de costas que caminhava devagar segurando a sua vassoura. Sorriu e novamente balançou a cabeça, agora negando a semelhança.

Na sala de imprensa, centenas de repórteres se apertavam para entrevistar o jovem engenheiro que propunha mudanças políticas radicais em relação às guerras civis que aconteciam em vários países da América Central, África e Ásia, além da iminente declaração de guerra da Rússia, quase certa. Ali falava num inglês impecável, pedindo para que, principalmente as crianças, não sofressem os infortúnios que uma guerra poderia causar.

Logo que entrou na sala, Ali se sentiu incomodado com várias perguntas disparadas ao mesmo tempo, exigindo que fossem controladas e ordenadas por um mediador. Ele já havia vivido aquela situação em outra época e a sua intuição lhe dava a certeza de que encontraria em pouco tempo o homem que o acompanhou em outras vidas e o carregou no colo, livrando-o da guerra no Iêmen. Procurava com os olhos entre os repórteres que levantavam os braços tentando fazer perguntas, alguém que lhe remetesse ao velho amigo de tantas vidas passadas.

Ali trazia a paz em seu coração, mesmo nos momentos mais tensos em que recebia descargas de adrenalina ou quando as suas emoções eram colocadas à prova, demonstrando total tranquilidade na solução dos conflitos. Zyan, o seu irmão, fazia questão de relembrar que ele, em meio ao deserto, desde pequeno era capaz de resolver conflitos e trazer os oponentes para o seu lado, simplesmente se ajoelhando ao chão.

Terminada a entrevista, Ali precisou ir ao banheiro.

— Melhor você usar o banheiro do corredor ao lado. Se for nesse, os repórteres vão incomodá-lo.

Uma das assessoras do evento o avisou sobre o fluxo dos repórteres nos banheiros, indicando outro mais reservado que oferecia um pouco mais de tranquilidade.

Ali experimentava o doce sabor da fama, sendo reverenciado pelas pessoas que cruzavam o seu caminho, nos mais diferentes idiomas. Alguns ele até conseguia responder com palavras de carinho, outros ele cumprimentava com aperto de mão, para todos sorria e agradecia com o universal *thank you*.

Quando entrou no banheiro, deparou-se com o senhor da limpeza, que estava de costas, limpando embaixo da pia. Sentiu as mãos tremendo e formigando, uma sensação estranha. À sua frente, Buhba teve exatamente a mesma sensação, sentindo a presença de Ali e que havia chegado o momento. Virou-se devagar, enquanto Ali tombou a cabeça para o lado esquerdo, tentando ver a imagem do seu rosto pelo espelho. Um moço aparentando a mesma idade de Ali aproximou-se dele, quis elogiar o seu discurso, no entanto ele, sem ser mal-educado, passou por ele sem notá-lo, pois estava demasiadamente atento ao senhor à sua frente. Disse olhando-o no fundo dos seus olhos.

— Me lembro de quando me carregou em seus braços para me salvar da guerra, do fogo e inúmeras outras vezes em outras vidas.

— Jamais esqueceremos o que fizemos um pelo outro.

— E nunca deixou de me visitar nas noites em que eu mais precisava de proteção. Eu orava pedindo ajuda e você sempre vinha até mim.

— Temos uma ligação muito forte.

— Eu posso sentir que ela também estará aqui e que nosso reencontro acontecerá em breve.

— Sim. Vocês precisam tomar cuidado porque estão sendo procurados. — Buhba olhou para os lados e diminuiu ainda mais o tom de sua voz. — Romanov é a pessoa que procura por Spalla e por você.

— E como vou saber quem é ela?

— Deixe-se levar pelo seu espírito e ele guiará o seu coração até ela.

A situação do momento não lhes permitia uma interação mais próxima, tendo que guardar o abraço, tão esperado, para uma outra oportunidade. Os olhos de Buhba que se encharcavam com facilidade, também foram contidos para não despertarem a atenção das pessoas que circulavam pelos sanitários.

No dia seguinte, a Conferência trataria os assuntos relacionados ao clima, fauna e a flora. As mudanças climáticas traziam destruição sequenciada em todos os continentes, ano após ano. As florestas e os animais tão ferrenhamente defendidos em discursos vazios e apelos de ONGs, jamais foram colocados em prática pelos governos responsáveis, ou pior, as árvores nunca deixaram de ser colocadas ao chão e os animais livrados do risco de extinção.

Olívia não era uma das convidadas para apresentar os projetos, entretanto estaria presente, convidada pelo doutor Johansen Borg, um sueco radicado no Quênia. Vivia a maior parte do seu tempo entre Quênia e Tanzânia na defesa dos parques nacionais e dos animais selvagens em grave risco de extinção. Combatia veementemente os safaris e os zoológicos ao redor de todo o mundo que ainda insistiam em patrocinar as caçadas e tirar a liberdade dos animais. A sua presença de início foi contestada por alguns países, por disseminar vídeos na internet criticando duramente os países que ainda mantinham zoológicos. Todavia, não havia como deixar de fora o maior nome em defesa dos animais selvagens em todos os tempos. Suas pesquisas rendiam livros espalhados por todo o mundo, além de vários documentários.

Desta vez, como ele mesmo colocava em suas entrevistas, o seu maior trunfo nesta batalha era a parceria com a jovem Olívia. Estava escrevendo um livro sobre a menina cega que desvendava os segredos e as emoções dos animais e não se importava em dizer que a sua estagiária conhecia muito mais sobre os animais, selvagens ou não, do que ele ou qualquer outra pessoa. Olívia estava ao lado de Borg e ele não economizava nos elogios ao apresentá-la.

— Eu tive o privilégio de conhecer pessoas fantásticas, de coração puro, trabalhando em defesa dos animais. Deus me retribuiu com um presente especial, colocando em meu caminho essa pessoa linda, com uma alma capaz de transformar tudo ao seu entorno. Qualquer um de nós pode falar com os animais e muitas vezes até compreendê-los, contudo a empatia verdadeira, conhecimento sobre os sentimentos, emoções e as suas dores são apenas suposições. A minha perspectiva mudou completamente depois que ela passou a detalhar as suas angústias e emoções dos animais com maestria absoluta. Decifrar as doenças físicas ou psicossomáticas pelo cheiro ou sonhos, era algo incompreensível e inaceitável até então. Recordo-me perfeitamente de uma de suas falas, logo que a conheci.

Não existe alegria e não existe vida para o animal privado da sua liberdade ou que aguarda pelo abate. Eles exalam o cheiro da tristeza e da morte porque as piores dores do mundo são as sofridas por aqueles que adoecem calados.

Gostaria de descrevê-la como a sua própria mãe um dia a descreveu. *Olívia* é o segredo e a pureza *da alma que me acolhe e me ensina desde o dia em que ela nasceu.*

Estar ao lado dela é justamente isso. É permitir que a alma evolua. Depois de citar e agradecer a Olívia, o doutor Borg começou a dissertar sobre o projeto e a importância do fim dos zoológicos e repatriamento dos animais selvagens. Frisou o alerta sobre a discrepância entre a o ritmo do desenvolvimento da produção industrial e do desenvolvimento sustentável. Estava claro que a conta não fechava no final e esse aumento escalonado propunha um colapso num futuro não muito distante.

Olívia estava sentada na primeira fileira, ao lado de Anastásia, com Frederico deitado em seu colo. O pequeno cão era bastante tranquilo e não se incomodava com o grande número de pessoas ao seu redor. Tímida, ela sabia que estava sendo acompanhada pelos olhos de alguns milhares de pessoas, por isso estava ruborizada com tantos elogios vindos do seu mentor. Ao terminar a apresentação, ela se assustou ao ser convidada a se sentar ao lado dele na sala de imprensa. Como era de se esperar, uma parcela das perguntas foi endereçada a ela, que as respondia com extrema habilidade e sabedoria. As perguntas faziam relação entre as empresas do pai e os seus lucros bilionários ao longo de muitos anos com a produção de energia.

— Sua família possui uma das maiores fortunas da Europa, conquistada através da produção de energia? Não é um tanto quanto contraditório, falar em geração de energia sustentável para os mais pobres?

— As empresas de geração de energia limpa vão muito além da consciência social. O projeto Robim, por exemplo, vende projetos aos países mais desenvolvidos e todo o lucro é revertido em investimentos de projetos similares em qualidade para tribos e vilarejos inteiros de países com nível de desenvolvimento muito baixos. A empresa foi vendida quase em sua totalidade para a BIO, todavia está assegurado em contrato vitalício que esse projeto não pode deixar de existir.

Mesmo as perguntas dirigidas ao pesquisador eram referentes à jovem estudante de medicina veterinária.

— Doutor Borg, o senhor assumiu em sua equipe de pesquisas uma jovem que sofria *bullying* na universidade pela sua deficiência visual, tanto quanto pelas suas propostas de tratamentos, dizendo ter habilidade para falar com os animais em seus sonhos. Como foi assumir perante todos essa inclusão?

— Em primeiro lugar, me sinto feliz por ela ter me incluído em seu sonho de evolução no tratamento aos animais. Aceitar o meu convite foi trazer a realidade que todos nós insistimos em não ver. Gostaria que todos percebessem que os protagonistas estão ficando às margens do processo porque as pessoas insistem em reverter o significado de exclusão e inclusão. Depois que a recebemos em nosso grupo, percebi que as deficiências eram minhas e não dela, assim pude ampliar meus conhecimentos, porque estar ao seu lado me proporcionou evoluir não somente no trabalho, mas também nos meus sentimentos. Então, todos nós nos curvamos para os resultados do trabalho dessa jovem.

Depois de quase oito horas apresentando os projetos, estava

cansada e enquanto o doutor Borg conversava com alguns assessores alemães, ela tentava explicar para os representantes do Green Peace, como descobriu os seus dons para compreender os animais. Não faltaram convites para fazer parte do movimento para salvaguarda dos animais selvagens em risco de extinção e na manutenção das florestas tropicais. Ela disse que tinha um apreço muito grande pela entidade e que tinha a noção exata da sua importância na proteção dos biomas em todo o mundo.

— Me lembro quando meu pai narrava os vídeos dos pequenos barcos contra os grandes baleeiros. Eu desejava muito estar em um deles e ele se divertia pensando que eu estava brincando e hoje estou aqui.

— Se você quiser dar mais uma prova para o seu pai, venha conosco. Seria uma grande honra.

Albert, representante da Escócia, membro do Green Peace há mais de dez anos, tomou a frente dos demais e convidou a jovem para fazer parte do movimento. Além da participação de Olívia na defesa das causas da entidade, estava claro que ele tinha outros desejos em relação àquela bela mulher. Ela era linda, com um corpo malhado pela prática regular de lutas, por influência do pai. Trazia sempre aquele sorriso lindo e sincero, exaltando a sua felicidade e acima de tudo era uma mulher extremamente inteligente.

— Eu não descartaria um convite desses. No entanto, preciso de mais tempo para terminar meus estudos e acompanhar o doutor Borg está sendo uma imersão de conhecimentos incrível.

— Ele mesmo acabou de dizer que você sabe mais do que qualquer um de nós todos — insistiu Albert.

— Não existe conhecimento absoluto. Quero saber as coisas que ele sabe. Os estudos que ele realiza têm trazido resultados fantásticos para essa evolução que desejamos. Por isso estou aqui... por isso estamos aqui.

— Você tem toda a razão. O doutor Borg é um cara essencial para a nossa luta. Apesar de todo seu conhecimento, ainda continua tendo a mesma simplicidade.

Apesar da insistência, Albert reconhecia a importância do doutor

Borg para a salvaguarda dos animais selvagens.

— Sim. Ele faz questão de dividir o saber com as pessoas e entidades que compactuam com os mesmos objetivos. A causa é nobre e é muito maior do que todos nós. Durante décadas os discursos de proteção foram muito superiores às ações realizadas. Porém, quem sabe agora as coisas comecem a partir também dos órgãos governamentais dos países mais ricos. — Olívia defendia a contrapartida dos países desenvolvidos.

— Eu ainda duvido. Já vi esse filme seguidamente em cada uma das conferências realizadas. O tema poderia ser *A procrastinação*. Desde a Rio 92, muito se fala e pouco é feito. — Luigi colocava a sua decepção com os países poderosos.

— Você é um pessimista! — Albert provocou.

— Não sou. Como disse Jaccques Costeau: "no futuro a guerra será entre aqueles que defendem o desenvolvimento sustentável e os que a destroem". Aliás, foi graças a ele que a Rio 92, teve a participação do presidente americano George Bush. Ele avisou o presidente brasileiro que se ele não viesse, o encontro seria um fiasco. Collor, o presidente brasileiro na época ameaçou ficar sentado na frente da Casa Branca, junto ao pesquisador. A pressão deu certo. Bush participou, entretanto nada aconteceu de concreto, porque depois de 1992 as coisas continuaram engatinhando.

Luigi, o italiano, era um pouco mais velho e estava radicado na entidade desde os 19 anos. Era daqueles mais radicais, que preferia agir a esperar que os governos agissem.

— Vamos tomar um café?

Albert segurou a mão de Olívia pelo punho e a chamou para tomar um café. A moça instantaneamente se desvencilhou de sua mão com muita agilidade, utilizando uma técnica de krav maga. Anastásia deu um passo à frente, quase postando entre os dois.

— Me desculpe. Não gosto que segurem em minha mão.

— Eu peço desculpas. Eu só queria... — Ele foi interrompido.

— Está tudo bem! Fique tranquila, Anastásia, pois ainda sei me cuidar.

— Desculpem a indelicadeza dele. Já estamos indo.

Luigi estava acostumado a reprimir as investidas de Albert, um conquistador barato, que usualmente se aproveitava da condição de membro da entidade para dar em cima das mulheres.

— Você precisa controlar as suas atitudes, porque já afastou várias pessoas importantes do nosso grupo.

— Não sabe o que está dizendo. Aposto que agora ela voltará pedindo para integrar a equipe.

— Acorda!

Luigi o deixou sozinho e foi conversar com outro grupo de pesquisadores, em que ele não era bem-quisto. Foi uma maneira de deixá-lo sozinho, pensando em suas atitudes.

Olívia caminhou, ao lado de Anastásia, com o Frederico à sua frente. As duas ainda conversavam baixo reprimindo a atitude de Albert, que haviam acabado de conhecer. Anastásia, mesmo em meio ao tumulto gerado pela conversa das milhares de pessoas que aguardavam a próxima apresentação, ouviu o piano que tocava ao longe.

— *Concerto Para Um Verão.*

— O que disse?

— A música que está tocando.

— Não ouço nada. Apenas milhares de vozes embaraçadas.

— Na antessala. Alguém está tocando *Concerto Para Um Verão* ao piano.

Alguns segundos depois, ao saírem do salão principal, logo na porta frontal, havia um piano sendo tocado por um senhor. Olívia se aproximou, arrancando um sorriso no canto da boca do pianista. Ele continuou tocando e olhando para ela com extrema habilidade.

— Senhor, poderia deixá-la tocar?

Borg as estava procurando há algum tempo e ao encontrá-las ao lado piano, pediu ao pianista que a deixasse demonstrar mais uma de suas habilidades.

— Claro, senhorita! Pode se sentar. — O pianista gentilmente se levantou e ofereceu o seu lugar para Olívia.

— Melhor não. Olívia, precisamos ir.

Anastásia tentou em vão impedir que ela atendesse ao pedido de Borg. A associação das habilidades da jovem poderia trazer vários problemas para alguém que carregava nos ombros o peso de um segredo daquela magnitude.

— Por que a pressa? Deixe-a tocar uma música. Seria interessante que todos conhecessem mais uma de suas habilidades. Afinal de contas, a música que cura os animais também pode tocar o coração dos seres humanos.

— Anastásia, acho que não há mal algum em tocar uma música.

— Vamos ajustar a banqueta.

O senhor que tocava era bem mais alto que Olívia e habilmente colocou a banqueta a uma altura confortável para que ela pudesse se sentar.

Ao sentir o piano, com a ponta dos dedos, Olívia sentiu a necessidade de correr a palma da mão sobre a madeira. As sensações que lhe percorreram o corpo não eram inéditas. Havia ali um misto de toques, cheiros, sensações e muito amor. Sentia todo o medo da guerra, a tristeza pela perda dos familiares e o amor de Kristofer pela jovem professora, Aganieszka. Tudo era intenso, suave e eterno. Suas mãos começaram a suar e tremer.

— August Foster, 1910.

Para o espanto do pianista, ela estava certa.

— Como a senhorita sabe?

— Reconheceria esse piano até mesmo debaixo da água.

Levou a sua mão até a marca de tiro. O piano tinha a marca da crueldade da guerra em suas veias. Por isso estava ali, simbolizando a distância entre a guerra e as necessidades para atingir a evolução humana. As lágrimas lhe percorreram toda a extensão do rosto até cair sobre o piano.

— Aganieszka Novak.

— Quem é essa? — indagou o pianista, sem compreender o que estava acontecendo.

Borg a instigava a dizer quem era a mulher.

— A professora pianista que o tocava durante a Segunda Guerra. O nome dela está gravado no canto inferior esquerdo, atrás do piano.

— Sim. Seguido de um minúsculo coração, com a letra K, quase invisível a olho nu.

Borg imediatamente complementava a descrição do piano, revelado por Olívia. O pianista deu a volta e foi conferir as informações. Ela estava certa em relação ao nome, porém, quanto ao coração, não conseguiu ver, mesmo aproximando e novamente afastando os óculos.

— Olívia! Precisamos ir. Não deve tocar agora. Por favor!

— Não é tempo de fugir.

Suas mãos fortes e sensíveis ao mesmo tempo, percorreram todas as teclas, tocando-as com dorso dos dedos. Uma pequena pausa, e então, para desespero de Anastásia, ela começou a tocar a música que lhe veio à sua alma. Era a música interminável tocada por Aganieszka e Carol. O som do piano, antes abafado pelos milhares de vozes ao seu entorno parecia multiplicar-se, abafando e calando as vozes, em um efeito *doppler*. Era o som da alma de Olívia que invadia o salão. Borg, com os braços cruzados, fazia um pequeno gesto com a cabeça, em sinal de concordância.

Anastásia sentia a leveza e a força da música tocada por Olívia, se confrontando com o mal existente naquela sala. Ela estava invocando a força interna das pessoas presentes a lutarem contra o desespero de todos aqueles que eram oprimidos. Era o chamado para a evolução verdadeira, repelido por muitos, porque não conseguiam se libertar do mal aprisionado dentro de si. O mal que desejava o poder de Deus estava ali, bem ao seu lado. Frederico que estava ao lado de Olívia, contornou o piano e sentou-se entre ele e Borg, encarando-o por alguns segundos. Depois saiu correndo pelos corredores que levava ao banheiro.

A grande maioria dos líderes mundiais assistia a quase todas as apresentações, julgando-as importantes para a implementação das ações em seus países, enquanto os mais badalados, insistiam em ser os protagonistas, frente aos projetos apresentados. Os presidentes americano e russo eram os mais aguardados durante todo o evento. Contudo, como via de regra, eles somente se apresentavam para a reunião principal, entre os grandes líderes. Entretanto, naquele dia, em exceção, os dois chegavam ao prédio da ONU, muito antes do previsto e ao mesmo tempo. Precisavam reconhecer Spalla e traçar os planos para o seu sequestro. Certamente bastaria cruzar com ela para ter certeza de que a jovem seria o caminho para chegar até Deus.

A organização do evento parecia ir à loucura, demonstrando desorganização para receber ao mesmo tempo os dois presidentes que mais atraíam os holofotes, principalmente pelos confrontos históricos dos dois países. Contrariando a ordem para aguardarem a organização, os dois deixaram seus carros, acompanhados pelos seus assessores. Ao sinal do líder, a segurança foi dividida estrategicamente em *Alfa* e *Beta* e, então os agentes se dividiram para proteção dos dois líderes.

Ambos entraram pela entrada principal, novamente contrariando os pedidos dos seguranças para tomarem as entradas laterais. Os repórteres que perceberam a chegada dos dois ao mesmo tempo conseguiram flashs que certamente ficariam para a posteridade. Lado a lado, os líderes que ocupavam lados opostos em quase todas as tomadas de decisões dos conflitos desde a década de 80, adentravam no recinto. Estavam a poucos passos de protagonizar o início de outra guerra ou decidirem pela paz.

Romanov havia recebido mais uma mensagem codificada, dizendo que aquele era o momento para o tão esperado encontro com Spalla, antecipando à invasão e varredura da Ucrânia, local onde a sua presença era detectada pelos registros históricos. Agradecia à globalização e à transitoriedade das pessoas, trazendo-a ao seu encontro para a sua grande conquista, o que consequentemente resultaria na não declaração da guerra. A chegada inesperada do presidente Russell, dava a entender que ele tinha o mesmo pensamento e as mesmas informações.

Até então, invadir a Ucrânia era primordial para a conquista de

Spalla, através da sua anexação pelo uso da força. Por outro lado, o chefe de estado americano, imbuído do mesmo propósito, chegava ao país através do poderio econômico, com a força das indústrias e da oportunidade de inúmeros benefícios e empregos. A aproximação entre os governantes americano e ucraniano apressaram a tomada de decisão sobre a invasão russa. Tudo fazia parte de um plano arquitetado por Russell e Romanov, promovendo uma guerra com o objetivo principal de varrer o solo ucraniano, de leste a oeste, em busca de Spalla. Ambos guardavam para si o Segredo de Spalla e não o dividiriam com mais ninguém, nem mesmo com seus comandados de confiança. Chegar próximo ao poder de Deus transcendia às suas próprias vidas. Eram espíritos encarnados em sucessivas vidas, com a missão única de chegar ao poder divino.

Sem se dar conta do perigo que corria, Olívia ainda tocava piano, sob a proteção inquieta de Anastásia que tentava apressá-la e do olhar de Borg, que apreciava a sua apresentação. Ele se encantava pelo dedilhar da moça delicadamente sobre as teclas, dividindo os seus olhares entre ela e a porta, como se aguardasse pela chegada de alguém. A música tocada pela jovem ia muito além do que acalmar os animais em estado de depressão, ela simbolizava uma passagem histórica que atravessava séculos em busca do seu amor. Sentada ao piano, Olívia se reconheceu como Spalla e sabia que o som tocado naquele momento poderia levar até ela os espíritos maus que tentavam sequestrá-la, mas sobretudo tinha a certeza de que o bem e amor eterno estariam ali para protegê-la. A sua decisão estava clara, queria que a sua música trouxesse até ela a sua maior parte, o menino que olhava as estrelas e sonhava encontrá-la.

Ali estava do outro lado, na sala de entrevistas, quando ouviu a música ao longe. Ao fechar os olhos por quase um segundo, sentiu a presença de Spalla e instantaneamente as pisadas fortes de Russell e Romanov, provocando vibrações no piso no mesmo ritmo da música, sentidas também por Buhba no banheiro. Eles estavam conduzindo os maus espíritos até Spalla. Sem nada dizer Ali saiu apressado da sala, contestado pelos repórteres que aguardavam pelas respostas.

Próximo dali Buhba foi até Joan no banheiro ao lado.

— Joan, eles chegaram.

Buhba começou a sentir a força que possuía e a compreender a sua missão.

— Eu também senti. Estão atrás dela. Romanov e Russel. São os comandados de Lilith e Azazel.

— Simples assim? Logo os dois?

— Juntos novamente. Nós iremos ao encontro deles.

Enquanto Ali tentava se desvencilhar dos repórteres, foi interpelado por um pequeno cão schnauzer, que o puxou pela barra da calça.

— Frederico?

Ali compreendeu que ele queria levá-lo até Spalla. À medida em que ele se aproximava, a música vinda do piano ficava mais nítida. Era a música que há muito tempo estava presente em seus sonhos, com amor acumulado em tantas vidas e agora embalava o ritmo das pulsações e passadas do reencontro entre eles. Com pressa, seguiu Frederico até a sua amada.

Era chegado o momento de cumprir a sua missão e proteger Spalla, conforme revelado em seus sonhos. Quando chegou à porta, deparou-se com Olívia, até então totalmente entretida com a música. Ele parou extasiado! O seu coração estava acelerado, e os seus olhos, encantados pela moça, já não percebiam mais o pobre cão que tentava, sem êxito acelerar as suas passadas. Guiada pela luz intensa da aura branco prateada de Ali, Olívia voltou o seu rosto para a porta, lembrando-se de Adele lhe dizendo que ela poderia ver com a alma. Ambos tinham seus corações acelerados, marcados pelo compasso da música, que se encerrou no mesmo momento em que ele se aproximou e encostou a sua mão no piano. A sensação era a mesma a cada encontro, em cada vida. Olívia podia ver o contorno da luz que brilhava em volta do seu corpo. Ambos eram tomados pelo êxtase da intensidade do amor entre duas partes de uma mesma alma. Era o amor sublime, intenso e eterno que se reaproximava, pelos seus desejos e pela intenção de Deus.

Ali, movido pela emoção, contornou o piano e a envolveu em seus braços, com o corpo e alma. Era como se ele tentasse voltar para a sua maior parte, como as suas premonições sob as estrelas em meio ao deserto, ao lado de seu pai. Olívia, totalmente envolvida, recebia em sua alma o amor que a ela desejava retornar e olhando em seus olhos, ela podia ver o seu espírito, enquanto ele podia revê-los, felizes em vidas passadas. Os espíritos que jamais se encontrariam estavam presos em seus corpos físicos e tomados pelo mais puro e intenso desejo, eles se beijaram, esquecendo momentaneamente que uma multidão os assistia, tomando parte dessa felicidade, como coadjuvantes que não compreendiam, mas se encantavam pela luz do amor. Mais que isso, por alguns instantes se esqueceram que Russell e Romanov logo entrariam na sala à procura deles.

— Eu sabia que você estava perto e que viria pela minha música.

— A mesma que sempre esteve nos meus sonhos.

Olívia tocou suavemente o seu rosto com a ponta dos dedos, sentindo a sua pele, depois aproximou-se mais um pouco e, com a boca muito próxima à dele, sentiu o seu cheiro. Ficou ali parada, sentindo a vibração das palavras dele. Então, ela beijou-lhe o rosto suavemente.

— Eu trocaria a eternidade por vê-la em sua alma somente mais uma vez.

Anastásia tocou-os no ombro, sentindo pulsar entre eles uma energia muito forte, alertando-os para se apressarem, pois todos eles sentiam as passadas fortes, cada vez mais perto.

— Venham por aqui. Vamos pegar o corredor dos banheiros.

Borg apreciava a cena, com um sorriso largo, uma forte característica dele, estampado em seu rosto, certo de que aquele encontro era a confirmação da teoria de um velho companheiro. Ele dividia os seus olhares entre os jovens abraçados e a porta, aguardando pela entrada de Russell e Romanov.

Frederico estava à frente do casal, e com seus latidos os apressava, indicando o caminho a ser seguido. Anastásia, que vinha logo atrás, extremamente preocupada, fazia a escolta dos dois. No caminho, algumas pessoas que circulavam pelos corredores, olhavam perplexas ao vê-los de mãos dadas e admirados começaram a aplaudir, chamando a atenção de assessores e repórteres. No entanto, o que eles menos precisavam naquele momento era de holofotes sobre eles.

— Não! Ali, siga à esquerda, pelo outro corredor. — Anastásia contrariava o caminho escolhido.

— É por aqui mesmo. Eu me lembro bem desse caminho.

— Sigam o Frederico. Ele jamais se enganou. Precisamos confiar nele.

Enquanto Anastásia e Ali divergiam no entendimento sobre qual direção tomar, Olívia demonstrava a sua total confiança no seu amiguinho.

— Arrow! Sabia que havia uma semelhança nesse olhar, desde a primeira vez em que eu vi a sua carinha.

Arrow, o cachorro que Ali ganhou de Archie, foi durante muitos anos o seu fiel escudeiro, grande amigo e confidente. Além disso, tanto Ali, quanto Olívia sabiam que em todas as suas vidas seriam protegidos pelos cães e lobos, enviados para protegê-los. Pela confiança de tantas vidas, não havia qualquer dúvida sobre o caminho a ser tomado por eles. Ele continuava acelerando o casal, bem diferente da tranquilidade, na qual ele sempre caminhava ao lado de Olívia. Quando um repórter os parou no meio do caminho, Frederico passou a rosnar, arrancando risos de todos ao seu entorno. Foi a vez de Anastásia tomar-lhes a frente.

— Por favor, estamos com pressa.

— Só algumas perguntas, eu insisto.

— Melhor não insistir.

Quando pensou em contrariá-la, olhou para baixo e percebeu que o pequeno cãozinho já havia rasgado a sua calça.

Siga para a sala de reuniões para encontrar Spalla.

Borg havia enviado outra mensagem codificada para Romanov e Russel ao mesmo tempo, enquanto eles caminhavam a passos largos, por corredores diferentes à procura de Spalla e seu protetor. Buhba e Joan os seguiam pela frequência das pisadas, sentidas no chão, sem deixar de lado a sua vassoura.

— Venham, vamos nos esconder aqui, essa sala está vazia.

Anastásia à frente, achou melhor se esconderem. Seguia o Frederico, que estava cheirando por debaixo da enorme e pesada porta de maneira que estava destrancada. Era a sala de reuniões reservada para a equipe da organização. Depois que todos entraram, Anastásia procurou por algo que pudesse atrapalhar a entrada de outras pessoas. Era uma sala grande, toda em madeira nobre, com imensas estantes repletas de livros. Havia algumas outras portas que levavam a outras salas menores.

— Fiquem aqui enquanto procuro uma saída segura e volto para buscá-los.

Anastásia insistia em deixar a sala para livrar Spalla daquele lugar e daquelas pessoas que tentavam capturá-la.

— Melhor irmos todos juntos. Você também não pode correr esse risco. — Ali demonstrava a sua preocupação também pela amiga de Olívia.

— Eles estão mais perto, vindo por corredores diferentes. Posso sentir a vibração do ódio guardado por séculos e pelas suas infindáveis derrotas. Estão acompanhados de Lilith e Azazel.

Olívia sentia que algo terrível estava para acontecer. A força carregada por aqueles seres trazia o ódio acumulado em alguns milênios de fracassos na tentativa de conquistar os poderes de Deus. Ela podia sentir exatamente onde estavam, sabendo que eles estavam acompanhados pela fúria de Russel e Romanov. As pessoas no caminho, espantadas ao vê-los sem as suas comitivas, abriam caminho para os dois líderes que chegavam próximos de sua conquista.

Ambos chegaram ao mesmo tempo na porta da sala e começaram a forçá-la. Todas as salas de reunião tinham uma saída de emergência pelos fundos. Anastásia permanecia ao lado da porta, assegurando que ela não abriria e surpreendeu-se ao ouvir a conversa de Romanov e Russell.

— Não pode ser. Eles estão juntos para capturar vocês.

— Sobre o que está falando?

— Romanov e Russell. Eles estão juntos para capturar Olívia.

— Temos que esperar! Ele está chegando. É a nossa esperança.

— Quem está chegando, Olívia? Precisamos sair agora — Ali insistia em saírem dali.

Ali, sem soltar a mão de Olívia, desejava sair daquele local o mais rápido possível e poder viver a intensidade do amor que sentia. Era incrível ter ao seu lado a pessoa que ele pôde ver em seus sonhos, durante toda a sua vida.

Frederico estava postado de frente para a porta, em posição de guarda, com os seus olhos vermelhos. Literalmente, não era o mesmo cãozinho simpático que acompanhava Olívia em todos os lugares que ela usualmente frequentava.

— Ali, não podemos permitir que eles se aproximem de Spalla. Você precisa seguir e protegê-la. Eu fico aqui com o Frederico para contê-los.

— Não. Você vem conosco. — Olívia insistia para ficarem juntos.

— Rápido precisam partir. Nenhum de vocês pode ser capturado. Ali, cuide dela.

— Venha, Olívia. Ela está certa. Não podemos ficar aqui.

— Anastásia, por favor! Confie nele. Ele vai...

Antes que Olívia terminasse a frase, a porta se abriu, arrombada por Romanov e Russell.

— Calma! Ele está aqui.

Olívia tentava acalmar Ali e Anastásia, enquanto o valente Frederico atacava os dois presidentes, sem deixá-los adentrar pela porta, cercando-os e protegendo Anastásia, que se colocava logo atrás dele. Definitivamente não era o mesmo cão. Em sua investida contra Romanov, ele foi seguro pela pata traseira e arremessado contra a parede, ao lado da porta. Russell quebrou uma cadeira e partiu para cima dele. Quando chegou perto, deparou-se com Buhba, empunhando a sua vassoura.

— Miguel! Sempre se intrometendo onde não deveria.

Para espanto de todos, os nomes daqueles seres começaram a ser revelados. Buhba. Na verdade, era a representação em corpo físico do Arcanjo Miguel na Terra, com a mesma marca de Deus sobre seu peito, protegendo o seu coração.

— Azazel, Lilith! O tempo continua lhes fazendo mal, à medida em que o ódio aumenta dentro de vocês. Insistem em não aproveitar as chances oferecidas por Deus. Mas eu sempre estarei aqui para impedi-los que se aproximem. — Miguel postava a espada Excalibur empunhada à frente da marca em seu peito.

Frederico se levantou e postou-se ao lado de Buhba, alinhando-se para o confronto. Joan, chamada por Buhba de Ariel, também adentrava na sala para integrar-se ao grupo.

Buhba, já era idoso, entretanto se revelava um verdadeiro guardião do Segredo de Spalla. Com o cabo da vassoura, avançou contra Russell e Romanov ao mesmo tempo.

Olívia colocou a mão em sua bolsa, procurando pelo seu caco de vidro, para vê-los na sua forma real. Assim que o achou, imediatamente levou à frente dos seus olhos. Miguel não era diferente de Buhba. Tinha a mesma feição, o mesmo olhar sério e a mesma marca de expressão do sorriso tímido, porém, Miguel não trazia as rugas do tempo, que insistiam em avançar pelo rosto de Buhba. Miguel era alto, forte, tinha uma luz muito intensa sobre si e era muito ágil com a espada em suas investidas contra Azazel e Lilith. Ariel, trazia tanta luz que Olívia demorou a perceber a sua beleza. Frederico tinha ao seu lado um enorme lobo, o mesmo que ela encontrou em Arosa e que a acompanhava em tantas outras vidas.

Ali demorou alguns instantes para perceber que Olívia podia assistir tudo o que acontecia olhando por aquela lente, porém jamais poderia imaginar que ela tinha outra visão, como se estivesse em um mundo paralelo. Naquele curto período de tempo e espaço, estavam representadas as batalhas sem fim, entre o bem e o mal. Lilith era linda, representando a beleza igualmente infinita, encarando Olívia, como se buscasse atraí-la para si. Por alguns segundos, ela parou de combater, estava paralisada nos olhos de Olívia, extravasando ódio. Olívia admirava a sua beleza, inconformada, pois não conseguia compreender como um ser com tantos encantos, poderia ser portadora de um sentimento tão pequeno, como inveja. Azazel era igualmente bonito e também buscava o olhar de Olívia, que ameaçou virar-se para ver o espírito de Ali. Era uma atração fatal, pelo amor infinito e incondicional, contida por Miguel.

— Não volte o seu olhar para ele.

Olívia recolheu o seu olhar, novamente para a batalha e para Miguel, que a protegia. Lilith tentava induzi-la a olhar para Ali, assim como Azazel.

— Você esperou milênios para vê-lo. Veja como ele é lindo — dizia Azazel, sorrindo.

Olívia, aos prantos, abaixou a lente devagar. O desejo de vê-lo era maior que tudo que ela já havia sentido, mas precisava confiar em Miguel. Havia naquele segredo, algo que ainda fugia à sua compreensão. Eram seres de beleza incomparável. No entanto, havia entre eles uma grande diferença. Os aliados de Deus traziam uma luz muito clara e intensa sobre si, enquanto aqueles seres marcados pelo mal, traziam a escuridão encravada às suas costas.

A lente lhe permitia ingressar em um mundo paralelo, totalmente avesso ao real. A proteção de Deus, imputada através da marca em seu ombro, não tinha poderes para garantir a sua invisibilidade, quando ela entrava naquele mundo. Assim a cada vez em que ela usava a lente para assistir aos seres da luz e das sombras no mundo espiritual, ela também poderia ser vista.

— Nunca olhe para ele. Jamais tente ver a sua outra parte.

Joan que estava à frente deles alertava Olívia para jamais utilizar a lente para olhar para Ali. Anastásia segurou a mão de Olívia, quase não resistindo àquela atração fatal. A lente funcionava somente com marca de sangue de Olívia gravada. Existia alguma razão muito forte para ela não poder ver o espírito de Ali, que compartilhava o amor e os momentos mais importantes em todas as suas vidas.

Aos olhos de Ali, Buhba golpeava com vassouradas os presidentes americanos e russo ao mesmo tempo. De qualquer forma, nos dois mundos, seria inimaginável para qualquer pessoa acreditar no que acontecia dentro daquela sala. Romanov e Russell estavam juntos, deixando claro que Rússia e Estados Unidos tinham objetivos comuns e escusos, revelando uma das maiores farsas da história. A iminência de um conflito, buscava encurralar Spalla, utilizando os mais poderosos exércitos do mundo como retaguarda.

— Vocês precisam vir comigo.

Anastásia abriu a porta e conduziu Ali à frente, puxando-o pelo braço, depois com delicadeza, indicou o caminho para Olívia e só então, devagar, encostou-a. Pela fresta, novamente olhou para os bravos defensores de Spalla, assistindo Miguel, Ariel e Frederico, que combatiam incansavelmente aqueles seres sombrios. Miguel fez um sinal com os olhos para que ela seguisse em frente, porque a prioridade era a proteção de Spalla. Ele era o mais poderoso entre os Arcanjos, junto com Rafael e Gabriel, sendo o braço direito de Deus na luta contra o mal. Foi ele o designado de Deus para descer à Terra e proteger o Spalla e o seu segredo. Teve oportunidades de exterminar para sempre o mal exposto naqueles anjos sem luz. O que o fazia diferente daquelas criaturas, era o poder de acreditar na sua redenção e isso fazia dele o enviado, porque Deus jamais desistiria de resgatar os seus filhos. Nenhum mal poderia ser eterno.

O combate paralelo nos dois mundos, mais uma vez foi vencido pelo bem. Buhba com a sua vassoura deixou Romanov desmaiado, enquanto Frederico, o pequeno valente, estava sobre Russel, também desacordado. Miguel estava com seu pé sobre Azazel, com a espada apontada para a sua cabeça e Ariel mais uma vez, dominava Lilith. A história se repetia.

— Vocês precisam acreditar na compaixão de Deus e que nada vai superar o Seu poder.

— Um dia, Miguel, tudo isso irá mudar. A história não seguirá o mesmo curso eternamente e nós não teremos a mesma compaixão. Todos vocês serão destruídos — esbravejou Azazel.

— Estaremos sempre prontos para impedi-los! — disse Ariel.

— Vamos levá-los de volta onde nunca deveriam ter saído — completou Migue.

Miguel e Ariel acompanharam os dois até o submundo da

escuridão, onde os deixaram. Não havia clausura ou qualquer forma de cerco, a liberdade era a eterna oportunidade de redenção. Mas a história repetida ao longo do tempo deixava claro que o mal nunca se aquieta por muito tempo. Em breve os bravos guerreiros de Deus estariam de volta para proteger Spalla.

Romanov e Russell foram encontrados na sala, desmaiados e feridos. O russo tinha escoriações e hematomas no rosto e nas mãos e o americano foi encontrado com um corte profundo em sua testa. Não tardou para que os jornais de todo o mundo estampassem a notícia de que a guerra já havia começado nos corredores da sede da ONU. Seria muito fácil acreditar nas manchetes dizendo que os dois haviam se enfrentado em uma sala fechada. A história sempre havia sido manipulada por eles para que seus exércitos pudessem agir a seu favor. Nessa ocasião, eles confirmaram ter se desentendido e lutaram pelos seus ideais a portas fechadas.

Difícil seria alguém acreditar que o senhor Brown da faxina havia feito aquele estrago, e agora, tranquilamente limpava o chão do banheiro. Ou pior, ninguém acreditaria se Olívia ou Ali dissessem que os dois presidentes lutavam pelo mesmo objetivo, ao lado de Arcanjos e anjos maus, expulsos do Reino dos Céus. Eram códigos e segredos que até mesmo o Vaticano, de posse do acervo de Spalla, tinha dificuldades em decifrar. Era a confirmação das citações bíblicas, fazendo referências as batalhas do exército de Deus, formado pelos anjos e Arcanjos, contra os dissidentes do Reino, comandados por Azazel e Lilith, imbuídos pelo desejo capturar os mais próximos de Deus, para dirimir o seu poder.

Ali, Olívia e Anastásia pegaram um táxi na rua ao lado da sede da ONU. Desceram no Central Park, em meio à natureza, onde Olívia certamente se sentiria mais à vontade. Com ânimos acalmados, Anastásia se apresentou como membro da sociedade das Mães de Spalla, confirmando o que Olívia e Ali, tinham como certo.

— Aqui podemos nos tranquilizar um pouco. Vocês ainda devem estar incrédulos sobre o que viram.

— Mais uma vez o Buhba veio para me proteger... nos proteger.

Ele sabia que o Romanov estava por trás dessa trama, contudo jamais imaginaria que ele pudesse ser aliado de Russel. Será que ele está bem?

Ali estava preocupado com o amigo que o havia salvado nessa e em muitas outras oportunidades.

— Sim, ele está bem. Muitos segredos ainda lhes serão revelados, assim como descobrirão muitos deles por vocês mesmos. Olívia deve estar muito mais impressionada do que você, porque ela pôde ver a verdadeira batalha através da lente.

— Eram as criaturas mais lindas que eu já vi. Os anjos bons traziam uma luz muita intensa em toda a sua volta e outros dois tinham ódio em seu olhar, tão sombrio quanto a escuridão que acompanhava os seus passos. Eu pude sentir a inveja nos olhos de Lilith, tentando me atrair para o seu lado.

Olívia os descreveu com profunda tristeza e admiração aos seres que ela pôde ver através daquele caco de vidro, com sua marca de sangue.

— O Arcanjo Miguel é o mais bravo guerreiro de Deus, capaz de impedir os avanços de Samael em seus planos para conquistar os Seus poderes. Quando Deus colocou a mão sobre a armadura em seu peito e o designou para expulsar o próprio filho do Seu Reino, tornou-o invencível.

Anastásia completou a descrição, porém ainda havia muito mais a saber. Então Ali iniciava o interrogatório.

— Quem é Samael na verdade? Ele não deve ser simplesmente *o diabo*. E quem são Azazel e Lilith?

— Quando Deus criou os anjos para Lhe fazerem companhia, colocou Samael na posição de Querubim da guarda, acima das demais criaturas celestes. Ele era perfeito, sábio e com a luz mais brilhante entre todos os anjos, porém ele se perdeu e cobiçou os poderes de Deus. Para conter a sua revolta, foi criado o Arcanjo mais poderoso para a proteção de Deus. Miguel foi selado com o poder da invencibilidade, com o Toque de Deus sobre o seu coração. Azazel foi o primeiro anjo a ceder às tentações de Samael e Lilith perdeu-se na inveja pelos encantos de Spalla. Todos foram expulsos do Reino por Miguel.

— Quem são as Mães de Spalla? Você é uma delas?

— Sim, eu sou. A sociedade foi criada há mais de vinte séculos para defender Spalla e os segredos da lenda. Existem mais alguns segredos que logo lhes serão revelados pela própria Adele.

— Como assim? Você sabe sobre tudo isso e nunca me disse nada?

— Tudo ao seu tempo, minha querida. Não teria esse direito de antecipar as revelações que dizem respeito somente a vocês dois. A minha missão é somente acompanhá-los e garantir que estejam segurança.

— O que vamos fazer agora? Para onde vamos?

Olívia estava com medo do que poderia acontecer, pois certamente já estariam se reerguendo e não tardaria a estarem novamente no encalço deles. Ali estava ao seu lado, com o braço sobre seu ombro, quando sentiu a necessidade de recostar-se no ombro dela, à procura da sua paz.

— Estou esperando uma mensagem de Joan. Ela e Buhba estão agindo para nos tirar daqui.

Ainda no prédio da ONU, quando acordaram, Russell e Romanov se lembravam que haviam lutado com Miguel e nitidamente da sua imagem, coberta pela intensa luz divina, mas não se recordavam do rosto do homem e da mulher, que em corpos físicos os enfrentaram naquela sala. Certamente a imagem do Arcanjo foi deixada propositalmente em suas mentes, como uma demonstração da força de Deus. Azazel e Lilith não conseguiam interferir nos castigos impostos às suas mentes, pelos poderes concedidos a Miguel. Buhba, que até pouco tempo imaginava ser apenas o escolhido para escrever as passagens do romance no plano terreno, dos amigos Tommy e Carol, recebia na prática a revelação dos seus poderes, concedidos pelo próprio Deus. Olhar a sua volta e ver todas aquelas pessoas transitando pelos corredores o fazia pensar, que Deus, em sua onipresença não deveria estar longe, porque se Miguel, Azazel e Lilith tinham a sua presença física, Ele também poderia ter.

Buhba, agora reconhecendo a sua força, lembrou-se do sofrimento de sua família e da maneira como perdeu o pai. Apesar da angústia que lhe apertava o coração, compreendeu que não poderia ter mudado o destino das pessoas ao seu redor e que nada escapava aos planos de Deus. Em seu infinito poder, criava e alimentava seus desígnios e afirmar que estava à frente de toda a criação, era a mais pura verdade. Buhba era o próprio Miguel em corpo físico e a sua proteção também ia muito além da Lenda de Spalla, porque colocar a sua vida em defesa dos mais fracos era muito mais que uma missão, era o prazer e a honra de servir a Deus.

Foi além, ao entender que Azazel e Lilith eram muito poderosos, contudo, nunca conseguiram chegar através dos seus próprios poderes até Olívia e Ali. O simples Toque de Deus, representava todo o seu incrível poder e as marcas em seus ombros, não eram apenas mais um balizador para futuros encontros, mas os tornavam invisíveis aos olhos da inveja e do mal. Da mesma forma, a marca de nascença estampada no peito de Buhba, conhecida apenas pelos seus familiares e por Tommy, representava a invencibilidade contra o mal criado por Samael e todos os outros anjos dissidentes. Apesar de todo o esplendor da sua força, Deus distribuiu poderes aos mais confiáveis, para que eles pudessem proteger os Seus filhos.

Capítulo 13

A FUGA

Enquanto limpava o banheiro, revivendo todo o filme de sua vida, percebeu a entrada de Davi, o presidente do Brasil, que havia feito um belo discurso na abertura da Conferência. Era um pouco mais alto do que o representado pelas imagens no monitor do corredor. Rever o garoto que sonhava ser presidente, chegar ainda mais alto, era um privilégio e a representação de que tudo pode ser alcançado unindo desejo à determinação, colocando neles o coração e a alma.

— Bom dia, senhor!

Durante todo o tempo em que esteve ali, poucas pessoas o haviam cumprimentado ou ao menos notado a sua presença. Entre os grandes políticos, ele era o primeiro. Triste era pensar que no centro da Conferência sobre evolução humana, o tema não era desenvolvido na prática. Buhba lhe desejou o mesmo, refletindo sobre a chegada daquele jovem presidente até ele. Talvez pudesse ser apenas uma coincidência, entretanto aquele reencontro não era uma mera obra do acaso. Eles estavam ali por alguma razão divina.

— Bom dia! Assisti ao seu discurso e achei brilhante. Me parece totalmente envolvido com a transformação e a evolução humana, tão desejadas em todo o mundo. Pena não ser assim com todos os outros governantes.

— Conheço o senhor de algum lugar.

— Deve estar me confundindo com alguém.

— Jamais me esqueço de pessoas. As que realmente são importantes e que marcam as nossas vidas. — Davi buscou nas suas memórias a imagem daquele senhor.

— Eu sou apenas um faxineiro. Talvez já tenha me visto por aqui mesmo.

— É justamente sobre isso que estamos falando. Pessoas que importam e se importam com as outras, não é mesmo? E se eu já tivesse lhe visto aqui, já teríamos tido essa conversa.

— Certamente que sim. Mas de onde o senhor se lembra de mim?

— Rio de Janeiro. O senhor se encontrou com a maestrina Carol no Copacabana Palace, há muito tempo. Ela o recebeu com a música Für Elise, tocada ao piano.

Buhba se impressionou com a capacidade de resgatar as lembranças daquele jovem presidente.

— Exatamente! Tem uma ótima memória. você recusou um convite da melhor entre todas as maestrinas, porque já sabia que tinha uma missão muito maior. Logo conseguiu conquistar o seu maior desejo.

— O que o senhor faz aqui? É um ilustre escritor, vencedor do Prêmio Nobel e desaparecido há muito tempo. É muito maior do que isso. E qual é a sua missão aqui?

— Temos um problema e precisamos de sua ajuda.

— Acho que precisamos de um lugar mais tranquilo para termos essa conversa.

— Tem um depósito no final do corredor. Eu o aguardo lá.

Pouco depois, Davi empurrou a porta da sala, que estava apenas encostada, devagar. Ainda estava um pouco assustado com aquele encontro e o repentino pedido de ajuda. Assim que entrou, viu Buhba sentado em uma cadeira, segurando o pequeno cãozinho Frederico em seu colo. Assim que Davi entrou, ele se levantou e mesmo mancando se apressou em trancar a porta.

— Agora podemos conversar mais tranquilamente.

— No que eu puder, lhe ajudarei com muito prazer. Sei que era muito ligado à maestrina e que existe uma aura muito diferente sobre cada um de vocês. Me lembro da luz que circundava a maestrina, tão forte que ofuscava tudo ao seu redor e a sua ao lado dela, não era diferente.

— Ela era muito especial na vida de todos nós. Nesse momento preciso que nos ajude a deixar o país em segurança.

— Nós quem?

— Ali, Olívia, Anastásia, Joan e eu.

— A jovem é a maestrina, não é?

— Sim, ela é a sua reencarnação.

— É a mesma luz. Eles tiveram participações muito expressivas na Conferência. O que aconteceu para eles precisarem dessa escolta?

— É uma longa história. São pessoas muito especiais que precisam estar protegidas de Russel e Romanov. Eles sabem que os dois guardam um segredo de muita valia para ambos.

— É sobre o livro O Segredo de Spalla!

— Sim. Pode nos ajudar?

— Estamos com a viagem marcada para daqui a três horas. Precisamos chegar juntos no embarque. Você me passa a localização e iremos até vocês.

Longe dali Anastásia era mais precavida e conseguia fazer documentos digitais com nomes falsos para os três. Assim, conseguiram entrar num hotel, bem mais simples do que estavam acostumados, no entanto, era o ideal para o momento e já próximos ao aeroporto.

Ali e Olívia ainda tentavam compreender a grandiosidade da atração que sentiam um pelo outro. Ali colocou a mão sobre o seu ombro, sentindo o calafrio que lhe percorria todo o corpo. Não havia amor maior que aquele e o desejo acumulado pelo desencontro de seus espíritos era impossível de ser controlado. Ali a beijou, segurando-a pela cintura.

Anastásia parecia conhecer o destino reservado aos dois e não se opunha aos seus movimentos de aproximação, porque não havia como repelir aquela atração. Ali olhava para Olívia, reconhecendo o amor de muitas vidas e a tocava a todo instante, notando que ela era levada a um estado de êxtase, a cada gesto de carinho. Mesmo sem vê-lo, ela percebia o brilho em volta do seu corpo e se arrepiava ao sentir a sua aproximação, pelo cheiro, vibração e pelo calor que se aproximava.

— Sei que vocês dois devem ter muito a conversar. Vou buscar algo para comermos. Fiquem tranquilos.

Quando se preparava para sair, Anastásia parou ao lado da porta e ficou por alguns instantes olhando para os dois, apreciando o mais puro e infinito amor que reaproximava os dois. Ela havia acompanhado a amiga durante muito tempo e agora estava feliz por ter chegado o tão aguardado encontro. Até então, Anastásia sempre a ouvia falando sobre a espera pelo amor dos seus sonhos, dividido com o jovem que assistia às estrelas no meio do deserto. Eles sentiam o amor na mesma intensidade e frequência, já não havia mais como negar que para eles o amor único e verdadeiro havia chegado.

Olívia deslizava as pontas dos dedos em seu rosto, acompanhando todo o seu contorno, e ele de olhos fechados, procurava conter os seus desejos. Todo aquele apego entre eles era previsto pela lenda e compreendido que além da espera havia a brevidade do encontro físico, parecendo fazer-lhes acelerar o tempo. A porta se fechou com a mesma delicadeza, e despercebida por eles, Anastásia retirou-se.

— Eu esperei por você mesmo antes de ter nascido. É incrível como tudo acontece no tempo de Deus. Quando senti o calor do fogo, que quase me tirou a vida, fiquei tranquilo por saber que era você chegando.

— Eu também sempre senti o cheiro da sua pele, o seu calor, e agora olhando em seus olhos, posso ver o seu espírito com uma luz intensa brilhando sobre você. Sempre dizia aos meus pais que o meu amor, estava no deserto, e agora você está aqui.

Antes que ela terminasse a frase, Ali a tomou em seus braços e a beijou ardentemente. Foi um beijo longo, suave e intenso, trazendo no seu encalço a paixão arrebatadora que o tempo fazia questão de deixar gravado na história e nas almas daqueles seres de luz. Ele a despiu, e beijando-a reconheceu todo o seu corpo, matando a saudade de muitos anos, afastado em corpo físico. Era o amor que buscava a plenitude do encontro entre duas partes de um mesmo ser, sabendo que em luz espiritual, jamais se reencontrariam. Quando beijou a marca em seu ombro, sentiu todo o seu corpo estremecer. Nesse mesmo instante, ela deslizou a sua mão diretamente para a cicatriz, também no ombro dele. Aquele deslizar de pele sobre pele provocava a mais sublime sensação de amor, entrando no coração, no pensamento e na alma do amor de tantas vidas.

Enquanto a olhava, Ali via os seus espíritos se amando em diferentes paisagens, como se um álbum de fotografias antigas aparecesse sobrepostas, no filme de suas vidas.

— Sempre esteve no meu pensamento, no meu coração e na minha alma — Olívia dizia se contorcendo, tentando aproximar ainda mais os seus corpos, que já estavam colados.

— Pensei que jamais deixaria o deserto, porque o céu, desde o seu amanhecer até o anoitecer, trazia Deus para mais perto de mim. Porém, eu vejo refletido em seus olhos que já vivemos nas mais diferentes paisagens em todo o mundo. Você é a minha maior parte!

— O que você vê agora?

— Vejo uma índia ao lado de um grande lobo cinza, sentada em uma pedra na montanha olhando para uma linda paisagem ao fundo.

— Quer dizer que eu já fui uma índia?

Ali rolou por cima dela e até tentou beijá-la, mas ela ria, esquivando-se até que ele respondesse. Assim, ela disfarçava o seu nervosismo, sabendo que logo se amariam novamente.

— Era uma linda índia de pele avermelhada, cabelos negros que lhe escorriam para abaixo da cintura, da mesma cor do seu belo par de olhos.

— Deve ser a mesma índia que me ensinou a cuidar das plantas e dos animais em meus sonhos.

Novamente eles se amaram, como em muitas vidas passadas, revivendo toda a energia da paixão avassaladora que os acompanhava há mais de vinte séculos. O orgasmo transcendia os limites do amor terreno, de pele e coração. Era como se amor espiritual, compartilhado entre duas almas gêmeas, buscasse a união em uma só, acompanhado do amor físico na mesma intensidade e plenitude. Apenas o fino raio de luz que entrava pela pequena fresta da janela, era cúmplice daquele amor. O orgasmo era compartilhado e anunciado no mesmo ritmo, em gemidos, choro e sorrisos, possivelmente nessa mesma ordem, trazendo lembranças de muitas vidas e tantos outros prazeres compartilhados. Olívia, antes envolta pelo calor do corpo de Ali, agora o acolhia em seu ombro, assim que ele rolou para o lado. Recostado em sua marca de nascença ele descansava os pensamentos, as preocupações e as suas angústias. Agora era tempo de amar e ser amado com a nobreza do sentimento mais puro que poderia existir, com a proteção do Toque de Deus. Assim ela também adormeceu.

Ambos acordaram assustados, com o barulho forte da porta se fechou por dentro. Olívia, tão acostumada a sentir e a decifrar os menores ruídos, dessa vez não despertou. Anastásia ficou encabulada, se sentindo uma intrusa em meio àquele momento tão especial para os dois. Assim, ela saiu novamente e aguardou do lado de fora. Já era previsto que quando eles se encontrassem não haveria nada que pudesse se sobrepor ao desejo entre os dois. Apoiada sobre o corrimão, tentava comunicar-se com Joan e Buhba, buscando os novos caminhos a serem seguidos com segurança. Enquanto esperava por informações, percebeu um carro preto se aproximando muito lentamente. Sua primeira reação foi voltar ao quarto e despertar os dois, sem perder tempo.

— Olívia, Ali precisamos partir. Vocês precisam se apressar.

Enquanto os dois colocavam as suas roupas apressadamente, sem nada dizer e sem compreender o que estava acontecendo, Anastásia novamente saiu do quarto para observar o carro e seus ocupantes. Os dois homens, altos e carecas, de pele clara, vestidos em terno preto, deixaram o carro e estavam se dirigindo para o hotel.

— Venham comigo, por aqui.

— O que está acontecendo?

— Eles estão aqui. Podem ser os agentes do Vaticano, do próprio governo americano ou russo.

— Qual o interesse deles em nós?

— Além do Toque de Deus, vocês carregam em seus ombros o peso de toda o ódio de Azazel e da inveja de Lilith e alguns outros anjos dissidentes que os acompanharam nessa revolta. Todas as revelações logo chegarão até vocês no tempo certo. Mas agora precisamos nos apressar. Não há tempo para explicar.

Assim que passaram pela porta, Anastásia apontou para os homens que atravessavam a rua, vindo em direção ao hotel. Indicou o caminho a ser seguido, descendo pela escada de incêndio e fugindo pela parte de trás do hotel. Ali voltou alguns passos atrás e colocou uma nota de cem dólares embaixo do tapete, na porta da frente do quarto.

— Ali, não temos mais tempo.

Ali fez um sinal de agradecimento a uma funcionária que fazia a limpeza da varanda, depois correu e as alcançou. A funcionária pegou o dinheiro e o colocou no bolso de trás da sua calça e continuou limpando. Assim que os dois homens chegaram no quarto, depararam-se com a funcionária esfregando o chão.

— Onde estão as pessoas que estavam aqui?

— Eles chamaram um carro e foram embora faz uns trinta minutos — respondeu prontamente a funcionária.

Os dois homens voltaram para o carro que os aguardava, observados por Anastásia que permanecia com eles escondidos nos fundos do hotel.

— Foi por pouco.

Ali, segurando firme a mão de Olívia, respirou fundo.

— Tenho que admitir que foi muito bom você ter voltado para deixar o dinheiro.

— Um dia eu aprendi que o bem não podia esperar.

— Vamos nos prevenir um pouco mais para não termos problemas. Não posso permitir que se coloquem em risco porque logo teremos outras companhias indesejadas.

— Anastásia, olhe! Aqueles dois homens bem à nossa frente.

— Os outros tinham biotipo americano. Esses, com certeza são italianos. Além das legiões de Samael, temos o Vaticano, que precisa manter o Segredo de Spalla a sete chaves, para não assistir a implosão do catolicismo.

— O Vaticano não deveria defender o seu Deus?

— Defendem a imagem do Deus que eles criaram e não a verdade. Vamos por essa rua.

Olívia, que estava assustada e quieta, agora mostrava a sua indignação com a própria religião, ao qual havia sido batizada. Lembrou-se de Anastásia contestando algumas passagens religiosas colocadas por ela em suas conversas, quando ainda era muito pequena.

Ali estava à frente, orientando os caminhos para Olívia, com Anastásia os protegendo logo atrás.

— Continuem em frente e eu os alcanço na frente do café. Eu vou despistá-los.

Anastásia avistou a duas quadras à frente o letreiro de um café e depois propositalmente deixou que os homens, também vestindo terno preto, a vissem entrando em uma galeria. Os dois aceleraram o passo para segui-la, sem perceber que haviam se separado. Enquanto eles escapavam, ela entrava logo na primeira loja de roupas e atrás de um balcão se abaixou fingindo arrumar o seu sapato. Assistiu aos dois passando rumo ao restaurante e banheiros nos fundos. Logo depois, saiu rápido para alcançar os dois.

Assim que se aproximaram do café, Ali foi surpreendido pelas palavras de Olívia.

— Ela foi rápida em despistá-los. Quando ele olhou para trás, percebeu que Anastásia já estava chegando junto a eles.

— Como sabia que ela estava chegando?

— Ouvi seus sapatos em total descompasso com o ritmo do fluxo das outras pessoas.

— Extraordinária a sua percepção.

— Me desculpe senhor. Poderia nos ceder esse táxi? É urgente. — Anastásia, com agilidade, tomava-lhes a frente, pedindo prioridade para tomar o táxi.

O senhor percebendo a deficiência visual de Olívia, foi muito gentil e não se negou em ajudar.

Antes de entrar no carro Anastásia viu os dois homens saindo da galeria.

— Aeroporto LaGuardia! Rápido, por favor.

— Ok! Por favor, coloquem os cintos todos.

Anastásia havia acabado de receber uma mensagem codificada, pedindo para que chegassem rápido no aeroporto LaGuardia, onde estava o avião presidencial brasileiro. Joan era especialista em forjar credenciais falsas e lhes entregaria as credenciais de tripulantes brasileiros.

— Onde aprendeu essas técnicas para se despistar os agentes?

— Eu também conheci uma indiazinha muito esperta.

Anastásia riu e virou o rosto para trás para verificar se estava tudo bem.

Depois de alguns quilômetros a caminho do aeroporto, foram interceptados por um Audi preto. Os homens em trajes esportivos não eram do governo americano e nem do Vaticano. Uma sequência forte de batidas na lateral do carro, deixava claro que eles não estavam brincando.

— O que está acontecendo? Quem são esses caras? O que eles querem com vocês? Estão envolvidos com drogas?

O motorista do táxi, apavorado, emendava várias perguntas, sem entender o porquê daqueles três jovens estavam sendo perseguidos. Antes que qualquer um deles pudesse dizer qualquer palavra, o Audi foi novamente jogado contra o táxi e na tentativa de evitar o contato, o taxista desesperado puxou a direção para o lado. A manobra fez com que os dois carros capotassem, rolando várias vezes no meio da pista, envolvendo vários outros carros no acidente. Os dois carros pararam lado a lado, a uma distância de pouco mais de dez metros. Ali foi o primeiro a sair do carro e ajudou primeiro Anastásia e depois Olívia a deixarem o carro. O motorista estava desacordado, ainda preso ao cinto de segurança, porém respirando, conforme constatação de Ali.

— Ali, venha, precisamos ir! Ele vai ficar bem.

— Não. Precisamos ajudá-lo. Sinto cheiro de gasolina. Olívia tinha o olfato muito mais apurado que os outros e pressentia um perigo maior pelo iminente risco de incêndio.

— Anastásia, me ajude a soltá-lo.

Anastásia conseguiu soltá-lo, enquanto Ali o segurava pelo ombro e depois o puxou para longe do carro.

— Venha, Olívia, vamos sair daqui.

— Borg!

Anastásia, incrédula, soltou o seu nome! Ela já havia desconfiado que o professor havia traído a sua aluna, pelos seus olhares, enquanto Olívia tocava ao piano. Agora ele tentava sair do carro, agonizando e se arrastando, deixando as marcas de sangue no asfalto com vários ferimentos espalhados pelo corpo. Certamente era ele quem passava as informações para os governos russo e americano. Ligando os fatos, desde a chegada delas na universidade, ele sempre havia feito um esforço muito grande para tê-la sempre por perto e conquistar a sua confiança.

— Olívia! Olívia! Eu vim para lhe ajudar.

Ela deu apenas dois passos seguindo Anastásia e parou, voltando-se para trás. Aquela voz tão familiar e amigável durante muito tempo agora chegava até ela como sinônimo de dor e sofrimento profundo. Talvez maior para ela, porque a sua traição a feria diretamente em seu coração. Ganhando tempo, Borg ainda tentou se levantar.

— Precisamos tirá-lo de lá.

— Não temos mais...

Antes que Ali a fizesse mudar de ideia, Olívia pôde ver uma luz tão intensa quanto o brilho do sol, bem atrás de Borg, trazendo-lhe a lembrança da partida de outras vidas. Logo após, seguiu-se uma explosão que atingiu os dois carros. Ele ainda se arrastava com seu corpo em chamas. Era difícil para Olívia compreender qual seria a motivação para que ele se vendesse dessa maneira tão medíocre. Não era simplesmente pelo dinheiro, pois ele nunca havia cedido em outras situações quando grandes empresas tentavam comprar o seu silêncio. Certamente, havia sido corrompido pelo mal.

Vários carros estavam parados em um enorme engarrafamento.

Anastásia adiantou-se em entrar em um Mustang conversível antigo, que permanecia com a chave no contato, enquanto o seu dono estava fora do veículo.

— Já estamos próximos do LaGuardia. Vamos, entrem rápido.

— Não tinha outro carro que chamasse menos a atenção?

Ao entrar no carro, Ali a advertia para o caso de serem novamente perseguidos, estarem facilitando a sua identificação. Além de ser um conversível vermelho, tinha um ronco forte e inconfundível.

Naquele momento, já não havia mais como contestar as suas atitudes, pois tomar de empréstimo aquele carro, era uma necessidade. Olívia e Ali já estava se acostumando com a praticidade e com as habilidades de Anastásia, porque era uma estrategista nata e mais do que isso, colocava a sua própria vida à frente na defesa de Spalla. Talvez fosse uma missão muito pesada para uma jovem, apesar de estar muito bem-preparada. Ela saiu cantando os pneus pelo acostamento, enquanto olhou pelo retrovisor, viu o dono do carro com os braços levantados, provavelmente lamentando-se com Deus.

O aeroporto LaGuardia estava repleto de pessoas de todo o mundo, transitando em ritmo acelerado para embarque e desembarque. O movimento havia aumentado em quase cinquenta por cento em todos os setores relacionados ao turismo na cidade por ocasião da Conferência. Mais uma vez Anastásia os surpreendeu.

— Nós vamos entrar no banheiro e trocar os casacos com alguém que precise de algum dinheiro e de roupas novas. Ali, procure por alguém com biotipo parecido. Lembre-se que o mais simples vale mais para a nossa defesa. Eu entro com Olívia e você consegue ao mesmo tempo no banheiro masculino. Ah! Arrume um boné, um gorro ou qualquer outra coisa que possa disfarçar o seu cabelo, porque assim chamará mais atenção do que o Mustang conversível.

Olívia riu, abaixando a cabeça, porque havia adorado sentir os cabelos encaracolados e um pouco compridos escorrendo por entre os seus dedos enquanto lhe fazia carinho.

— Ainda tem alguém nos seguindo?

— Provavelmente sim. Vamos nos encontrar no ponto de ônibus.

— Nós não vamos mais embarcar? — Ali despejava sobre Anastásia as perguntas preocupado.

— Sim! Entretanto, o nosso avião sai do aeroporto JFK.

Cinco minutos depois, Olívia e Anastásia saiam do banheiro com blusas mais simples do que as que elas usavam e com cores mais discretas. Anastásia percebeu a aproximação de outros dois homens suspeitos em trajes pretos. Faziam mais o tipo dos agentes americanos que poderiam representar mais perigo, pois bastaria uma ligação e o aeroporto ficaria cheio de agentes à procura deles. Olívia já havia compreendido que a sua dificuldade para se locomover entre as pessoas poderia denunciá-las mais facilmente. Então para disfarçar Anastásia a conduzia abraçada, como se fossem namoradas.

Ali teve um pouco mais de dificuldades, pois era uma situação que confirmava a sua formação moral e ética. Ele se lembrou do senhor com chapéu pedindo dinheiro na entrada do saguão. Depois de lavar as mãos, resolveu voltar até a entrada. Ofereceu o seu casaco novo e uma quantia em dinheiro, em troca do casaco velho e malcheiroso, mais o chapéu, prontamente aceito pelo senhor.

— Mas por que o senhor quis trocar de roupa comigo? Suas roupas são novas.

— São duas necessidades. A minha, em ser mais simples; e a sua, de ficar mais aquecido.

No caminho, próximo à escada rolante que levava ao andar inferior, estavam dois homens de terno preto, procurando por alguém no meio da multidão. Ao invés de se esquivar, preferiu cruzar com eles. Suspeitou que desviar chamaria mais a atenção dos dois. Havia um espaço de pouco menos de dois metros entre eles. Era por ali mesmo que ele iria passar. Os dois continuavam procurando ao longe, e Ali já estava quase passando quando olhou para o relógio para abaixar a cabeça e esconder o rosto. Ali usava um relógio moderno com todos os aplicativos de uso pessoal.

Quando um dos homens olhou para seu braço e viu o relógio, imaginou que aquele relógio nada tinha a ver com aquele rapaz malvestido.

— Você, espere aí.

— Os dois homens se aproximavam, quando Ali se virou e os empurrou, fazendo-os descer rolando escada abaixo em meio a várias outras pessoas que desciam. Várias pessoas caíram e se embolaram. Ali se lembrou das táticas empregadas por Anastásia e correu na direção contrária, para o embarque, para depois mudar o seu trajeto. Quando os homens conseguiram se desvencilhar daquele imbróglio e voltaram ao topo da escada rolante, não mais encontraram o falso mendigo. Então perguntaram para um senhor que permaneceu no mesmo lugar durante todo o tempo.

— O homem com chapéu, para onde ele foi?

— Um rapaz cheirando mal?

— Sim. Esse mesmo.

— Ele correu em direção ao embarque. Acabou de passar pela catraca.

O senhor que informou os agentes era o mesmo que havia trocado as roupas com Ali. Mais uma vez a escolha por fazer o bem lhe trazia consequências favoráveis.

— Corra! Não podemos permitir que eles entrem no avião. — Os dois agentes se apressaram para tentar impedir que eles embarcassem.

Quando chegou próximo ao ponto de ônibus, Ali viu que Anastásia ria e Olívia lhe perguntava alguma coisa próximo ao seu ouvido. Não havia como negar, para quem via por outra perspectiva, devia ser muito engraçado vê-lo correndo naqueles trajes.

— Anastásia, por que você está rindo?

— Nada não.

— Me conta. Estamos nesse sofrimento e você vai me privar dos melhores momentos.

— Você se lembra do senhor que você estava com pena por causa do cheiro?

— Sim. Eu me lembro, mas por que você está rindo dele?

— Não é dele propriamente. É que o Ali está usando aquelas roupas agora.

— Ali?

As duas entraram antes no ônibus e se sentaram do lado direito, no meio do corredor. Ali ainda permitiu gentilmente que duas senhoras idosas entrassem na sua frente. Anastásia olhou para trás para confirmar se estava tudo bem. Ele sinalizou que estava tudo bem com a cabeça, seguido de um sinal soltando ar, simbolizando o sufoco pelo qual havia passado. Depois, Anastásia percorria toda a extensão da entrada do aeroporto e não viu mais os homens. Então seguiram para o aeroporto JFK.

Capítulo 14

A TRISTE DESPEDIDA

Ao mesmo tempo em que os três tentavam se livrar das perseguições e chegar ao aeroporto, Davi havia propositalmente pedido uma reorganização da sua agenda, para voltar ao Brasil, sem a sua equipe. Tramou para que os seus assessores diretos ficassem na Conferência mais um dia e voltassem somente no dia seguinte. Apesar de estranharem a mudança nos planos, ninguém questionou o presidente. Disse que devido a importância das ações tratadas sobre a evolução e salvaguarda das florestas e animais, era de suma importância que toda a equipe permanecesse. Davi voltou seguido apenas do seu assessor direto, dois seguranças e a tripulação que preparava o avião para a partida.

Carlos, o piloto era um grande amigo, de sua total confiança. Foi somente para ele que Davi confidenciou que deveriam levar a salvo outras pessoas.

— São pessoas importantes para mim que precisam de ajuda.

— Estão fugindo de alguém?

— De Romanov e Russel.

— Dos russos e americanos? Deve ser um problema grande demais! Pode me dizer onde estamos nos metendo, ou é melhor não saber?

— Acho que é melhor não perguntar, pelo menos por ora.

— Sabe que confiaria em você de olhos fechados. Se algum caça americano aparecer na janela eu aviso vocês.

— Acho que não chegaremos a esse ponto.

— Como vamos trazê-los para dentro?

— Nós vamos juda-los. Eles terão as credenciais falsas da Conferência.

— E o que faremos para não despertar a curiosidade no restante da tripulação?

— Ainda não sei. Podemos fechar a sala de reuniões e eles só entrarão depois. Diga que estamos em reunião e que depois eles irão descansar. Peça apenas que completem a geladeira e que não nos incomodem.

— E o motorista do carro que vai trazê-los? É de confiança?

Davi apontou para a limosine, que o aguardava para refazer o trajeto até o prédio da ONU com o intuito de buscar primeiro Buhba e Joan e, só então, pegar os outros no lugar combinado.

— A motorista está conosco.

— Ok! Deixe o resto comigo.

— Obrigado meu amigo! Sabia que poderia confiar em você.

Buhba e Joan aguardavam a chegada da limosine a menos de quinhentos metros da entrada dos funcionários da ONU. O carro, dirigido por Elise, mais uma das Mães de Spalla, deu a volta, confirmando que estava tudo tranquilo e parou o carro. Os dois agora estavam muito bem-vestidos. Buhba vestia um terno cinza, o mesmo que ele vestiu quando recebeu o Prêmio Nobel e Joan um tailleur, azul marinho.

— Buhba, você está parecendo o Morgan Freeman!

— Não conhecia ainda esse seu lado brincalhão, meu amigo.

— Sabia que você me lembrava alguém, mas não consegui associar porque assisti a poucos filmes com ele, por serem muito antigos. — Joan, concordava com Davi e se lamentava por não ter percebido a semelhança antes.

— Devem estar cansados. As poltronas são bastante confortáveis.

— Muito. Mas não conseguirei descansar antes de vê-los a salvo.

Buhba estava recostado no banco, esticando o corpo e com os olhos fechados. Não era somente o cansaço físico. Ele sentia as dores da dura batalha travada com Samael e Lilith, representados por Romanov e Russell. O corpo físico, envelhecido pelo tempo, não acompanhava a disposição do anjo. O desgaste somado à tristeza da vida isolada há tantos anos lhe imprimia um estado inicial de depressão. A ansiedade por poder abraçar Ali e Olívia, intermediados pela paz também era grande. Ele tinha uma missão muito importante a cumprir e deveria jud-los a salvo para o lugar escolhido.

— Logo estaremos no avião e tudo estará preparado para que vocês possam descansar durante a viagem.

Passaram tranquilamente pelo portão que os levaria até o avião. O próprio piloto havia avisado sobre o atraso para a decolagem, permitindo que eles propositalmente permanecessem na cafeteria mais badalada do aeroporto, por mais algum tempo. Nela se encontravam os funcionários de todas as empresas, sendo o ponto de encontro para bate-papo em várias línguas e as paqueras.

— Buhba, Joan, esse é o Carlos, o nosso comandante, um verdadeiro irmão que a vida me deu, uma pessoa ilibada e de minha total confiança.

— Prazer em judae-lo e obrigado por nos ajudar.

— Os amigos do Davi são meus amigos. O prazer é meu. Bem, vou juda-los à vontade.

Todos estavam preocupados com a chegada em segurança de Olívia, Ali e Anastásia. Essa preocupação tinha se tornado extenuante, até mesmo para alguém tão tranquilo, como era Buhba. No avião, agora mais confortável, ele esticou as pernas cansadas para relaxar, porém não fechou os olhos. Eles foram orientados a desembarcarem do ônibus no Baisley Pond Park, próximos ao lago, há pouco menos de quinze minutos do aeroporto JFK.

— Enquanto vocês descansam, eu vou juda-los. — Davi queria apressar a busca para trazê-los em segurança.

— Eu irei também.

— Não acha melhor esperarem aqui. Já estão bem perto agora.

— Eu preciso estar com eles. — Buhba tinha a intuição muito forte de que deveria estar presente na busca de seus amigos.

— Então vamos. Eles já estão a caminho e devemos chegar juntos no local do encontro.

— Nós paramos, vocês descem e se encontram com eles. O carro não deve ficar parado para não levantar suspeitas.

Chegaram ao parque praticamente juntos com o ônibus. Joan foi a primeira a descer quase antes do carro parar, sem conseguir conter a sua ansiedade pela preocupação com os jovens. Antes de seguir, olhou novamente para Buhba. Parecia pressentir algo que não desejava compartilhar com o companheiro.

— Espere no carro, meu amigo. Quero que se proteja.

Olívia e Anastásia estavam sentadas lado a lado, nos bancos da frente do ônibus, enquanto Ali estava sentado sozinho no banco de trás. O casaco com vários furos e o cheiro não tão bom fez com que as outras pessoas se afastassem dele. Antes de descer, Ali deixou propositalmente o gorro no fundo do ônibus. Quando Olívia e Anastásia se encaminhavam para o lago, perceberam que ele ainda estava parado. Um jovem, aparentando ter perto dos seus dezesseis anos, desceu do ônibus e foi correndo até Ali para gentilmente lhe entregar algo.

— O senhor esqueceu seu gorro no ônibus.

— Obrigado.

Anastásia percebeu que havia algo errado e virou-se preocupada pela aproximação do garoto, porém, ao ver os pés de outras duas pessoas por debaixo do ônibus, teve certeza de que estavam em perigo.

— Vamos! Tem algo errado. Ali, leve Olívia para o carro pelo outro lado.

Como havia algumas pessoas por pessoas perto, ela tinha certeza de que eles não usariam suas armas. Os homens vieram correndo em sua direção, depois abriram um de cada lado, tentando passar por ela, sem perder tempo com luta, para chegar até o casal. Ela tinha que escolher rápido um dos dois para enfrentar e tentar impedi-lo. Escolheu o que parecia ser mais forte. Os dois se enfrentaram com ela se esquivando dos socos desferidos pelo russo e então ela acertou um chute alto em seu rosto, derrubando-o. Viu o outro homem alcançando os dois. Ali tomou a frente e pediu que Olívia seguisse em frente para chegar até o carro. Contudo, como ela tinha mais habilidades para as lutas do que ele, ficou.

Ali nunca havia brigado em sua vida e sem nenhuma chance, levou um soco no rosto e caiu. Quando o homem tentou segurar Olívia, foi surpreendido pelas técnicas de krav maga, ensinadas em anos de treinamento duro pelo pai. Ele sempre dizia que ela estaria preparada para quando fosse necessário.

Ali custava a acreditar que as duas moças estavam enfrentando os dois agentes russos e levando vantagem sobre eles. Logo chegavam Joan e a motorista para juda-las. Buhba conduzia Olívia até o carro, mesmo contra a vontade dela porque queria lutar ao lado das outras. A motorista com um único chute rodado deixou um deles desmaiado, depois ajudou Ali a chegar até o carro. Anastásia e Joan lutavam bravamente contra o outro homem. Assim que ele caiu, elas partiram para junto dos companheiros. Quando todos chegavam ao carro, um deles sacou a arma e atirou. Buhba, pressentindo o perigo, colocou-se à frente de Olívia. O tiro, de grosso calibre, o acertou logo abaixo da clavícula direita e saiu pelas suas costas.

— O tiro não acertou nenhum órgão, mas ele está perdendo muito sangue. — Olívia colocou a mão sobre o ferimento, sentindo o local e a pressão de saída do sangue.

— Precisamos ir para um hospital.

Ali insistia para que Buhba fosse levado para um hospital, porém ele mesmo rejeitava, pedindo para seguirem diretamente para o aeroporto que ele conseguia suportar.

— Não! Precisamos seguir com os planos.

— Ele tem razão. Por mais alto que seja o preço, não podemos colocar vocês dois em risco. Essa é a nossa missão.

Anastásia concordou com Buhba, enquanto Ali e Olívia deixavam as suas lágrimas rolarem.

— Eu consigo chegar.

— Buhba, me ouça. Vamos para um hospital. Não perfurou nenhum órgão e também não atingiu nenhum osso, mas vamos ter dificuldade para estancar o sangue.

Olívia fazia um prognóstico, ainda com as suas mãos sobre o ferimento que atravessava o seu tronco.

— Minha pequena, eles estão apertando o cerco. Logo não teremos mais chances. Nenhum de nós.

Mesmo durante a discussão, a motorista sabia que não deveria deixar de seguir para o aeroporto e pisava fundo para conseguir. Joan estava encarregada de estancar o sangue.

Carlos já os esperava com o avião preparado para decolar assim que liberado pela torre de comando. Buhba subiu a longa escada com dificuldade. Às vezes parava e olhava ao longe, tentando disfarçar a sua dor, amparado por Joan. Ao ver o sol, ao fundo daquele infinito azul, se lembrou de Adele, encontrando a força que procurava. Olhou para Ali, depois para Olívia e apressou os seus passos largos, transferindo a dificuldade para todos que desejavam lhe acompanhar.

Ainda com bastante sangue escorrendo pelos ferimentos, Buhba foi preso ao cinto de segurança para a decolagem. Atingindo a estabilidade a onze mil pés de altitude, todos tiraram o cinto e se aproximaram para ver como o amigo estava. Permanecia com febre alta e perdendo muito sangue, colocando-o em risco iminente de morte. Em seus delírios chamou por Adele. À sua volta, as conversas cessaram quando todos perceberam que Olívia, que tinha um conhecimento bastante considerável da anatomia e fisiologia humana, apesar de trabalhar com animais, tomou uma importante decisão. Ela não soltava a mão de Buhba, assim como ele não tirava os olhos dela e de Ali.

— Deus, oriente os meus pensamentos, o meu coração e as minhas mãos. Que os seus olhos sejam os meus olhos.

Adele estava presente ao lado do espírito de Buhba, que assistia a agonia do seu corpo físico. O descompasso rítmico entre corpo e espírito, poderia ser facilmente explicado pela sua experiência dos vários desdobramentos que havia realizado anteriormente e pela presença imediata de Adele, atendendo instantaneamente ao seu chamado. Apesar de toda a agitação em torno do seu corpo, estava em paz. Os seus desdobramentos ampliaram os seus horizontes de sabedoria em relação ao mundo espiritual, todavia o encontro com Adele naquele plano, era ainda mais revelador e tranquilizante.

— Graças à sua lealdade e bravura nossos pequenos estão aqui, sãos e salvos.

— Ainda existe uma parte muito grande do Segredo de Spalla que eu desejo conhecer.

— A maior parte desse segredo já lhe foi revelado ao longo de todos esses anos.

— Quem eu sou?

— Você é o braço direito do Arcanjo Miguel na Terra, na defesa de Spalla, o seu mais nobre guerreiro, refletindo as ações daquele que empunha a espada Excalibur, lutando lado a lado nos campos físico e espiritual. É a semente da evolução, um espírito que alcançou a sua plenitude e logo estará ao lado de Deus. Porém, renascerá quantas vezes forem necessárias, porque é um espírito cercado de honra e lealdade e esse é o seu desejo. Você é como Davi, que libertou o seu povo de tantos males e não sucumbiu aos pecados da cobiça e da ganância. — Apontou para Davi, ao lado, enquanto falava. — Em toda a Terra existem milhares de pessoas como vocês, que continuarão a espalhar as sementes, com as marcas registradas pelas suas passagens. A história é bastante longa e eu lhe contarei com o maior prazer porque logo teremos muito tempo.

Ao lado, Olívia lutava contra o tempo para salvar o seu salvador.

— Deve haver um material de primeiros socorros mais completo nesse avião. É um avião das Forças Armadas que carrega um presidente.

— O que pensa em fazer? — perguntou Davi, já pegando o interfone direto com o comandante.

— Onde fica o material de primeiros socorros?

— Temos um equipamento atrás das poltronas da tripulação respondeu o piloto.

— Peça para que me entreguem na porta, por favor.

Davi colocou o equipamento sobre uma das poltronas para a

checagem de Anastásia.

— Temos agulha e linhas para sutura. Vou deixar o desfibrilador pronto também.

— Ótimo. Pegue o caco de vidro em minha bolsa.

— Um caco de vidro? — Davi se assustou ao imaginar que seria usado como bisturi pela estudante de medicina veterinária.

— Calma! É somente para que ela possa vê-lo.

— Para vê-lo? Como assim? Ela é cega.

— Apenas confie nela e vou pedir que fiquem sentados mais atrás.

Anastásia comandava as ações para que Olívia tivesse mais espaço e tranquilidade para realizar o procedimento.

Tudo o que estava acontecendo trazia para Buhba lembranças de outros tempos, em outras vidas. Olhando para Adele, ele colocou a mão próxima ao ombro direito, logo abaixo da clavícula, exatamente no mesmo ponto onde a jovem, agora com luvas cirúrgicas, fazia a assepsia. Até mesmo o pequeno Frederico parecia acostumado àquela situação, afastando Davi com o focinho para que Olívia tivesse mais tranquilidade para realizar o procedimento. Depois, ele se postou entre Adele e Buhba, mantendo sempre o seu olhar fixo em Adele, em sinal de amor e respeito.

— Ela quer a todo custo retribuir a sua entrega pela vida dela. Foi Aganieszka quem cuidou do mesmo ferimento à bala provocado pela arma de Werner. Também foi uma pequena índia quem queimou a sua ferida, depois de levar um tiro do General Custer. Você era o índio que a acompanhou desde o seu primeiro dia no exílio, sem que ela soubesse. Também foi ela quem cuidou do seu ferimento provocado pela espada de Lord Crowel, quando invadiu o castelo junto com Thomas.

Neste mesmo instante, logo ali ao lado, Anastásia apresentou o caco de vidro para Olívia.

— Está tremendo, Anastásia. Fique tranquila, minha amiga, pois preciso das suas mãos bem firmes para segurá-lo próximo aos meus olhos.

— Eu estou tranquila! Já passei por isso antes.

— Ela já passou por essa situação? Quem era ela?

— Uma das crianças no andar de cima da olaria, quando Werner acertou Haskel e Antoni, com um tiro bem aqui.

Adele explicava algumas tristes passagens para Buhba e quando falou sobre Antoni, apontou para o mesmo lugar que ele havia sido alvejado.

— Um dia contei toda a história para Tommy no Café Tortoni em Buenos Aires.

— Sim. Me lembro muito bem.

— E você me chamou de golpista. Lamentável!

— Pensei que já tivesse me desculpado por isso.

— Não guardaria para mim um sentimento tão ínfimo como o rancor. Estava apenas brincando.

Adele conseguia sorrir, sem menosprezar a pressão momentânea sobre seus ombros, quando os amigos oravam pela vida de Buhba.

Olívia realizava com maestria a sutura, olhando através do pedaço de vidro e conversando com Buhba durante todo o tempo. Assim, ela via seu espírito em flashs das muitas vezes em que ela cuidou dos seus ferimentos. Assim que terminou pegou o vidro das mãos de Anastásia e olhou para o lado para ver Adele e Buhba.

— Adele, obrigado por atender minha oração. Buhba, se eu pudesse, lhe daria a minha vida.

Adele piscou para Olívia, com seus lindos olhos azuis.

— Assim que aterrissarmos no Brasil teremos um médico a nossa disposição no aeroporto. — Davi dispunha um médico para atendimento.

Adele olhou para Joan, que compreendeu o seu pensamento e respondeu.

— Davi, sei que quer o melhor para ele, no entanto, quando chegarmos, ele deverá caminhar até o carro para partirmos imediatamente.

— Ele precisa de cuidados médicos profissionais.

— Agradecemos a sua preocupação, entretanto o próprio Buhba não aceitaria ficar em um hospital nesse momento, pois poderia colocar toda a nossa missão em risco.

— Mesmo assim, estaremos à disposição para tudo o que precisarem.

— Nós lhe agradecemos por tudo o que fez por todos nós.

Quando aterrissarmos eu e parte da tripulação desceremos e vocês continuam para o seu destino.

Buhba acordou ainda sentindo muita dor.

— Olívia!

— Como está se sentindo, meu querido?

— Como se estivesse voltando pra casa depois de uma longa viagem. Mais uma vez obrigado.

— Foi você quem me salvou mais uma vez. Você sempre será o meu herói.

— Guardou a minha capa?

Todos sorriram, inclusive o próprio Buhba, com dificuldade pelas dores. Davi se despediu, colocando-se à disposição para qualquer eventualidade com a certeza de que os contatos não seriam frequentes.

O avião aterrissou no aeroporto de Viracopos, em Campinas. A mudança de planos aconteceu para que Olívia e os outros ficassem mais perto do seu destino final. Assim que chegou ao saguão do aeroporto, Davi foi parado por um deputado da oposição. Loyola, era um dos remanescentes da corrupção que perduravam, apesar de toda a batalha do próprio Davi e muitos outros que acompanhavam a transformação do país pelo extermínio dos maus políticos.

— Senhor Presidente! Bom encontrá-lo por aqui. Mudou seu destino.

— Uma simples mudança de trajeto para manutenção, que será realizada em São Carlos.

— Havia mais alguém naquele avião?

— Somente a tripulação. Algum problema, deputado?

— Não. Foi somente uma impressão errada que tive.

— Com certeza foi isso mesmo. Se me der licença, preciso me apressar para outros compromissos.

Davi partiu para São Paulo, onde aproveitaria para se reunir com o governador do Estado, para tratar o desenvolvimento dos projetos em parceria sobre mobilidade elétrica e solar. No aeroporto de São Carlos, haveria maior segurança para todos desembarcarem. Buhba desceu com muita dificuldade, utilizando como desculpa um grave problema em sua coluna. Dessa vez escorado por Ali, todo enfaixado, com a camisa solta por fora de suas calças, e com o paletó jogado sobre seus ombros, ele descia degrau a degrau.

Joan era uma excelente motorista e precisava diminuir o tempo de viagem para que Buhda pudesse descansar e se recuperar. Levando alguns biscoitos e água decidiram que eventuais paradas só seriam realizadas para ir ao banheiro. Com aplicativo que informava sobre os radares na rodovia, conseguiu diminuir o tempo estimado da viagem entre São Carlos e Foz do Iguaçu de doze horas para pouco mais de dez.

— Eles estão chegando. Eles estão chegando.

Em certo ponto da viagem, Buhba começou a delirar, dizendo frases interpretadas como a volta do perigo. Entretanto, havia tantas vertentes que era difícil imaginar quem estaria se aproximando. Buhba voltou à calma depois de tomar alguns remédios ministrados pela própria Olívia. Ela era muito segura de todas as suas ações e não se negava a assumir as responsabilidades. Buhba estava recostado no banco reclinável, entre Ali e Olívia e ela, nem por um instante largou a sua mão. Era um carro enorme e, mesmo assim, ele estava desconfortável.

— Logo estaremos seguros para cuidar de você.

Próximos ao sítio, todos se encantaram pela exuberância da mata atlântica remanescente. Ali, acostumado às paisagens desérticas, perdia-se em meio tanto verde. Ficariam em uma confortável casa em estilo austríaco afastada da cidade, há pouco mais de dez quilômetros, bem no meio da mata. Buhba, apesar de magro, era pesado, pois era alto e foi levado para o quarto no andar superior com certa dificuldade. Lá em cima estaria mais seguro, aos cuidados de todos. O silêncio era quebrado, somente pelo assovio provocado pelo vento nas folhas dos pinheiros, pelo cantarolar dos pássaros e barulhos dos animais.

No outro dia, ao receber a visita de Adele, Olívia foi a presenteada. Um belo violino, bem antigo, produzido com as mais nobres madeiras.

— É para mim?

— Quando aprender a controlar todas as suas emoções vai descobrir que ele já foi seu.

— Tenho lembranças de momentos de profunda emoção, tanto felizes quanto tristes, contudo, de muita aprendizagem, como se elas me reconfortassem e trouxessem de volta a certeza do reviver e reencontrar o meu amor. Ao tocar em sua madeira, eu sinto a mão do meu amado entalhando a madeira. É mesma sensação que eu tive ao tocar o piano na Conferência.

Enquanto completava a frase, Olívia puxava Ali para mais próximo, finalizando o movimento com um abraço apertado e um beijo suave em sua boca.

— São essas emoções que lhe fazem exalar os mais belos sons. Aqueles que me encantaram desde a primeira vez que ouvi.

Adele revelava o seu encantamento pela música de Olívia.

— Em qual outra ocasião além dessa vida você já me ouviu tocando?

— Os primeiros sons vinham somente da sua voz. A mais pura e a mais doce.

— Quando e onde? Fale-nos sobre essas passagens. Precisa ser mais específica nos detalhes.

Ali tentava provocar as palavras de Adele, apesar de todos estarem cansados. A pedido dela própria, todos se recolheram aos seus quartos. O desejo em ouvir as suas histórias teria que esperar pelo menos até o amanhecer.

A simples presença de Adele tranquilizava Olívia, pois além da sua vivência no plano espiritual, também era médica. Então, ela e Ali poderiam descansar no quarto ao final do corredor. Frederico, tão grudado em Olívia, havia se desgarrado e permanecia ao lado de Adele durante todo tempo.

— Teremos outro momento para recomeçar essa conversa. Eu vou cuidar do Buhba essa noite. Aproveitem cada segundo desse amor verdadeiro.

— Não pense que esqueceremos. Amanhã continuamos essa conversa exatamente de onde paramos. Boa noite! — disse Ali, deixando claro que ela seria cobrada no dia seguinte.

— Eu e meu amiguinho ficaremos bem aqui e acordados.

Frederico, sem tirar os olhos de Adele, concordava com a cabeça. Olívia, usando sua orientação espacial, levantou-se da poltrona e caminhou até Buhba, deu-lhe um beijo em sua testa e tomando Ali pelas mãos, conduziu-o até o quarto. Ao passar pela escada desejaram boa noite a Joan e Anastásia, que conversavam no andar de baixo, incansáveis na proteção da casa e de todos.

Naquela noite, o amor entre os dois aconteceu de maneira delicada. O mesmo amor que ardia com o fogo da paixão da primeira vez, agora vinha acompanhado da necessidade de carinho, do cuidar das feridas do outro. Os corpos nus se entrelaçavam, compartilhando seus fluídos e alegria por novamente estarem juntos. Ali dormiu abraçado ao amor eterno, com a cabeça recostada em seu ombro, exatamente sobre a sua marca de nascença. Olívia demorou muito a dormir, tendo ainda sensações indescritíveis, entre lembranças e visões. Tentava montar aquele quebra-cabeças com muitas peças que pareciam não possuir encaixe, fazendo parte de um universo de probabilidades e vertentes que confundiam cada vez mais os seus pensamentos. Estava com um pressentimento de que algo ruim ainda estava por vir. Tentou lutar contra o sono, porém o cansaço foi mais forte.

Adele atraiu até ela o espírito de Buhba. Em sua chegada, teve primeiro a intervenção de Frederico. O pequeno adorava o carinho do velho amigo, no entanto, logo voltou a se postar junto a Adele. Depois de algum tempo de conversa, ele falou sobre suas sensações.

— Eu posso pressentir que logo eles estarão atrás da Olívia e Ali novamente. Eles estarão seguros aqui?

— Para eles o que conta é o tempo do relógio, todavia para nós, vale a eternidade. Não haverá paz até que a outra parte se redima dos seus erros e desista das suas pretensões. Não haverá penalidades, nem mesmo julgamentos e tudo terá que acontecer pela remissão dos seus pecados. Como um recomeço parece não estar em seus planos, poderíamos sim, dizer que logo eles baterão aqui.

— Nós estaremos sempre preparados para defendê-los a qualquer custo.

Como era já era esperado, Buhba havia compreendido o poder da sua força, representando Miguel, o mais poderoso entre todos os Arcanjos, no plano físico. Entretanto, não era fácil compreender os desígnios de Deus. A passagem do seu espírito no plano terreno foi marcada por uma vida de extrema sabedoria e dedicação, que alcançou muito além dos seus entes mais próximos ou das pessoas que amou. Em toda a sua vida lutou pela emancipação do ser humano respeitado, digno e honrado. A sua batalha pessoal rodou todos os cantos da Terra, levando uma mensagem de paz e confiança a todos que dela precisassem e, sobretudo, na exigência pela igualdade de direitos, sempre presente, em cada um dos seus livros.

— Você já sabe que esteve muito presente em todas as passagens deles na Terra.

— Eu posso sentir, ainda mais depois de perceber que sempre estive tão presente em suas vidas.

Neste momento, uma luz muito intensa se aproximou, e então, Buhba pôde perceber a chegada de Miguel.

— Está na hora de partirmos, meu amigo.

Buhba, que era a mais pura calmaria, estava aflito e sem responder, tentou se aproximar do seu corpo, procurando reativar a conexão corpo-espírito, sem sucesso. Em todas as outras vezes ele simplesmente se aproximou e tocou no próprio corpo, para que ela fosse reativada. Entretanto, dessa vez, nada aconteceu. Percebeu que seu corpo já não respirava mais. Apesar de todas as vivências e da presença da paz de Adele, não havia leveza na situação, imaginou-se longe de Ali e Olívia e seu espírito, em desespero, tão incomum até então, precisou ser acalmado por Miguel.

— Deixe-me estar com eles? Preciso protegê-los.

— Você já cumpriu essa missão e outra está por vir. Ainda vou precisar da sua ajuda.

— Não podemos deixá-los assim desprotegidos quando eles chegarem.

— Eles estarão protegidos. Agora precisamos cuidar de você.

Buhba ainda ficou ao lado do seu corpo por um bom tempo, olhando, remexendo as suas lembranças e tentando entender o sentido de sua vida. Como ela havia mudado depois que Tommy se aproximaram dele com a chegada tímida de Carol, da sua busca pelo bebê Ali no meio da guerra e a reaproximação com Spalla, através de Olívia. Também vinham em seus pensamentos a saudade que havia lhe feito refém da maior tristeza de sua vida. Quase toda a sua família havia partido, e agora ele via a possibilidade de um reencontro. Pela sua vida na Terra, certamente eram espíritos evoluídos que também estariam mais perto de Deus.

— Adele, sempre tive essa dúvida sobre quem é você.

Buhba se conteve, sob o braço forte de Miguel. O seu corpo já havia aceitado, há um bom tempo antes da percepção do seu espírito. Amparado pelo Arcanjo, olhou para Adele, com os olhos que carregavam a dúvida sobre o poder do anjo, ao qual chamavam de Adele. Os belos olhos azuis que pareciam refletir o céu, confortavam o espírito de Buhba que se entregou pela Lenda de Spalla.

— Eu jamais permitiria que você desencarnasse entre os seus algozes. O cavaleiro das lutas pela dignidade e pela honra jamais poderia ser esquecido entre os seus inimigos.

Depois das palavras de Adele, Buhba se conteve pela confiança de que ela estaria cuidando dos jovens Ali e Olívia. Ao lado de Miguel ele partiu conformado e tranquilo pela segurança do casal.

Capítulo 15

O ALTO PREÇO DA GUERRA

Era pouco mais de quatro horas da manhã quando Olívia, com seus ouvidos apurados, acordou com os passos que se aproximavam lentamente da porta do quarto. Um mau pressentimento lhe apertou o peito. Levantou-se rapidamente, esbarrando o braço na garrafa de água que estava na mesa de cabeceira, ao lado da cama, quebrando-a. Ali acordou assustado, procurando pelo interruptor de luz.

— O que houve, Olívia?

— Buhba!

O nome saiu com dificuldade, acompanhado de um breve soluço. As lágrimas que lhe escorriam pelo rosto, confirmavam que o seu coração já sabia.

Olívia, com o corpo trêmulo aproximou-se da porta para abri-la, desejando de todo coração que a sua intuição estivesse errada. Foi seguida por Ali, que tentava cobrir com o lençol o seu corpo perfeito, sob suas roupas íntimas.

— Anastásia!

— Olívia, Ali. Infelizmente o Buhba acabou de falecer.

— Meu Deus! Meus Deus!

No quarto ao lado, o coração de Adele pulsava no mesmo ritmo do coração de Olívia e, como ela, também chorou. Adele sempre a olhava de maneira diferente das outras pessoas, com os olhos de mãe, de quem ama e admira acima de tudo.

Logo, os dois estavam no quarto do amigo, ao lado do seu corpo. A expressão de leveza em seu rosto trazia a certeza de que ele teve uma partida serena. Olívia aos prantos era amparada pelas mãos de Adele e do próprio Ali. O corpo do homem que representava Miguel na Terra ainda estava quente. Ele parecia estar sorrindo para os amigos, grato pela oportunidade de viver ao lado deles como ele sempre expressou em vida.

— Não é justo que você tenha entregado a sua vida para me salvar e eu não consegui retribuir.

— Você retribuiu da melhor forma possível. Vocês dois retribuíram e ele teve a certeza disso durante toda a sua vida.

Adele se referia à passagem dos seus espíritos pela Terra, em suas várias encarnações. Pegou nas mãos de ambos e as uniu. Nada poderia ser mais reconfortante do que aquele toque. Era como o toque de uma mãe que acolhe os filhos em seu coração, em sua alma. Olívia aproximou a cabeça das mãos entrelaçadas de Buhba e as lavou com suas lágrimas.

Buhba foi enterrado em meio à floresta, em um local onde a tranquilidade era quebrada pelo alvoroço dos pássaros, aquietando-se somente quando Olívia começou a tocar Für Elise, ao violino. Era a música que ele mais gostava de ouvi-la tocando, ainda no corpo de Carol, a mesma música que a sua mãe dizia combinar tanto com as estrelas do céu africano.

O espírito de Buhba teve a sua presença percebida por todos, durante a homenagem a ele prestada, feliz ao lado de Adele. Ao finalizar a música, de olhos fechados para o mundo físico, Olívia se ajoelhou e agradeceu ao amigo pela sua entrega.

— Eu lhe agradecerei em quantas vidas eu viver e mesmo assim, jamais será o bastante por tudo o que você fez por todos nós. Hoje eu acredito na grandiosidade disso tudo, pelos espíritos que protegem o meu. Será sempre o meu herói. O meu Miguel.

Durante a sua vida, depois da Lenda de Spalla, ele já havia perdido a religiosidade cristã, aquela que lhe foi passada pelos seus pais. Compreendia que ao desprender o seu espírito do corpo, a sua relação com o mundo terreno, ainda teria uma ligação de afetividade muito forte com as pessoas que ficaram. No momento da sua morte, teve a certeza de que todas as oportunidades que lhe foram oferecidas de engrandecimento espiritual, foram muito bem aproveitadas. Então, ele se emancipava em plenitude espiritual. Queria aproveitar esse tempo mais próximo de Deus.

A presença de Adele nos dias que se seguiram foram reconfortantes, aliviando a tristeza que abatia a todos. Constantemente eram relembrados momentos e passagens da vida de Buhba. Ali também relembrava os momentos em que ele o havia salvado, também aumentando os questionamentos a respeito do Segredo de Spalla. Durante todo o tempo Adele tinha a guarda e a companhia do pequeno Frederico, que também demonstrava o prazer que sentia em tê-la presente.

A vida no belo parque afastado de tudo tinha a sua monotonia quebrada pelas expedições diárias, provocando a interação deles com a exuberante natureza preservada. O atual governo conseguia reverter, através de leis e programas, o desmatamento e avanço das áreas urbanas sobre as florestas, provocando um aumento, ainda que lento, na população dos grandes animais em todas as florestas brasileiras. Olívia e Ali realizavam desdobramentos noturnos com certa frequência, encantando-se pela beleza da mata e dos animais que nela viviam. Entretanto, jamais o realizavam juntos.

Apesar de todas as ações em prol da natureza, poucos animais de grande porte eram vistos. A onça pintada, o maior felino das américas, ainda corria risco de extinção, assim como outros abaixo dela na cadeia alimentar. A busca por alimentos por vezes era acompanhada por longas e incertas procuras, muitas vezes findadas nas refeições de pequenos roedores. A vida solitária dos representantes do topo de cadeia alimentar, assim como os mamíferos abaixo, era a garantia de maior sucesso para a sua existência. Porém, somente a persistência desses animais já não era mais uma garantia de sobrevivência da espécie. Havia a necessidade do repensar a consciência humana para a sua coexistência, pois em todos os biomas brasileiros, ainda havia um crescimento exponencial de espécies em risco de extinção.

O descaso de seguidos governos, em todas as esferas, trouxeram períodos incertos para a fauna e flora no país. A eleição de Davi trouxe um pouco de alento aos defensores da natureza em todo o mundo que se preocupavam, principalmente com a preservação da Floresta Amazônica. O seu discurso e seu plano de governo, diferente de outros, não ficaram somente no papel e amparado pelos países mais ricos e por multinacionais, como a BIO, passou a ser colocado em prática os programas para preservação e reflorestamento, inclusive chegando à própria Mata Atlântica. Também partiu dele a iniciativa de fechamento gradativo de todos os zoológicos no país, atitude seguida posteriormente por vários países.

Olívia sempre dizia ser a sua fã número um e era comum vê-la assistindo os vídeos e reproduzindo a fala do seu discurso. O jovem autista que teve dificuldades na escola fazia dos seus discursos o contraponto no debate, no qual o Brasil seguia sendo colocado como vilão em todas as discussões sobre a preservação das florestas, até o dia em que o mundo entendeu que ele era o maior nome em favor da preservação dos biomas mundiais. Desde a sua eleição, assim ele ficou conhecido no Brasil, marcando a evolução da consciência da sua população. Uma parte dos seu discurso foi destacado e reproduzido nas redes sociais algumas dezenas de milhões de vezes.

"O mundo todo cobrou o Brasil pela preservação da Floresta Amazônica. Contudo, nós queremos que vocês nos cobrem *não somente por ela, mas também pelo Pantanal, pela Mata Atlântica, pelo Cerrado e por todos os nossos biomas. Porque a história recente do Brasil mudou a nossa geografia, contudo, não o discurso de vocês. Agora nós, brasileiros*, cobraremos que todos os países resgatem as florestas e os animais de todo o mundo. Todas as florestas precisam ser preservadas e recuperadas e todos os animais selvagens precisam ser respeitados em seus biomas naturais. Isso não é um projeto futuro, é uma urgência."

Davi foi aplaudido de pé por toda a casa durante um bom tempo, seguido pela fala do apresentador.

— *Presidente Davi, me arrepia a sua fala. Você está*

mudando a história do mundo, tanto pelas suas palavras, quanto pelas suas atitudes. O Brasil tem nos dado exemplos muito consistentes para a evolução necessária.

Olívia aparecia no vídeo, acompanhando da primeira fila. A menina cega que descobriu a natureza no bosque, que se estendia pelo terreno do palacete, agora tinha a imensidão da floresta para desbravar. Ao tocar o seu violino, percebia que a mesma maneira como acontecia em seu quintal era rodeada pelos animais, pássaros e borboletas. A vida simples era acompanhada de prazeres indescritíveis e imensuráveis, cercada de cheiros e sensações tão preservadas pelo seu espírito. Um dia ao tocar o violino, presente de Adele, assistida por Ali, foi interrompida por um leve toque dele em seu braço, ao que ela prontamente respondeu.

— Não precisamos temer, ela veio acompanhando o seu filhote, curioso pela música que o atraiu.

Quando Ali voltou seus olhos para a grande onça, percebeu pulando à sua frente um pequeno exemplar daquele belo e robusto animal. Do outro lado havia um casal de lobos guará, também com o seu filhote. Ali estava acostumado ao deserto, sem vegetação e pouquíssimos animais. Naquela floresta a vida brotava em cada milímetro.

— Precisamos agradecer às ações do Davi pela preservação da natureza, não só no Brasil, mas em todo o planeta. Graças a ele as espécies têm encontrado meios para ressurgir. — Olívia sempre exaltava as ações de Davi.

— É incrível o poder de uma mente bem-intencionada. Ele se tornou o maior exemplo para todo o mundo. Como um país como Brasil pôde estar durante todo o tempo à mercê de governos tão improducentes, corruptos e desconexos com as necessidades do seu povo? — complementou Ali.

— É exatamente isso! Desconexos com toda essa exuberância, que agora nós temos o privilégio de estar tão perto. Nós devemos pedir licença todos os dias para entrar em seus domínios e agradecer por podermos fazer parte disso.

— Incrível é o poder que você tem para atrair o bem para perto de si. Toda a natureza responde à sua música e à sua presença. Você é luz para as nossas vidas.

— Talvez por ser um presente de Adele.

— Você quer dizer que a magia está no violino?

Olívia sorriu, passou a sua mão suavemente pelo rosto do amor de todas as suas vidas e começou a cantar a música que ela compôs sem qualquer pretensão, quando ainda era muito pequena, no bosque da sua casa. Era uma música que falava sobre a natureza e a liberdade dos animais. Segundos depois, uma nuvem de borboletas de várias cores e tamanhos revoavam sobre ela. Ali, Anastásia e Joan assistiam atônitos àquele espetáculo. O pequeno Frederico mais que depressa correu para participar daquela coreografia com seus saltos e rodopios em meio às borboletas que voavam baixo. O movimento sincronizado com as mãos levantadas trazia de volta a imagem da maestrina Carol regendo os movimentos ritmados do agrupamento de borboletas e o som dos pássaros que a acompanhavam, em perfeita harmonia. Adele já não mais precisava disfarçar suas chegadas repentinas, quando Olívia cantava ou tocava o violino. Ela simplesmente era atraída.

Os animais de pequeno e grande porte, se esqueciam por um momento que a proximidade entre eles poderia significar a garantia de alimento para alguns. Com a chegada do casal de onças pintadas e seus dois filhotes, os outros animais se assustaram, contudo logo entenderam que o momento era de paz. Não era uma simples trégua entre protagonistas de uma cadeia alimentar, mas o compartilhar de um pedido de respeito à mãe natureza, ecoado em toda a floresta através do canto de uma jovem. Com tantas provas, Ali compreendeu que o presente não estava no instrumento, e sim no dom que ela tinha, de ser a própria música. Foi Adele quem fez um sinal para que Joan e Anastásia a acompanhassem de volta ao chalé, deixando os namorados a sós. Frederico, também as acompanhou, não sem antes parar no meio do caminho e virar a cabeça para trás para vê-los se beijando. Adele suavemente o repreendeu.

— Venha Frederico. Esse momento é deles.

Ao mesmo tempo, todos os outros animais também se dispersaram. Depois de terminar a música, ela refletiu por um instante e respondeu à pergunta de Ali.

— Tudo faz parte desse presente, a vida, a natureza, o violino e... você.

Olívia parecia disfarçar a sua deficiência olhando diretamente nos olhos de Ali, assistindo a luz do seu espírito bem à sua frente, ao mesmo tempo em que ele podia vê-la em suas vidas passadas. Esse filme trazia a certeza de que o amor entre eles era eterno e marcado pelas alegrias, mas também pela ausência e dor em sua maior parte. Em muitos momentos, Ali tinha a imagem da sua amada vista de cima, como se ele estivesse flutuando, porque já não estava mais ao seu lado.

A floresta se tornava o cenário perfeito para o amor entre eles, sem medo e sob a proteção da natureza e de Deus, revivendo todas as vidas e suas passagens pela Terra. Ali sempre a beijava por inteiro, sentindo a sua pele e seu cheiro, e então eles se amavam como se fosse a última vez a compartilhar daqueles momentos da vida em corpo físico. Era como se o tempo compartilhado entre eles pudesse findar a qualquer instante e tivesse que ser aproveitado ao máximo, em cada fração de segundo. A vida lhes propunha uma linha tênue, em tempo e espaço, unindo-os em curtos períodos terrenos e provocando uma dor insuportável em sua separação no mundo espiritual.

Depois de se amarem, Ali voltou a falar sobre as suas dúvidas e a necessidade de serem reveladas.

— Adele precisa nos revelar a verdade sobre tudo o que vem acontecendo. Ainda existem muitos pontos sem conexão que eu não consigo compreender.

— Ela saberá o momento certo para termos essa conversa.

— Estamos isolados nesse paraíso e não sabemos quando poderá acontecer novamente.

— Tenho tido alguns pressentimentos sobre meu pai. Uma doença que se inicia em seu corpo e precisa ser tratada. Ele ainda não sabe e precisa ser avisado.

Olívia não reclamava das perdas que a vida lhe projetava. Desde muito pequena havia perdido a sua visão e talvez nenhum outro ser humano se adaptaria com tamanha resiliência às dificuldades que a vida havia lhe imposto. Entretanto, a saudade dos pais e da avó estava atingindo, agora em seu auge, em um grau insuportável. Uma dor que lhe apertava o peito, refletia o sofrimento que o seu coração vinha sentindo, mesmo em tão pouco tempo de afastamento. Ela pressentia que algo ruim estava para acontecer com seu pai e em seus sonhos podia sentir o cheiro do câncer em seu estômago. Era o mesmo cheiro característico, que ela já havia sentido em outros animais vivendo no cativeiro dos zoológicos.

No dia seguinte, próximo ao horário do jantar, Adele retornou com novidades.

— Agora há pouco os russos iniciaram a retirada das tropas do solo ucraniano.

— Que excelente notícia! Vamos comemorar com um bom vinho. — Ali exaltava a sua felicidade pelo fim da tensão na fronteira que expulsava os russos de suas casas.

— Que bom! — Olívia ameaçou explanar a sua felicidade, mas se conteve sentindo a vibração do pesar na fala de Adele.

— Hoje o próprio exército russo está se reunindo para depor o presidente e seus generais. Ao mesmo tempo em que o Senado americano está entrando com pedido de impeachment contra Russel, por tráfico de influência, abuso de poder e alta traição aos Estados Unidos, às forças armadas e ao seu povo. Ambos poderão ser condenados à pena de morte.

— Como chegaram a essa decisão? — Ali não se conformava com a confirmação da notícia e quis saber como chegaram à verdade sobre eles.

— Sei que você tinha uma ligação muito forte com o Archie. Ele e a Emma foram assassinados durante essa madrugada pelo governo russo.

— Archie! Não pode ser. O que ele tinha a ver com isso? — Ali se sentou, recostado à parede. Estava chorando pelo amigo, tendo o amparo de Olívia ao seu lado.

— Antes de serem mortos, eles gravaram um vídeo que foi exibido nas redes sociais e em todos os canais de TV de todo o mundo. As suas mensagens codificadas foram revertidas em um áudio, onde ficava muito claro a ação em conjunto dos governos russo e americano para que a guerra na Ucrânia pudesse esgotar parte do seu arsenal bélico para serem repostos com mais tecnologia. A indústria bélica havia financiado ambas as campanhas e o patrimônio bilionário dos dois. Durante muito tempo, Archie sucumbiu aos desejos de desvendar os segredos da existência de Deus, através da sequência de dados gravados em sua história. Vender o segredo também poderia lhe garantir uma fortuna inestimável, garantida pelos governos russo e americano, já que fazia jogo duplo. Todavia, o seu amor por Emma e a sua aproximação com você no deserto lhe fizeram mudar seus ideais. Já no final da sua vida, estendeu a sua mão para Deus, buscando a redenção de todos os seus pecados. Os códigos por ele descritos aos presidentes transformaram-se em armadilha, colocando toda a vida de Russel e Romanov em cheque mate. Ele genialmente projetou os códigos para serem revertidos em diálogos entre os presidentes, propondo esgotarem o poderio bélico antigo e, através da declaração da guerra, a sua consequente necessidade de uma reposição que ultrapassaria a casa de um trilhão de dólares.

Ali jamais havia aceitado a possibilidade do amigo ser tratado como um traidor da Lenda de Spalla. O amor que ele sentia por Emma não permitiria que a sua vida de devoção ao segredo fosse em vão. Emma, uma Mãe de Spalla, jamais aceitaria que ele tivesse sua vida findada como vilão, unido a todo mal que despertaria a ira de Deus.

— Como eles morreram? — perguntou Ali.

— Eles não tiveram nenhuma atitude de resistência. Deixaram o vídeo rodando na TV e abriram o melhor chardonnay de suas vidas, degustando-o com o prazer que somente os heróis experimentam. As suas descobertas sobre o Segredo de Spalla serão apagadas pelo tempo, e permanecerão como uma lenda, escrita no livro de Buhba, porque todas as provas já haviam sido destruídas pela fogueira que clareava a noite, enquanto eles se amavam. Eles foram recebidos pela luz mais clara que Deus poderia lhes oferecer, a mesma que recebe os espíritos de luz que passaram pela Terra — explicou Adele, com conhecimento que assustou Ali, acalmado no ombro de Olívia.

A guerra sempre cobrará um preço alto demais, mesmo que seja para o seu fim. Foi necessário que os dois perdessem suas vidas, para derrubar os dois presidentes. Archie e Emma representavam os caminhos que se uniram pelo amor e divergiram em seus ideais, mas que foram novamente reunidos por realmente acreditarem na evolução humana, que eles haviam proposto durante toda a sua vida. A chegada de Ali no deserto começou a mudar o destino do velho amigo.

Ali foi consolado pelo ombro de Olívia e pelo toque de Adele em sua cicatriz. Elas eram a sua paz, o poder reparador das suas dores.

— Graças a Deus a paz voltará a reinar — Olívia soltou a frase, voltando os seus olhos para Adele e os olhos da alma permitiam que ela visse a aura de luz sobre a doutora.

— Pelo menos momentaneamente. — Adele se referia à insistência da luta pelo poder e conquista, principalmente por questões políticas, étnicas e religiosas.

— Eles sabem que estamos aqui? — Ali demonstrava a sua preocupação em novamente serem perseguidos.

— Provavelmente ainda não. Teremos um período de paz. Olívia, lembre-se que não deverá usar a lente porque ela permite que você seja vista e encontrada.

Capítulo 16

Revelações

Era o primeiro sábado de fevereiro e o dia amanhecia acompanhado pelo cantar e pelas cores das diferentes espécies de pássaros, que sempre rodeavam a casa, esperando pelo assovio e cantorias de Olívia. O calor do verão brasileiro e a umidade da mata traziam até ela a experiência de dormir ao lado do seu amor, nua, sem o peso do edredom. A floresta tinha ficado mais alegre depois da sua chegada, assim como ela lhes retribuía com um largo sorriso e as mais belas músicas. Ali também voltava a se encontrar com a alegria depois do período de turbulências. Era Adele quem lhes mostrava os caminhos para a felicidade, oferecida pela própria vida diariamente nos presentes mais simples.

Depois de uma xícara de café, servida por Joan, acompanhado de um pão com manteiga, Adele se preparava para partir. Contudo, ela já sabia que antes teria que revelar os segredos da Lenda de Spalla para o casal.

— Adele, antes de partir, acredito que ainda temos um tempo para nos revelar a origem do segredo.

— Sim, Ali. Da mesma forma como eu mesma lhe contei em todas as suas passagens pela Terra, lhe contarei agora. Anastásia, pode fazer mais café?

— Claro, querida!

— Não faça essa cara de quem vai perder parte do segredo, você já o ouviu muitas vezes.

Ambas riram da situação, ao que Anastásia respondeu:

— Sim! Porém, eu não me canso de ouvir essa bela história.

Na mesa, aguardando o café, Adele começou a contar a história, com Olívia e Ali sentados à sua frente.

— Vocês já conhecem uma grande parte dessa história, já que se reconheceram como protagonistas. Vamos lá! Vou lhes contar, sobre a Lenda de Spalla, a mais bela história de amor que vocês já ouviram: Deus sempre cuidou de cada um dos seus anjos como Seus próprios filhos e a cada um deles deu um dom diferente. Ao Seu lado sempre houve boa música criada pela Sua filha, Lilith, para lhe retribuir o dom da sua bela voz. Todos aqueles que permaneciam ao lado de Deus tinham o privilégio de ouvi-la cantando, sempre olhando para as profundezas dos Seus olhos que refletiam a cor do céu. Os maus sentimentos ainda não existiam no Reino dos Céus, contudo eles certamente estavam bem próximos de serem criados.

Adele fazia uma pequena pausa na fala, para mais um gole de café. Aquela mulher que parecia sempre espantar a tristeza com o seu sorriso, agora tinha os olhos avermelhados e lacrimejados, assim como os de Olívia, que acompanhava a mudança de cor da sua aura.

— Para acompanhar o canto de Lilith, Deus criou, com uma parte do Seu próprio ombro, um anjo com o rosto muito parecido com a Sua própria feição, a quem chamou de Spalla. Assim como Lilith, ela também tinha uma bela voz, porém trazia uma nova música emitida pelo presente recebido. Um instrumento que ela apoiava em seu ombro. Ao ouvir as músicas tocadas pelas duas, Deus começou a dividir os Seus olhares entre elas, e com o passar do tempo, o som do violino ficou conhecido por encantar os ouvidos de Deus. A maneira como Deus olhava para Spalla tocando era diferente de como olhava os outros e ela cativava a todos com o seu sorriso tímido. Não era somente a música que ela compunha, cantava e tocava. Ao ser feita por uma parte de Deus, ela Lhe despertava um desejo maior de proteção. O coração de Spalla pulsava no mesmo ritmo do coração de Deus. Então, Lilith, sentindo-se rejeitada, criou a inveja.

Enquanto contava a história, Adele buscou com a mão estendida tocar o rosto de Olívia e assim que enxugou a sua lágrima, ela milagrosamente voltou a enxergar perfeitamente. Adele já havia dito que ela poderia enxergar se a sua alma desejasse muito, mas foi preciso tocá-la, para que o milagre fosse permanente. Olívia olhou para Ali e o abraçou, com as suas lágrimas se encontrando em seus rostos, sem interromper a história. Olhando para a mata ao fundo, percebia os vários tons de verde que se entrelaçavam, exatamente como a sua mãe lhe contava, sobre *os tons* das florestas. Pouco acima, a imensidão azul sobre ela a atraia mais, e voltando seus olhos para os de Adele, novamente se viu no infinito celeste. As revelações aconteciam em cada ato naquele dia.

Sem nada dizer a respeito do milagre, Ali abraçou Olívia ainda mais forte. Adele continuou.

— Quando Deus resolveu que enviaria seu Filho à Terra, sabia que Ele precisaria de muita proteção para que em sua passagem pudesse levar ao conhecimento do povo a palavra de Deus. Então em meio a um sarau, Deus chamou para perto de Si Spalla, que causava ciúme nos outros por ser o anjo que mais Lhe agradava com seu sorriso e a bela música. Deus sentia a aproximação mais forte, porque ela era uma parte Sua. Ela trouxe a harmonia para a música que Lilith havia criado, através da sua simpatia. Quando perguntado se ela trocaria a eternidade no Reino dos Céus por uma missão e uma vida árdua na Terra, sem pensar, curvou-se e disse que sempre serviria sem temor ao seu Deus e a todos os Seus filhos na Terra. Então, Deus a enviaria para não permitir que os maus sentimentos se alastrassem pelo Seu Reino. Foi a primeira vez que os anjos viram os olhos da cor do céu derramarem lágrimas.

Ali quis fazer uma pergunta, mas foi contido por um sinal de Olívia com a mão para que ele aguardasse.

— À vontade de Deus, aquele anjo em forma de luz se transformou em uma alma em forma de mulher. Para cumprir a sua missão na Terra, o mais nobre protetor foi criado, também de uma parte retirada do ombro dela. Num movimento de pinça com três dedos lhe tirou um pedaço do seu ombro e soltou ao chão, da mesma maneira como ela mesmo havia sido criada. Aquele pedaço solto se transformou em uma outra alma, com formas masculinas. A marca deixada em seus ombros unia os três, simbolizando a nova Tríade, Deus, Spalla e Castiel. A marca simbolizava a proteção, como

um escudo divino. Ajoelhado com um pé à frente e cabeça abaixada em sinal de obediência, ele permaneceu enquanto Deus dizia que eles seriam enviados à Terra para proteger a chegada do Seu filho, e os seus espíritos sempre retornariam à Terra, através da reencarnação para levar os Seus ensinamentos e aliviar o sofrimento de todos os seus filhos na Terra.

Neste momento, Olívia olhou Ali no fundo dos olhos e o abraçou.

— A música seria a forma de reunir pessoas em torno de um objetivo único, desencadeando de forma harmônica o amor entre todos os seres vivos. Porém, Deus os alertou que seus espíritos jamais se encontrariam de novo. Spalla olhou para baixo, em direção àquele espírito recém-criado e sobre ele chorou. Até aquele momento ela não sabia o que era tristeza e jamais havia conhecido o sabor salgado de uma lágrima. Castiel levantou a cabeça, olhou para ela, também com lágrimas nos olhos e então, pela primeira vez ele olhou diretamente para a imensidão azul dos olhos de Deus, como se o desafiasse. A imposição de que jamais reencontraria a sua maior parte era pesada demais, mesmo para um espírito que Deus acabara de criar.

Era impossível não se emocionar profundamente ouvindo a história vinda de Adele. Chorando, Ali olhou diretamente nos olhos de Adele, exatamente como Castiel o fez.

— Deus reconhecia que nem mesmo o Seu Reino nos Céus estava livre de sentimentos impuros e revoltas. Aquele olhar denunciou que Castiel faria de tudo para reencontrar a sua maior parte. Sabia que duas partes de uma mesma alma sempre iriam se procurar pelo infinito e por toda uma eternidade, se preciso fosse. Então, novamente eles se olharam e enquanto ela chorava, ele apertava os olhos, com a mesma força que fechava as próprias mãos, como se lhe dissesse que aquele não seria o destino deles.

Deus esfregou os dedos que colheram aqueles pedaços de espírito, deixando algumas migalhas de luz caírem ao chão. O Reino de Deus apresentava então as mesmas sensações e sentimentos que o Seu Reino na Terra. A cena, assistida por alguns outros anjos, desencadeou diferentes sentimentos, principalmente ciúmes e inveja de Azazel e Lilith. Criar novos seres à

Sua imagem e semelhança, encontrava o verdadeiro significado em seus sentimentos. Miguel, ao contrário, humildemente teve pressa em apanhar aquelas fagulhas de luz que ficaram caídas ao chão e as guardou.

Deus enviaria o Filho à Terra, sabendo que ele carregaria uma cruz muito pesada em defesa de toda a humanidade, livrando-os do pecado e sofreria as consequências por levar as palavras de Deus nos lugares onde elas haviam sido esquecidas. A Sua passagem seria marcada por alegrias e milagres, mas principalmente por muita dor e sofrimento. Os homens simples do seu povo não eram guerreiros e a sua chegada precisava ser defendida pelos seres de luz.

Os seres humanos, pobres mortais, dificilmente acreditariam na possibilidade de existir um amor entre dois espíritos criados de um mesmo ser. Um anjo docemente aceitou uma missão que lhe custaria deixar o Reino dos Céus para viver infinitas passagens pela Terra, vividas por um espírito encarnado, e a outra parte de si mesma, transformada em sua alma gêmea, que se reencontrariam em suas formas terrenas, todavia jamais em sua forma de espiritual. O curto período de união entre eles teria a marca de amor avassalador, onde o tempo e o espaço também seriam cúmplices da paixão e desejo, mas também da saudade e do sofrimento.

— Deus os enviou ***à Terra*** *ao mesmo tempo em que Seu Filho seria concebido, no ventre de uma virgem. Os dois nasceram em uma mesma casa na cidade de Belém, enquanto o Messias nascia em uma manjedoura, na mesma cidade. Os dois nasceram no mesmo dia, filhos de duas primas, que dividiam o mesmo espaço. Eram duas crianças lindas que tinham a mesma marca da Tríade, ela no ombro esquerdo e o menino no ombro direito. Dormiam no mesmo berço improvisado em um grande cesto. O menino, sempre tranquilo, aconchegava-se sobre aquela marca no ombro da menina e os dois pareciam estar o tempo todo abraçados. O nascimento no mesmo dia com aquelas mesmas marcas intrigava a todos da família. Entretanto, eles eram bebês calmos, em meio à toda tensão que aquele povo sofria diariamente.*

O Rei Herodes, informado da chegada do Messias, determinou aos seus soldados que matassem todos os meninos da cidade com idade até dois anos. A matança dos meninos teve início com a traição de uma mulher da cidade, que marcou as casas onde havia as futuras vítimas do massacre, com sangue de cordeiro. A virgem e o seu futuro esposo, fugiram para que o Filho de Deus não fosse morto pelos soldados.

Na casa onde habitavam as duas crianças, o menino foi escondido em um cesto com panos. Porém, os soldados avistando a marca na casa pegaram a menina pensando ser um menino e mesmo sob o protesto dos familiares iriam matá-la, acatando as ordens diretas do Rei da Judeia. Quando o soldado levantou a sua espada, o menino envolto em panos dentro de um cesto, aos berros denunciou haver mais uma criança naquela casa e que ele deveria ser morto no lugar da menina. Ele chorou para salvar Spalla e foi morto pelos soldados. Um bebê recém-nascido que precisou de sete estocadas de uma espada para fazê-lo parar de chorar. O choro do bebê foi tão alto e a crueldade dos soldados tão grande, que levou os vizinhos a se revoltaram contra eles, obrigando toda a tropa a rumar para lá para acudir os dois. Enquanto soldados e vizinhos lutavam de forma desigual, a virgem, o marido e o Filho de Deus puderam fugir.

Exceto o Filho de Deus, mais nenhum menino com idade até dois anos conseguiu escapar daquele massacre. Assim, aquele menino tão pequenino salvou a menina e, consequentemente, o Filho de Deus. Ele se entregou pelo choro que foi ouvido ao longe, salvando a menina pela primeira vez e assim seria em todas as suas passagens pela Terra.

Esses fatos não constam na Bíblia, forçados ao esquecimento pelas ações da Sociedade das Mães de Spalla, criada a partir do pedido da própria Virgem Maria. Ela foi aconselhada por Miguel, enviado por Deus, a reunir todas as mães que perderam seus bebês para resguardar a menina. Esse anjo tinha em seu poder três fagulhas de luz, com as quais presenteava Spalla em forma de crianças para alegrar e proteger a sua vida.

Spalla passou toda a sua vida levando a música e se dedicando a colaborar na educação das crianças, enquanto transmitia o conhecimento das palavras de Deus àquele povo sofrido. Ela encontrou-se com o Seu Filho apenas uma vez, enquanto Ele carregava a sua cruz e foi ela a primeira a enfrentar os soldados romanos para lhe oferecer água, sendo impedida por um deles, que a empurrou para trás. Então o filho de Deus disse a ela: 'Eu sempre serei grato a vocês'. Ela novamente se aproximou dele, empurrou o soldado e lhe deu água. Tentou retirar-Lhe a coroa de espinhos e foi contida com violência por outros soldados.

O resto de sua vida foi dedicado a levar aprendizagem em forma de música, reunindo muitas pessoas, enquanto tocava e cantava, mostrava a necessidade de respeitar todos os seres vivos. Muitos ensinamentos e músicas eram extraídos das palavras daqueles que acompanharam o Messias e muitas outras também que ela própria compunha. Assim, mesmo com todo aquele sofrimento, os ensinamentos chegavam de uma forma um pouco mais branda e suave.

Segundo a lenda, foi Deus quem ofereceu o dom da música primeiro a Lilith, um anjo mais próximo. Todavia, Spalla era especial e era quem tocava o instrumento que mais se aproximava de Deus. Era muito próximo ao que é o violino de hoje. Quando ela tocava, todos os outros anjos se aproximavam pela atração que as mais belas músicas ofereciam. Aquele instrumento aliado à forma de tocar daquele anjo tinha o poder de entreter -Lhe, como nenhum outro anjo, e mesmo assim ela foi a enviada, para evitar que a inveja fosse criada.

Além de Lilith, havia outros dois anjos, Lúcifer e Azazel, que sempre a acompanhavam com olhares enciumados. Lúcifer desejava o poder de Deus para si e começava a se reunir aos outros dois. Os seres humanos criados à Sua imagem e semelhança viviam em guerras, criando comunidades escravizadas enquanto os poderosos ostentavam as riquezas que somente a mazela de outros povos poderia criar. A opressão, a violência, o ódio estavam tomando conta da Terra.

Spalla deveria mostrar ao Seu povo a necessidade do respeito entre todos os seres vivos, e os caminhos para a evolução humana. A música teria um papel importante ao trazer a alegria ao seu povo. Castiel deveria protegê-la ao longo de suas vidas. Não haveria descanso para eles enquanto a Terra fosse tomada por qualquer tipo de maldade, dos homens contra os próprios homens ou contra os animais e todas as formas de vida. O espírito extraído do pedaço daquele anjo teve uma curta passagem pela Terra e amargou a solidão enquanto ela vivia. Entretanto, a sua batalha contra todos aqueles soldados com seu choro salvou não somente a vida dela, mas também a do Messias recém-chegado à Terra. Ele não teria escapado se não fosse aquele tumulto causado pelo seu choro.

A crença daquele povo, era de que todos após a morte iriam para o Lado do Pai e lá permaneceriam. Não havia até aquele momento, a crença na reencarnação da alma. Entretanto, aquela sociedade começou a mudar essa crença, quando a mentora da sociedade, em um desdobramento recebeu a visita de um anjo e a mensagem de Miguel dizendo que aquela criança reencarnaria em tantas vidas quantas fossem necessárias para levar o respeito, a honra e a dignidade ao povo de Deus, livrando-os de todo aquele sofrimento. O caminho a ser percorrido por toda a sociedade ainda seria muito árduo, duradouro e passando por todos os sentimentos ruins que nós conhecemos.

Grande parte dos animais da Terra seria extinta e as matas seriam devastadas pela ganância dos homens. A lenda deveria defender o amor aos seres vivos, não somente aos seus semelhantes, mas principalmente àqueles que não tivessem chance de defesa. Castiel seria o seu principal escudo no cumprimento da sua missão.

As duas partes dessa alma gêmea sempre se encontram em suas passagens pela Terra, com Castiel nascendo antes em algum lugar da Terra. Quando ela nasce, traz a tríade em seu ombro, como uma marca de nascença, ao mesmo tempo em que ele se fere, deixando uma cicatriz, ambas representando o Toque de Deus e a proteção divina. O Toque de Deus em seus ombros lhe dá a proteção para que não possam ser vistos diretamente pelos anjos expulsos do Reino dos Céus.

Uma atração incontrolável os coloca nos mesmos caminhos e sempre, de alguma forma, ele dará a sua própria vida na defesa dela. Desde o primeiro nascimento que aconteceu junto com o Filho de Deus ele entrega a sua vida em algum momento para que ela continue viva e defendendo o bem comum de todos os seres vivos, utilizando a música como instrumento. Castiel, após a sua morte jamais atendeu aos chamados de Deus para que retornasse para o Lar, como é chamado o Reino dos Céus. Ele a olha diretamente nos olhos e consegue vê-los em todas as suas vidas. É como se ele pudesse ver todos os filmes de suas vidas passando na sua frente. Ela olhando nos olhos dele consegue ver o seu espírito. Eles se veem e se amam em diferentes perspectivas, mas sempre em harmonia.

Até o instante da morte dela, ele a acompanha e é nesse momento em que ele instantaneamente renasce, sem que possam ver um ao outro ou se tocarem, tendo entre eles a imensidão do poder e da luz de Deus. Dessa forma, aos seus espíritos, jamais é permitido que se encontrem. Eles vivem na Terra em suas formas terrenas, o mais belo e intenso amor, sem ter a certeza de que já se conheciam apesar de suas intuições, que se tornaram mais fortes pelas suas evoluções espirituais.

No momento da criação, Deus sabia que o Arcanjo Miguel se apressaria em pegar aquelas fagulhas de luz e em Sua infinita sabedoria, conhecia os sentimentos e as ações desse anjo que jamais deixaria qualquer parte de outro anjo ficar perdida. As fagulhas de luz seriam outros anjinhos criados por Deus que acompanhariam Spalla pelo resto de sua vida, depois que seu protetor partisse. Os pedaços maiores lhe são oferecidos para serem crianças que se aproximam dela, levando amor e alegria e aqueles menores, serão seus filhos adotivos, na forma de animais e eles são muitos a acompanhá-la e defendê-la por toda a sua vida, tornando-se nobres e ferozes protetores.

Assim como enviou Seu Filho para enfrentar a dor em favor aos seus filhos terrenos, enviou aquele anjo também para enfrentar o martírio ao qual era submetido o seu povo. Ela sentiria a mesma dor que o seu Filho, sempre que se deparava com a fome, a miséria, a dor, o sofrimento dos animais, a morte das florestas e dos oceanos. Deus permitiu que ela tivesse como companhias essas fagulhas por deixar a condição de anjo maestrina do Reino dos Céus para habitar entre os homens e todos os seus conflitos.

Castiel, mesmo após a sua partida, sempre procura estar à sua frente e olhá-la dentro dos olhos. Ela o sentia sempre perto, permanecendo perplexa, olhando fixo para o nada, sentindo aquelas vibrações e o cheiro dele. Os dois sempre são apaixonados pela natureza, apreciando as paisagens mais lindas de todo o mundo. O pôr do sol, as estrelas, a lua, as nuvens, habitualmente lhes tirava o fôlego. Eles adoravam se deitar e olhar o céu juntos, com ele sempre deitado sobre a marca em seu ombro, onde ele encontra a sua paz. Existem várias descrições desse amor, como uma entalhada por ele em uma árvore, enquanto ela tocava violino, próximo ao Castelo Malahide datando do século XV."

A sua música me encanta
e muda o mundo
no seu ombro eu me deito
e me conforto
Se em tantas vidas,
eu lhe perdi,
nos seus olhos
e no seu cheiro eu a reencontro,
a minha maior parte.

— Azazel e Lilith também desceram à Terra, contrariando as ordens de Deus. Então, foram expulsos do Reino dos Céus e condenados a viverem a vida terrena, sem direito a encarnação. Como castigo, Deus lhes tirou as suas maiores virtudes. Lilith perdeu os seus dons musicais divinos, e como ela não consegue reconquistá-los, passou a roubar os dons dos homens e mulheres que os possuem.

Lúcifer também foi expulso pelas legiões de Miguel, por desejarem os poderes de Deus. Os três se uniram na Terra, espalhando todas as formas de sentimentos ruins entre as pessoas, tentando atraí-las para a sua legião do mal para sequestrar Spalla e Castiel e assim chegarem até Deus.

Tanto Spalla, quanto Castiel sempre tentam deixar alguma marca no tempo para que eles possam se reencontrar em uma próxima vida. Já foram encontrados quadros, marcas em árvores, até mesmo o mais famoso dos violinos. Ah! Aquele violino é capaz de emitir o som que todos dizem emitir o som mais próximo que se pode chegar aos ouvidos de Deus. Diz a lenda que quando ela tocava esse violino Deus se refugiava próximo a ela.

Falando sobre o violino, produzido por Kristofer, Adele parecia viajar, imitando o seu tocar, de olhos fechados. Ela mesma sempre aparecia atraída pelo seu som quando Spalla, em qualquer uma de suas encarnações, tocava.

— São todos esses registros que o Vaticano e outros poderosos tentam resgatar a todo custo e não se enganem se pensam que é para protegê-los. O Vaticano não pode deixar que qualquer prova de reencarnação de espíritos venha a desmistificar tudo o que eles propuseram ao longo de milhares de anos ou a verdade sobre Deus.

Neste instante, Adele sorriu timidamente, acompanhada por Anastásia e Joan.

— Todo o Alto Clero está atrás de vocês há alguns séculos para aprisionar o segredo que poderia implodir quase todas as religiões. Todas as provas mais valiosas resgatadas pelo Vaticano, sociedades secretas e governos são produzidas pelas Mães de Spalla para despistar as verdadeiras localizações de Spalla e Castiel.

Imagine se uma religião apresentar provas irrefutáveis de que o seu Deus existe e não é condizente com nenhuma imagem por eles apresentados durante alguns séculos. Haveria um esvaziamento das religiões e muitas existem pelo dinheiro e não pela crença na divindade. Existem algumas correntes que confrontam toda essa proteção e praticamente exigem que o Vaticano exponha os documentos, que estão guardados a sete chaves. Mas as pessoas envolvidas na lenda existem de verdade e não podem ser expostas. Por isso, o Vaticano tem sim o dever de proteger e nós também assumimos esse compromisso ao longo dos séculos. Muitas Mães de Spalla já morreram em favor dessa causa.

Os documentos e objetos estavam guardados junto aos documentos da condenação de Galileu Galilei e alguns outros altamente importantes para a história. Pela sua importância, há alguns anos, foi construído um cofre maior e mais seguro somente para o Museu de Spalla, onde somente o Papa e mais algumas pessoas de extrema confiança podem entrar.

— Vocês têm a missão de lutar pela evolução, a transformação do ser humano em um ser muito melhor, livre de sentimentos ruins, que respeita os animais, as florestas e enfim todas as formas de vida. O próprio veganismo surgiu através de Spalla em vidas passadas. A cultura do respeito a todas as formas de vida surgiu através dela há alguns séculos atrás e vem se alastrando por todo o mundo.

Fazendo uma pausa nas revelações para mais um gole de café, Adele colocou a sua mão sobre as marcas nos ombros de ambos, desferindo sobre eles aquela mistura de êxtase e paz. Ela tomava fôlego para finalizar com a parte mais difícil, quando a ansiedade de Ali se mostrou ainda mais aflorada.

— Mas qual o motivo de nossos espíritos não poderem se encontrar?

Ali tentou apressá-la e ambos foram surpreendidos por Olívia tomando-lhe a frente na resposta, tocando suavemente em seu rosto.

— Porque seríamos envolvidos por uma atração tão intensa que nossos espíritos novamente se tornariam um só e você deixaria de existir.

Ali abaixou a cabeça em direção à marca de nascença no ombro de Olívia, onde tinha o seu abrigo e a sua paz. Era triste a revelação de que as almas gêmeas jamais poderiam se encontrar na vida após a morte. Mas ainda havia uma última revelação, descoberta recentemente por Olívia, feita olhando nos olhos de Adele, enquanto amparava o choro de Ali.

— Deus jamais desistiria de qualquer um dos seus filhos e ainda tem esperança de reunir-se a Lúcifer, Azazel e Lilith. Estamos presos a essa lenda, porque faz parte da nossa missão levarmos a evolução até eles e buscarmos a redenção deles.

— Então você é...

Ali levantou a cabeça, sentindo todo o seu corpo tremendo e então, incrédulo, não conseguiu terminar a sua frase, imerso no infinito azul dos olhos de Adele, agora encharcados pela dor e tristeza.

Adele não conseguia conter as lágrimas, percebendo o olhar, agora doce e confortante de Ali, diferente daquele que a desafiou no momento de sua criação. Trazendo Adele e Olívia para um abraço, fez com que a imensidão da luz de Deus voltasse a brilhar. Uma parte da tríade formada entre Deus, Mundo Espiritual e Mundo Físico, novamente estava em paz.

Sobre o autor

Nascido e residente na pequena cidade de Descalvado, interior de São Paulo, onde trabalha como Professor na Secretaria do Estado da Educação e na escola SESI. Apaixonado por esportes, pela vida e pela liberdade. Autor de *O Segredo de Spalla* e *O Segredo de Spalla: o reencontro.* Para ele, a literatura se tornou uma necessidade, o alimento para a alma e o equilíbrio em busca da razão, ou, simplesmente, o passeio entre dois mundos: o real e o inimaginável.